浙江文叢

傅雲龍集

〔第一册〕

餐喜廬文初集（一）

〔清〕傅雲龍 著　傅訓成 點校

浙江出版聯合集團
浙江古籍出版社

圖書在版編目(CIP)數據

傅雲龍集 /（清）傅雲龍著；傅訓成點校. —杭州：浙江古籍出版社，2018.12
（浙江文叢）
ISBN 978-7-5540-0937-6

Ⅰ.①傅… Ⅱ.①傅… ②傅… Ⅲ.①中國文學—古典文學—作品綜合集—清代 Ⅳ.①I214.82

中國版本圖書館 CIP 數據核字(2016)第 356600 號

傅雲龍集

（全七册）

〔清〕傅雲龍 著　傅訓成 點校

出版發行　浙江古籍出版社
（杭州市體育場路 347 號　郵編:310006）
網　　址　www.zjguji.com
責任編輯　路　偉
文字編輯　王振中
封面設計　劉　欣
責任校對　余　宏
責任印務　樓浩凱
照　　排　浙江時代出版服務有限公司
印　　刷　浙江新華數碼印務有限公司
開　　本　710mm×1000mm　1/16
印　　張　142.75　**插頁**　8
字　　數　1467 千
版　　次　2018 年 12 月第 1 版
印　　次　2018 年 12 月第 1 次印刷
書　　號　ISBN 978-7-5540-0937-6
定　　價　800.00 圓(精裝)

如發現印裝質量問題，影響閱讀，請與市場營銷部聯繫調换。

ISBN 978-7-5540-0937-6
9 787554 009376

傅雲龍像

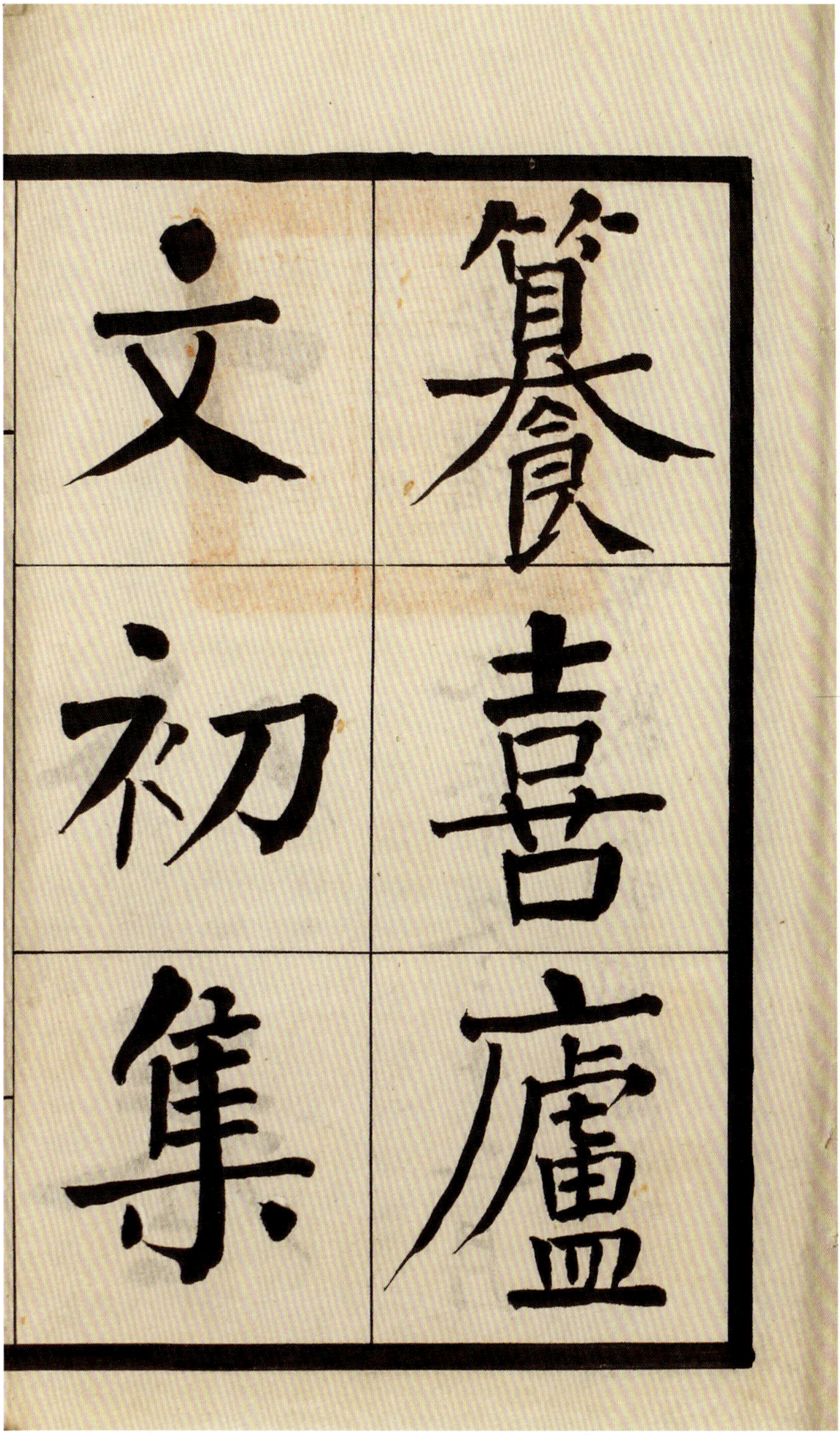
簀喜廬文初集

《簀喜廬文初集》（翁同龢署耑 藏浙江圖書館）

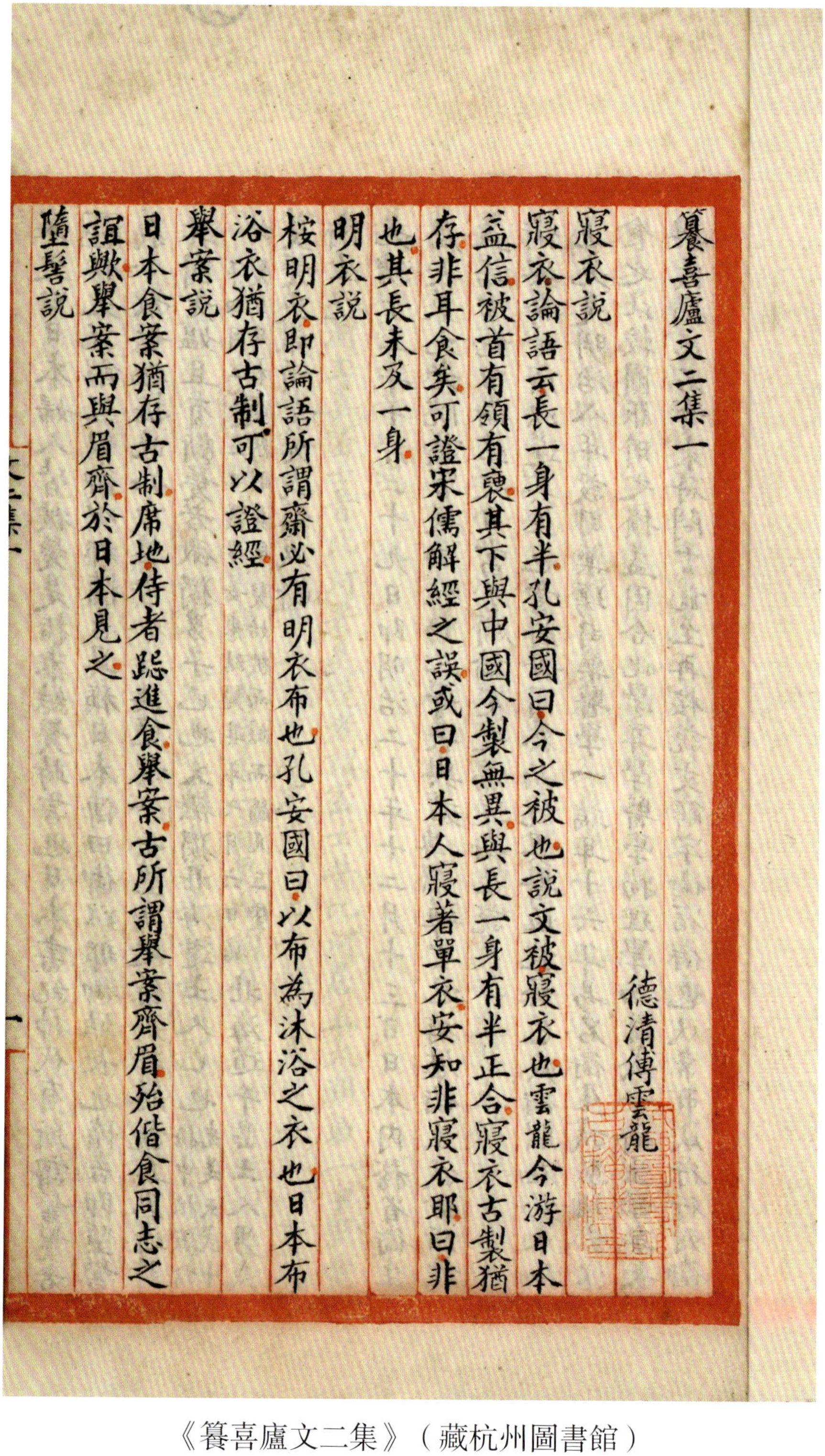

籑喜廬文二集一

德清傅雲龍

寢衣説

寢衣論語云長一身有半孔安國曰今之被也説文被寢衣也雲龍今游日本益信被首有領有褏其下與中國今製無異與長一身有半正合寢衣古製猶存非耳食矣可證宋儒解經之誤或曰日本人寢著單衣安知非寢衣耶曰非也其長未及一身

明衣説

桉明衣即論語所謂齋必有明衣布也孔安國曰以布為沐浴之衣也日本布浴衣猶存古制可以證經

舉案説

日本食案猶存古制席地侍者跽進食舉案古所謂舉案齊眉殆偕食同志之誼歟舉案而與眉齊於日本見之

墮髻説

《籑喜廬文二集》（藏杭州圖書館）

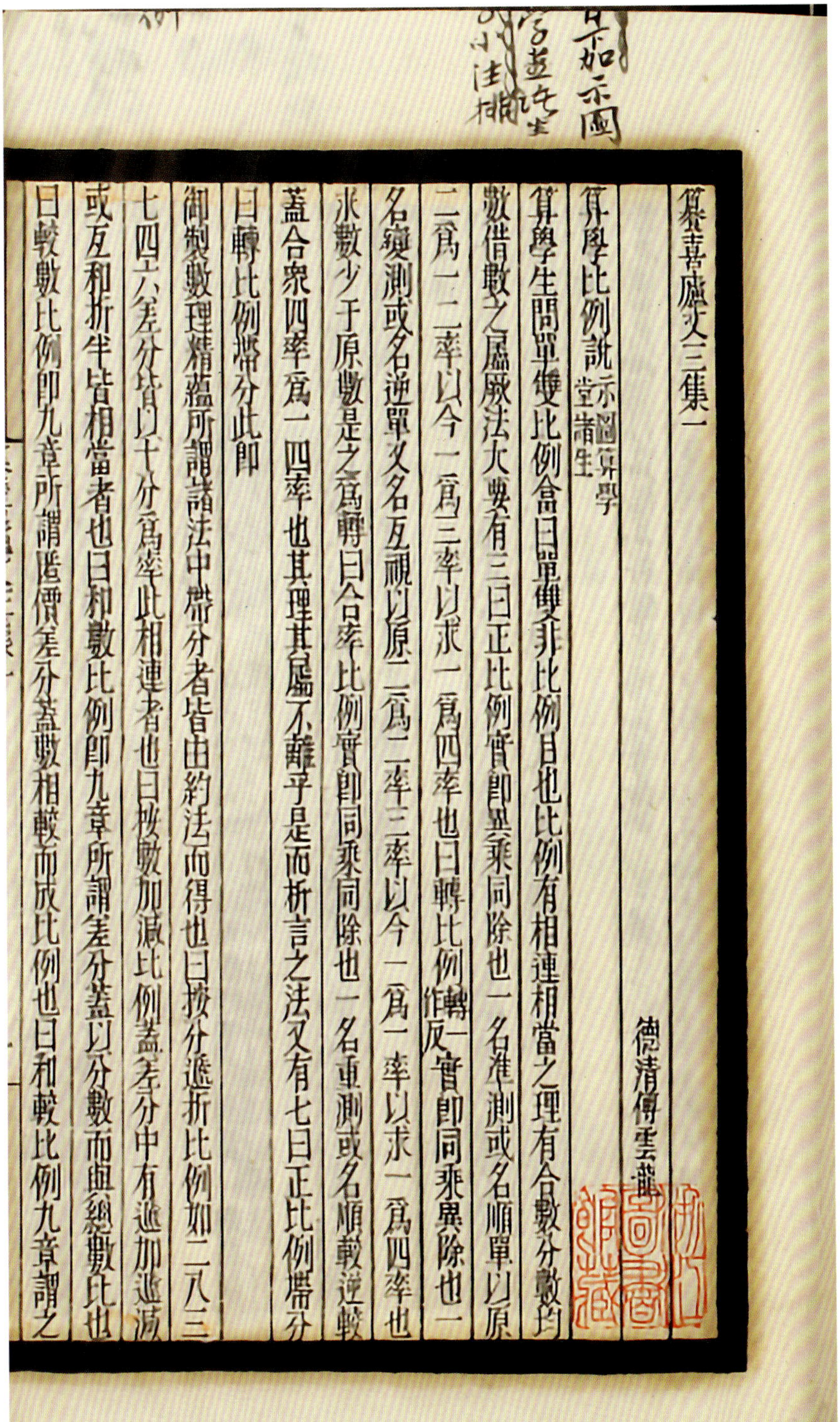

籑喜廬文三集一

德清傅雲龍

算學比例說示圖算學堂諸生

算學生問單雙比例會曰單雙非比例目也比例有相連相當之理有合數分數均數借數之屬厥法大要有三曰正比例實即異乘同除也一名準測或名順單以原二爲一二率以今一爲三率以求一爲四率也曰轉比例作反實即同乘異除也一名變測或名逆單又名互視以原二爲二率三率以今一爲一率以求一爲四率也求數少于原數是之爲轉曰合率比例實即同乘同除也一名重測或名順較逆較蓋合衆四率爲一四率也其理其屬不離乎是而析言之法又有七曰正比例帶分曰轉比例帶分此即

御製數理精蘊所謂諸法中帶分者皆由約法而得也曰按分遞折比例如二八三七四五六差分皆以七分爲率此相連者也曰按數加減比例蓋差分中有遞加遞減或互和折半皆相當者也曰和數比例即九章所謂差分蓋以分數而與總數比也曰較數比例即九章所謂匿價差分蓋數相較而成比例也曰和較比例九章謂之

《籑喜廬文三集》（藏浙江圖書館）

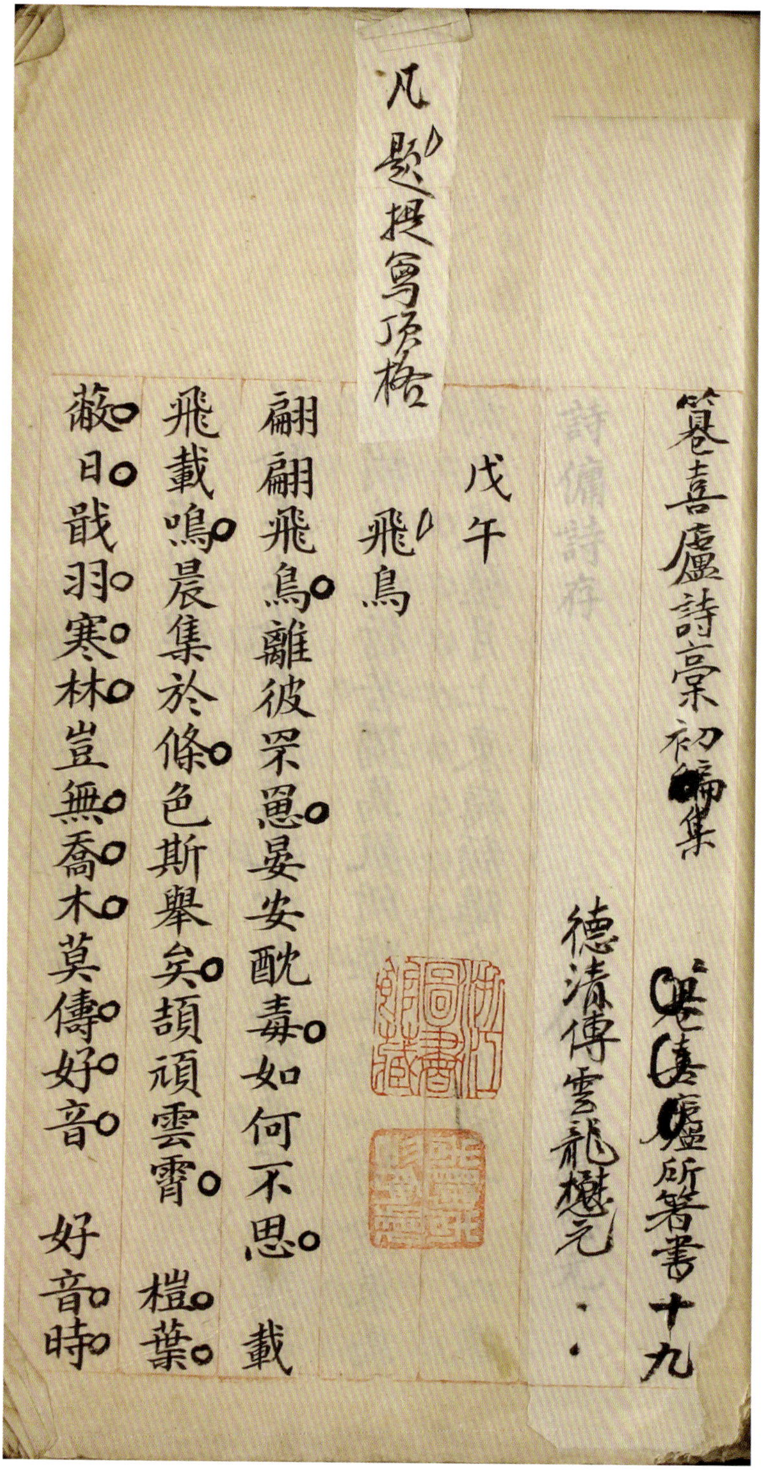
簑喜廬詩稾初編集　簑喜廬所著書十九
詩傭詩存
德清傅雲龍懋元：
戊午
飛鳥
翩翩飛鳥。離彼罘罳。晏安酖毒。如何不思。載
飛載鳴。晨集於條。色斯舉矣。頡頏雲霄。榿葉。
蔽日。戢羽。寒林。豈無。喬木。莫傳。好音。好音。時
凡題提寫頂格

《簑喜廬詩稾初集》一卷（藏浙江圖書館）

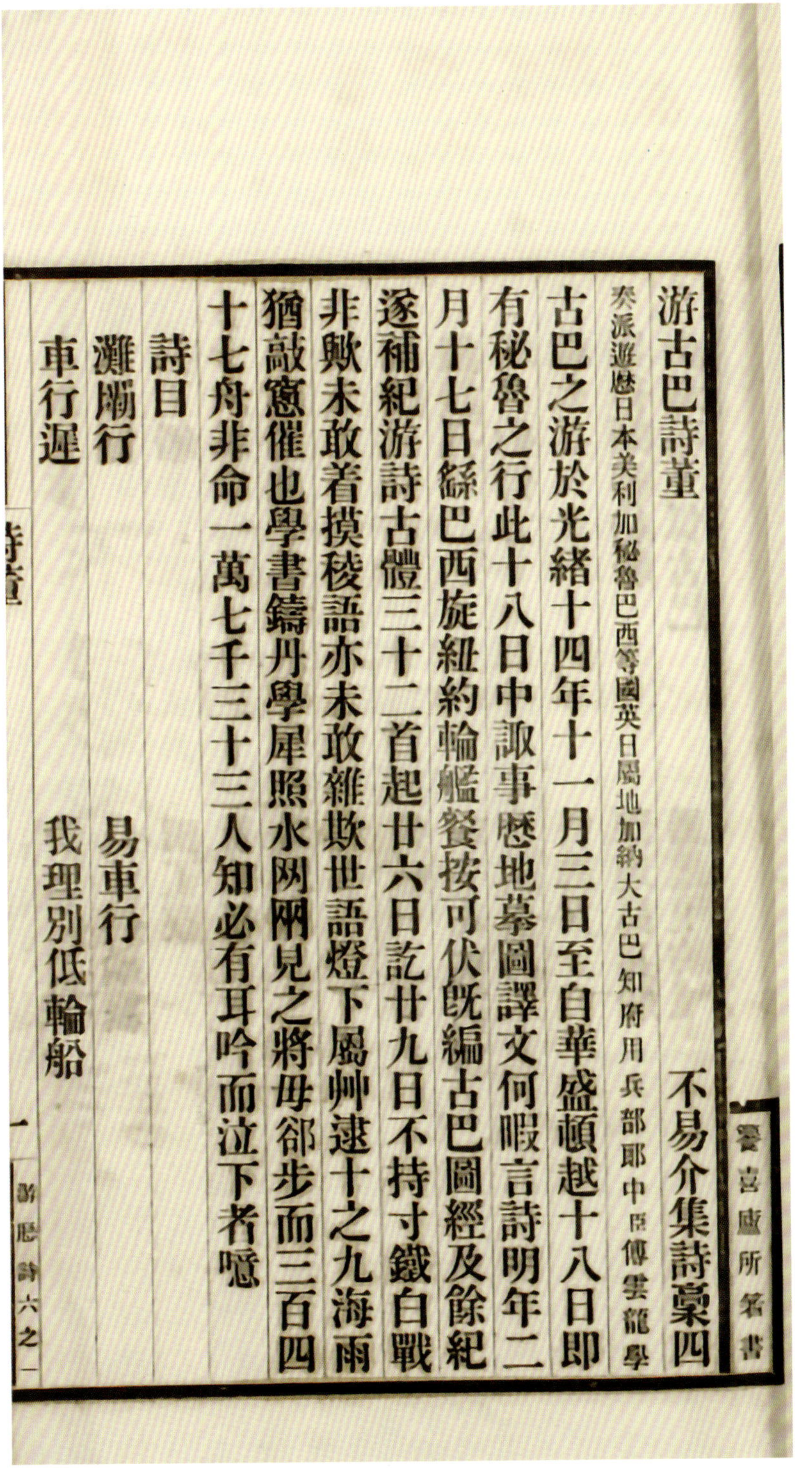
遊古巴詩董　不易介集詩稾四

奏派遊歷日本美利加秘魯巴西等國英日屬地加納大古巴知府用兵部郎中臣傅雲龍學

古巴之遊於光緒十四年十一月三日至自華盛頓越十八日即有秘魯之行此十八日中諏事歷地摹圖譯文何暇言詩明年二月十七日繇巴西旋紐約輪艦餐按可伏既編古巴圖經及餘紀遂補紀游詩古體三十二首起廿六日訖廿九日不持寸鐵白戰非歟未敢着摸稜語亦未敢雜欺世語燈下屬艸逮十之九海雨猶敲窻催也學書鑄丹學犀照水罔兩見之將毋郤步而三百四十七舟非命一萬七千三十三人知必有耳吟而泣下者噫

詩目

灘𪩘行　易車行

車行遲　我理別低輪船

《遊古巴詩董》

序

提起傅雲龍，今人或恐知者不多。但在清末，他曾是一名風雲人物。由於在中國近代首次官員出國遊歷考試中拔得頭籌，其消息屢屢出現在報端，甚至答卷也作爲範文被全文刊登在《申報》（一八八七年十月二十八日）。但此後傅雲龍逐漸淡出人們的視野，庶幾被人遺忘。

上世紀八十年代，改革開放之春風喚醒了人們對傅雲龍沉睡已久的記憶。北京大學王曉秋教授開先河，首先整理出版傅氏《遊歷日本圖經餘記》（《走向世界叢書》，岳麓書社一九八五），並在《近代中日文化交流史》（中華書局一九九二）中介紹了傅氏的日本遊歷，其後又推出《近代中國與世界——互動與比較》（紫禁城出版社二〇〇三）和《晚清中國人走向世界的一次盛舉》（遼寧師範大學出版社二〇〇四），對這次遊歷做了全面深入的研究。踵武前賢，筆者在日本撰文《傅雲龍日本研究之周邊——以著作爲中心》（《浙江與日本》，日本關西大學出版部一九九七），對傅氏的著述做了系統的考察，並發表《近代出洋遊歷制度的建立（一）：近代出洋制度的提出》（《中日文化論叢——一九九八》，浙江大學出版社二〇〇〇），對一八八七年遊歷制度的來源進行了梳理，繼之影印出版了傅氏代表著作《遊歷日本圖經》（上海古籍出版社二〇〇三年），撰文《傅雲龍〈遊歷日本圖經〉徵引文獻考》（《浙江工商大學學報》二

○○八年第二期），對該書的資料來源做了探討。此後，傅氏哲嗣先後推出《傅雲龍傳》（傅祖熙、傅訓成、傅訓淳著，傅訓成執筆，浙江古籍出版社二○○三）以及《傅雲龍日記》（傅訓成整理，浙江古籍出版社二○○五），爲學界提供了珍貴的第一手史料。近年來，亦有一些國内外學者從詞匯學、文獻學、目録學、金石學等視野進行研究，不少詞典甚至辟有傅雲龍詞條，如《中國目録學家辭典》（申暢等，河南人民出版社一九八八）、《中日文化交流事典》（劉德有、馬興國，遼寧教育出版社一九九二）、《地理學大辭典》（楊展覽等，安徽人民出版社一九九二）、《中國篆刻大辭典》（李毅峰，河南美術出版社一九九七）、《中國書畫藝術辭典・篆刻卷》（王崇人，陝西人民美術出版社二○○二）、《中國藏書家通典》（李玉安等，中國國際文化出版社二○○五）等，不一而足。可以説，傅氏研究漸成氣候。

上述三十年的成果，無疑爲傅雲龍的研究打下了堅實的基礎，但毋庸諱言，迄未利用傅氏著作中的精華《籑喜廬文集》進行探討。傅雲龍雖然官位不高，但勤於筆耕，著述宏富。據筆者調查，其各類著述達六十餘種（《前言：傅雲龍及其〈遊歷日本圖經〉考》，《遊歷日本圖經》，上海古籍出版社二○○三），可謂著作等身。這些著述大致折射出他一生的主要經歷：遊歷前致力於傳統學術的鑽研，對文字學、目録學、方志學用力尤勤，此外還兼及新學；遊歷時留心域外事物，苦心收集，奮筆疾書，撰寫多種遊歷圖經，在遊歷使中無人能出其右；遊歷後多年在第一線從事洋務工作，潛心新學，對傳統文人視爲形而下的槍炮、比例尺等實學身體力行，進行研究。可以説他的這些著述是中國優秀知識分子在面對西方文化强烈衝擊時，如何在實踐和學問上走出傳統，實現近代轉型的一個縮影。

此次整理出版的《傅雲龍集》，主要收録了傅雲龍的《簣喜廬文初集》、《簣喜廬文二集》和《簣喜廬文三集》，它們分别匯集了傅雲龍遊歷前、遊歷時以及遊歷後所撰寫的文章，較爲全面地反映出他走過的心路歷程，是他生前精心整理的科研精華。上世紀九十年代，筆者利用地利優勢，先後在浙江圖書館和杭州圖書館發現了傅氏三集，但數量龐大，未遑整理，心有慊慊。傅訓成先生不顧高齡多病，毅然將它作爲晚年的一大事業，挑起整理大任，六易寒暑，朝夕以之，百萬鉅著，終於蒇事。深信本書的整理出版，將爲學界提供更爲豐富的史料，使傅雲龍的研究取得突破性的進展。

筆者一九九六年初識傅先生，作爲二十年的忘年之交，先生殷殷囑咐撰序，固辭不獲，草成此文，聊以塞責。

王寶平於丙申年冬至

整理者前言

一、作者生平介紹

先曾祖傅雲龍字懋元，浙江德清鍾管人，學識淵博，著作頗豐，是清朝光緒年間的知名人物。他的一生可以説大都在不順的情況中度過，卻又通過自己不懈的努力，不斷作出成績，即使在後來官至二品，事業上頗有成就以後也是如此；但還是免不了蹈已故父親的覆轍，受人譏讒，最後以六十二歲病故於上海寓所。用傅雲龍自己的話來説：『雲龍堅苦人也。』

一八四〇年即清道光二十年四月初四，傅雲龍生於四川酆都，父親傅羹梅，字商岩，一直在四川爲人作幕，道光二十四年因捐官在雲南任縣署經歷，二十八年署任恩安知縣，所以傅雲龍三十歲之前在西南度過。傅羹梅在雲南恩安縣知縣任上政聲極好，卻又因耿直狷介受人排擠，咸豐元年便辭官『引疾去』。傅羹梅爲官時兩袖清風，連回原籍德清的路費都成問題，舉家滯留在四川宜賓，終因貧病交加，於五十六歲丢下結縭二十五年的妻子和四子二女撒手西去。

傅雲龍是長子，按照封建社會的禮教，在弟弟們尚未成人之時，他只能獨自挑起整個家庭的重擔，『當是時，商岩君卒且三年，無一夕儲』，以至到了賣文爲生的地步：『方亟亟焉於筆墨求養母資』。因爲守寡的異母姊帶著兩個幼小的兒女在貴州，『瞠目視，無可依者，縮布而衣，並日而食，篝燈趣針黹，聊云小補，然難爲繼』，因而『以母命迎，依母爲命』，本已窘困的家境又添大小三口，此時的艱苦可想而知。之後傅雲龍繼承父親的職業，先後在潼川、永寧、重慶和成都作幕，有了相對穩定的收入，家境慢慢地改善，娶妻生子都在此時。然後在同治七年二十九歲那年『遵籌餉例報捐雙月選用郎中』，又於次年三月奉母命『以貲郎應順天試』，於是動身北上，因爲幾次考試都未能中式，只能在兵部武選司兼車駕司做個小京官，不過傅雲龍自幼『性於兵家言又近』，在兵部當差倒也符合性情。這時『兵燹既戢，天下無事，郎署清暇』，『日發篋陳書，夜刻燭爲限，酷暑嚴寒不稍輟』，這時傅雲龍抓緊機會繼續學習充實提高自己，這段時間長近二十年，期間曾隨扈同治帝謁祭清西陵，又先後被借調爲順天府鄉試謄録，參與編撰順天府志。在《順天府志》全部一百三十卷之中，傅雲龍一人擔當了三分之一的工作量，獨自完成四十三卷，另與劉恩溥合作三卷。這期間傅雲龍幾次受到嘉獎：同治十一年由兵部車駕司軍需出力保奏，『俟候補郎中保補缺後，以知府分發省份補用，先換頂戴』，光緒十二年因爲修順天府志出力，『歸知府班後加三品銜』。但此時正式的職務還只是一名兵部的候補郎中。

傅雲龍一生的轉折點是在光緒十三年即一八八七年。這一年傅雲龍被保薦參加了朝廷『傳考出洋遊歷』並且高居榜首。『六月四日引見，奉朱筆圈出，由總理各國事務衙門王大臣奏派遊歷日本、美利加、秘魯、巴西及英屬地加納大、日斯巴尼亞屬地古巴』。八月十六日出京。遊歷途中又『假道新加拉納大國、埃瓜度國、智利國、巴他峨尼國及丹國屬地先塔盧斯，凡歷十一國，計一十二萬餘里』。傅雲龍自幼做學問時興趣面就十分廣泛，爲他接受新鮮事物打下了基礎，遊歷更打開了他的眼界，並且也獲得了大量有益的知識。回國後，傅雲龍向朝廷呈上了分學科的考察報告《遊歷圖經》八十六卷，以及日記性質的《遊歷圖經餘記》十五卷，共一〇一卷。這些著作詳細地介紹了各國的地理、歷史、政治、風俗、物産、經濟等方面的資料，以及經自己實地勘察詢問後繪制的各種地圖表格。爲此他得到了『該員艱苦備嘗』、『纂述較多，徵引尚博，實屬留心收輯，堅忍耐勞』的考語，得到鋭意革新的光緒帝的召見。召見時『上側前席而慰勞，褒獎書甚詳細，至於再』，並且『詔加二品銜，以道員分發直隸補用』，從這時起便成爲有二品銜的『紅頂子』官員，不過傅雲龍的本職還是俗稱爲『觀察』的『道員』，所以在最後由女兒撰寫的『行狀』裏儘管羅列了傅雲龍的頭品封典和二品職銜『誥授資政大夫、覃恩晋封光禄大夫，賞戴花翎，二品頂戴，奏保出使大臣』，最後還是列出他的本職『直隸補用繁缺道』。

光緒十六年，根據總理各國事務衙門王大臣的保奏，傅雲龍『發往北洋委用，會辦天津機器總局』，光緒二十一年受北洋大臣王文韶委任總辦北洋機器局。

期間的幾年是傅雲龍在實業界踏實苦幹的一段時間。光緒十九年兼充海軍衙門幫總辦、會辦天津海運，光緒二十年兼辦北洋水師内學堂、督造水師内學堂操練用翔鳳輪船，又奉飭派隨閲海軍。光緒二十一年總辦北洋機器局。在此任上傅雲龍除整頓財務制度、保衛制度和用人制度之外，還爲該局首次辦成了以下任務：煉鋼，制造無煙火藥和無煙火藥槍彈，鑄造銀圓，改進並促使建立有關審查槍彈底火的制度，爲水師内學堂建造供操練用的『翔鳳』鋼甲輪船，爲此再次受到嘉獎。

傅雲龍一直信守正統中國知識分子所奉行的正直清廉的作風。他不阿諛上級，不化公爲私，更不收受曖昧的贈予，也在處理他身邊的這類事件時，接連受到兩次誣告，雖然最終都證明了自己的清白，但是大約在光緒二十四年年底還是調離了北洋機器局——此前在光緒二十三年十二月已奉派兼充神機營機器局總辦。因爲心情鬱悶，光緒二十六年五月開始便血，還赴天津爲神機營機器局購料，此時正值八國聯軍進攻大沽前夜，在極端混亂的情形下，購料任務無法完成，遂由次子傅范初陪同回到已移居上海的家中，不到一年就病故在寓所，終年六十二歲。

傅雲龍的一生一共經歷了三件大事：參與修撰《順天府志》，出洋遊歷，以及具體實施與洋務有關的工作。在洋務任上，除了日常的事務之外，他爲打開中國封閉的大門，引進當時資本主義先進的思想和技術，身體力行，在建立中國的近代工業和管理體制方面作出了努力，並且取得了很好的成績。同時他在中日文化交流方面所做的貢獻更是具有重大的意義，清史編纂委員會委員王曉秋教授認爲，『他的《遊歷圖經》中的《遊歷日本圖經》可以看成是一本對日本進行全面介紹的小百科全書，遠遠勝過以往中國人所著那些對日本地理、風俗等進行籠統介紹的著作』，浙江省中日文化關係史學會副會長王寶平教授把《圖經》和黄遵憲的名著《日本國志》相提並論。

傅雲龍是中國在打破閉關鎖國桎梏的前期發揮自己作用，並取得了相當可觀成績的一位傑出人物，關於他的一生有浙江古籍出版社二〇〇三年版的《傅雲龍傳》。

二、傅雲龍的著述和思想

傅雲龍勤奮學習，著作等身，他一生筆耕不輟，有大量的著作傳世，其中大致可以分爲以下幾個部分：

（一）治學著作：《簣喜廬經翼》十卷、《補晉藝文志》二卷、《水經注釋例》、《戢兵要義》、《作述通例》、《軍禮通記》、《史徵》八卷、《子衡》四卷、《説文解字正名》十五卷、《許學文徵》二卷、《讀通鑒劄記》二卷、《續全唐文劄記》二卷、《金石集成》三百卷、《漢石例補正》二卷、《兩漢金石續記》、《水經注碑目》一卷、《古逸碑目》、《隸續目》一卷、《四庫未載書略》一卷、《北堂書鈔引書目》一卷、《續匯刻書目》十六卷、《全漢文》五百卷、《唐文精粹》十卷、《考工記》若干種、《比例圖説》一卷、《實學文導》二卷、《簣喜廬訪金石録》六卷、《簣喜廬訪經籍志》、《簣喜廬書目》等。以上著作大都現已不存。

（二）遊歷著述：《遊歷日本圖經》三十卷，《遊歷美利加圖經》三十二卷，《遊歷英屬加拿大圖經》八卷,《遊歷古巴圖經》二卷、《遊歷秘魯圖經》四卷、《遊歷巴西圖經》十卷。並著有《遊歷日本圖經餘紀前編》、《遊歷美利加圖經餘紀前編》、《遊歷英屬加納大圖經餘紀》、《遊歷美利加圖經餘紀二編》、《遊歷古巴圖經餘紀》、《遊歷秘魯圖經餘紀》、《遊歷巴西圖經餘紀》、《遊歷美利加圖經餘紀後編》、《遊歷日本圖經餘紀後編》,共十五卷。另有海外詩集《遊日本詩變前編》、《後編》、《遊美利加詩權》、《遊加納大詩隅》、《遊古巴詩董》、《遊秘魯詩鑒》、《遊巴西詩志》,結集爲《不易介集》七卷。

(三)平生詩文結集:《簣喜廬文初集》、《簣喜廬文二集》和《簣喜廬文三集》,其中一集十八卷,二集十卷,三集四卷。另有《駢體文初集》、《簣喜廬詩初集》及《簣喜廬詩稿》等零星詩稿藏在圖書館。

(四)其他著作:《西陵蹕程録》一卷、《北上里志》一卷,《吴柳堂先生年譜》一卷、《德清備徵志》、《德清藝文志》、《德清傅氏宗譜》十二卷、《傅氏往昔略》二卷、《傅氏本支藝文志》四卷、《鄉賢公事略》三卷、《鄉賢公年譜》一卷、《姚太夫人年譜》一卷。

(五)參與編纂並在其中發揮了重要作用的史志著作《光緒順天府志》三十六卷。

傅雲龍身上有許多值得我們後人學習的品質,經過總結,我以爲主要有以下幾點:

第一,在傅雲龍身上,具有强烈的愛國情懷。天下興亡,匹夫有責,古老的中華民族進入近代,國家的發展逐漸落後於世界,積貧積弱,强國交侵,國運懸於一線,救亡圖存成爲廣大知識分子的普遍要求。傅雲龍生長在讀書之家，他的父親傅爕梅是秀才，博學明理，時刻關注國計民生。傅雲龍耳濡目染，從小就確立了一心奉公的志向，隨著後來的作幕和出仕，也逐漸走上了修齊治平的道路。入幕之初，四川各地農民起義此起彼伏，他盡心輔佐太守阮祐守潼川，散林勇，解敘永之圍，收復長寧，爲了地方上的安定做出了貢獻。傅雲龍在治學方面没有泥古不化，他留心世事，關心洋務，對於當時的世界形勢有著相當的認識，因而能在總理衙門挑選出國遊歷人員的考試中一舉奪魁。總理各國事務衙門共向海外派遣十二位遊歷使，分爲五路對世界主要國家進行考察，五路之中以傅雲龍行動最爲勤奮，成果也最爲卓著。一些遊歷使將出洋考察視爲例行公事，以遊山玩水、瞭解異國風情爲滿足，傅雲龍在考察中痛感中國和列强社會發展差距之大，他在給總理各國事務衙門的匯報信裏有這樣的表述：

……雲龍每遊一處，輒念我中國能否入彼人目，想而不禁面赤背芒而愧，且寓之心。誠有中夜起坐，而不自知其痛哭之何從也……不知杞憂之何來，□淚之何從也……

帶著這樣急迫學習的心情，由此深入探究，細致考察，詳盡記録，每到一地便到處奔波，盡量走訪訪各國政府機關、議會團體，參觀各類工礦企業、各級學校，考察港口、鐵路，在古巴，傅雲龍特別關注到當地華工的悲慘命運，並表達了深切的同情：

來十四萬三千餘，一萬七千三十三人死何罪？其航三百四十七，痛其非命十居一！

（《遊古巴詩董·招工船》）

在各種外交和參觀考察活動的餘暇，傅雲龍廣泛蒐集當地地理、歷史、政治、經濟、民俗等各種文獻資料，焚膏繼晷，著成圖經和遊歷餘記等著作一百餘卷，蔚爲大觀，爲國人瞭解外國政治經濟文化社會現狀提供了豐富翔實的資料。這次出洋考察的經歷極大刺激了傅雲龍，致使他歸國後積極投身洋務事業，在北洋機器局等崗位上恪盡職守，努力敬業，最終積勞成疾，病逝在神機營機器局任上，可以説，傅雲龍的命運是與近代中國的命運緊密聯繫在一起的。

第二，在傅雲龍身上，自始至終貫穿著求真務實的經世精神。清代學術各種流派争奇鬥豔，異彩紛呈，發展到清末，都帶有明顯的經世傾向。傅雲龍早年治學頗近於漢學，然而逐漸從天文地理、經史子集、碑版考據等傳統内容總歸於實事求是，而無言之無物之弊，爲他一生的事業打下堅實的基礎。作幕之後主要接觸的是刑名、錢糧、文案等實用之學，並且耽於時勢，參與了四川平定内亂的戰事，這些歷練極大鍛鍊了他的才幹，後來在總理衙門選拔遊歷外洋人員的考試中，傅雲龍脱穎而出。

以中學爲國本，以西學佐自强，這是洋務派的宗旨，傅雲龍的治學之道是符合這一宗旨的。正是因爲對當時形勢具有這樣的認識，傅雲龍對於放洋考察之行極具使命感，在兩年時間裡，舟車往來，曾無停歇，白天到處拜客訪問、考察遊覽，晚上則回到下榻之處，一燈獨對，完成文稿，『舟行車歇，文酒談宴，鉗紙稿筆，叩擿不休。夜則篝燈賡續，指繭目眵』（黎庶昌語），可謂備極勞苦。回國之後任職洋務，他也能一洗官員士大夫驕奢淫逸、顢頇貪瀆的惡習，勤於治事，恪盡職守，整頓財務制度、保衛制度和用人制度，雷厲風行，不避權要，又肯於潛心鑽研技術，力主更新設備，三年時間内成績斐然，頗著成效，這些識見與作爲在洋務派的官員中也是比較突出的。

第三，傅雲龍身上有著與時俱進的優秀品質。中國自古就有士農工商等四民的劃分，士大夫們自詡是優秀階層，勞心者治人，看重的是『形而上』，與『形而下』的社會物質生産的人與事保持天然的距離。傅雲龍生活在晚清，與大多數傳統的讀書人一樣，最早學的是經史子集詩詞歌賦，一心想在科舉上求取出路，後來在接觸近代科學中努力考求格致之道，考取出洋遊歷使之後踏出國門，親眼目睹第二次工業革命的高潮時期的西方社會，新興的的機器大生産給他留下了深刻的印象，也盡其所能作了詳盡的記録，比如在考察舊金山的一座船工廠時有這樣的記載：

……其廠有圜鋼造物器，直徑三十三尺，圍三倍有奇。據廠主言：手肱數倍，形如轎車，著於二梁，鳴鐘發機，可南可北，可東可西。其錐眼機鉅細隨意。先於鋼板畫從横文，文中錐小眼，而器首平處露尖，入之而壓，如鑽厚紙。其釘火鍛時安於眼中，以模逼熔如鑄。其試銅鐵鋼器有鐵衡，長二尺有奇，懸錘而扁。衡東置機輪，系繩，衡西立分物器。是日以銅條寸許豎之，上下加楔，操縱其繩，則機立動。須臾扁錘漸移而西，銅條亦長逾一寸有奇，而細而斷，視厥衡數爲萬三千磅力。若鐵可六萬數千，而鋼力增。欲知鋼鐵甲可受若干炮力，非此末由驗之……（《遊歷美利加圖經餘紀》）

同時他也注意到技術革新對於工業生産帶來的革命性影響：

……美利加利在商而功則在工，其器之創，既官驗之，復師察之。可則給憑限年，取巧者不得冒似也。圖有説，説有式，然非與司事者深相結納，徐徐諮求，無以得其真本。新出本説者，謂此圖無須講，然至各廠規之，則不精不備，特不飾皮毛耳。

在美國的首都華盛頓，傅雲龍訪問了國會、國務院、陸軍部、海軍部等政府部門，並受到合衆國總統克里夫蘭的接見。在獨立日的紀念活動上，美國民衆遊行聚會，上下歡騰，這使目睹這一盛況的傅雲龍深受感染，對於美國的國父華盛頓也是推崇備至：

……美利加地拓自英，非歟？而畔英自立，一利權國也，非華盛頓力不逮此。公器聽之公論，抑何偉歟！（《華盛頓傳》）

這次派遣遊歷使出訪歐美諸國，無疑是近代中國人走向世界的一次盛舉。就是這樣偉大的事件，後來卻被歷史埋没，逐漸被人們遺忘，不能不説是件令人嘆息的事情。北京大學的王曉秋教授通過研究指出，造成這種結果的原因主要是清政府派遣海外遊歷使的立意不高，目標不明確，與明治年間日本政府派遣海外的岩倉使節團相比，清朝的遊歷使缺乏『求知識於世界』的明確動機，總理衙門擬定的《出洋遊歷章程》規定，遊歷人員『應將各處地形之要隘、防守之大勢，以及遠近里數、風俗政治、水師炮臺、制造廠局、火輪舟車、水雷炮彈詳細記載，以備考查』，並要留意『各國語言文字、天文算學、化學重學光學及一切測量之學、格致之學』等，將所寫手册録交總理衙門『以備參考』，人員選拔也只是『專以長於記載、叙事有條理者入選』的秘書性標准，於是入選者普遍級别過低，多是候補的四五品郎中、員外和主事，在所遊歷國家得不到重視，考察回國後，遊歷使也未獲得重用，即使佼佼者如傅雲龍，最後也只是奉檄會辦北洋機器局，還歷盡排擠誣陷的坎坷，在具體的企業管理崗位上齎志而終。

三、關於本書的整理出版

整理和出版傅雲龍的著作，是傅氏子孫共同心願。自一九九六年浙江大學的王寶平教授因爲研究傅雲龍聯繫到我，並提供了一些有關曾祖的資料開始，到現在整理出這部傅雲龍的著作集，已經過去二十一個年頭了，這期間我著手蒐輯整理傅雲龍的材料，隨著瞭解的深入，内心越來越被曾祖的事蹟和人格所感動。才拙如我，在退休後的花甲之年也嘗試著拿起筆來寫些關於傅雲龍的文字，於是便有了《傅雲龍傳》和《傅雲龍日記》兩本書的相繼出版。做完這兩部書之後，我便開始著手整理傅雲龍的著作，二〇一二年，浙江古籍出版社的編輯向我約稿，説是準備將傅雲龍的著作列入《浙江文叢》出版，於是我以古稀之年，面對浩如煙海的文獻資料，重新鼓起勇氣，爲先人的身後事業再做一次努力。

《傅雲龍集》包含《養喜廬文集》、《養喜廬詩初稿》和《不易介集》裏的《遊古巴詩董》、《遊秘魯詩志》、《遊巴西詩鑑》等傅雲龍的著作，約計一百二十萬字。同屬於《不易介集》的日本、美國和加拿大的詩集没有找到，所以均告闕如，留待以後有機會再説吧。傅雲龍的重要著作還有《光緒順天府志》裏由他撰寫的四十三卷，因爲《光緒順天府志》已由北京古籍出版社影印出版，故此本書不再收録。

《養喜廬文集》是傅雲龍自選集，共分三集，其中《文初集》十八卷和《文三集》四卷版式爲清樣校對稿，被浙江圖書館善本部收藏，《文二集》十卷則爲清鈔本，收藏在杭州圖書館特藏部，全書總計三十四卷，約一百餘萬字。

傅雲龍在文集開始的『養喜廬文集目録敘例』介紹：《文初集》成稿於光緒十三年奉派出洋前，截稿時間應在此時之前；『以遊歷文入二集』，即《文二集》截稿在光緒十五年十月；『以歸後文入第三集』，具體而言，《文三集》中最晚收稿時間可考的是『復汪某交代書』，時間是光緒十月十三日。文稿所有書頁的天頭幾乎都有傅雲龍親筆校訂的手跡，僅《文三集》卷四最後幾篇的修改文字是傅雲龍四子傅范翔的筆跡且每卷卷後基本都有『妻李端臨斠，女范淑複斠……子范初、范翔、范鉅斠石』等文字。

《養喜廬詩初稿》是傅雲龍早年詩歌稿本，現浙江圖書館藏有稿本和清鈔本。本稿原名

《詩傭詩存》，清鈔時改今名，收録的詩作都是同治三年（一八六四）前的吟誦，大部分是其本人以及和家人親友間的唱和，從中可以約略窺見傅雲龍年輕時的生活狀況和思想傾向。《不易介集》是傅雲龍在遊歷途中的詩作，原有《遊日本詩變前編》、《後編》、《遊美利加詩權》、《遊加納大詩隅》、《遊古巴詩董》、《遊秘魯詩鑒》、《遊巴西詩志》七種，現在找到的是光緒十五年在日本東京出版印刷的活字本，只有古巴、秘魯、巴西三種，其中詩歌以記事和應酬之作爲主，風格如記事詩，本身並不很講究文采。

朝代變遷，幾經動亂，早在抗戰前，傅雲龍幼子傅范鉅已將傅雲龍的部分著作和手稿捐贈給浙江圖書館，所餘下的大部分則在日寇入侵杭州時被損毀殆盡。到了一九五四年，杭州黴雨連綿，傅范鉅後人家中房坍屋倒，加之當時的政治氣候，家人無法重視此類文獻，碩果僅存的一些傅雲龍遺著由舊書販子收購，至於傅范鉅的兩位兄長傅范初和傅范翔兩家，家道早已中落且散往外地，幾經社會動盪，慢慢彼此失去聯繫，雖然先人血胤應該延續，但估計也難有文字資料留藏，故此基本可以認爲，傅氏後人家中不大可能收藏有傅雲龍的這些著作。

十餘年前我曾先後走訪北京首都圖書館、天津圖書館、上海圖書館和華東師大圖書館（二〇〇〇年赴京時國家圖書館善本部正值修繕，未能查閱目録），均未發現《籑喜廬文集》的其他藏本。

由於傅雲龍的幾種著作只有一個版本，所以我們謹依底本標點整理，並不出校，若是行文確實有誤，則以方括號的形式在文中逕行改正。

值此《傅雲龍集》即將出版之際，謹向關心和幫助過我們的老師和朋友表示誠摯的謝意，他們是：北京大學王曉秋教授，浙江工商大學王寶平教授，浙江大學徐永明教授，浙江圖書館徐曉軍館長以及善本部主管張群女士、蘇立峰先生，古籍部主管沙文婷女士，還有古籍部的一位女士——未來得及請教姓名——熱心幫助複印資料，謹在此一併表示感謝！其中王寶平教授又在百忙之中撥出時間賜以序言，使本書增色不少，在此也謹致謝忱！

傅訓成二〇一七年十月底於杭州留下

附建國後出版的有關傅雲龍的著作：

《遊歷日本圖經餘紀》（《走向世界叢書·甲午以前日本遊記五種》）鍾叔河主編，二〇〇八年十月岳麓書社出版

《遊歷日本圖經》（《晚清東遊日記彙編叢書》）王寶平主編，上海古籍出版社二〇〇三年四月出版

《傅雲龍傳》傅祖熙、傅訓成、傅訓淳著，傅訓成執筆，浙江古籍出版社二〇〇三年九月出版

《晚清中國人走向世界的一次盛舉——一八八七年海外遊歷使研究》王曉秋、楊紀國著，遼寧師範大學出版社二〇〇四年十二月出版

《傅雲龍日記》（包括《遊歷圖經餘記》、《北上里志》、《西陵蹕程録》和部分傅雲龍遊歷時的信件底稿）傅雲龍著，傅訓成整理，浙江古籍出版社二〇〇五年四月出版

《傅雲龍遊歷各國圖經餘記》中國旅遊出版社二〇一六年十二月月出版

傅雲龍集總目

簑喜廬文初集

籑喜廬文集序

日本　中邨正直

德清傅君懋元充日本與美利堅等國游歷使，始至東京，見訪敝廬，余喜且恧，無以當之。既而還自美利堅，寓大清公署，余又屢得相見。温乎其言，藹乎其貌，使人起愛起敬，遂出平生所爲文請君序言。是時君編籑所經之邦國圖經、其他著作方殷然，而未經數日，貺以佳篇，至寶無價自不必言，余之得之私心獨喜者，何可以語人哉！君又出《籑喜廬文稿》，余受而讀之，深有感於大清朝廷之所以掄游歷使，不在於矜能之吏，而在樸學之士也，蓋君嘗有言矣：『余堅苦人也。』間有以格致積理，以誠正養氣、以古誼孯經、以時事證史者，未嘗不恥不若人。』今閲文稿中忠孝倫理之作、山經地志援古証今之文，不但十之九，而尋常酬應之篇十不有一，余視之甚愧焉。嗚乎，君之樸學，古顧亭林其人哉！亭林不用于時而以著書利後世，然君將益大用于時而著述亦利後，則今也正大清學者効力之秋也，君其懋哉！明治二十二年八月，元老院議官從四位文學博士、東京中邨正直譔。

籑喜廬文集序

洪良品

同治戊辰間，余道汴梁至京，見沿塗驛壁題詩，末署懋元，未審爲何人也，愛而誌之。抵京相見於余揩珊所，始悉君名字。光緒庚辰順天開局纂志，君與予適與斯役。凡志中繁重委曲不易措注諸名目，衆咸拱手推君，君搜討爬梳如指諸掌。志成别去。逾年，天子詔閣部大臣舉可游歷海外各國者，試之譯署，君裒然舉首。瀕行，余序送之。暨歸，授余《日本圖經》三十卷、《古巴圖經》二卷，煌煌乎域外之鉅觀矣！昔人稱子産博物，公孫揮能知四國之爲，其有加於此耶？蓋君之學萌柢於經，涵演於史，泛溢於諸子百家，貫天地人而一之，故投之所嚮，無古今，無中外，一探索必罄其底，一論議必衷諸是，余誦而儀之也久矣。兹復彙所箸文若詩視予，譬諸入波斯之市，珠璣貝玉，璀璨滿衍，即其尺綃寸組，罔匪珍奇。斯固賈人所望而夥頤者，出以售世，奚疑哉？憶余初撰《古文尚書辨惑》成，聞者或訕且笑，及以質君，而君考覈本末，謂古籍有徵，勉予勿廢衆咻。夫君豈有私於予哉？亦以言必既實，迺不滋惑於後之人焉爾，然則予之於君亦如是已。黄岡洪良品。

簣喜廬文初集敘録

德清傅雲龍

《簣喜廬文初集》三百九十一篇，都凡一十有八卷，光緒十三年以前文也。《全漢文敘例》稾未定，《解散脅從令》稾亦佚，類此未録，所録又不無追改。要之，初稾在游歷海國前。以游歷文入二集，以歸後文入三集。傅雲龍自爲敘録曰：

初不欲以文名，而文奚集爲？雖然，言情、言理、言事，豈無出之自然者乎？自然非苟於文之謂，謂無矯情、無僻理、無倖事，一期有用而已，雲龍願以自懋而媿未能。嘗觀水矣，埃壒盡滌，渾淪不波，浩乎其氣，與天無極，淵乎其神，尋之無端。天風時來，水遇之成文，初日浴瀾，雲霞萬變。嗚呼，其文之自然乎！人力不可爲而可爲，而驟幾於合則愈離，土木之骸，優孟之衣冠，形是矣，精氣神其亦是耶？但一字一句一格局不失行墨蹊徑於古，其不貽畫虎譏爲幸。雲龍願以自戒，而亦媿未能。少受先鄉賢公教做人從親親做起，庸言庸行，欲信吾親，於人辭無所叚，繇是有言情之文。治小學、經學、史學亦庭訓意，不敢襲性道空言，不敢務碎義破體，安所習，毁所不見，愈不敢忘孔子之所謂時而薄今泥古，繇是有言理之文。孤露早備嘗艱險，苦勞餓，苦疢疾，苦兵燹，苦文塲，苦宦海，繇是有言事之文。夫無理之情事非文也，而理以孔孟爲歸宿，古今庸有二理乎？然情事則人人異，一人之情事則時時異，不以人異時異之理，又未嘗不以情事異，雲龍願以勉然者，爲學即以自然者爲文。文於情求真，於理求通，於事求實，而黽俛未能。雖省駢枝而寡批導，中有少作，過而存之，進退得失，行自鏡也。有用儻萬一人以文名集，因亦題集曰『文』，而仍自見爲言情、言理、言事，一期有用而已。有用耶？否也，就正有道之好學深思者。十九年秋九月庚辰朔。

簷喜廬文集通例

凡文自名，史法也。

凡傳例書名，而尊親不在此例。

凡碑文依漢石例。

凡稱謂視文，欲其稱物也。

凡措語戒偶無根據，而當時語則否。

凡地名、官名書今不書古，紀實也，引經籍、引人説則否。

凡畣問書與説，芟繁存要。

凡篇首尾相銜，漢唐寫書灋也。

凡擡頭一律頂格。

饔喜廬文初集目録

饔喜廬文初集一

籑喜廬文初集卷二

饔喜廬文初集卷三

饔喜廬文初集卷四

饔喜廬文初集卷五

饔喜廬文初集卷六

籑喜廬文初集卷七

籑喜廬文初集卷八

籑喜廬文初集卷九

籑喜廬文初集卷十

篑喜廬文初集卷十一

饔喜廬文初集卷十二

簑喜廬文初集卷十三

籑喜廬文初集卷十四

籑喜廬文初集卷十五

籑喜廬文初集卷十六

籑喜廬文初集卷十七

簣喜廬文初集卷十八

簣喜廬文初集卷一

釋經上

《説文》：『經，織也。』《御覽》引：『經，織從絲也。』《御覽》所引與《説文》『緯，織横絲也』合，可補今闕。此本誼也。叚爲聖經之經，訓常爲多，如《易·上經》《釋文》『頤』、王肅注《書·大禹謨》『甯失不經』、《詩》『匪大猶是經』傳、《禮記·禮器、祭統、樂記》疏，類此難更僕數。此與訓『典』《爾雅》，典，經也、訓『法』《易·上經》釋文、《禮記·禮器》『禮之大經』疏、訓『常法』《漢書·司馬遷傳》、《五行志》注、訓『義』《易·頤》疏、訓『道』《吕覽》注、訓『道之常』《左·昭廿五年傳》注、訓『不易之稱』《玉海》四十一引、《孝經》鄭注、訓『綱紀之言』《左·昭十五年》疏，其誼一也，又叚爲『理』《莊子》、《吕覽》、《淮南》注，爲『紀理』《左·隱十一年傳》疏，爲『順理』《考工记·輈八》注，爲『横理』，《吕覽》注。又叚爲『由』《易·上經》釋文，爲『行』《孟子·盡心》注，爲『歷』《文選·西京賦》注，爲『過』《小爾雅·廣詁》，爲『直行』《文選·魏都賦》劉注，又叚爲『略』《孟子·經界》注，爲『界』《周禮·司市》注，爲『制分界』《周禮·遂人》注，爲『地畔之名』《詩·信南山》傳『經界』疏，爲『爲之里數』《周禮·天官》『經野』疏，爲『度之』《詩·靈臺》傳，爲『度立基趾』《國語·楚語》注，又叚爲『始』《鬼谷子·抵巇》

注，又叚爲『示』《廣雅·釋詁》，又叚爲『絞』同上、爲『縊』《公羊·昭十三年傳》注、《荀子·彊國》注、爲『繫』《史記·田單傳》索隱，又叚爲『動摇』《淮南》『熊經鳥伸』注，又叚爲『經脉』《素問》注，又引《靈樞經》，非一誼矣。

其叚爲『聖經之經』何也？曰依聲叚借也。『經』與『徑』皆『巠』聲，此制字之聲本通也，《廣韵》『經』亦音『徑』，《集韵》『徑』亦音『經』，此用字之音互通也。《釋名》不云乎：『「經」，徑也，常典也，如徑路無所不通，可常用也。』與《易·上經》釋文、《廣雅·釋言》、《離騷經》序之訓『徑』同。引伸之南北曰『袤』據《説文》，《釋名》『徑，袤也』，與南北爲經之誼同《周禮·龜人》疏：南北爲經；《考工记·匠人》國中九經疏：南北之道爲經；《吕覽》、《淮南》『南北二萬六千里』，注『子午爲經』，南北直道也，與從之言直又同；唯直而通故常，訓『常』居多職此。

釋經下　此爲童習言，然耄學或難歷數，故著於篇。

稚子范鉅方隨諸昆學經，問群經目，答曰：『今之立學官有《易》、《書》、《詩》、三禮、三傳、《孝經》、《論語》、《孟子》、《爾雅》，是爲『十三經』，不及四書四書之目始宋，亦曰『四子』之《中庸》、《大學》，蓋爲戴《記》之二篇也。

稽古曰四經，《古文尚書》、《毛詩》、《左氏》、《穀梁春秋》也。後漢建初八年詔選高堂生受四經，即此。而邵子《皇極經世》四經，則《易》、《書》、《詩》、《春秋》也按《王制》樂正崇四術立四教：春秋教禮樂，冬夏教詩書，然未稱四經。

曰五經，《周易》、《尚書》、《毛詩》、《禮記》、《春秋》也揚子《法言》五經爲辨，唐孔穎達與諸儒譔《五經義疏》百七十卷，詔改《正義》。《白虎通》曰：『有五常之道，故曰五經：《樂》仁、《書》義、《禮》禮、《義[易]》智、《詩》信也。』

曰六經，厥目自《莊子》稱孔子治《詩》、《書》、《禮》、《樂》、《易》、《春秋》六經始，即《禮記》、《史》、《漢》之六藝也。《禮記·[經]解》記六藝政教得失，《史記》：孔子曰『六藝治，治一也』，《漢儒林傳》『博學六藝』。

曰七經，《易》、《書》、《詩》、三禮、《春秋》也《小學紺珠》：秦宓曰『文翁遣相如東受七經』，傅咸七經詩，亦謂《詩》、《書》、《春秋》、《周禮》、《儀禮》、《禮記》、《論語》劉敞《七經小傳》。

曰九經，即《漢·藝文志》《易》、《書》、《詩》、《禮》、《樂》、《春秋》、《論語》、《孝經》、《小學》九種也。其稱九經，自唐谷那律稱九經庫始按韋表微著《九經師授譜》，後唐校九經，鏤本於國子監。《經典釋文·序録》九經云者，指《易》、《書》、《詩》、《周禮》、《儀禮》、《禮記》、《春秋》、《孝經》、[《論語》]言，唐《選舉志》以《禮記》、《春秋左氏傳》爲大經，以《詩》、《周禮》、《儀禮》爲中經，以《易》、《尚書》、《春秋公羊》、《穀梁》爲小經按《選舉志》：《孝經》、《論語》兼通，又《百官志》：《論語》、《孝經》、《爾雅》附中經，唐劉子元曰：『晉《中經簿》九經皆鄭注。』

曰十經：宋《百官志》助教分掌《周易》、《尚書》、《毛詩》、《禮記》、《周官》、《儀禮》、《春秋左氏》、《公羊》、《穀梁》以上各爲一經、《論語》、《孝經》，蓋以《論語》、《孝經》爲一經也。《南史》：周續之通十經，指五經、五緯言。

曰十二經：《詩》、《書》、《禮》、《樂》、《易》、《春秋》六經，又加六緯《小學紺珠》。

雖分合互異，先後或殊，大要不外乎是。是以知宋前無十三經之稱。古者治經，或三年通一藝，或畢世專一經，問目云爾哉，玩文云爾哉！空疏無論已，强識者爲之，引證是其所長，而懼其非臆斷即碎義也，否則懼其屈經從解也。然則安所折衷？曰：非以經正注疏之失，不克以經釋經；非繇一經通群經之訓詁，不克合群經以治一經。若夫傳《周易》、删《詩》《書》、訂《禮》《樂》、修《春秋》，而志在《春秋》，行在《孝經》，非至聖孰與於斯！

釋易

詁易爲輕，爲輕速，爲省爲略，爲平爲和爲慢，又爲如，又爲治爲修，皆假借也。以易名經，雖函『簡易』、『變易』、『不易』三義，而以變易爲主，是『易』字之本誼。何也？易於六書爲象形字，許書『蜥』字云：『蜥，易也。』『蝘』字云：『在壁曰蝘蜓，在艸爲蜥蜴。』《爾雅》云『榮螈，蜥蜴』、『蜥蜴，蝘蜓』，『蝘蜓，守宫也』。《方言》云：『守宫，秦晉西夏謂之守宫，或謂之蠦蝘，或謂之蜥蜴，其在澤中者謂之易蜴，南楚謂之蛇醫，或謂之榮螈，東齊海岱之間謂之螔蜨，北燕謂之祝蜓，桂林之中，守宫大者而能鳴，謂之蛤解。』《廣雅》較《方言》增『蚵蠪』。《一切經音義》七云：『守宫，江南名蝘蜓，山東謂之蝀蟆，陝西名壁宫。』《詩》『胡爲虺蜴』，傳：『蜴，螈也。』而許書『易』字僅云蜥易、蝘蜓、守宫也，蓋舉三以例其餘也，雖曰一類，而在壁、在艸、在澤中，形以地易，或以注鳴，或以胸鳴《説文》：蠑蚖、蛇醫以注鳴者，虺以注鳴。《周官·梓人》鄭注：胸鳴，榮原屬，形又以聲易，不然，東方朔云『是非守宫，即蜥易』，何歟？治《易》者由變易而引伸之交易、反易、對易、移易、世易之誼，皆於易之三百八十有四爻象之。許書又云：『秘書説曰，日月爲易，象陰陽也。』是説也，《參同契》虞翻注：『從日下月。』《易繫辭傳疏》『易者，陰陽變化之謂』，《禮記》題疏引《六藝論》『易者，陰陽之象』，皆本其説，而許視同一，曰從勿例者，明其非象形之本説也。知象形而後可以言易，故曰：『易者，象也。』

釋尚書

《説文》訓書曰箸，序云：『箸於竹帛謂之書，書者如也。』它籍訓書爲記，爲著據《廣雅·釋言》，爲舒據《古微書》引《孝經援神契》、《尚書》序題疏，爲言據《韓非子·喻老》，爲籍據《左·哀十五年》服注，爲紀據《古微書》，爲庶，爲紀庶物據《釋名·釋書契》，爲紀政事據《荀子·勸學》注，其誼同也；五經六籍咸謂之書《史記》、《禮書正義》，獨名『書』，何也？《周禮》外史掌三皇五帝之書，即《左傳》所謂三墳五典也，《玉篇》『世謂蒼頡作書』，即黄帝史，孔安國《書序》云孔子討論墳典，斷自唐虞，凡百篇。

曰『尚』何也？『尚』訓庶幾，以『尚』爲上，古通用字。《詩·陟岵》『尚慎』之『尚』，漢石經作『上』，《儀禮》『上握』之『上』，今文作『尚』《鄉射禮注》，『尚在』之『尚』，古文作『上』《覲禮》注，《論語》『草上』之『上』，《孟子》作『尚』《滕文公》，《史記·仲尼弟子傳》『公西蒧字子上』，《索隱》引《家語》作『子尚』。類此可證。

或問《尚書》名始伏生，信乎？曰：此孔疏誤也。安國序『以其上古之書謂之《尚書》』，『以其』云者，解《尚書》所繇名，非謂伏生意也。何以知非名自伏生也？其證有四：《儒林傳》『文帝求能治《尚書》者，天下無有，聞伏生治之』，是《尚書》名在伏生前，一也。伏生年過九十，口授非簒書比，奚易名爲？二也。《漢藝文志》《尚書古文經》四十六卷按：注五十七篇，知非伏生二十餘篇，一則曰《古文尚書》出孔子壁，再則曰魯共王得《古文尚書》，注師古曰：『《家語》孔騰畏秦法峻急，藏尚書壁中。』如始伏生，前何以名？三也。《藝文志》經二十九卷，注伏生傳授者，不惟無《尚書》名，且不注名《尚書》意，四也。或又問：《鄭氏書贊》『孔子乃尊而命之曰《尚書》』，信乎？曰孔疏駁語，亦非鄭贊本意，鄭氏《六藝論》左史所記爲《春秋》，右史所記爲《尚書》，王肅《尚書敘》『上所言，下爲史所書，故曰《尚書》』，據知《尚書》也，《春秋》也，皆沿古史稱也。百篇書目命自孔子，《尚書》舊目不始自孔子，删書而即《尚書》之名名之，亦猶修《春秋》而取《春秋》之名名之也。

釋詩

或曰：詩从言，寺聲，是諧聲字之無意可會者。雲龍曰：非也。寺之聲，古文省詩爲『訨』，正與《釋名》訓『之』合《釋名》：『詩，之也。』《説文》『詩』訓『志』，不訓『之』，何也？《禮記·學記》『詩，言其志也』，鄭注《尚書大傳》『詩之言志也』，《詩·關雎》序疏『詩者，志也』《詩譜序》疏引《春秋題辭》『詩之爲言志』，从心之聲爲『志』，言『志』而『之』誼已見也。『寸』从又，又，手也，手有持誼，亦有承誼，《禮記》、《儀禮》注之訓『承』《禮記·内則》『詩負之』，注『詩之言承也』，《儀禮》特牲饋食禮、又少牢饋食禮『詩懷之』，注『詩猶承也』。《詩含神霧》之訓『特』《詩譜序》引，又《古微書》引，皆古誼也。《周官》六詩云者，以比賦興爲風雅頌，皆樂也按朱子云風雅頌，聲樂部分之名，賦比興，作風雅頌之體也。樂有律，十分而寸，律數也。《説文》『寺』字云『有法度者也，从寸』，然則詩也者，心之所之，發言而持如承如，不失法度於分寸也，會意兼聲，非歟？桂氏《説文解字義證》僅云『詩』、『志』聲相近，何也？

釋三禮

『禮』於六書爲會意字，从『示』，示神事也，从『豊』，祭器也，禮莫大於祭也。《禮器》云『禮者，體也』，《祭義》云『禮者，履此者也』，鄭序云『統之於心曰體，踐而行之曰履』，孔疏云

『《周官》爲體，《儀禮》爲履』，此皆古誼。二禮制自周公，《周禮》曰周，别夏、殷也，《儀禮》不曰周，兼異代也。《漢藝文志》曰『周官經』，不曰『周禮』，曰『禮古經』，不曰『儀禮』，蓋今之《儀禮》即漢初高堂生所傳《士禮》十七篇，而字多異，《冬官》爲《周官》六篇之一，非今《考工记》，《禮記》云者，《音義》謂記二禮之遺闕，然記非一人。《中庸》子思也，《緇衣》公孫尼子也，《月令》吕不韋也，《王制》漢文時博士所録也，是以《漢藝文志》注云『七十子後學者所記』，唐明經有三禮科，然通三禮以鄭注始。

釋春秋

《漢藝文志》一則曰《尚書古文經》，再則曰《春秋古經》。史受經稱《春秋》與《尚書》同。曷名乎《春秋》？或曰錯舉以該乎夏冬也，否則生物始、成物終也，否則褒如春、貶如秋也；或又曰魯哀十四年春獲麟作《春秋》，秋九月書成，故名，其説皆非。《漢藝文志》『古者右史記事，事爲《春秋》』，然則《春秋》者，記事之史之古稱也。夏、殷《春秋》尚矣按《隋經籍志》云：《古文瑣語》四卷，汲冢書，《史通》云：『《汲冢瑣語》記太丁時事，目爲夏殷春秋。』《晉語》『習於《春秋》』，《楚語》『教之以《春秋》』，獨魯云爾哉？《左傳》韓宣子來聘觀《春秋》、《孟子》魯之《春秋》，此孔子未修之《春秋》也。未修之《春秋》，史也，既修則史而經矣。

釋尒疋

小學以『尒疋』爲通釋，故孔子曰『尒疋以觀於古』據《禮・三朝記》。《音義》云：『爾，近也，雅，正也，言可近而取正也。』雲龍以爲：『爾雅』古爲『尒疋』是也。『爾』之本誼同『爽』，假『爾』爲『邇』，訓近；張晏訓亦同陸，然《說文》『尒，詞之必然也』，錯《類聚》篇猶云如此。『雅』之本誼爲『楚烏』見《說文》，假『雅』爲『疋』，故『雅』亦訓『正』。古文以『疋』爲《詩・大疋》字，『疋』、『正』皆从『止』，然則『尒疋』云者，猶言『如是』，則知其所止也，較訓『近』，勝耶不勝耶？而以『爾雅』爲『尒疋』，未嘗非假借例按：張揖據《禮・三朝記》、《春秋元命苞》，以定《釋詁》一篇爲周公作，《釋言》以下或言增自孔子，足自子夏，益自叔孫通，補自梁文，本無其字，爲制字時之假借；未嘗無其字，則制字後之假借也。治小學者舍《說文解字》未繇括轉注、假借於指事、象形、諧聲、會意之體，舍『尒疋』，末由通指事、象形、諧聲、會意於轉注、假借之用也。

《劉略》、《班志》：《爾雅》三卷，二十篇，屬《孝經》不屬小學，何歟？

釋說文解字

『文』於六書爲象形，而『字』之本誼爲乳，以爲文之孳乳浸多，則於六書爲假借，蓋孳字所謂依聲也。古曰『名』《周禮・外史》注『古曰名，今曰字』，《儀禮・聘禮》注『爲古文也，今謂之字』，曰

『文』《左傳》文『止戈爲武，反正爲乏，皿蟲爲蠱』，《易》『文言』、《論語》『文獻』、『闕文』、《中庸》『書同文』、《國語·晉語》『敏而有文』，注『文，有文章也』，不曰『字』，言字始秦始皇琅琊臺石刻，曰『同書文字』《史記》。雖然，字之用顯於後，字之體則肇於古也。許書所説維何？説指事、象形之文也，所解維何？解形聲、會意、轉注、假借之字也按戴侗《六書故》云：『指事、象形之謂文，會意、轉注、諧聲之謂字。』舒天民《六藝綱目》云：『象形爲文，指事、會意、轉注、諧聲爲字。』戴説似勝。蓋兩文以上爲會意，而指事獨體也，尚無所謂孳也。假借本無其字，偏舉《説文》，不其漏歟！或謂對文曰字，省字曰文，亦偏舉一例也。

釋叏

《説文》：『叏，記事者也。从又持中。』中，正也，又手也，然則『叏』是會意字，其誼不待引伸。而梁劉勰云『叏者，使也』，非本誼矣。《曲禮》曰『叏載筆』，《後周書·少傳箴》『左史記日，右叏書事』，皆古誼也。唐劉知幾《叏通》以《尚書》、《春秋》、《左傳》、《國語》、《叏記》、《漢書》六家分叏之流，以編年、紀傳二體合叏之源，論者韙之。

雲龍以爲其流則六，其源無二：記日之左叏即編年祖也，紀傳雖始《叏記》，然以事繫人爲傳，亦紀事之變體，蓋源於右叏者也，其紀兼編年體，而復以事繫年爲表，則源於左叏者也。然則謂叏至遷而體備可也。

釋子

據《説文》，『子』爲象形，古文『㜽』从『巛』，象髮也。籀文『㜽』：子囟有髮，臂脛在兒上也，人以爲偁，不第繼父之辭矣《左·僖九年傳》疏『繼父之辭』。以子名書，或爲通稱《詩箋》、《論語集解》、《文選·褚淵碑文》注引、《孟子》劉注，或爲美稱《禮·雜記》疏、《儀禮·士冠禮》注、《孝經》釋文，或爲尊稱《儀禮·鄉射禮》疏，或爲有德之稱《詩疏》、《禮記·曲禮》注，亦睎厥書自居何等，劉歆以諸子爲七略之一。唐《丙部·子録》《鬻子》爲道家始，或遂以爲子部始，非也。《漢書·藝文志》諸子十家不無依托，然傳非原書，而書無原目乎？況《鬻子》傳本未必劉、班舊本乎？

釋集

《説文》云：『雧，群鳥在木上也，集、雧或省。』又云：『隹鳥之短尾總名也，象形。』然則『集』爲會意字，假爲詩文之集始漢據《漢藝文志》，居四庫之一始唐《唐志》總集七十二家，昉於晉摯虞《文章流别集》。雲龍以爲，劉歆《輯略》其椎輪也。『輯』之本誼爲車和，『輯』叚爲七略之一，亦猶『集』假爲四部之一也。『集』、『輯』音同用通，經籍往往而見。即如《詩·公劉》『思輯用光』，《書·無逸傳》作『集』，《詩·板》『辭之輯矣』，《新序·雜事二》作『集』，《孟子音義》引張音『集穆』當爲『輯穆』、《左·僖二十四年》『國未輯睦』，注『襄十九年「輯睦」』，《釋文》並云

「輯」本作「集」』，成十六年『集睦』，《釋文》『集』本作『輯』，《漢書·王莽傳》『大衆方輯』、『安輯海内』，注並云『輯』與『集』同，後漢《盧芳傳》『輯』古『集』字，皆其證也。然或以『雧』爲『集』，則非。

釋通

或評初學文曰㣻通，夫通豈易言哉！而今稱通人，必其工時文者也，否則皮傅桐城，腹誹陽湖，謂通古文者也，否則襲調兮些，妃儷黄白，謂通駢文者也。又有横通云者，釋詞既瞶，問義輒矇，然能斠異同於章句，志分合之埶文，俗謂爲遜，吾猶見其勝也。又進而紛呶許鄭，謂通心性，又進而厭薄朱陸，謂通考訂，通耶？否耶？雖然，通豈有異道哉！下學上達，一以貫之，而致用自通經始，通經自通小學始，非通指事、象形、形聲、會意之體，無以通轉注、假借之用，非通《爾雅》、《説文》之義與聲，無以通一經之訓詁，以通經史之體用，且無以通諸子百家之源流，而舍短取長，由博反約也。『通』訓『知』《淮南·主術》，又訓『至』《國語·晉語》注，物格而後知至，通天地人之謂儒也。窮則變，變則通，通則久，變通者，趣時者也。有以見天下之動，成天下之文，以通天下之志，其聖乎！故《説文》曰：『聖，通也。』

釋儒

儒亦士稱，而不盡君子儒，有實有不實也。以學周孔道者爲儒，或曰自有楊墨始《孟子》墨者夷之，稱儒者之道。《墨子》有《非儒篇》，非也。楊墨之前有老，言清净者宗之，有莨，言神仙者溯之。《史記》曰『學老子者絀儒學，儒學亦絀老子』，又曰『莊子作《漁父》、《盜跖》、《胠篋》，詆訿孔子之徒，以明老子之術』，然則儒殆因老立名與？而孔子問禮於老，問樂於莨，何也？泰山無以撼之，受壤愈成其高，海水無以澆之，納細流愈見其深且大。孔子者儒中聖、聖中至聖也，老也，莨也，亦焉能爲有無哉！而孟子闢楊墨，抑又何也？儒爲己而楊爲我，儒愛人而墨兼愛，儒之道不外君臣父子夫婦昆弟朋友，而楊墨之流弊如彼，闢之烏能已已。閱數百年而有釋，塞之者韓子，思有以勝之者歐陽子，一放距，一反經，仍孟子意也，後世豈無非老非莨非楊非墨非釋，而亦道其所道、非儒所謂周孔道者，不慮其背儒而馳，正慮其久將竊近似言以相淆也。雖然，無日無倫，即無日無儒，亦思爲君子儒焉，斯可矣。

釋格物

舊説格物者七十餘家，而扞欲、窮理二恉，學者多稱之。雲龍按：『格』之本誼爲木長皃，見《説文》又《文選·上林賦》注引《埤蒼》，《經藉》訓『格』爲『來』，《大學》鄭注其一也《爾雅·釋言》、《書·

舜典傳》、《湯誓》釋文、《詩・楚茨》傳、《論語・爲政》、鄭注《禮・中庸、緇衣》注、《公羊・定公四傳》注疏，《方言》作『佫』，亦訓『來』，又爲『至』《易・萃、豐》虞注、《爾雅・釋詁》、《書・堯典傳》、《洛誥、召誥》疏、《詩・抑傳》、《儀禮・士冠禮》注、《禮・月令》注，《方言》『佫，至也』，爲『陞』《爾雅・釋詁》。又通『假』，《詩・雲漢、那、烈祖》箋：『假，升也』，爲『登』《書・呂刑》鄭注，《方言》『佫，登也』，爲『舉』《爾雅・釋訓》，爲『起』《爾雅・釋文》李注、《史・天官書》『攝提格』《索隱》引李巡，爲『止』《小爾雅・廣詁》、《漢・梁孝王武傳》、《集注》引張晏，爲拒《素問》注、《公羊・莊三十一、定四傳》注疏，爲『拒捍』《荀子・議兵》『格者』注『格，謂相拒捍者』，《後漢・劉盆子傳》注『相拒而殺之曰格』，爲『鬭』《周書・武稱》注，爲『强悍』《史・李斯傳》索隱，爲『扞格』《禮・學記》，爲『正』《論語・爲政集解》、《方言》三、《孟子・離婁》注，爲『量度』《文選・蕪城賦》注引《蒼頡》，爲『舊法』《禮・緇衣》注，爲『標準』《後漢・傳燮傳》注，而以釋格物之『格』，未始不可就一恉引伸之也。雖然，欲問格，先問物，專以私爲物，不獨司馬温公矣。謂物物而不物於物，似即格、即誠、即正，何《大學》復言誠正邪！顔習齋以物即《周禮》賓興之鄉三物，將毋未括。天爲無物之物，地爲載物之物，人之身心家國天下皆物也，意難言物，然《中庸》言不誠無物，蓋心之所之亦物也。物有善有惡，聚於所好，有繇來矣。鄭注較勝非以感應言。鄭注言事，緣人所好來也。朱取程意，罔或不籀，或未喻『一旦貫通』語，謂格一物而萬物皆知，盍觀《近思録》乎？　伊川先生曰：『若格一物便通衆理，雖顔亦不敢如此道。須是今日格一件，明日又格一件，積習既多，自有貫通處。』程説如是，況即物而窮其理云者，非空言窮理也。或問博聞與格物異乎？曰無以異也。孔子云『多聞』、『擇善』，與《易》『多識前言往行』、《中庸》『學問思辨』，《孟子》『知性知天』，皆格物也，而莫若以傳釋經，而莫若以經釋經。傳不云乎，『君子無所不用其極』，又引子曰『於止，知其所止』，此格之當然也。經不云乎，『止於至善』，『知止而後有定』，此格之所以然也。物莫不有當止之地，亦即當然之極。所謂格也，《爾雅》『格，極至也』，《禮·緇衣》『言有物而行有格』，皆其誼也《後漢·傅燮傳》之方格，《唐·裴光庭傳》之資格，今有品格、文格、入格、到格、過格之語。曰正，曰量度，曰舊法，曰標準之説本此。

物之至善，莫不有所以然之理，非知止無以得止。格以外無入，『拒』、『扞』諸説近之，格以内無出，『來』、『止』諸説近之。《大學》格致所以爲誠正基歟？僅言當然，不求所以，恐不免爲空言窮理者誚也。

釋時

不識時者非俊傑也，非其時則井田亦失經，政官禮亦誤蒼生，故《禮·學記》曰『當其可之謂時』，《説苑》建本『因其可之謂時』，『時』有『是』誼《書》『時雍』傳，《詩》『奉時辰牡』、『豈曰不時』、『帝命不時』、『率時昭考』傳，『曰止曰時』、『時維姜嫄』、『于時處處』、『時靡有争』、『于時保之』、『佛時仔肩』箋，《考工记》□氏注，《儀禮·士冠禮》、《禮·内則》、《爾雅·釋詁》、《論語》『時哉時哉』皇疏引虞氏贊，餘難悉數，而字亦通《書》『維時懋哉』，《史·五帝紀》云『維是勉哉』，『咸若時』，《史·夏本紀》云『皆若是』，《湯誓》『時日曷喪』，《史·殷本紀》云『是日何時喪』，『時謂巫風』，《墨子·非樂》云『是謂巫風』，又有『中』誼《詩》『以奏爾時』，傳：『時，中者也。』『時』『中』，古亦通用，《孟子·萬章》：『孔子，聖之時者也。』《韓詩外傳》：『時作中』。無過不及，時行時止，其孔子乎？故曰『聖之時』。

釋橢

地形橢圓，非臆説矣。譯書以『撱』爲『橢』，雲龍以爲『橢』勝，何以釋之？《説文》無撱有橢，云『車笭中橢』。橢，器也。《爾雅·釋魚》『蟦小而橢』注謂狹而長，又《釋獸》注『羱羊角橢』，《楚辭·天問》『南北順橢』，《史記·平準書》『三日復小橢之』，《唐韵》『器物之狹而長者曰橢』諸書刊本或譌作『撱』。而橢、撱分義各出，獨《正韵》耳。按：橢，隋聲，隋已有狹長誼，古亦通用。《詩·破斧傳》『隋銎曰斧』，《儀禮·士冠禮》注『隋方曰篋』，《禮·月令》注『隋曰竇』，《釋文》並云『隋』，謂『狹而長』，《史·天官書》『隋星』《索隱》引宋均『南北爲隋』；又《史記·貨殖傳》索隱引《三蒼》『隋，盛鹽豉器』、《漢·食貨志》『復小橢之』，注云『楕，圜而長也』，『賦入貢棐』，注又云『隋，圜而長也』按：國名作『隨』。《左·桓六年》『漢東之國隨爲大』，楊堅改『隨』爲『隋』。然《戰國策》『隋珠』非國名耶？堅亦因古通用，而因以『隋』爲『隨』，非自造字也。《説文》：『隋，裂肉也。』然則省木作『隋』，亦未爲不可，而『橢』勝。

釋璣

《虞書》『璇璣玉衡，以齊七政』，或因《星官書》『北斗魁星第三爲機，以北斗七星爲七政』，遷、固猶且不知七政爲日月五星也。馬融《書注》則謂『機，渾天儀，可轉旋，故曰機』，鄭注亦云『轉運者爲機』。《御覽》《時序・十四》引《書大傳》『璣者，幾也』，引范甯《書注》『璣，轉也』，《書鈔》《儀・飾部一》引《書大傳》『璣爲轉運』，凡此皆不失馬、鄭誼。《易略例》『璇璣』，《釋文》『璣本作機，又作幾』《文選》『仰陟天璣』，注『璣與機同』，《堯廟碑》『據旋機之政』，《周公禮殿記》『旋機常離』，此『璣』、『機』古通用之證。

釋景

俗有『景仰』、『景慕』語，非無所本，然失古誼矣《後漢・劉愷傳》注『景，猶慕也』，《篇海》『景，慕也，仰也』。按《說文》『景，京聲』，《爾雅》『京，景，大也』，《公羊・桓九年傳》『京者何？大也』，《經藉》訓『大』本此《詩・楚茨》、《車舝》、《旱麓》、《既醉》、《潛》、《烈祖》箋，《小明》傳，《儀禮・士冠禮》注，《白虎通》。又按《說文》：『景，光也，从日』《後漢・班固傳》注『景，光也』，《經藉》訓『明』本此《詩・車舝》箋、《禮・表記》注、《儀禮・士昏禮》注。《詩》云『景行』之景，箋云『明也』，《朱傳》云『大道也』，無訓『仰』、訓『慕』者。《經籍》又訓『日』《文選・王元長曲水詩序》注、陸士衡樂府《長安有狹邪行》注，又訓『白』《廣雅·釋訓》，又訓竟也，『所照處有竟限也』《釋名·釋天》。古無『影』字，『景』即『影』也，故又訓『日景』《文選·七啟》注。《一切經音義》八云：『景，葛洪《字苑》加「彡」作「影」。』如王景略、范景仁之類，皆與古誼無爽，然沿『仰慕』義非自今始。《鶴林玉露》言真西山舊字景元，後悟其非，乃改希元云。

釋于

《左氏·宣十二年傳》：『于民生之不易，于勝之不可保。』杜預注：『于，曰也。』此本《爾雅》。按，于、爰雙聲，粵、曰疊韵，故《爾雅》云『粵，于。爰，曰』也。《詩》『穀旦于差』、『王于出征』、『之子于苗』、『我獨于罹』、『於昭于天』。《鄭箋》並云『于，曰也』。杜非臆説。雖然，《説文》『于』作『亏』，於也，象氣之舒，從丂從一。一者，其氣平之也，今以爲從二者非。語以氣舒，故『于』可訓『曰』，氣以語舒，故『于』又爲語助辭。讀《左氏傳》邲戰兩『于』字，不必拘拘作『曰』字解，何也？上有『訓』字、『申儆』字，下有『之』字，可知爲語助辭，即爲氣舒語。下文一則曰『訓之以』，一則曰『箴之曰』，『以』也，『曰』也，即于變换。設以『于』作『曰』，奚爲其兩『于』而一『曰』也？杜説非不可通，而非正解。

釋評　答順天府尹周子筱塘，下四同。

《説文》：『呼，外息也，蓋言出其息也。』《書大傳》：『陰盛則呼吸萬物而藏之内也。』後人以呼代評，而評遂尠用。《説文》：『評，召也，从言，乎聲。』《爾雅·釋言》注『江東評下爲駔』，又注『相呼食爲耆』。《釋文》『呼本作評』，乎、虖古通，《詩》『式號式呼』，《釋文》『呼本作謼』，《漢書·敘傳》『式號式評』。

釋廑

『廑』、『僅』古通用。《説文·人部》：『僅，材能也。』《三蒼》、《漢書》『材』並作『才』，鄭注《禮記》、《周禮》，賈逵注《國語》、《東觀漢紀》及諸史皆作『裁』，《廣部》『廑，少劣之凥』，與『僅』誼無異。《禮·射義》『廞有存者』，『廞』即『廑』字，古又通『勤』。《文選·長楊賦》注引《古今字詁》曰：『廑，今勤字。』《公羊傳·定八年》：『公斂處父帥師至，慬然後得免。』『慬』是『僅』之譌。

釋少

『少』、『稍』古通用，用『少』較勝，蓋『稍』之本義，《説文》云『出物有漸也』，《周禮》『稍食廩禄也』，疏云『稍稍與之月俸』是也，然則用爲漸進字，猶引伸誼。『少』从小，與『稍』聲『肖』之从『小』誼同。《孟子》『少則洋洋』，言有間也，時可言有間，地亦可言有間，猶云相去無幾。《太玄・衝》曰：『少，微也。』《儀禮・鄉飲射》『賓少進』注：『少，差；進，在前也。』與『稍』訓漸進又同。

釋鼃䵹

『鼃』與『黿』、『䵹』與『蝦蟆』與『鼃』、『黽』並相似而異。《爾雅・釋魚》『黿䵹，蟾諸』，郭注：『似蝦蟆居陸地。《淮南》謂之先蚥。』《説文》：『蝌，蝌黿、詹諸，以脰鳴者。』『黿，先黿，詹諸也，其鳴詹諸，其皮黿黿，其行先先。』䵹，黿，或从酋，『鼁，䵹鼁，詹諸也』。《詩》曰『得此䵹鼁』，言其行鼁鼁。考之《韓詩》、《毛詩》云『得此戚施』，薛君注：『戚旋〔施〕，蟾蜍。』然則『蝌』爲『黿』之聲轉，『䵹』爲『黿』之或體，『戚施』則『䵹鼁』之假借，湖州人俗呼『癩鼁』，或呼『癩團』，順天人呼『癩蝦蟆』。《爾雅翼》：『蟾蜍，今之蚵蚾，背上礧礧。』《集韵》：『蚾，蟾蜍也』。《一切經音義》十云：『山東謂之先蚥，江南俗呼蟾蠩。』而《書大傳》『濟中詹諸』，則似指在水之鼃黽言。《月令》疏引李巡注：『蟾諸，蝦蟇也。』《廣雅》：『先蚥，鼁，蝦蟆也。』《本草》『蝦蟆』，《别録》：『一名蟾蜍，一名䵹，一名先甫，一名苦𪓰。』陶注『此是腹大皮上多痱磊者』，曰『痱磊』與俗言癩合，以詹諸爲蝦蟆，此當辨也。蝦蟆即《釋蟲》螜蟆也，郭注『蛙類』，曰

『類』，非鼃可知。《説文》蝦、蟆二篆下並『蝦蟆也』。顔注《急就篇》：『蝦蟆，一名螫，大腹而短脚。』《漢武記》：『元鼎元年秋，鼃與蝦蟆鬭。』而《廣韵》則云『鼃，蝦蟆也』，《楚辭・七諫》王注、《晉語》韋注、《後漢・張衡傳》注同，此又當辨也。《周官》蟈氏掌去鼃黽，鄭司農云：『蟈，蝦蟆也。』《月令》曰『螻蟈鳴鼃黽，蝦蟆屬』，《書》或爲掌去蝦蟆，鄭注『齊魯之間謂鼃爲蟈，黽，耿黽也，蟈與耿黽尤怒鳴，爲聒人耳，故去之』。據大鄭説以鼃黽爲蟈，又以蟈即蝦蟆，後鄭知其失，以黽爲耿黽。《爾雅・釋魚》『蟾諸』云『在水者黽』，郭注：『耿黽也，似青蛙，大腹，一名土鴨。』郭蓋本鄭。《説文》『黽，鼃黽』，段注『鼃黽非也。許之鼃黽即鄭之耿黽，絫評曰鼃黽、耿黽，單呼曰黽』，此説是也。惟考陶注《别録》，『鼃』云大而青背者，俗名土鴨，其鳴甚壯，説與郭璞『黽』注合，陶以注『鼃』則非，而段氏从之，何耶？『耿黽』聲轉爲『胡蜢』，『胡』之言大，《埤雅》『黽善怒，故音猛』，《廣雅》則云『胡猛，蝦蟆也』，《疏證》又爲之説曰『螫蟆者，耿黽之聲轉，蝦蟆之聲轉爲胡猛』，《爾雅義疏》又以耿黽爲蟈，此又當辨也。按鼃非蝦蟆，故《説文》云『蝦蟆屬』，各本屬譌也，有《韵會》所據鍇本及《廣韵》可校。不專解一種者，散文通稱『鼃』，對文則有異。鄭注《考工记・梓人》云『脰鳴鼃黽屬』，《晉書音義》引《字林》『鼃似蝦蟆』，《荀子》注『鼃，蝦蟆類』。析言之則鼃之小而青、能食蝗者曰『長股』，曰『青蛙』，曰『水鷄』，曰『田鷄』，秋肥則曰『稻花田鷄』。《本草》『鼃，一名長股』，《圖經》『俗謂之青蛙』，《釋魚》疏曰：『陶注《本草》：「一種小形善鳴喚名爲䵶者，即郭璞云青蛙者也，後脚長，善躍，大其聲曰繩，小其聲則曰蛤。』今考陶注云名『繩子』，亦一名也。又鼃之鳴若『孤格』者，或曰『孤格』合聲爲『蟈』，此所謂螻蟈也，亦曰『吠蛤』，鳴止水中。然考典籍則『鼃』、『蟈』别，鄭注《周官》：『蟈氏云蟈，今御所食蛙也。』《月令》『螻蟈鳴』，注『螻蟈，蛙也』。《廣雅》：『鼃蟈，長股也』。顔注《急就篇》：『鼃，一名螻蟈，色青，小形，長股。』《周官》：『本亦作「蜮」，鄭注作「蟈」。』考《説文》：『蜮又从國作蟈。』然則以之名『鼃』、『蟈』、『蜮』同爲假借字。《夏小正傳》『商庚也者』下有『長股也』三字，莊氏寶琛云當在『蜮也者』下。此『鼃』『蟈』通稱之證《光緒順天府志·方言》注本此。

釋峪

古有谷無峪。《説文》：『泉出通川爲谷，从水半見出於口。』《爾雅·釋水》：『水注谿曰谷。』《韵會》：『兩山間流水道也。』《集韵》：『峪音欲，今人遂以峪爲欲音。』谷爲穀音，不知谷自有欲音。《易》『井谷』，陸德明『一音峪』，《書》『暘谷』，『一音欲』，《左傳》『南谷中』，『一音欲』，《史記·樊噲傳》『横谷』，《正義》音欲，《貨殖傳》『谷量牛馬』，《索隱》『音欲』，苦縣老子『谷神』《釋文》：『河上本作浴神。』《問奇集》：『平峪縣屬順天府，峪讀如裕。』此谷、峪音同誼同之證。

原學

文周孔孟之學按《堯舜史臣記》言『聖人治經自文演易始』，繇格致而誠、而正、而修、而齊、而治、而平，一而已矣，何分漢、宋？國朝樸學邁古，或經學名家，或理學顓門，或經學、理學、經濟學兼而有之，其次金石、校勘、目録、詞章之學，類皆不溺知慧於時藝、試律、小楷中，其精者時契古微大誼，蓋可少哉！而初學宋者輒詆漢學，偶學陸王者又毁程朱，每與樸學苦語窮日夜，未嘗不痛交尤之習有自來也。其始王肅以私説難鄭，其繼《宋史》以道學别於儒林，其後非入漢學而主、非出宋學而奴，拾唾抵巇，勢將漢宋同訾，不趣於不學不止，此文周孔孟之學之大患。《易》曰：『多識前言往行，以蓄其德。』德行、言語、政事、文學，其科四，其學一也。譬諸農事，小學、經學猶播種也，廿四史、諸子百家之學猶辨土宜也，舍誠正修無理學，猶去稂莠也，齊治平，猶時雨降則苗勃然也。秦既絶學，非漢學出，《易》以外經斬焉無遺，然則漢學者，不啻水旱穰饑，賴司農蓄種於不絶如線，後起耕耘安忍忘其本源也？理學不從經學出則理學不實，經學不自小學入則經學亦不實。《爾雅》肇於周公，益於孔子、子夏，增之者叔孫通、梁文也。朱子論貢舉治經，宜以注疏爲主，今立學官十三經注疏，《書孔傳》無論已，《詩》有《毛詩》鄭箋，三禮有鄭注，《春秋公羊》有何休解詁，《孟子》有趙歧注，而惟鄭通群經之滯義，大體精密，爲經師冠，其存舊説，不矜己長，趣於明經而已，豈非孔子之徒有信好遺風與？後之人好學深思，晚出加密，而不敢一名一義與之比埒，吾知實事求是之心，必欣然引爲諍友也。朱子曰『康成好人』，又曰『康成大儒』，又曰『康成畢竟是大儒』，嗚呼，何其服膺若是！程子謂『《大學》入德之門』，《大學》爲《禮記》之一篇，《漢·藝文志》注云『七十子後學者所記』朱子亦謂其傳曾子意而門人記之，後學者，漢學也，宋學言誠言静本此，劉《略》、班《志》有《中庸説》二篇亦漢學也，正心成性之理、正誼明道之説，自董仲舒發之，性善之説又自許叔重於『性』字解之，朱注何嘗無許學？丁度、郭忠恕、司馬光、邢昺、劉邠、洪邁、鄭樵、王應麟之倫，又何嘗無音韵考證學？學莫通於從善，而莫醜於狃弊。漢學家之流弊在碎義，非闕疑無以善之，宋學家之流弊在近禪，非不空言亦無以善之《漢·藝文志》：『子不以空言説經。』。借他山石可也，操同室戈不可也，而況居今言學，即如西學之天文學分言之曰星學、天學、天視學、質學分言之曰格致質學、天文質學、光質學、地理質學、地學辨地中層次、地理學、金石學西謂礦學爲金石學、電學、化學、氣學分言之曰天氣學、蒸氣學、光學、火學亦名熱氣學、水學、重學亦曰力學，分言之曰静重學、動重學、流質重學、氣質重學、身體學、身理學、幾何原本學、代數學、曆學、植物學、動物學、較動物學、稽古學、風俗學、武學、農學、商學、工學、師範學此格致學派又有文學派之辨學，亦交涉之不可不知者，又有醫學派、法學派，若教士學則學其所學，皆格致學也。

一物不知，儒者之耻，獨學古云爾哉，而學之體用，又獨古今學云爾哉！有實學起，以致用通經而檜視章句，以多聞擇善而車鑑虚無，以位育致中和而不囿勢權之謀、巧利之術。如董仲舒所云：『正萬民以正四方，猶非學者極功也。』日月所照，舟車所至，庶乎變其文與軌與倫之不同以昭大同，文周孔孟之學不當如是耶？不如是方自詬病其學之未遑，遑交鬨於漢宋！

原礮

宋前礮不火而石，《説文》無『礮』，『㫃』部『旝』：『建大木，置石其上，發以機，以追敵也。』《春秋傳》曰『旝動而鼓』，《詩》曰『其旝如林』，《御覽》三百卌七引《春秋》舊説『旝，發石車也』，《左·桓五年傳》賈注：『旝爲發石，一曰飛石』，《漢·甘延壽傳》『投石絶等倫』，張晏曰『范蠡《兵法》：飛石重十二斤，爲機發行二百步』，《魏略》：『諸葛亮起衝車，郝昭以繩連石磨壓之，衝車折』，《後漢·袁紹傳》：『曹操發石車擊袁紹，軍中呼「霹靂車」』，此礮權輿也，然無『礮』名。名『礮』自西晉始。《文選·閒居賦》：『礮石雷駭』，注：『礮石，今抛石也，或作「碻」』；《唐·李密傳》『命田廣茂造雲旝三百，以機發石攻城，號將軍礮』，《宋·殷琰傳》『虞挹之造碻車』，《御覽》引沈約《宋書》『「碻」作「抛」，或作「炮」』宋太祖將平江南，造炮車。亦作『礉』《集韵》，俗作『砲』《集韵》、《韵會》、《正韵》，其飛石一也。

其以火奚自？按《宋史》虞允文采石之戰發霹靂礮，以紙爲之，實以石灰、硫磺，投水而火自水跳出，紙裂，石灰散爲塵霧，眯其人馬。又魏勝創礮車，施火石可二百步，其火藥用硝石、硫磺、柳炭爲之，此火藥棉蕞也，然礮猶未以銅鐵爲，嗣是礮製漸起。《宋史》咸平四年，知甯化軍劉永錫製手礮以獻，詔沿邊造以充用，九年沿邊州郡因式製『回回礮』。而《壹是紀始》云礮始於元，非也《物原》云軒轅作礮，馬鈞作爆仗，隋煬帝益以火藥雜戲者，亦未見出處。宋應星《天工開物》内載《礮式諸圖》，曰『百子連珠礮』，曰『神煙礮』，曰『地雷礮』，曰『萬人敵』，曰『混江龍』，曰『火焱神球神威大礮』，曰『流星礮』，曰『九矢鑽心礮』。《金史・赤盞合喜傳》：『有火礮名「震天雷」者，鐵罐盛藥，火發聲如雷。』《明史》元初得西域礮，攻金蔡州城用火，然造法不傳。明成祖平交趾得神機鎗礮，置神機營肄習，製用生熟赤銅相間，其用鐵者建鐵柔爲最，西鐵次之。大者發用車，次及小者用架、用樁、用托。嘉靖八年造佛郎機礮以銅，長五六尺，大者重千餘斤，巨腹長頸，腹有修孔，以子銃五枚貯藥置腹。翁萬達又造母子火獸布地雷礮。後大西洋船至，得巨礮曰『紅夷』，長二丈餘，重至三千斤，天啟中錫『大將軍』號，此前代礮略也。今則後膛非新，快礮更始，其火藥由黑而栗而無煙，亦日出不窮，可不謂晚出彌勝歟？然亦有宜有不宜，凡礮戰宜小，守宜大，兵艦宜重，陸車宜輕。

原牛耕

牛耕何始乎爾？或曰始於叔均，《山海經》稷之孫叔均是始作牛耕。或曰始漢，《漢志》搜粟都尉趙過爲代田，始用牛犁。或又曰始晉，《文選・耤田賦》『蔥犗服於縹軛兮』，注『古耕以耒』，今以牛者蓋晉時創制。其説皆非無據，然考三説，亦猶《後漢書》王景遷廬江太守，百姓不知牛耕，景乃教犂耕，非謂前無牛耕法也。《月令》季冬出土牛，示農耕早晚，《周禮·里宰》鄭注『合人耦』，則牛耦可知。《晉語》宗廟之犧爲畎畝之勤，冉耕字伯牛，類此皆牛耕顯證，由來久矣。然則牛耕何始乎爾？《考工记》二耜爲耦，鄭注今之耜歧頭兩金，象古之耦，賈疏用牛耕種，故有兩脚耜，據知兩頭耜爲牛耕作也。牛耜之利與耜並興，神農斫木爲耜，始教耕據《三皇本紀》，牛耕殆始神農與？

原臘

《説文》：『臘，冬至後三戌臘祭百神。』『蜡，蠅胆也。』然則以蜡名祭，是臘之通叚字。如《禮記·禮運》『腊賓』、《郊特牲》、《雜記》『觀腊』是也。臘，其本誼也，《禮記·月令》『臘先祖』是也。《五經異義》：『夏曰嘉平，殷曰清祀，周曰大蜡，總謂之臘。』《廣雅·釋天》：『秦曰臘。』《史記·秦本紀》『惠文君十二年初臘』，《正義》：『始効中國爲之，故云初臘。』始皇三十一年更名臘曰嘉平。《禮傳》云《風俗通》引漢改曰臘。《風俗通》『臘，獵也』，《月令》注謂『以田獵所得禽祭也，或言析年，或言大割，或言臘』，《家語》注『蜡，索也，歲十有二月，索群神而祀之，今之臘也』。其祭何始乎爾？《郊特牲》伊耆氏始爲蜡，《帝王世紀纂要》『神農初國伊，又國耆，合稱伊耆氏』，《史記·三皇本紀》曰：『神農于是作腊祭。』

原化學

雲龍既述《化學原質名稱歸一表》，或問：化學始道家，信乎？曰否。《神農本草》『丹砂化爲水，朴硝化七十二種石』，其濫觴歟此言自雲龍始？由是《管子》言化物多者莫多於日月、《子華子》言天之精氣其大數常二，二之謂化，化者神也、《鬼谷子》言變動陰陽，四時開閉，以化爲物、《慎子》言天地陽中有陰，陰中有陽，二者交通，合爲太和，相因爲氤，相昷爲氳，以此施生化之功，此變化之所以兆也、《列子》言萬物化生、賈誼《漢·賈誼傳》『造化爲工』、董仲舒《春秋繁露》『既化而生之，地氣盛牝而後化，故其化良』，皆有發明。而《淮南子》云『含氣者化』，其《畢萬術》一書所謂生火致水、柔鐵化銅之屬皆化學也。變化術所由名歟《隋志》載之？或又問：經有之乎？曰有。《易》『含萬物而化光』是光學宗，亦未始非化學宗也。雖然，學無窮，學在化而愈無窮，後之勝今，更不啻今之勝昔。雲龍將爲《化學釋例》，輒原厥始。

原圖學

圖學尚矣。《周禮》大司徒掌建邦之土地之圖，職方氏掌天下之圖，周知利害小司徒地訟以圖正之，小宰聽閭里以版圖，司農內宰版圖之法，冢人爲之圖，不其重歟？而原厥始，《春秋元命苞》神農世白阜圖地形脈道，此地圖權輿也。《管子·幼官篇》『幼官圖第九』有五方本圖、五方副圖，《戰國策》蘇秦説趙王『以天下圖按之』，《史記》『蕭何先收圖書以知天下扼塞彊弱』，後漢有司空郡圖、輿地圖。晉裴秀作《禹貢》地域圖十八篇奏之，序曰：『制圖之體六：一曰分率，所以辨廣輪之度也；二曰準望，所以正彼此之體也；三曰道里，所以定所由之數也；四曰高下，五曰方邪，六曰迂直，此三者各因地而制宜，所以校夷險之異也。』《裴秀傳》。唐宋州郡書多名『圖經』，後輒書存圖佚，存者既未開方，又無經緯，至於今圖法加密，若胡若李猶非盡善。夫圖學與兵工相表裏，微獨地理已也？而非通算學無以立圖學之本。欲知地體先辨行星，欲知地面之從衡先辨天空之經緯，星學、天算學、幾何學亦曰形學之類，闕一不可，而非通視學無以括圖學之用。曰天視學、曰視地平學與真地平異、曰視學有正視、斜視、側視、角視、平視、對視、下視之法，又有視點視線之名，大要在分陰陽，非年希堯《視學》二卷所能該矣。門徑可尋而精者鮮，豈智不逮哉？抑非利禄所在耳。設圖學爲一科，其庶幾乎！

地圖經緯説

《説文》：『經，織從絲也「從」字據《御覽》引以補《説文》今本之闕。』『緯，織横絲也。』此從横本誼。《釋名》『南北爲經，東西爲緯』，證之《周禮・天官冢宰》疏南北之道謂之經，東西之道謂之緯、《龜人》注疏南北爲經，東西爲緯、《考工记・匠人九經九緯疏》南北之道爲經，東西之道爲緯、《大戴記》、《家語》南北爲經，東西爲緯、《吕覽》、《淮南高注》子午爲經，卯酉爲緯、《周髀算經注》、南北爲經，東西爲緯。《太玄》注、《漢五行志》集注、晉灼《後漢・班彪傳》注、《楚辭》注、《文選・東京賦》注，皆同、《揚子》『經則有南有北，緯則有西有東』均同，今中外圖法適符古誼。天道潛北而見南，故地圖亦上北而下南，下之者，向之也，即張衡、蔡邕、王蕃諸説『北高南下』意也。自東横西曰緯線，以赤道爲根，赤道北曰北緯線，南可類推南曰南緯線，此有定者也。經線自北直南，中國圖當以京城觀象臺爲主，外國亦自起其都。東曰東經線，西曰西經線如以左右言則右東左西，此無定者也。而或疑無定爲有定，此雲龍所以不能已於説也。赤道緯線亦曰中午線，亦曰赤徑。南北各二十三度二十有八分曰黄道，寒温漸得厥平，近日度也。又南北各四十三分四分曰黑道，去日度遠，是爲南、北冰海。所謂赤道、黄道、黑道者，見《周禮》馮相氏、《洪範正義》、《後漢志》、《晉志》、《唐・天文志》，而經線兩端南北極也，亦曰極徑。自赤道直北二十三度有半俗名北帶，亦謂晝短圈，又謂夏至圈；南亦如之，俗名南帶，亦爲晝長圈，又謂冬至圈。以地而言，晝長、晝短二圈時有變更。自北極直南二十三度有半俗名北圜線，南極直北亦如之，俗名南圜線，此二線亦稱二寒界圈，又名黄極圈，凡言二十三度半者，細數二十三度二十七分二十秒也。五道云者，南帶至北帶曰熱道，當赤道日度故也；北帶至北圜線曰北温道，南帶至南圜線曰南温道，近赤道日度故也；南圜線至南極曰南寒道，北圜線至北極曰北寒道，遠赤道日度故也。舊説寒温以南北分，非耶是耶？凡地圖經緯十度爲一線，線之從横，南北自赤道計，東西自經線根計中國以京爲根。地面半圖爲三百六十度之半，以二百里計度，是爲三萬六千里赤道大周七萬二千里，其經緯線各十有九，而東西面經緯線則各三十有六。

全地圖法説　圖七

凡繢全地圖不外正與平與偏，所謂三等面也或曰正式、平式、斜式，俗曰正球、平球、偏球。其圓界俗曰圈邊正面以子午圈南北極圈，平面以赤道，偏面則以其處地平。地平云者，繇人立處引直線至地心再作横線，是爲地平。凡圓界以十字均分三百六十度爲四象限，九十度爲一象限，弧之言曲，虚線之言連珠點也。中經線云者，兩極居中之直線，亦謂軸線也，經圈即經線之圜繞者，經線近赤道者二百里一度，南北漸狹，非距等矣，而緯線相距輒等，凡言距等圈，緯線也。赤道南北二十三度半爲冬、夏至圈，兩極南北二十三度半爲黄極圈，此通例也。其圖法凡六：

一曰弦線法，即簡平儀也，亦謂之正弦繪。此法可正可平不可偏。何以言正面也？分子午圈中四之一爲一象限，分一象限九之一爲十度，每十度爲一線，其赤道南作平行線，即緯線也。其根南北極作橢圓線兩端曲向内，即經線也，法從圓界。一象限均分爲九，分視圖不視經線，依分作虚垂線，垂至赤道，垂線即八線之弦線也，名弦線法以此，而緯線兩端由此而定。弦線與赤道交點爲各經線過處，即作橢圓經線之準，而近邊嫌狹。何以言平面也？赤道爲圓界，兩極爲圓心，均分圓界爲四九，即三十六經線端也。由圓界即赤道圈邊引至圓心，依經線端作虚垂線，即作緯線距等圈之準。經線直攢，緯線圓繞亦曰徑圈繪成格形，外侈而短，中狹而長，侈狹懸殊，難可量以比例尺也。

二曰切線法，即渾蓋通憲法也。圓界無異，異者，從赤道東作九虛線斜行，而西至赤道北之九十度。緯線準此。又從南極作九虛線斜行西北，在赤道北之九十度。經線準此。中經線與中午線交點作割線，由北極作切線平行而東，由圓心作九割線至切線止，凡圓心角所當之弧即圓界半角所當之弧。每十度半弧之正切線，可作緯線由下而上相距伸縮之比。經緯外侈而短，中狹而長，非比則末由定以表尺比。恐正切用法非易，以斜線加密後即專用斜線以爲簡法，然引伸於切線，故仍謂之切線法。其經曲向心，其緯分曲而向南北，此正面也。平面之經直緯環同前，惟彼外密中疏，此則中密外疏也。凡切線圖，以切線尺由中而外量其經緯度，未可任意量其相距度。或以切線作偏面圖，必其地分見東西兩半面也。中國無須乎此。即如英以倫敦爲圓心，倫敦北極出地五十一度有半，即爲其地中緯線，從其線端作虛斜線東行均分若干度，其中虛線與各斜線交點引爲緯圈，續中經線先作南極點於圓界外，折半爲中心作大圈，依切線法以爲經線。

三曰平分法。其正面先分十字全徑爲三百六十度，若經若緯，中邊罔勿均分。其平面亦以極爲心，其偏面亦以地平爲圓界，然經緯俱改橢圓，而緯線東西太長。

四曰亨力才生法。續地三之二於一圖，欲其得二百二十七度也。或謂此於星圖便。

五曰吴耳告爾法。全地分爲四圖，蓋以地三之一爲一圖，近邊不嫌其複，欲顯地形於方錐，以救切線中狹邊侈之失也。其半徑七十度三十分與九十度異，然表尺差轉多於切線法。

六曰海石耳法。全地分爲三圖，而近南極處一用二百四十度之周，一用半周，一用百二十度之周。

七曰墨加禱法，即圓柱法也，又當別論。就前六者言，弦線切線二法其善者也，而切線法尤勝，無他，差數少也後四者皆以創法者名。

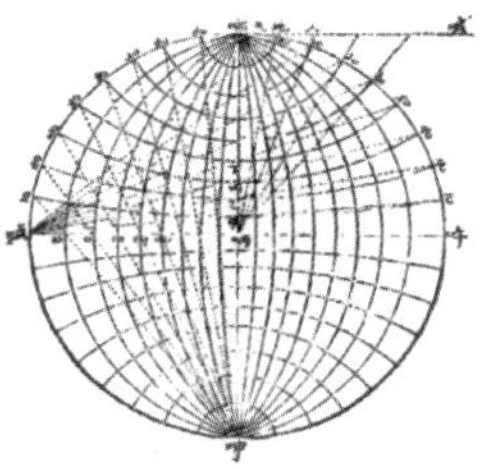
切線正面

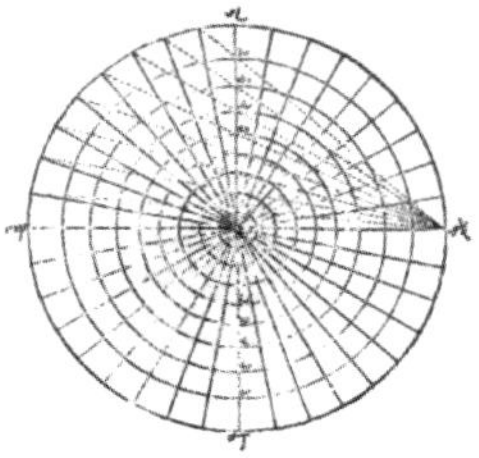
切線平面

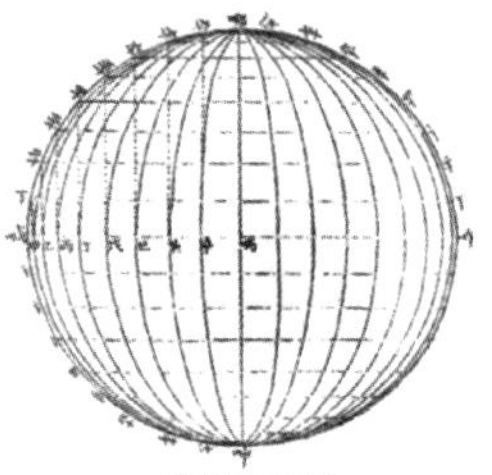
絃線正面

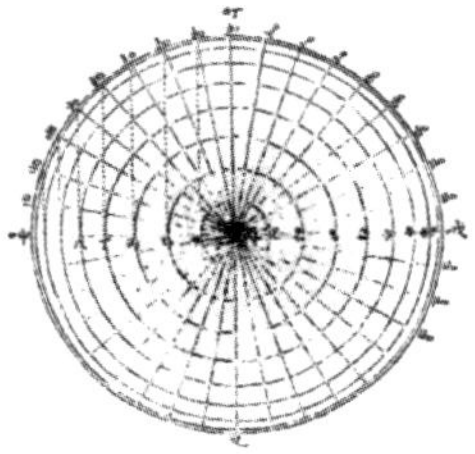
絃線平面

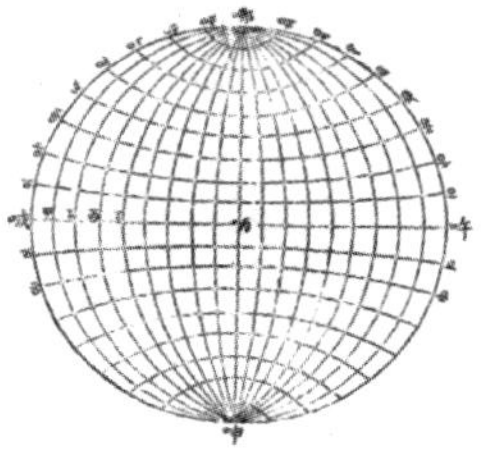
平分正面

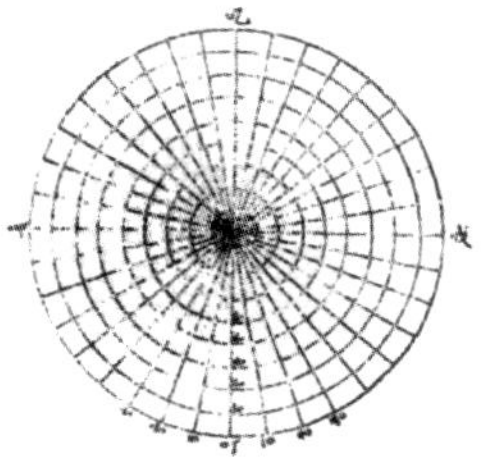
平分平面

圖五之一

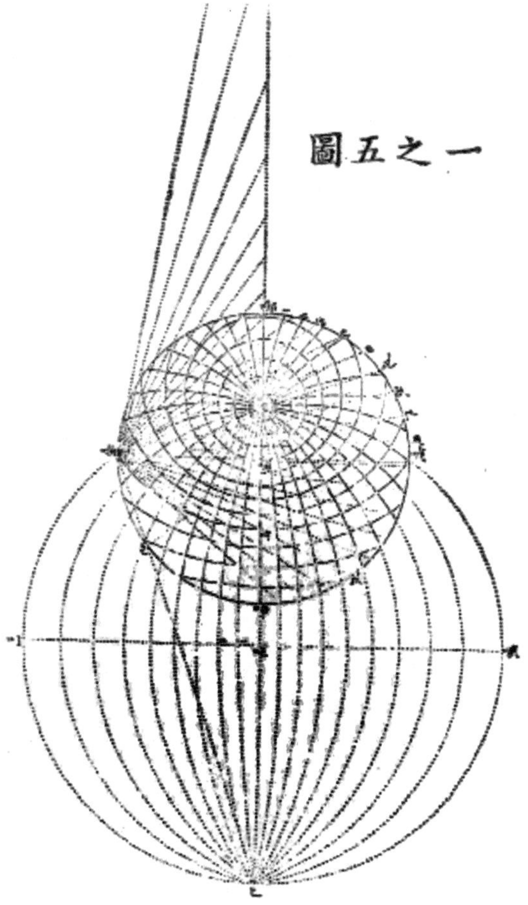

切線偏面

墨加禱法地圖說　圖二

凡繢全地圖以平分爲便，以切線爲善，航海者非不以爲善，而猶以爲便而不便也。其便在行大周，大周孰謂？　謂南北之中經線、東西之赤道緯線也。十字交點，線成直角，是爲九十度之大周。過此則東西行者非赤道南即赤道北，所謂距等圈，與大周圈異矣∴南北行者非中經東即中經西，其線弧，其度不足九十，緣弧而行，行涂既紆，測景愈難，孰若直線之方向易指，又孰若行小周之日程可省也。於是荷蘭人有墨加禱法，法以人名，創圖於明嘉靖四十五年或曰明景泰七年比國人名默加多耳。今據《繪地法原》，法以赤道一分爲相度尺。設以一分爲半徑，則比例如半徑與緯度正割。若一分經度與一分緯度之比，其一、三率同爲一，則四率與二率同，故正割爲經度一分之數。若以六十分之正割相加，得一緯度通長，是爲午分表而法猶疏。闡厥法者謂莫若用餘緯度折半之正切，以距等圈緯線與經線交皆成直角，其緯線近極漸疏，以長補狹，即等於地面經線近極益密之率，以末一行合地扁圜之數。明萬曆二十七年或曰二十二年英

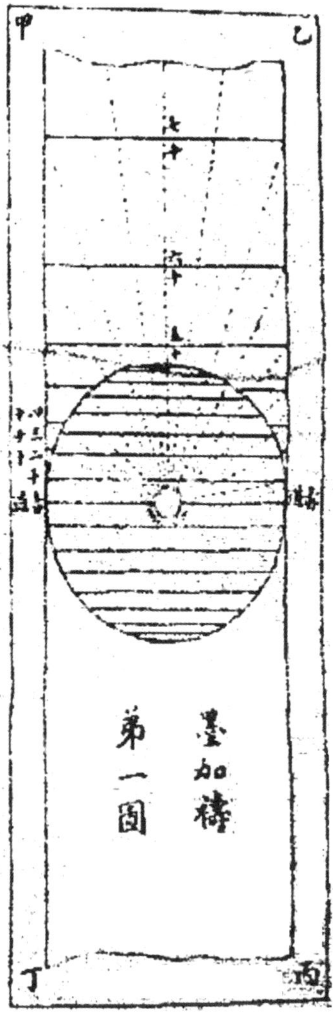

圓者地儀也，圓外衡線爲圓内緯線之影，十度相距近甚，由二十而三十而四十，其影漸遠，五十至七十愈疏愈遠，過此非視所及

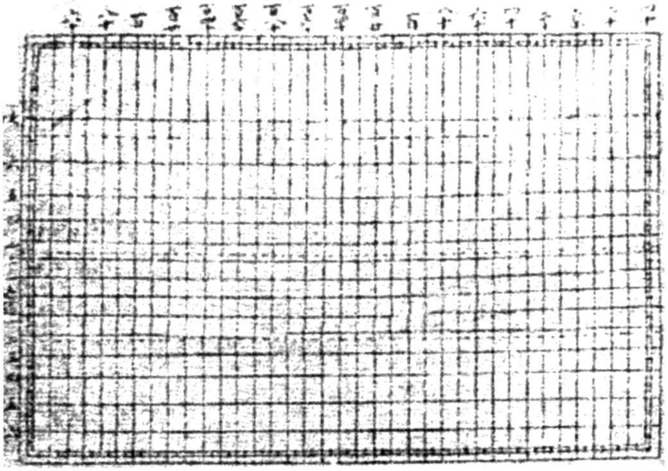

墨加禘弟二圖

距赤道愈遠
地形愈失之
大然方向不
差外國大率
以倫敦為經
中線此圖主
中國京都

人耳來德或譯而來脱，亦曰來德作表而法愈行。或疑其圖疏密臆定，非也。試以玻璃地儀納紙筒中，置燈於儀心，儀之緯線映影於紙，其十度影相距近甚，由此而二十而三十，以分微尺度之，線遠距疏，四五十度線影散而愈疏，六七十度無論已，九十度影透筒外非視所逮，是以圖南六十五度北八十度爲限，繪如紙筒影線，展視平面，疏密有差，實伸縮有定矣。然則墨加禱圖殆由視徑悟歟？雲龍復與二子范初就其法尋繹再四，得簡明説而附圖焉凡二圖。繢地一象限作正割線，均分度數罔有差等，又爲正切線，則由赤道而北漸遠漸疏，自然之形也，南亦如之。證圖疏密適合，非臆度矣。航海大周新法，量數於圖，改爲曲線，更易測算，此又圖外求精法也。

墨加禱初爲航海計，然地輿圖學亦未嘗廢，蓋弦線差在近極而狹，是圖差近極而疏，知其差正可參觀以求其是也。其法變地爲同徑圜柱，亦謂之圜柱法，圜柱剖爲平幅，故又謂之推方格法。

地分圖法説　圖二

地分圖法，才五司不如圓錐，而圓錐外切線不如圓錐内通徑。何言才五司也？創圖者名英人，因以名圖。圖法：直線上距等中心不一，其經線曲，其過緯線若緯度餘弦與半徑比，其經緯線成直角，而緯線之經度相距有差，經線亦不免旁疏於中英兵部圖用此法，見英《地圖會全》第三十册，遜圓錐矣。繪地於平紙，而欲與渾圓真形無大差違，圓錐法所由起也。法二：一曰切線，作距等三圈於地面之半，其線切於中圈，其中心視錐尖，即以爲兩距等圈之弧之中心。其經線直，其中圈無差，而上下圈略差者，南北圓錐不切故也。其北極外切線爲中圈餘切，其差在北狹而對角線不等，然地狹而長者宜。二曰通徑。先是木耳大克創法，圓錐面出入交於中圈或下圈，後有得里耳法續俄羅斯圖。圓錐線入圓面在上中圈間，出在中下圈間。其距等公心，在中經線與圓錐線相交處，其相割出入兩弧，向左右平分其里數而上下各聯直線，地寬而短者宜。如以中國圖求通徑法，分地面之四爲一象限，其北爲極，其中爲心，其錐尖爲五十五度切線之根，而切線外之餘切視此。其入圓面在七十度，其出圓面在四十度，南北無異京稍北，略嫌中狹耳，然差少。或曰中國圖宜切線法，意謂京居中可無大差，而北狹南侈，差較多於通徑矣如以圓錐通徑法爲亞細亞洲圖，其經線中國西三十一度半，即英東八十五度。

圓錐切線

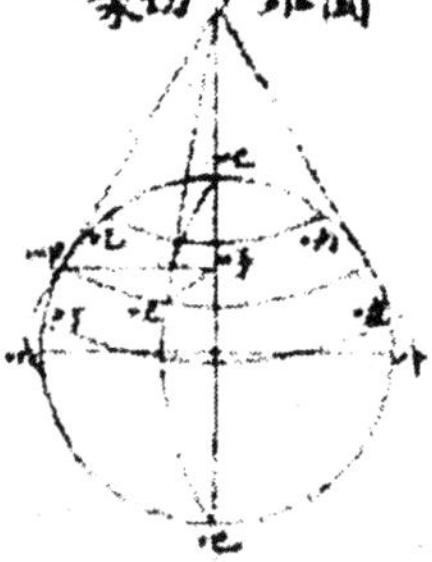

吃哂叮喷為十度至五十又吧呷吧及吧吧吧間為六十度寬之經線哞呷圓錐旁面也即中國三十度之切線吧為北極其切線為中國餘切

圓錐通徑

哂酉為五十五度餘切酉為錐尖作叮呷吃線入圓面在七十度出圓面在四十度哂哂半徑交於呷五十五度哂呷吃及哂哂酉酉兩五角為同式求呷吃線以哂哂與哂酉之比若哂呷與呷吃之比求哂吃正割以八線半徑與三十度哂正割若十度餘切與哂吃之比哂吃內減半徑得吃吧再以半徑除哂吃取酉二位為半徑百分之若千數即錐尖長設半徑百分之若千數以比吃吃乘他半徑即圓之凡吃

地楕圓説

地體楕圓楕詳《釋楕》，論定如山。厥説有本，匪自西始矣，或猶執《管子》之《大方》、《吕氏春秋》之《大矩》以問難，雲龍輒辭焉以答。曰：舊説地方，非以體言。《易》曰『坤德方』，《吕氏春秋》曰『地道方，萬物殊形，皆有分職不能相爲，故曰方』，《淮南子》曰『地道曰方』，《白虎通》曰『地，諦也，其道曰方』，《鶡冠子》曰『方者，地之理也，然則理也，德也，道也』，皆非體之謂。不然，《周髀》家既言『天象蓋笠『象』一作『似』，地法覆槃『槃』，《宋志》作『盆』』，而又言『天圓如張蓋，地方如碁局』又見《晉志》，何與？碁局喻開方之道，覆槃則喻地圓之體。或且疑儒家罕言之，盍籀《大戴禮記》乎？單居離問於曾子：『天圓而地方，誠有之乎？』曾子曰：『天之所生上首，地之所生下首，上首之謂圓，下首之謂方，如誠天圓而地方鮑本《御覽》二引『如誠』云『始識』，則是四角之不揜也。參嘗聞之夫子曰：「天道曰圓，地道曰方注：『道曰方圓，非形也。』，方曰幽而圓曰明。」』然則地圓之説孔聖發之而聖門述之，如讀者未之深思何！《周髀算經》曰：『極下者其地高，人所居六萬里，滂沲四隤而下。』按四隤，即無四角誼也。上而溯之，《虞書》『璇璣玉衡』，馬注：『璣，渾天儀，可轉旋。《御覽》二引《風土記》：『璿衡即今渾儀，古者以玉爲之。』』又上而溯之《内經》：『黄帝曰：「地之爲下否乎？」岐伯曰：「地爲人之下、大虚之中也。」』考容成作蓋天黄帝臣，在顓頊作渾天前，圖渾於平，蓋天之理不異渾天，楊雄、蔡邕難之，非也。

《周髀》即蓋天説，獨怪太史公世掌天官，兩儀亦一無闡明，何論班《志》，又何論司馬彪采馬續説以續《漢志》也。《晉志》雖鮮實測，所引未嘗無是。《渾天儀注》云：『天如雞子，地如雞中黄，孤居天内。天大地小，天半覆地上，半繞地下，二十八宿半見半隱。』《黄帝書》云『天在地外』，吴中常侍、廬江王蕃制渾儀，立論考度曰：『前儒説天地之體狀如鳥卵，天包地外猶殼之裹黄，其形渾渾然。二端北極出地三十六度，南極入地三十六度。繞北極徑七十二度，常見，謂之上規；繞南極七十二度，常隱，謂之下規。』陸績造渾象如鳥卵，此皆近是者也。天可言無，葛洪譏非當譏，轉許知言，是者不信爲是，所由非者未斷爲非也。《齊書·張融傳》所謂『分渾始地』，亦似有見。《隋、宋志》半沿《晉志》之説，而《明志》勝，其言地圓與《元史》西域扎馬魯丁地圓説略同按元西域扎馬魯丁造西域儀像，所謂北來亦阿兒子，漢言地里志也。製以木爲圓毬，七分水，其色緑，二分土，其色白，畫小方井計幅員廣袤道里遠近，亦地圖不始西説一證也，惜言圓未言橢圓也。

欲知橢圓之所以然，先言地圓之易見其然：登高視地，必有圓界，一也。地以人立處爲高，二也。海岸視舟，漸遠桅亦漸隱，三也。地自轉動無疑，凡物自轉必圓，四也。試由中國東航而太平洋，而北阿美利加州，而南阿美利加州，而大西洋，而亞非利加州，而印度洋，仍回中國，是爲環游一周，西航亦如之，五也。月小於地，地小於日，地隔日光而地影見月食處輒圓，六也。日輪周圓而向地平，向日爲午，背日爲子，東三十度得未，西三十度得巳，七也。地非圓則南北無差，何以近赤道晝夜漸平，北極之下半年晝、半年夜，如《周髀》所云乎？八也。非圓則日一出而四方皆曙，何以此日中彼夜半，又如《周髀》所云乎？九也。就地見圓既如彼，就日月見地圓又如此，苟求其故，不待知者而知矣。

曷又言乎橢圓？其理闡微於重學，其度實測於天學。重學家謂地圓環轉有離心力亦曰離中力，南北必扁於東西，譬以泥球貫木軸持轉不停，兩端附軸處漸縮當轉速時視之有橢圓形，理有必至，地何獨不然耶？天學家析言曰算、曰測渾，言曰天算謂地如正圓，而用徑一周三一四一五九六二五之率測算輒差，於是就精學而密算之，知地非正圓，且非正橢，蓋當赤道形亦略橢也猶言正扁橢圓。其長徑東西四千一百二十五萬八千五百五十三尺一度二百里，是一秒得千五百尺，其短徑南北四千一百二十四萬八千九百二十四尺長徑約大於短徑五里有半，而東西長徑、南北短徑之說中國古亦有之，見《河圖括地象》《御覽》三十六引曰：『八極之廣，東西二億三千里，南北二億一千五百里。』、《淮南子》東西二萬八千里，南北二萬六千里，注『經短緯長』、《物理論》《御覽》三十六引曰：『地，天之根本也，形西北高而東南下，東西長而南北短，其盡四海者也。』、《後漢・天文志》注八極之維徑二億三萬二千三百里，南北短減千里，東西則廣增千里。特古疏今密，不無異同，即西人實測之法亦後出者勝，然大要不外乎此，庶無疑大方大矩之爲地形乎！

地動説

説地主動非自西始，雖諸子亦能道之。如《列子》曰：『運轉亡已，天地密移，疇覺之哉。』《莊子》曰：『天之運乎，地其處乎，日月其争於所乎？孰主張是，孰綱維是，孰居無事，推而行是？意者其有機緘而不得已邪，意者其運轉而不能自止邪？』《尸子》曰：『地右闢而起昴畢。』《鶡冠子》曰：『地循理以作。』進而證之，《春秋元命苞》曰《御覽》三十六引『地所以右轉者，氣濁精少含陰而起遲，故轉迎天佐其道』，又曰『陰右動』，注『動而東也』。由西轉東之西説基此矣。《尚書考靈曜》曰《御覽》三十六引：『地有四游：冬至地上北而西三萬里，夏至地下南而東復三萬里，春秋分則其中矣。地恒動不止，人不知，譬如人在大舟中閉牖而坐，舟行不覺也。』張華《博物志》亦引之，岸動舟不覺動之西説又拓此矣。或疑違經，請與言《易》：坤至静，以德言也。不然，何言静又言動與？承天時行之恉，即萬世中外地學之宗也。動而有定者二：一爲轉不變向，一爲南北之極不變方位。近中國爲北極，遠爲南極，而從古至今之緯度罔有一變，所謂得主有常，非與？

西説天算學之法實本動重學之理，何以言之？謂地蓋厚，豈無盡界？否則日月奚由出入乎？界盡則浮空中。不難於動而難於不動，一也。凡物等重必變，如地不動，赤道陸必消蝕，成正圓非橢圓矣。橢圓由動，二也。凡重物動有離心力，生攝力恒向地心，一名地心力，一名向心力，有直加，有遞加，非幾何學難輔重學，而離心力由地動而生，居向心力二百八十九分之一，三也。陸居四之一，水居四之三，地動何以不洩？亦猶盛水之器繩懸而轉，其四邊水起欲離不能，有重力阻之，四也。欲明地動而人不顛之理亦有重學，五也。地亦一行星，六也。天動地不動之舊説，按之日月行星其理不符，七也。而地動有二，一爲一日自轉一周，一爲環日一年一周，又何以言之？日既自轉一周凡二十七日六小時二刻六分，又一周天凡三百六十五日四分日之一，非地日一轉，何以朝見日東夕見日西也？赤道北恒北風，南恒南風，謂之恒風，非地日一轉何以北輒東北風，南輒東南風，而赤道氣至地面北輒西南風，南輒西北風也？指一星於地平若干度，非地日一轉，何以明日復然也？知斯三證，所謂尖錐動者夫奚疑，曷言地環日一年一周也？其道橢圓，其行自西而東，一日而時異，一年而日月又異。地背日半面爲夜，向日半面爲晝，晝夜平分，則春秋分時也。中國居赤道北，當赤道北向日時中國漸燠北暑南寒，而赤道南向日時中國漸寒南暑北寒。若春若秋，地斜向日，然則四時非地動無以成也。譬之二丸環行天空，必繞重心。日大於地百三十八萬四千四百七十二倍，地繞重心即繞日也。凡物行之遲速與加力之大小爲算學平圓率，而繞行之道輒爲橢圓，日力吸地視此。地小於日，故速於日，而日轉若不動。李善蘭敘《談天》曰：『證以距日立方與周時平方之比例，及恒星之光行差、地道半徑視差，而地之繞日益信，證以彗星軌道、雙星相繞，多合橢圓，而地與日之行橢圓益信。』善蘭算學，西人所自歎弗如者也，其主地動説如此，而或疑何與？雲龍惜其疑不釋，則天算、幾何、動重學諸書，皆不克籀，欲述諸學釋例而未遑也，輒舉淺近大要而撮經籍説以導之。

天空説

謂天蓋空，難者曰：《晉・天文志》：『天轉如磨，日月東行，而天牽之以西。』豈無據乎？附會者輒謂天載星轉，此與恒星環繞之象似亦近是，而實測以日月及諸行星之理則大不然，蓋無不有歲差章動差也，是以天算家有地轉之定論，即可無疑於天空之定論。古非無言天空者，而知言則鮮，即如《晉、隋志》曰宣夜，唯漢秘書郎郗萌記師傳，云『天了無質，日月衆星自然浮生虚空之中，其行須氣』。咸康中，虞喜作《安天論》，『光曜布列，各自運行』。葛洪譏之曰：『苟辰宿不麗於天，天可言無。』稚川可謂知言之選。就言而論，郗、虞未爲非也，而葛不以爲是，葛未爲是也，而《晉、隋志》不以爲非，千百年來無論定者，請仍證之舊説。《内經》岐伯曰：『地，太虚之中也按太虚猶言太空也。』《列子》：『天，積氣耳，無處無氣，若屈伸呼吸。』《莊子》：『天門者，無有也。』《鶡冠子》：『天者神也，地者形也。』類此可爲宣夜家之説之證。或問天氣有盡界乎？曰：難言也。量地面氣居海面氣重八之一，離地漸高漸清而漸輕。以風雨表測之，高千尺氣輕三十之一，高萬有六百尺輕三之一，高萬八千尺輕二之一萬八千尺約華里十，愈輕愈薄，高如地徑百之一約華里二百有奇，已薄極不克生物，作無氣論可，而較雲厚十之八雲最高不過二十九里。所謂蒙氣者，即氣之變光生差也，知蒙氣層出不同，而天空益信。

七政高下說

問日月五星行天而有高下，說始西乎？曰否。《楚辭·天問》『圜則九重』，《後漢·崔駰傳》『九乾注謂『天有九重』』，《晉·陶侃傳》『天門九重』，與《廣雅》『九天』同按：《漢·揚雄傳》注『九閎，九天之門』，《漢·禮樂志》『九閡』似與九重異，聞之月在日下，蔽日而食，步日食者有里差，而非恒星最上，於地最遠，何以月與五星皆能掩食恒星也？而非月最下，何以能掩食五星也？而非五星在恒星之下月之上，距地各有遠近，何以五星互掩也？日大於月，月小於恒星，而視日月大於恒星，非以高下分遠近歟？近地者月也，漸遠之星，由水而金，而日，而火，而木，而土，而恒星。

地球大洲說

古無六大洲目而有九洲目，譯西書者以『洲』爲『州』，而《說文》有『州』無『洲』。《說文》：『水中可居曰州，周繞其旁，从重川。昔堯遭洪水，民居水中高土，故曰九州。』一曰：『州，疇也，各疇其土而生之。』經籍『州』誼不一，或訓殊，或訓浮《廣雅·釋言》，或訓聚《國語·齊語》，此無專指也。或訓二百里《周禮·載師》司農注引《司馬法》，或訓里十，《管子》『里十爲州』，或訓五黨，或訓二千五百家《周禮·大司徒》，又《州長》，又《載師》，《禮·內則》，或訓黨鄉之屬《禮·鄉飲酒》注，此非大州。或訓九州：冀、兖、青、徐、揚、荆、豫、梁、雍《公羊·莊十年傳》注、《素問》注，或有幽、并，無徐、梁《周禮·大司徒》注，或訓四十三萬二千家《書大傳》注，或訓國《廣雅·釋詁》，此非統中外言也。然則古無謂天下九州乎？曰有。《河圖括地象》《御覽》三十六引『地有九州』，《史記·孟子傳》：『騶衍以爲儒者所謂中國者，於天下乃八十一分居其一分耳。中國名曰赤縣神州，赤縣神州内自有九州，禹之序九州是也，不得爲州數。中國外如赤縣神州者九，乃所謂九州也。於是有裨海環之，人民禽獸莫能相通。如一區中者乃謂一州，如此者九，乃有大瀛海環其外、天地之際焉。』桓寬《鹽鐵論》亦本厥説《鹽鐵論》：『中國者，天下八十分之一，名曰赤縣神州而分爲九，川谷阻絶，陵陸不通，乃爲一州。有八瀛海圜其外，此所謂八極而天下際焉。』《淮南子》『行有九州』，又云『北方州之圜天』。《後漢·張衡傳》注『地有九州』。又有不顯言九州而實可參證者，《列子·湯問》曰：『四海之外奚有？』華曰：『猶齊州也，知四海四荒四極之不異。』《鶡冠子》『天有九鴻』，異今説矣。而今説大州，由二而四而五而六亦異。二大州孰謂？謂亞細亞、歐羅巴、亞非利加最近，澳大利亞少遠，爲東一州，亦謂之東半球。而亞非利加與亞細亞之不聯，以紅海南二段爲界紅海北段初陸一線限二州，今通矣，而亞非利加與歐羅巴之不聯以日斯巴尼亞南之日百拉達海峽及西之西利島西南之極峽［狹］海面爲界。謂南北二阿美利加巴拉馬亦天之所以限東西也，議掘無効爲西一州，亦謂之西半球。

四大州孰謂？　一亞細亞也，中國在其中，一歐羅巴也，在中國西北，一亞非利加也，在中國西南，一阿美利加也，在中國東詳雲龍《别國名歸一表》。

五大州孰謂？　或分南洋群島謂之阿塞亞尼，《瀛環志略》闢之矣。今於四大州中分阿美利加爲南、北，美利加合衆國墨西哥國屬北，餘屬南。

六大州孰謂？　謂澳大利亞自爲一州也。

陸居全地四之一，而水居三，中國居陸五十之二，是居水陸二百之二也，陸少水多，與水中可居之誼符。然則作『洲』譌乎？　曰『州』、『洲』古通用字。《詩》『在河之洲』，《説文》作『州』《説文》『水中可居曰州』，《漢·地理志》州同，而《爾雅·釋水》、《書·舜典傳》、《左·文十年　哀廿二年》釋文、《騷》注、《國語》、《方言》、《詩·鼓鐘》疏、《漢·賈捐之傳》注、《後漢·馮衍傳》注、《淮南·墬形》注、《文選》注、《釋名》、《一切經音義》十七引《爾雅》孫注，皆作『洲』，然則『洲』亦未爲非，而『州』勝。

尚博郈説

失莫鮮於約，約文於禮，見性與天道之無不貫，此其所長，及苦博者爲之，非空言主静即變本於良知。視六書若瞶，語六藝如聾，不多識前言往行，何蓄德之有？　久且爲鄉人不恥矣。郈而以尚博名，其鑑是夫，其鑑是夫！　以識字始，以通經進，以存舊説識時務成，然猶祛臆斷之弊而闕疑尚，息聚訟之弊而信古尚，懲破形碎義之弊而正名尚，文博而不蔓，理博而不支，否則寡要，非歟？ 此又苦博者所笑也。 邨隸德清，雲龍邨人也，輒爲之説。

軍禮通記説

軍禮爲五禮之一，求之《儀禮》十七篇中，四禮或存或不存賓禮有『覲』而無『春朝』、『夏宗』、『冬遇』，其他逸篇類此，獨軍禮無一存篇。孔疏謂《禮記》記二禮之闕，二禮云者，《周禮》、《儀禮》也。監於異代，《儀禮》通例也。由《周禮》、《禮記》博稽經籍，雖無以補古經逸文，而未始不可記軍禮通誼。欲簒久矣，成書未遑。嗣見曾文正公致劉巡撫蓉書云：『意必有專篇細目如戚氏所紀各號令者，使伍兩卒旅有等而不干，坐作進退率循而不越。江氏永、秦氏蕙田所輯，僅以兵制、田獵、車戰、舟師、馬政等類當之，使先王行軍之禮無緒可尋。國之大事在祀與戎，而古禮殘闕若此，其他雖可詳考，奚足經綸萬物。』旨哉言乎，得我心矣。書成而後例定，輒先存説備忘。大要有三：

古經既逸，勿失古徵。前代軍禮，簒自經傳，以史子集語附，曰《軍禮通記初篇》。

典制煌煌，勿髦成憲，國朝軍禮，簒自御簒《欽定諸書奏定章程》，以各家著述附，曰《軍禮通記内篇》。

豈曰求野，通變識時，萬國軍禮，簒自公法，以紀戰譯言附，曰《軍禮通記外篇》。

懋元字説

夫元尚矣，元之言善，而百姓亦曰元元。《國策》、《史記》《文帝紀》注亦皆訓善，何歟？元，《説文》訓始。始生之性相近，以善而近也，誰非元元中人也哉。經籍詁『元』，或曰氣之始，於元日《堯典》得授時誼，於元年《春秋》得居正誼；或曰吉之始，於元服不可有童心，於元士不可有倖心，我惟時其懋哉！懋訓勉，《説文》、《爾雅》同，《書·堯典》『時懋』之『懋』，《史·五帝紀》作『勉』，《書·盤庚》『懋建』之『懋』，漢石經作『勗』，皆以義同通用也。《爾雅·釋詁》『茂』本作『懋』，《釋訓》『懋』本作『茂』皆見《釋文》，又以音同而假『茂』爲『懋』也。

古者紀官或『雲』或『龍』，其黽勉一也。乾爲龍，其德首元，元者，善之長也，於五德爲仁。伯夷名元字公信，據《史記·伯夷傳》索隱，殆又有『信』誼歟？名之於字，有相反、相承二義。雲龍欲復性善而未能也，於是取相承義，字曰懋元。

二子范初公輿字説

二子范初，字之公輿而爲之説曰：『權輿』即《爾雅·釋艸》『虇蕍』、《釋蟲》『蠸輿父』、《説文》『蕍灌蕍』。是説也證之王氏念孫《廣雅疏證》合，證之錢氏大昕《潛研堂集》，據孫氏星衍説亦合，證之俞先生《群經平議》又罔不合。或問『俶落』以上字各爲義，『權輿』亦不必相連爲文乎？曰《群經平議》已言之，且據《方言》『奞，始也』，『雚』即『權』字，其字從『大』、《左傳》杜注俞先生説『僖二十八年』、『成二年傳』注訓『輿』爲『衆』，按襄三十年、昭七年八年九年、哀二十四年，《左傳》注皆訓『衆』，他難悉數、《廣雅》《釋詁》：『輿，多也。』、《玉篇》『[illegible]』、『[illegible]』、『[illegible]』、『[illegible]』，『大也。』、《詩・毛傳》『甫甫然，大也』。《廣雅》：『甫甫，衆也。』、《周官》鄭注甫，始也，以見『輿』爲『衆』，故爲『大』，亦爲『始』，猶『甫』爲『始』，故爲『大』亦爲『衆』矣，此『輿』訓始本誼也。復爲引伸其誼曰：《孟子》『輪輿』注：『輿，人作車者也。』然則謂造車自輿始亦非無本。初爲裁衣之始，輿何不可謂爲作車之始？『初』、『輿』疊韵，其亦古者名字相承例乎？

勗哉范初，字汝公輿，蘿輿雖小，其守自如，蘿渝雖艸，其萌自舒。傳之始爲范，氏可易而可昧歟？人之初本善，性可復而可漓歟？勿數典而忘祖，勿參前而見虛。書之坐右，言勿違予。

河運海運孰便對策

光緒十一年夏五月國子録科第三名，刊於《成均課士録》。

言河運者以海險，言海運者又以河滯，皆有不便者在，而要之不可偏廢也。三代前未聞漕運，《禹貢》沿海達淮，其海運濫觴歟？《史記》言秦使天下蜚芻挽粟，起於東腄琅邪負海之郡，轉輸北河，北河者，即潮河北運河之白河也。粤海運北運河，此其權輿。漢用蕭何計轉漕，漕名始此。漕運至京始金。

初，漕河通於通州，明昌三年，遼東米粟航海。元世祖用巴延言，江南之糧由海給京。至元二十一年罷開河役，時海道不便，三十年殷明略開新道，旬日可至，然不無漂溺患。明初漕海，永樂建北京，轉漕東南，一由海，一浮淮入河達陽武，陸挽百七十里赴衛河入通州。十三年鑿清江浦漕河而海運遂廢。嘉靖間河梗甚，王以旂等並言海運便，試行之，効，然多沮者。此前代梗概也。

我朝初無海運。京庾之供，歲凡四百五十餘萬石，漕自河如額。漕海自道光五年始，江蘇試行無害，六年、二十八年，咸豐元年、二年，漕如五年故事，中間仍漕自河。三年，山東等省河漕如初，江蘇、浙江皆漕於海，自上海黄浦口入直隸天津海口，凡四千里有奇。既無元時一萬三千數百里之紆，又無明代遮洋漂糧溺軍之險，視河運之費則省，可不謂便歟！說者遂謂河運可廢，則大不然，常以海運爲便，變又以河運爲不便之便，相輔而行，策之上者。

欲復河運，一在道。清口者，淮黄會流，漕河襟喉也。同治四年後，黄河徙而清口塞，言河運者未嘗不睠睠於黄河穿運。七年決紅川口，十年決侯家林，十二年決東明莊，南北堤圮，張秋上下數百里，濟甯、臨清間非漲即淤，漕舟北上由安山而戴廟，而姜莊，歷險十有八乃達八里廟入運。張秋以北之運道淤甚，而清口塞後，順清河又與中河口通，二千九百里有奇之運河非復三十年前比。亦疏亦濬，顧可少哉！　一在費。海運可恃而不可恃則難於河運惜費。或曰海運即阻，不妨以它國商船運，然運價巨數也。與其散給外商，曷若藉贍内民，況復河運於海運既通之後，費固緩而易籌也。一在船。需船既夥，船直易昂，然海漕行而河夫填壑，河運復而河艘争先，增新理舊，存乎其人。

總之，漕不專恃乎海，海庶不阻於漕，不待知者決也，故曰不可偏廢也。

盤山志智朴山水辨譌辨

讀《盤山志》，見智朴詆《水經·鮑邱水》酈注：一則曰舛迕，再則曰支離，一似不可無此一辨者，庸詎知以辨而譌也。非無目驗，而罔知沿革，莫審源流，奚辨爲！

廣漢川者，泃河也，導源薊州黄崖口外，一名黄崖川。从承德府界南流入薊州北竟黄崖關西，在薊州治北五十里有奇，又西少南十數里入平谷縣竟，在治東北三十里，又西十數里獨樂河注之，而智朴乃謂廣漢川流爲獨樂河。譌一。

泃河出三河草橋，俗呼草橋河，而智朴乃謂泃水過草橋河，似泃一水，草橋河又一水也。譌二。

白河上游曰沽河，源出赤城縣，酈《注》所謂出丹花嶺者是，無鮑邱河。名古鮑邱河，今潮河也，源出豐甯縣治西北一百二十里有奇之水泉子。潮河、白河與榆河沙河諸水滙爲北運河，而與泃河會爲薊運河之鮑邱河，今已不與潮河同派，古亦不與白河同名。而智朴乃於草橋河下自注曰『古鮑邱河，一名白河』。譌三。

梨河、泃河合於白龍港，通稱薊運河，未合以前則澱流河爲梨河，入薊州，出五里橋逕澱溜店之異稱，亦謂澱溜河，非泃河一派也。梨河源出遷安縣鹿兒嶺，即《漢·地里志》無終縣浭水，一名雲浭水，酈《注》『庚水亦謂拓水』即此，而智朴乃謂廣漢川分一派東南流，逕薊南五里橋，匯盤山右去之水入澱流河。謁四。此則源流莫辨也。

其以不謁爲謁，病坐『玉田即古無終』一語。考無終，秦縣，即今薊州治，微獨漢至後魏因之，即齊、周、隋亦因之。以今玉田治爲無終縣自唐武德二年始，平谷故城在今縣治東北十二里，酈《注》『獨樂水逕平谷縣故城東，其水南流入於泃河』，是說也，稽之平谷故城合，參之泃河之受獨樂河亦罔不合。智朴乃曰『盤山東南百二十里爲玉田，即古無終縣』，又曰『平谷至無終相去百六十里，中有盤山間隔』，又曰『無終之西無山』，是直以唐之無終視後魏之無終。酈氏注《水經》時，豈能逆料厥後無終不在薊州邪？此則沿革未辨也。

智朴《辨謁》一篇原不足辨，獨是《盤山志》明明列『新城王士禎、秀水朱彝尊校訂』矣，何亦無一語正之，聽注《水經》者千百年後橫被此無因之訾議也。

俞曲園先生曰：『大箸考核詳明，筆意簡古，近世流輩實罕其匹，《盤山志辨謁》一篇尤爲精卓。鄙人於輿地之學茫無所得，惟有歎服而已。樾謹識。』

讀律非申韓辨

俗謂讀大清律曰申韓學，微獨昧律，且昧申韓。《史記》：『申不害學術以干韓昭侯，國治兵强，學本黄老而主刑名。』『韓非喜刑名法術學而本黄老。』按，刑、形古通用字，《易》『鼎其刑渥』，《集解》『今本刑作形』，《荀子·彊國》『刑範正』，注『刑、形同』，可證也。《史記》『申子施於名實』，然則形名參同云者，猶言控名責實，其法在審合形名也《漢·張歐傳》『孝文時以治刑名傳太子』，師古引劉向《别録》云：『申子學號刑名，刑名者循名責實，其尊君卑臣、崇上抑下，合於六經。』按『循』，《史記》作『控』。《韓非子》言曰：『臣侵主如地形，亦其誼也，否則言刑名，奚復言法術。』魏始改律爲刑名，未改以前，刑名之言名家、法術之言法家，同出於禮，而《申子》六篇、《韓子》五十五篇，皆入《漢志》法家，取其偏勝言也。申以刻責爲術據《新序》，韓以極慘礉少恩爲法據《史記》及注，豈足擬國朝律例乎！《書·舜典》『同律』，馬注『律，法也』，漢張敏建初中上書曰『皋陶造律』，《風俗通》『虞始造律』或曰律始蕭何，非，蓋以樂律字爲師律《易》『師出以律』，又以爲刑律，其取均布誼一也。『例』，《説文》訓比，《禮記·王制》『必察小大之比』，注：『已行故事曰比，比，比例也。』《服問》『上附下附，比也』，注：『列，等比也。』《釋文》『列，本或作例』，《周禮·司隸》注《釋文》『例本作列，蓋例，列聲』，列遂爲例之通假。《漢書》不以列爲例，《何武傳》曰科例，《杜欽傳》曰平例，《王莽傳》曰過例，可按也。鄭康成經師也，而譔《漢律章句》。

《説文》引漢律令『箪，小筐也』，漢律曰『及其門首洒湝』，又曰『婦告威姑』，又曰『賜衣者縵表白裏』，漢令曰『趆張百人』，又曰『蠻夷長有罪殊［誅］之』，又曰『蠻夷卒有額』，此讀律有裨經學小學之證。『象刑』、『吕刑』見《尚書》，『三典』、『五刑』見《周禮》，而正歲帥屬懸法，欲官習而民罔不知也。

大清律定自順治初年，伏讀世祖章皇帝御製序：『内外有司官吏，敬此成憲，務使百官萬民畏名義而重犯法。』此與恤刑讀法意同，而豈申韓同日語也？不讀律而欲爲弼教之臣、自愛之士、知法畏法之民，可乎哉？然必讀律名家，此明罰勑法者爲之，而非雲龍所敢知也。

陸兵論一

火器興而兵異古法，雖然，兵器異而出於練同，練兵之法異而練兵之法之理同。孔子曰：『以不教民戰，是謂棄之。』荀子曰：『不教誨，不調一，則入不可以守，出不可以戰。』孫子曰：『約束不明，申令不熟，將之罪也。』諸葛亮曰：『軍不習練，百不當一，習而練之，一可當百。』八陣六花，久佚厥恉，戚繼光是以有『所習非用、所用非習』之歎。創鴛鴦陣異矣，西人練兵又異，然其分衆小綜以自爲戰、合一大軍以共爲戰，雖中西今古兵法百變而不離其宗。變而日精，法在舍短練長，理在則然，亦時爲之也。藥雷彈雨而一以好整爲規，徒虚語耳，不必不散，散而不失其爲整，是在善練者之不拘成法矣。異隊同營，異營同軍，參伍錯綜，以離而奇，《六韜》之鳥雲陣謂鳥散而雲合，殆此意歟？ 練兵大要凡四：

一曰練器。今之步兵，鎗隊爲便，馬鎗不僅馬刀，礮車非復戎車矣。用器之兵或遜修器之工者，未練故也。前膛不如後膛，常礮不如來復，圓彈不如新製，黑藥不如栗藥，栗藥不如無煙藥，夫人而知之，然不練表尺之低昂、熱力之伸縮，雖倖攻堅，難可命中。

二曰練氣。孫子云：『甯驅市人，無將舊軍。』無他，氣餒也。行速之氣疲猶可以屬，而止懈之氣散難可以聚。孫子云：『朝氣鋭，晝氣惰，暮氣歸。』善用兵者避其鋭，擊其惰歸，此治氣者也。曾文正懼湘軍暮氣，而席寶田、左文襄起湘軍，征回定寨，棱威天山，殆因懼而治歟？ 時謂淮軍得朝氣云。

三曰練識。微獨鎗礮之速率漲力，罔弗視天氣爲增減，而月在箕壁翼軫，風火之符也。雪颭霖霧，侵襲之媒也，類此識練於天。孫子十形九地，大恉不外峰地無孤、澤地無迎、絕地無舍、圍地無困，而退難可誘、進險可薄，而火器既熾、抛物線之曲直、視火線路之平險，類此識練於地。鳥起者伏，獸駭者覆，幕烏者虛，夜呼者怖。欲窺其深，厥閒有五：曰因，曰內，曰反，曰死，曰生，孫子已詳言之。然兩軍初值，但覘其將見利不攫、輕卻不追、追北不過，則未易敵。類此識練於人。

四曰練心。法習兵而士輕厥將，英士日鬬而易畔，豈權未握勢未歸歟？ 心未一耳。凡兵，刑不上極，賞不下通，其心隔，苦不共士，勞不先身，其心左，智不出衆，信不孚物，其心輕。

而欲兵有死之榮、無生之辱，莫過乎一，心以練而一，所由百變不離其宗也。藉非心練，則識無以定，氣無以養，器雖精，吾得而用諸？

陸兵論二

陸兵，不外礮與馬與步而已。火器既起，擊遠莫礮兵若，行捷莫馬兵若。雲龍則以爲適用莫步兵若，非臆説矣。昔之馬兵爲大隊，持重積耳，今則非分小隊配入步兵，無制勝之益，而西人布法之役之前尚無此識。可驚敵，可乘機，可掩護，而掩護益最，雖移兵而敵不之覺。

或詡馬兵衝法，則有禦法五：卧石亂木，凸阜敗垣，一躍匪易，避就一也。亂隊攢而寬，方陣聚而守，擠密二也。護火線有接應，有散援，鎗之所逮，敵馬輒佈，互護三也。彈早易罄，少遲則慮挺走，以二百五十步以内爲宜，鎗時四也。四通之涂、夾樹之道，皆馬衝也，遇則趨馬左以避其刀，而烏倫桿馬隊又宜趨馬右以避其桿。若必不使衝過，則步兵四層或六層，前跪後立，鎗擊馬足如雨可以逼退，平野則旁騖矣，力遏五也。此五者皆步兵力也。

六磅彈礮已可千步，十二磅彈礮可二千一百步，礮愈大則彈愈遠，豈步兵之鎗數百步者比？非礮無以亂敵陣之線，即非礮無以開步兵之路。雖然，以護礮責馬兵未能也，而前茅步兵能護當先之礮，後伍步兵能護繼進之礮。既近敵，鎗刃衝觸，舍步兵奚濟？而況言攻之初，非步兵無以爲游兵，言守於後，非步兵無以爲衝兵也。故曰適用莫步兵若。

陸兵論三

陸兵一擊，法括之，析言之，曰攻曰守，然不知守無以攻，不知攻亦無以守。攻無退，而守未嘗無退。退忌速，而必速者二：一敵鎗所及之平地，一我兵別隊之火線，否則不輕退爲善。法以六之二爲火線，以六之一爲援應，以六之三爲留後，以守法列先退之陣，以攻法移後退之兵。先退者援應兵也，火線兵次之，留後兵又次之。或誤敵瞭，或避敵擊，而擇地近是，斷未有善退不善守者。

守非惟城堡已也。列陣亦用守法，厥要三：一迎衝，二衝禦，三衝陣。以逸待勞，避其鋭而趨其危，擊其密而衝其疏，使敵之攻法不成，此之謂迎衝。敵近二十餘步而立，以鎗擊之，速發齊發，此之謂衝禦。敵近十二步，停鎗盡力衝出，或夾擊，或轉抄，或後應，出其不意，此之謂衝陣。敵陣如因此而亂，則改守爲攻。攻法至今難昔例矣，以游兵多爲便，以行伍小爲靈，以礮兵亂敵陣而開步兵之路，以馬兵遮敵目而便步兵之移，以步兵分爲自擊之小綜，仍合爲共擊之大綜。此大要也。其法七：

一曰交鋒。與其分前營六之一爲游兵而續增之，不若居十之五而借避彈地勢：先踞敵腋免包抄也，分伏敵側，備聲援也，逼發敵鎗，耗其子藥也，猝擊敵伍，雖傷少亦奪其氣也。先用重攻法，非争敵要即取糧道也，不攻陣面而掠陣端也。礮不宜少，少則敵陣近。凡礮六磅彈其率千步，十二磅彈其率二千一百步。擊兵勿擊礟，而礟或聚則擊。

二曰開衝。敵用子母彈則陣宜寬而疏，敵用爆彈則陣宜狹而長，既擊而衝。與其從平處齊進，孰若從凹處漸進之爲愈也。凡一營火線視兵數而定，譬如五百西人一營平時六百，戰時或千則二百五十步可盡火線之力，兵數遞增可推也。距敵千二百步宜分小綜爲左右線，過此敵鎗所到。行伍忌密忌緩，距敵百步尤宜小步急行，無可倚則伏地發鎗。近敵百步，分段參差，節節躍進，而未進者鎗，有護者亦鎗，然難可泥，移步換形，臨機應變，是在將。

三曰接應。宜分營不宜全隊，如在敵礟二千步内勿令敵見，然接應兵患遠。法以礟兵列後軍步兵之前，藉前茅蔭，以半營張雙隊如翼分攻敵腋。

四曰衝陣，略同守法。其置鎗刃約近敵四十步許，前撲繼躍，以噪而猛，以包爲衝，成偃月形，而行忌平，而進忌怯。

五曰混合。鎗礟起，罔弗散伍，而必散中見整，是談兵者第一要訣。問同仇否，不問同營否，營異用同必由於用同，而服用之心同也。

六曰權謀。張羸伏彊，欲近示遠，聲東擊西，實虛虛實。孫子云：『佚而勞之，親而離之。』我欲戰，敵雖高壘深溝不得不與戰者，攻其所必救也。我不欲戰，雖畫地而守之敵不得與我戰者，乖其所之也。

七曰追敵。急擊齊擊，敵恐自傷，必不鎗矣。輕退無追，防誘也。走險勿追，防伏也。攻守通法：凡不輕擊散擊者勝，凡以馬兵護步兵、以步兵護礮兵、以礮兵導步兵者勝。

或問非陣而擊。曰六韜言十四變：敵人新集可擊，人馬未食可擊，天時不順可擊，地形未得可擊，奔走可擊，不戒可擊，疲勞可擊，將離士卒可擊，涉長路可擊，濟水可擊，不暇可擊，阻難狹路可擊，亂行可擊、心怖可擊。吴子言：『以一擊十，莫善於阨，以十擊百，莫善於險，以千擊萬，莫善於阻。』

海防論

水師莫重於海防，海防莫重於兵輪，其將非古蒼兕比《史記·齊世家》『太公曰：蒼兕蒼兕，總爾衆庶，與爾舟楫』，馬融曰：『蒼兕，掌舟楫官名。』，其軍非古舟師比《左傳》『楚子爲舟師伐吴』，其火器亦非古鉤拒比《稗編》：『《墨子》曰：公輸般自魯之楚，爲舟戰之具，謂之鉤拒。』《太白陰經》：『水戰之具始伍員，以船爲車，以櫓爲馬。』。凡礮，陸戰欲輕，水戰欲重。説者曰重礮莫臺壘若，而聞之西人云，礮臺彈如雨，難阻敵舟不一過，兵輪雖被礮十之二，但輪行，即非無用。説者又曰禦礮難忽，而雲龍以爲不勝其禦。湘軍之創『快蟹』諸舟，擊髮寇也，戰河耳，後膛礮寡，非有三十有半磅彈也，非有栗藥、無煙藥也，避之以網、與絮、與髮、與竹、與革，而鉛丸輒洞。於是彭玉麟、楊載福身當衝而敵礮失勢，師以畏礮爲耻，而敵礮愈失勢。河戰且然，海戰何必不然，然難在得人。

臨事言戰，未事則言防。南北洋無慮數千百里，不勝其防，而節節防與不防等，一疏百累矣。輔水軍之陸師尚以聚而効，况兵輪礮艦快船之重兵，能不擇要阨耶！橫沙之港，淺潮之灣，輪不必巨，砲亦不必重，一百五十匹馬力足矣。逸以待勞，無事則巡境内海面，而備鐵甲大輪分泊最要，以時互易，無事則以其一周游海國，風潮既狎，膽識自增，奚有久頓則荒慮耶？彼不遠數萬里航海交兵，未有不籌過糧之舟、避險之地者，亦未有不探旁出之口、繞後之津者。第而曰何者爲無定之防，何者爲有定之防，莫若寓有定於無定而擊其所必救，以無定濟有定，而必使之進不支而退無倚，道紆則費大，時移則餉糜，將不戰而走矣。凡防近登，宜扼遠口，防前擊，宜策後抄，砲臺宜泥不宜石，水雷宜虚實實虚。綜而論之，必居不敗之地而後可戰，必得能戰之人而後可守，又必識守戰皆宜之時而後可和。

兵通論

不戰而屈人之兵，孫子言善矣。然非百戰百勝而難自立於不戰，非有自彊之道而勝亦不勝其戰。凡將將臨事而懼勝，凡將不勝其懼而無懼勝，凡兵不輕將而榮死勝，凡誅不貸大、賞不遺小勝，凡糧克因敵勝，凡彈藥後發時發聚發勝，凡見利若忘、趨危若鶩勝，凡進如決水、退如移山勝。而無勇功、無智名，上戰無與戰，其庶乎！

養喜廬文初集卷二

潼川府守城記

咸豐十一年春二月己未朔，乙酉，短搭寇李永和之悍黨藍大順、謝花妖，薄四川潼川府城。案潼川秦以前同雅州府，漢爲廣漢郡，宋析置新城郡，齊廢，梁末置新州，西魏並置昌城郡，隋初廢，開皇末改爲梓州，大業初復爲新城郡，唐武德元年復爲梓州，天寶元年改爲梓潼郡，乾元元年復爲梓州。其曰潼川府自重和元年始，明初降州，我朝雍正十二年復爲府附郭縣曰三臺，既復府之百二十七年而城危。知府阮祐爲文達公弟七子，好仁，未嘗自謂知兵，而城乃危而不危。

先是春正月，李永和寇遂甯，在府東南百八十里。永和，所謂李短搭者是，四川人俗語髮辮曰『搭搭』，寇慮脅從者逸，輒截厥髮，而短搭之號遂若與長毛相對待云。二月庚午，花妖夫謝大德攻遂甯，游擊陳祥興斃之，花妖遂代夫寇，其下亦譽之曰『娘子軍』。越二日壬申，副將彭太和助祥興解遂甯圍。丁丑，寇犯太和鎮，通判袁起駿治此，故無城，祐以都司金鵬往，巷戰死。起駿倉皇走求援。己卯，寇陷射洪，萑苻蜂起，日騷然矣。去潼川六十里府東南，數上乞兵書。癸未，獨祥興令都司姚懷玉將二千軍入府城。時一夜數驚，作者鳥散。或語雲龍曰：『君入幕賓非歟？且庖代云爾，無守土責，盍去諸。』祜留雲龍堅，答曰：『男兒豈怯寇者，慮累倚閭耳。』祜不可，跽言事急矣，借箸舍君其誰！雲龍曰諾。祜又曰：『一城安危，繫祜實繫君，君盍爲生黎易名，龍非池中物，名固君當。』蓋初名雲酆，生於酆都，以地名，俗傳爲閻羅城，故祜云云，易名雲龍，自此始也。

短刀草履，時環堞巡，每與祜坐，輒草檄與令，侍吏十數，筆不得停。當是時，嗸鴻虛腹，就食如蟻。或議慎納，雲龍曰：『誰當拒耶？莫若令人拾一石入城，取諸擊也，四野勿遺盜糧，取諸清也，附垣勿餘一椽，非移即火，欲其無蔽也。』乙酉，寇漸近，戍者寡不克敵，夜，寇御暴風逼城，驚砂坐飛，以鳳凰塞鄉團拒之，又不利。豖突牛頭山，一名華林山，峙城西南，俯瞰虛實，一如列眉，寇以故争之急，而戍山之義勝勇數百耳，岌岌殆甚。議者謂兩全難，雲龍否否，此莊子所謂脣竭則齒寒者也。溜筒一線，羽書通若呼吸，以逸待勞，竟夕不少懈。天明風微而山無恙，祜曰：『如戰士少何？』雲龍曰：『寇號十萬，而軍士民壯不逮其百之二，宜守不宜戰，不待知者而知，而非先綜食不可。』繇米而雜糧而蔬類而山海腊與一切療饑之物，足二十日食耳，然不患食少，患食者之多且雜。文武軍民既不素習，保無壩上曹無傷輩耶？』祜曰：『計將安出？』曰：『由懼生敬，積敬見誠，亦無失衆心而已，孫卿之所謂凝，進求之孟子所謂人和，又進求之孔子所謂民信，有以異乎！』祜於是平均所食，官民無差，惟軍食從優，而復與城中佐屬揺紳集重賞之銀，而復折節與敢死士交歡，披肝瀝膽，一如布衣昆季，苦相勞疾相扶持也。

丙戌而後出麻雀陣，三日三勝。麻雀陣者，零星勇錯落而出，寇笑寥寥，不屑以全力敵者也，此以散禦整法。彼出大隊，守不一戰。三月朔己丑，寇攻城卜夜，守者傷且疾，健婦補額，連宵燎如晝，傳籌不得一休，目眵思卧矣，雲龍趣祜改啞子城法，撤城上燈火殆盡，徙薪其下，背城面濠，燎相望也。凡難民逸自寇，祜必躬問，輒得虛實。辛卯，問知寇有地道計，遂穴內城麓，納甕百十，老弱耳屬之。甲午陳軍糧匱，乃移新店子，初營於白鶴塞，適當寇背，今乃漸遠，寇喜可知。

乙未，寇轉寂，疑之。丙申，寇刈麥苗、雜蔬，分積之，一當城東南之萬年堤，一近城南之九曲河。雲龍曰：『此必地道也。』懷玉曰：『然。』伏一軍於北壍，乃二隊分襲兩穴。寇出大隊分敵我軍，多死者。城頭巨礮援之，寇北，而伏軍起，獲酋馬萬忠斬之，寇大潰，墮河無算，地道平。丁酉，寇又穴於西東，驟擊不勝，我軍走東北。城上重賞，得勇敢士數十，縋衝西南走寇，地道又平。自是濬濠深八九尺，滿注涪水，復賈餘勇，重濠其外以梅花樁護之。戊戌寇蜂午逼來，我軍佯敗走，姚軍健者別搗大佛寺山麓寇壘，勝之而回。自是守不一出者三日。壬寅寇來，適霧驟起，雲龍謂時不可失，於是懷玉選健兒抄後，城礮齊飛，男婦同聲鼓噪，寇莫辨多寡，自蹂，我軍乘之，斬過當，獲酋五、纛一，寇却，然水陸盡遏。守又二日，食且罄。强者或夜縋城，割陣戮者之肝入鑊，片片躍而出，掩以箕，熟而噉之，祜憂之甚。雲龍謂：『食一絶，戰死，不戰亦死，能束手耶？』姚軍願戰者躍然曰：『背城借一！』乙巳獲諜，廉得其暗號，亦曰口號，蓋黑夜問答，黨同伐異者也，日輒一易。於是與懷玉密籌，選精壯百，白布束首如寇，或懷火彈，或挾火箭，銜枚猿攀薜璧〔壁〕，分入大佛寺盤龍山兩巢。問爲誰？應以暗號，同時火，寇以爲自，不戒也，戒勿驚，尋聞刀聲矛聲、肝腦迸出聲，始亂，自矛盾，死者無數。全軍繼進，三臺縣民壯助之，大勝，而寇自三臺山出者無慮數萬，乃麾義勝勇出自牛頭山拒之，又勝。是役也，俘酋藍二順、曾萬章，論者謂勝俘他寇千百，獲刀械又獲糧草，足城中五日食。軍民大讙。然偵寇方鳩工製雲梯數十，又造木案，前輊後軒，謂之狼狽桌。問攻城乎？曰：『攻牛頭山，期在來宵。』於是戍山加密，然如勇無多何！無已，伏一勁旅於山後。丙午四更，寇果攻山，礮艱俯擊，危如壘〔累〕卵。未幾城礮折寇纛，山後伏起，寇大驚，而困之三帀。山後勇無退路，無不一當百，毀狼狽桌過半，寇乃敗。然寇有增，祜謂强半脅從，非心服也，寇未至，祜即主解散議，製旗數十，大書『投誠免死』，降者雖髮種種，弗罪也。或曰將毋飾，祜曰：『以風其餘。』先後散以萬數，而攻未已。丁未，雲龍方按堞視，一鎗子飛嵌指邊，而書屋壁上著彈如雨，明日亦如之，登陴，傷者面面相覷。戊申夜半，雲龍與書記徐楫登府署後之萬壽山瞰之。寇無一燎，旋火旋增，繇三臺山而大佛寺而盤龍山而鳳凰山，若轉燭，若傳薪，須臾照耀數十里。見者走相告，人人以爲攻城，雲龍曰：『殆將去歟？惜勇寡難掩厥後耳。』己酉天將曙，偵如所言，而寇斷後之鎗礮不絶聲。

初戒嚴時，重軍四擁，或近數十里，或遠百餘里，羽檄血飛，庭哭雨墮，非矯語静鎮，即飾言機括，既圍城，函筩之書駛於水，與夫磨盾宵馳，十不達一，達亦不一應，若充耳、若褎手者二十有五日，至是軍從天來，不期而同，牛酒犒畢，請纓争先矣。祜語雲龍曰：『君功不可没！』笑謝之曰：『願遜言功者。』後繆子荃孫贈雲龍詩云『功成不膺天子賞』，蓋紀實也。圍既解，雲龍言歸，而祜往省不得遲，遂復以善後屬雲龍云。

附：代擬燕砦受降記

余以庚申冬解任奉節，道出渝州，王右臣觀察檄攝江津事，蓋除夕前五日也。時教匪劉萬擁衆居據燕頭砦不下，已五越月矣。燕頭砦者，江邑巉巖也，舊爲邑人士避難地，以故富紳大賈，家其中者甚夥。有妻若子居砦而夫不與者，有子若女居砦而父母不與者，有夫婦子女居砦而親族長幼不與者，蓋匪黨不及其半焉。然蚩蚩者皆受制於匪，無所逃命。先是劉蕙田大令物故，代理者少不更事，議剿議撫，漫無折衷，而劣紳汪在功等挾之，妄生覬覦，力主戰攻。嗚呼！閲諸難民之居砦也，匪黨别其男婦，分棚以居，彼逆賊也，尚有此一線之良，於流離顛沛中，爲此維持而調護，而議者乃欲玉石不分，付之一洗。嘻，忍矣！方是時，團民洶洶，肆意殺戮，水陸爲之道梗。又流寇周、張等，方盤踞於松灣、油溪、朱家沱，其燄甚張，團益若狂，殆不可制。予嬰城固守，除夕元日，一夜數驚。至辛酉上元而撫議始定，十九日單騎入砦，遂以受降。是役也，事經三任，時逾五月，貪天之功，竟以蕆事。惟規團以正，使不爲亂，故能殲渠魁、散脅從，剿撫兼施，全境肅然。凡給免死牌九千餘紙，歸婦女金纏臂千有餘具，追擄掠白鏹七萬餘金，差堪自喜。時聞於崇樸帥，雖蒙獎許，而章奏不與焉。嗚呼，論功行賞，予又遑計其有無哉！

附：代擬五屯受降記

理藩轄屯五，蓋純廟時經策果毅、岳威信平蒼旺後所定制也，越百餘年而復有逆酋穆祖索朗之變。予以同治癸亥冬奉制府駱文忠檄來攝是邦。募勇五百，號敬勝營，偕署茂州蹇君子和，辦松潘畔夷，而即探穆酋動静。方是時，穆酋叛形雖未彰，叛志故早熾也。明年春，大府飭穆酋帥屯兵千二百名助剿松夷，假道梭磨土司，歸余節制。慮余不善騎射，以維州協李副將元龍專司行伍而調遣於予。李君遷延不進，予乃自統漢屯全軍，軍於梭磨之蘆花官寨。峭壁千仞，深菁萬重，妖雲一合，邊風四起。立馬亂山中，激昂慷慨，雖古壯士從軍塞上，其意氣之盛，自謂近之。先是梭磨土目構亂，戕土婦蒼旺格什之婿，而驅年未及歲之應襲土司班馬汪札，俾不獲襲職、朝貢不納者，五年於兹。予兼奉大府命詰辦，至六月而罪人斯得，土司還寨。梭磨以平，松岡黨懼。卓克基三土[司]之不法者亦相率納款。予方擬乘勝振軍，直擣松潘，會掣肘者建議撤兵，功敗垂成，識者惜之！且是役也，驅離穴之虎，使爲我用，既可制松夷之命，兼可戢磨酋之心，一舉而兩善備焉，誠勝算也。所謀不果，穆酋益肆，至乙丑三月而擁衆抗兵矣。予曰：『是不若以屯制屯，使彼互攻而立斃。』聲色不動，密奏上陳，而穆酋果以是月二十七日授首。不絶一弦，不折一矢，旬日之間，全屯底定。嗚呼，自穆酋包藏禍心歷五六年，凡戕屯弁三四十名，侵屯餉七八萬金，訛授屯職七十餘員，以駱文忠之神威，前此未能控制，而予適觀厥成，殆有天意，非人力歟！抑觀變沈幾，果資擘畫歟？雖濫酬庸之典，何敢自以爲功！惟是繼策岳之規，重定屯制，釐正善後，殊費經營，此則區區之所堪自信者。廳志具詳，兹不復贅。

駱文忠平寇李永和等始末記

咸豐九年夏六月，四川寇李永和起自宜賓。永和者，鹽梟也雲南人，故謂之滇賊，有所激，揭竿一呼，蓋藏四委，遂棘滇蜀間。懼脅從者逸，輒截厥髮，四川謂之李短搭者此也。張四黄地、藍大順、何國梁輩響應。藍大順亦名藍朝鼎，最悍，然衆皆强脅。初兵見陣，輒膽落，後少少習，而寇亦浸悍矣，筠連縣團潰。九月丁丑賊犯慶符，署知縣武來雨字聽濤，山西辛巳舉人書曰：『守土無狀不肖知縣武來雨泣血頓首：來雨幸叨科名，毫無韜略，生靈塗炭，咎實難辭。上負國家委任之恩，下慚撫育百姓之義，然開門揖盜始自筠連，起衅失機兆於宜邑該匪本係游民，無入川意，衅因今年六月宜賓縣令汪覲光同汛千總將胡安邦、楊寡狗於新場騙至郡縣正法，以致激變。匪皆烏合，民受魚殃。無城無兵慶符縣向無城池，罪當共諒匪人筠連境不過五六百人，亦無鎗礮，奈團勇先已潰，今日死節，分所當然來雨妾張氏今日已縊死，幼兒符官亦死，僅留老妻李氏。痛哉！來雨死分也，賊至，殺我眷口，幸勿傷百姓，死亦瞑目，但無兒無女家鄉族子可繼，兩袖清風，尸骨歸鄉，所費不少，慶符山清水秀，雨深羡慕，倘將來平定後士民垂憐，覓我尸骸，擇一善地，樹深竹茂，更植梅花數百株，築屋數椽，穴葬其間，夫妻相依，建一碑坊題曰「清死節縣令武聽濤之墓」，則生生世世圖報無窮矣！謹啟。咸豐九年九月十一日，署慶符縣武來雨燈下書。』自縊死。寇厚殮之。自是蔓東南北三路矣！

十一年春正月庚寅朔，李永和、謝大德寇遂甯縣圍城，二月己未朔，庚午，游擊陳祥興擊謝大德，斃之勇目李鴻猷獲其尸。壬申，副將彭太和以軍會，解遂甯圍。丁丑，謝大德妻謝花妖代夫寇，合李藍寇太和鎮，潼川府阮知府祜以都司金鵬將數百勇馳援，巷戰死；通判袁起駿求死不得，其長子婦孫、次子婦張、女四姑五姑，皆縊死，其長子慧以詈賊先被磔於援遂甯時。己卯，寇犯射洪，訓導熊紹伊投泮池死，寇義之，厝於明倫堂，題坊曰『忠臣』，其長子熊維駒、文生郭謙被執，不屈死教諭易良圖出城遇害。乙酉，藍、謝二寇圍潼川府城，薄牛頭山。雲龍橐筆助阮知府，以姚懷玉軍守之，塞地道，濬城濠，搗大佛寺盤龍山兩巢，凡守二十有五日。三月己酉，城圍解語在《潼川府守城記》，擁軍者亦至。寇圍綿州，陷安縣、彰明縣，又寇江油縣中壩場，攝江油知縣李東字敬之，盧龍人曾著《鄉兵管見》一書，籌防久，寡不敵衆，城陷，李東被執，誘降者再，投河死東僕曹堃隨之投河，遇救，逸，覓東尸殯之。時死難者多，所知者曰張壽麟。先是咸豐十年十月藍賊逼綿州，貢生張致齋，壽麟父也，年八十八，被執，不屈死。十一年李賊至，壽麟痛父死，遂死，妻黄氏、子世瑄世照皆殉。此湖南巡撫駱秉章未督四川時事也。其受督辦四川軍務之諭在十年秋七月庚子。

明年夏四月乙亥至萬縣，時寇數十萬衆，蹂躪四十餘州縣矣。奏謂『賊多而不整，狡而不悍，合而不固，三者猶是草竊故態。然亦有不易剿者三：散而不聚，漂而不留，伏而不出』，論者韙之。湘軍黄淳熙三千五百、侯光裕六百、劉德謙八百、李忠楷二百凡五千一百合之蕭啟江舊部六千有奇，萬二千耳，寇順慶府之何國樑已無慮三萬，黄淳熙先之，寇它竄。五月援定遠縣，火攻水溺，斃寇數千，俘何國樑，餘寇遁燕子窩附朱寇，勢復張。偵二郎場無警，軍進，寇伏起，黄淳熙創甚，猶刃十數，死之。代將者同知曾傳理也。李永和陷青神，藍大順寇綿州。州南塔子山、榜山爲最，其次州西西山觀、州北龜山桑林壩、州東雲屏山，寇屯層出。駱帥以蔣提督軍牽青神寇，俾諸軍並力於藍，以八月朔丁巳爲期，火寇三十屯，將殲矣，雨暴至，湘軍而外有觀望者，然馘萬餘，綿州圍解。藍寇九萬踞西山觀青衣壩，薄諸河，湘軍苦無濟，伐木造五方舟。寇撓，却之，宵濟，以胡中和、何勝必、蕭慶高、彭太和趨西山觀掊寇背，以曾傳理馳沈家嘴掎寇右，以劉德謙、顔佐才溯涪而上臨寇腦，既遏青衣壩，且阻什邡竄路也。以尹士超軍伏於花街鎮界牌子。庚午鼓儳而戰，馘四萬，而餘寇逸自花街鎮，蓋伏軍未伏如令，糾之而肅。戰之日，駱帥受七月丙午總督四川之命九月既望署總督，崇實交卸，前四日丙寅，寇竄崇慶州之石羊場、柳街子、李家橋、馬祖寺，擊之，馘萬，俘千三百。李永和遣黨何螞蟻援藍大順，自是丹稜、青神間寇壘相望以百計，其大者八，攻眉州城急，乃期以十月丙寅合勦，而以斷援路阻東奔令。是役也，焚溺短髮無慮三萬，獲舟百九十有一，眉州圍解。而寇纛伏青神，軍欲進，恐丹稜寇襲後，於是有先復丹稜之策。寇於城東南北依山營巢四十有奇，遂用步步爲營法蹙之。藍大順遁自丹稜西門，胡中和逐之山顛，矛之死，丹稜復，寇黨四逸：一曰訾洪發，由彭縣蒙陽場豕突富順縣境。一曰李長毛，亦至蒙陽場，一擊而逸沙窩子，負嵎積雪中。一曰藍朝柱，伏太華山，爲平武、江油二縣地，而李永和留其黨周庭洸踞青神縣城，自與卯得興出西南門，軍扼其渡，馘過當。十二月戊寅逸伏鐵山。同治元年春正月甲申朔，湘果三軍護軍擊之，勝，然仰攻難，故軍多創。戊子，青神復，翦寇四千，俘周庭洸。

先是鐵山寇援青神被創，巢穴大震，酋可禽也。乙酉夜，卯得興乃率衆萬竄八角寨（宜賓縣境），李永和亦擁數千遁天洋坪。時雲龍草檄於永甯道阮祐幕，議以瀘州富順、隆昌、榮諸縣之團助勇未逮。辛丑，大破寇於石炭溪，俘李永和母若妻，餘寇數百攀僻徑遁八角寨，與卯得興合，厥寨羊腸易伏，總督檄軍合勦：曰湘果三軍，曰劉德謙軍，曰朱桂秋軍，曰彭太和軍，民團助之，一再勝。夏五月壬午朔，庚子，戰，卯得興被數創，雌伏，諸軍合圍，又可禽也。八月癸亥豕突而出，踞龍孔場，勇團引水濠之。雲龍語阮祐曰：『膚功在此一舉，雖然，鳥盡弓藏，窮寇輒藉口以脱，非有督戰者不可。』於是阮祐密陳奧窔，總督檄布政使劉蓉將楊耀關營視師。丙寅，兵驟擊之，嗣是無役不勝。寇餘五千，困獸猶斗。九月癸酉，偵寇糧絶，搗厥穴，禽李永和、卯得興，解省正法，或曰訾洪義亦死是役。厥黨分逸，時則有周踴踴、郭刀刀、曹燦章、藍朝柱、張四黃地之屬，周踴踴亦稱周紹湧，前竄大竹、墊江竄涪州鶴游坪，曾傳理、劉德謙、周達武諸營尾追至沙河鋪，時同治元年秋閏八月甲辰。張由庚部擊曹燦章，適當其背，遂夾攻之，馘二萬，損寇三之二，竄開縣。時雲龍季弟雲夔侍母居其縣七里邨，避之塞，扶携之苦槪可知已雲龍遂謀迎養於永甯道幕。九月乙亥，竄大竹縣安吉場，周達武俘周踴踴並獲其母子，斬之。

郭刀刀、曹燦章張第才附之前陷新甯縣城，藍朝柱敗寇百餘附之，總督以張由庚軍復新甯，時同治元年二月戊午。曹燦章遁陝西，郭刀刀、藍朝柱竄雲安廠，適知縣易佩紳將果健營至自夔，扼之。夏四月庚申，旁竄，陷太平縣城。五月戊子，易佩紳復太平，郭刀刀竄陝西、甘肅邊境，脅從而回，周達武進自保甯。冬十一月己未，戰於儀隴縣土門鋪，斃寇三千，獲騾馬三百，再戰福林場，斃寇千，郭刀刀以三千寇遁。周達武一夜馳百二十里，壬戌及巴州鼎山鋪，獲郭刀刀與弟幅友，解省正法。或曰藍朝柱在陣斬中，倖免者獨張四黃地，其攻江安縣在夏四月，聞曾傳理援而逸，投石達開語在《禽石達開記》。厥後降自敘永，更名正忠，而短搭寇平。

二年冬十一月甲辰朔，戊午，寇餘何金隴擾筠連、高縣，胡中和及果後三營破之。越四年，駱總督協辦大學士終於四川，謚文忠。

雲龍竊以爲，四川安危繫於駱文忠一人。方未督師四川，其藉戰開活者不領餉謂掠財爲開活俗曰買仗火戰則索酬曰賣仗火，稀復知律。其捧檄録功輩，又輒自矯功高，難可臂使，寇鴟職此。

既至而蕭啟江涂死，黄淳熙又戰死，人人復自危，而駱文忠懲違者、遲者、縱滋者，積習一挽。攻勦兩年，短搭寇以滅，矧所勘定不第惟是，繇是士族額首幸更生，且使後之治寇得有師循，而駱文忠自督四川後未出官舍半步，自非人技若己有，烏克臻此哉！

駱文忠禽髮寇石達開記

同治元年春正月，髮寇僞翼王石達開犯四川酉陽州界，蓋竄自湖北來鳳縣，酉陽團卻之。寇旋湖北，陷利川縣城。時駱文忠總督四川裁四閱月，以重慶鎮總兵唐友耕、候補知府唐炯防重慶，以桂字營水師礮艦防江面，而石寇轉陷四川石柱廳城，擊之，復其城。總督策寇必渡河，飛檄沿河州縣撤舟，石寇乃竄南岸，涪州團與章源勇拒之。二月甲寅朔，丁巳，石寇涉小河圍涪。知州姚寶銘嬰城守。乙丑，翼長按察使劉嶽昭將果後營約二唐馳援，徐邦道將勇出城夾擊，解涪州圍。石寇轉攻綦江，知縣楊銘以礮石破寇地道。夏四月癸丑朔，癸亥，唐炯焚浮梁走寇，曾傳理扼自合江，劉嶽昭遏自江津，唐友耕剿自重慶。寇走貴州仁懷，潛出山徑，丁卯逼四川敘永廳，在永甯縣西，然敘永同知今治縣城，所謂河東城也，永甯知縣乃治敘永同知之舊治而無城。寇既逼，紳民乃得隨文武入城設守。戊辰，寇攻城不克，己巳，踞敘永廳舊治，而圍城無虚日李芝巖外舅名承基，自烏程徙永甯縣，即敘永廳舊治也。四月十三日寇近，論者謂虚驚如去年，外舅三女端臨獨以爲昔虚今必實，與姑沈謀徙城中。既望，乃徙。十八日寇果入廳舊治，而攻城且急。越七日誤傳不守，外舅服毒，其長子作霖與四子文藻搗金魚吐之起。端臨時與嫂陳梯石上樓對縊，作霖又兩解之。時在端臨歸雲龍之前二年。城外死傷狼藉。永甯道阮祜與雲龍策，令候選同知周兆岐字華軒，雲南副貢、候選訓導李仁山字静亭，雲南人將勇一營禦之。兆岐子鴻嗣陷陳，血戰死，兆岐、仁山揚旗進，寇輕之而潰。庚辰，寇走興文縣。

先是三月，散勇李鳳鳴有激而畔，兆岐韍之，否則寇附虎翼矣。方石寇入四川苦不識歧途，而短搭寇輒導之，張四黄地其一也。其攻江安縣城，曾傳理馳援，張四黄地遂遁投石寇。五月壬午朔，癸未，導陷長甯縣城，知縣周于坤、幕友李□皆死之，署典史梁崑年字鶴才，福建人，曾隨阮祜與雲龍守潼川府城瓜代矣，而詈寇死，妻姚、妾鄒、女梓生亦殉難，同日死者士民凡七千二百有奇。先是春正月，張四黄地與沙河諸短搭寇圍長甯，被創，是役之慘以此，然它所未詳者慘恐十百此也。劉嶽昭進自安甯橋，二唐馳自興文，寇既不逞於東北，遂分走珙高、慶符慶符縣之巡檢寺、沙河驛皆寇屯欲犯敘州府，曾傳理、熊焕章犄角之，破屯十數。六月壬子朔，丙寅，劉、唐諸軍破寇蘇家坡、洞底，長甯城寇震，戊辰復其城。

寇前營走攻敘永，總兵吴安康敗之，韍僞翼殿侯張得祥，寇走金鵝池。庚午，吴安康部副將許蔭棠援永甯縣。壬寅，阮祜以周兆岐、李仁山、張陞援之。甲戌，劉嶽昭受吕占春降於瀘衛，而永甯縣城糧盡，丁丑，周兆岐單軍入城，通糧道也，劉嶽昭破寇敘永廳之得用壩，韍過當，其敗寇遁貴州仁懷，而永甯縣城圍未解。雲龍説阮祜激勵周兆岐進，於是與吴安康諸軍期庚辰夾攻之，勝，寇走鄢家關，解永甯圍。是役也，周兆岐力居多，或齟齬之，其後擊寇於都掌溪，誓死，李仁山大呼以從，今稱雙忠不容口。方戰，寇分股爲牽制計：一踞合江先市場，劉德謙、曾傳理、劉鶴齡破之，一渡河走江津，二唐破之，走貴州，貴州既無所食，乃略雲南鎮雄州，勢復張，乘湘果諸軍之殲短搭寇也，分數道轉寇四川。九月癸酉攻筠連縣。十月庚辰朔陷高縣。甲申，熊煥章復高縣，城寇逼珙縣。雲龍之季弟雲夔在知縣郭天章幕，籌防。寇走横江鎮，越金沙江窺敘州府。

湘果諸軍既奏功龍孔場語在《平寇李永和記》，總督以蕭慶高軍水洞坎，守敘南門户也；以何勝必軍屏山，防副官邨水道也，以唐友耕軍慶符，劉嶽昭軍長甯、珙縣，以吴安康熊煥章軍敘永。而寇背横江陣土屯木卡相望，浮梁往徠，石寇自壘雙龍場，伺懈，起十一月丁卯，訖十二月庚寅，先擣中堅，破寇屯數十，焚溺無慮二萬，寇走雲南。當是時，短搭既平，長髮亦逸，黎首方幸安枕，而總督慮彌滋矣。石寇果分三道，先以僞宰李復猷竄副官邨走貴州而窺川東，復以寇中旗賴裕新竄會理州脅德昌煙匪販鴉片煙，俗名煙幫三萬有奇轉逼甯遠。甯遠去敘州府二千餘里，鞭腹難及。總督於是以唐友耕、熊煥章戍馬邊屏山，以湘果軍果後營截横江西岸，以朱桂秋、劉鶴麟、秦華祝援甯遠，秦華祝即所謂華字營者也。同治二年春正月戊申朔，乙亥，華字營破寇高岩子，馘二千。二月丁丑朔，戊寅，戰觀音岩不利，軍冕山。明日朱桂秋、劉鶴麟夾擊而勝，寇走越嶲廳，同知周岐源、參將楊應剛、土司嶺承恩禦之，死傷夥而戰力，馘二千，土兵周石追及一酋，識其爲賴裕新，猛刺之斃，餘寇狂奔涉大渡河，足不停趾，蓋受石寇牽制我軍令也。唐友耕馳自嘉定，劉德謙馳自邛雅，何勝必、蕭慶高將湘果中、右二營繼之，而寇已越青溪陷滎經矣，劉德謙馳向名山，而寇又旁逸天全矣。唐友耕遇寇高家場，一再戰，三月丁丑朔約團又戰，馘數千，寇走大邑，而崇慶而温江而郫，雖蕭慶高朱桂秋諸軍攻之輒捷，然寇所至脅衆，漂而不留，灌縣、崇甯縣團勇截擊而勝。甲申，諸軍期彭縣敖家場，破寇馘數千。寇走什邡，何勝必蕭慶高擊之，勝。丁巳，寇走三台縣葫蘆溪，於是我軍易尾追爲腰截計，蕭慶高、劉德謙出黄鹿鎮，何勝必朱桂秋出豐谷井線家壩，寇涉淺未半，夾擊之，馘千，溺無算。寇走劉家河，而武字營適至，蓋總督新募者也。庚申，進及於江油縣馬鞍寺，湘軍會擊，大敗之。壬戌，寇走平武縣雁門壩涼水井，僻道也，可奔陝西，留桂字營搜剿之。

石寇以爲我軍未遑回顧，而總督已籌扼險，謂大渡河，西南巨塹也，導源天全州土司地，流逕魚通之瓦斯溝，與瀘水合，又逕冷邊而枕邊而清溪，復逕土司地，爲越巂、冕甯大小二涂要津。不第惟是，起安慶壩，訖萬工汛，沿岸二百里有奇，渡十有三，其上游瀘定橋，其下灣化林坪，皆松林小河渡口，亦皆天全關津。先令雅州知府蔡步鍾就地選勇，欲其鄉導也，以唐友耕防安慶壩蔦工汛，以松林地土户王應元防松林小河，而化瀘土司兵單，以胡中和將湘果左軍防化林坪瓦斯溝，以謝國泰護理阜和協將阜和協兵防磨四面、猛虎岡，斷打箭爐去路，以邛部土司嶺承恩將土兵斷越巂廳歧涂，而以蕭慶高、何勝必將湘果中、左二營防雅州滎經爲後勁。

三月辛未，石寇擁衆三萬餘豕突冕甯，不克，走越嶲孔道，遂効鄧艾故智，攀崖躍澗。癸酉，走土千户王應元所轄之紫打地，以爲松林小河處處可涉，是夜水漲數十尺，大渡河亦如之，寇乃斫竹爲筏。丙子，千寇試渡，礮退之，遂晨夕欲渡，渡靡定所，亂我軍目，疲我軍力，而防嚴。四月丁丑朔，庚辰，寇筏蜂出，以棚著筏，以藤牌護身，筏寇噪，岸寇聲應震山谷。我軍堅立，初無聲，寇人人自以爲必濟。半濟，礮鎗環擊，箭彈火噴，筏中火藥亦發，水漂風行，焚溺甚衆。有數筏帶火星逐波下，下游軍擊沈之，無一生還，未渡者退。夜寇燎，又擊之死，突瀘定橋欲走天全，王應元馘寇數千。癸未，嶺承恩與慶吉甯遠營都司、王樽委員擊寇新場，戊子，又破寇馬鞍山，寇糧道之絶始此。己丑，寇臨河陣，蔡步鍾約土游擊包良潤繞道蘇邨渡河拊寇背，馘百。石寇飛箭投書王應元，啗以利，冀其讓路，應元誓以死拒，又餌嶺承恩緩攻，而攻彌急。石寇憤陷絶地，癸巳，斬鄉導二百，空巢出，分突大小河，筏溺不得一逞。偵言寇食馬，以桑葉代穀，且盡。己亥，寇數百踞河干弃械降，蔡步鍾、唐友耕疑之，礮，而寇水陸争突，漂筏五，餘皆擊溺，其猱升懸岸者，火攻十斃八九。謝國泰、陳太平千總、王應元遂涉松林小河，越嶲營參將楊應剛與慶吉、王樽、顔汝霖、姜由範皆委員、史國楨把總、雷顯發、嶺承恩進自馬鞍山夾攻紫打地，燔寇巢，馘千。山徑狹且險，自相践踏、受彈石墜巖逐流下者萬計。石寇猶擁七千有奇，奔老鴉漩，土兵阻之，獲輜重無遺。其妻妾五，抱幼子二投河。傳言石寇或死或不死，總督欲生禽之。石寇於洗馬沽投書乞宥無路逃生之衆書云：『求榮而事二主，忠臣不爲，捨命以安三軍，義士必作』。癸卯，携子石定忠五歲、僞宰輔曾仕和、僞中丞黄再忠、僞恩丞相韋普成出壘。五月丙午朔，楊應剛等將其渡河，唐友耕、蔡步鍾令游擊龔定國、知縣阮恩濤檻送省城。時新脅者四千有奇，已解散矣，其餘二千有奇，羈縻於大樹堡。總督方檄布政使劉蓉馳理善後，未至，蔡步鍾等派勇渡河，己酉，火箭爲令，土兵助之，遂殲其黨蔡步鍾尋亦得疾死。乙卯，石達開就鞫，梟桀之氣見諸眉宇。自述與洪秀全起於廣西[金]田邨即封僞王，擾湖南、湖北、江西、安徽，竄踞金陵，其黨欲相屠害，乃自擁衆犯江西、安徽、浙江、福建、廣東，而攻湖南寶慶府城，尋竄廣西、兩湖，注意四川。直言不諱，明正典刑矣。

李復猷竄貴州竄彭水縣王家沱，果後軍會同貴州虎威營大破之，餘寇奔向酉陽兩河口，七月乙巳朔，己酉，遁湖北咸豐縣，勇團夾攻，又竄秀山縣狂奔貴州、湖北，楚軍復大破之。此平髮寇大略也。

詔曰：『積年巨憝，一鼓生擒，並將全股髮逆殄滅，實足以伸天討而快人心。太子少保、四川總督駱秉璋運籌決策，調度有方，賞加太子太保銜。』

兵部武選司籐花後記

光緒十二年四月甲子朔，九日壬申，雲龍值宿武選司，吏散，步庭。庭近蕪，然庭東紫籐獨花。往，徐君長發嘗種一本於庭西，在乾隆四十餘年間。嘉慶四年，丁君樹本又種其一於東南，枝怒茁，欲花矣，尋枯，而西者花浸繁，半死於綫，閱數年復花。道光元年四月，丁君作《籐花記》上石，砌堂前壁。同治七［八］年五月，雲龍至司讀記，求庭西花，斬然久矣。今之紫籐則光緒元年廉君恩植也。植凡二，西一本堅且勁，爲榆所欺，未花。東者植同時，較弱，繼乃勝西，然越六七年始花。方試花勝不花者幾希，又三四年，其花彌多。夏雨一緑，紫雲四飛，垂垂焉，纍纍焉，以四五十計，視西之葉且寥寥者何如也？一花之微之盛，昔西今東，雖曰視地，亦有天焉：得地固天，不得地亦天，庭西花亦知天者與，不然，何受欺久而空芥蒂，於無欺者並忘攀援也？嘻，異矣！後之視今，西自若耶，而東轉遜耶？花不自知，吾又烏得而知之？歸安葉公佩蓀著有《易守》四十卷乾隆三十年楹聯所謂庭花雪豔者省樹風清，試問何人曾有力？庭花雪豔，須知此地本無蹊指白丁香言，其後十年或去之，惜哉！雖然，去之人也，亦天也，安知它日無補植者，俾與紫籐相輝映也？記後於丁，故曰後記。

順天府關隘記

薊州最東邊曰攔馬牆，是爲蘭馬路轄。五里恥轄谷砦，又三里古强谷關，又三里鼉椽谷，又十里青山嶺砦，又八里車道峪，又二里太平安砦，又十一里黄崖口關。由黄崖口關而西，四十里彰作里關，又二十里將軍石關，又十五里黑水灣砦，又八里黄松谷關，又二十里峨眉山砦，此密雲界也。

密雲最東曰峨嵋山砦，是爲墻子路轄，十五里魚子山砦，又二十里熊兒峪口，又二十里南水峪，又八里北水峪，又二十里灰峪口，又十二里黄門口關，又十里南峪砦，又八里墻子路，又一里磨刀峪，又三十里小黄崖關，又十二里大黄崖關。由大黄崖關而西十里小臺兒砦，是爲曹家路轄。

七里石塘峪，又七里姜毛峪，又十里蘇家峪，又五里大水窪，又十五里大蟲峪，又十五里遥橋峪，又八里惡峪。右折爲馬連峪營，左旋爲南峪砦。由惡峪口至南峪五里，又五里燒香峪，又十里烽臺峪，北五里黑峪砦，其北爲紅門川，又十里水峪砦，又十里汗兒嶺，又五里大角峪，又五里倒班嶺，又五里師姑峪，又□里扒頭崖，又三里梧桐安砦，又十里齊頭崖，又四里柏嶺安砦，又六里將軍臺山，由將軍臺山而西十里盧家安砦，是爲古北口轄。

三里鴉鶻安砦，又四里司馬臺，又三里了髻山寨，又三里沙嶺，又三里甎垛子關，又六里龍王峪，又十里師坡峪，又十里古北口。由古北口關而西，五里潮河第一砦，又三里第五砦，又一里第六砦，又一里潮河川，又三里第七砦，又八里弔馬峪，又三里柞子峪，又十里陡道峪，又八里蠶房峪。由蠶房峪而西，十里陳家峪，是爲石塘路轄。

五里東駝骨關，又十里西駝骨關，又三里左二關，又十里響水峪，又十里白馬關，又三里划車嶺，又十里白崖峪，又十二里馮家峪，又二十里營城嶺，又五里黄崖口關。由黄崖口關而西，五里塘嶺，又三里東石城，又二里西石城，又四里東水谷關，又十五里大良峪，又三里白道峪，又五里牛盆峪，又五里小水峪，又七里大水峪，此懷柔界也。

懷柔東曰大水峪，是爲石塘路轄。五里河防口，又十五里神堂峪，又二十里开連口，又西十里慕田峪，此昌平州界也。

昌平西八里爲舊縣，又西北十里龍虎臺，又六里居庸關，南口有城，南北二里，南口以上十五里爲關城，又八里上關，又七里彈琴峽，又十里八達嶺，又五里岔道，此延慶州界也。

最東曰慕田峪關，是爲渤海轄，五里賈兒嶺口，又三里田仙峪砦，又十五里擦石口，又十里磨石口，又五里驢安嶺口，又五里大榛峪口。由驢安嶺口而西，十里南冶口，是爲黃花鎮轄。

三里大長峪，又二十里小長峪，又五里本鎮口頭道關，又六里鷂子峪，又三里撞頭口，又二里石湖峪口，又三里西水峪口，又二十五里石城峪口，又五里棗園砦。由棗園砦而西，三里門家峪山，是爲灰嶺口轄。

三里灰嶺口，又三里賢莊口，又七里錐石口，又五里雁門口，又五里德勝口，又九里虎峪口，又五里養馬峪口。由養馬峪口而西，三里石佛寺口，是爲八達嶺轄。

三里青龍橋東口，又三里王瓜峪口，又三里八達嶺口，又三里黑石峪口，又三里化木梁口，又二里于家衝口，由于家衝口而西三里化家窑，是爲石峽峪轄。

三里石峽口，又三里糜子峪口。由糜子峪口而西，六里輭棗頂，是爲白羊口轄。

三里牛臘溝，又二里桑木頂，又一里黃鹿坨，由黃鹿坨而西四里茶芽坨，是爲長峪城轄。

二里沙嶺兒，又二里半窪窿山，又二里鏡兒峪，又二里分水嶺，又六里銀洞梁，又二里轎子頂。由轎子頂而西一里黄石崖，是爲横嶺城轄。

一里半東凉水泉，又一里凉水泉，又一里半火石嶺，又二里寺兒梁，又一里東核桃衕，又一里西核桃衕，又二里大石溝，又一里半陡嶺口，又二里鶯窩坨，又一里小山口，又二里姜家梁，又二里倒翻衕，又五里廟兒，其地與西柳樹窪近。由西柳樹窪而西，六里黑衕峪，是爲鎮邊城轄。

三里東頭溝，又二里北唐兒庵，又二里南唐兒庵，又四里松樹頂，又四里桂枝庵，此延慶州界也。

記未竟，或語雲龍曰：『不聞守在四彝乎，而記此？』雲龍曰：『懲目睫之見而舍近，其又奚可？不然，漢何爲嚴盧龍之塞？唐何爲重渝關之險？明初徐達又何爲築邊墻，由山海關西至慕田峪千七百里有奇？矧在今日鏁鑰加嚴。不第唯陸，順天屬去府東南三百里之甯河縣有海口曰北塘，在縣南九十里，北至澗河豐順縣南百里耳，南至大沽天津縣北裁三十里，此畿輔第一襟喉也東北青坨莊、鱧頭莊、蔡家鋪。自大沽河口北圻海岸六里爲北塘河口，此二河口間皆泥灘也，口南有北塘鎮，南北礮臺矗兩岸，其墩南二北一，行舟標識也。口南泥灘潮退輒先見，口北沙嘴東南出有圓沙、有攔港沙，其側輭泥，凡潮高時深十二三尺，最淺二尺耳。論者謂之天險，然乘潮御風，商輪可至，兵輪亦可至。咸豐十年一役，敵人攻大沽不克，登自北塘岸轉襲大沽北，軍遂不支，此前車也。雖大雪節後輪艦怯冰不行而未可恃，即如土船煤船往往而至，蓋大沽口冰堅可履，以冰爲岸，安見冬潮一葦，不春夏秋若也？譬之北極，順天則紫微垣也；譬之居室，順天之水陸關隘則閫限也。其可忽諸？其可忽諸！』

豐本園記

豐本園，取《禮》『韭曰豐本』誼也。開徑於京師東城石大人衚衕明石亨居此衚衕，沿名未改。園在東頭小衚衕內，然俗呼曰大衚衕。雲龍居月亮門東，其屋南嚮，園在屋西北。先是雲龍至自四川，爲兵部郎，時同治八年夏五，居籐花書屋在北半截衚衕吳興館，時五月十九日，尋移梁家園東夾道，其屋北嚮，時六月十九日，而粉房琉璃街南嚮，時九年二月二十九日，而繩匠衚衕東嚮屋，時七月也。繩匠爲丞相音謁，明嚴嵩居此，而老牆根是舊城麓，其屋南嚮，時十一年九月，而繩匠衚衕東嚮，在舊居南，而報恩寺衚衕南嚮屋也，在北新橋，時光緒元年九月二十五日。十年六徙，何歟？夏秋輒避霖懸榻，經籍半屋漏痕，易地復然，甚且圮，游魚釜不克完。妻端臨曰：『盍置數椽。』雲龍曰：『諾。』

或曰：『有屋而陋。』既至，其徑曲，其木修，幽鳥啁啾，翠陰交□，疑速客然。入自園，有且住爲佳想。而主人售屋不遽售園。然園林與屋樹相掩映，遂定屋。時光緒四年秋。傾者正，缺者補補右廨三，圍垣若干，蕪者治。苟完矣，顏堂曰『北雲林堂』張君叔憲書，不敢忘先大夫雲林堂也。其東耳屋，端臨以之課四子范冕、六子范翔、七子范成明年九兒范鉅始生，女范淑署曰『一家言軒』。堂後舍三，曰『簑喜廬』，雲龍方治小學，取訓簑滂喜誼名之。增西北隅屋一，授二子范初經，曰『學經均齋』。其東北隅屋二，曰『雙柏宧』或問第七子『宧』誼，應聲曰：『《爾雅》東北隅謂之宧。』，宧西齋東，地可百步，曰『味腴蓺圃』。浚池八尺而曲，曰『矩池』，池前細竹十數，疏風纖珊，青逮於園。

光緒八年，園歸雲龍園南屋即所謂月亮門也，留園以屋它屬。園東南隅爲屋二，端臨安硯，曰『紅餘籀室』爲譔楹聯，句曲園先生書云：『也對泠然亭畔月，未歸餘不溪邊雲。』繇是園木蓊然，繞屋樹如之，有柏有椿，有槐有柳，有樗有桑，有榆有楮，有杏有李，有桃有梨，有海棠，有丁香，有榴，有夾竹桃，有忍冬，有葡萄，有竹有萱有蓷益母，有薜荔，而棗尤多，無慮百十。子若女不折一條，不損一花，不殺一昆蟲，何論飛躍？雖曰天性，抑亦習然。是以穉者、喬者、竹木之子孫，瞬倍疇昔，森森然，欣欣然，與魚鳥親人無以異，支豆棚瓜架六七，雨後月初，唱隨一碧，子若女詩聲互答，行自得也十兒熊初，小名燕，二歲即解誦詩。既而語吾鄉芰蕖以水勝，而紅餘籀室北可沼，曰月沼，其土積沼北若阜，曰小龍山。鄉者大父家居，嘗橋龍山，先大父印章云『龍山橋竣我生時』，曰小，寓陟瞻意也。而沼苦無源，林隙地可植，而又苦無溉，於是井於小龍山西，曰汲古井。井泉二，非西南風則水彌苦，然煮茗不足，灌注則有餘，繼自今水有利，猶有害，雨行潦積，莫之洩容，嘘張鼓怒，淤沃齧種矣。雲龍於是宣鬱以溝，匯涓以渠，欲其壤出於淪也，井欄連隴，支流歧堤，欲其燥分於潤也。如食去饐，如丸走阪，臧胼獲胝，忘厥恐懟。

一日，譜霓仙館舊雨來，寓目而抵掌曰：『廣漢之田，鄭白之渠，天而假手，異耶？不異耶？即不然，蟲魚有心，農圃無恙，亦隱居求志者所爲，而蹉跎括帖者半，膏肓［肓］歲月者又半。不其惜歟，不其惜歟！』人事不可知，天時地利初不欲失，園其見端歟！穀之屬曰玉米，蔬之屬曰菘、曰芥、曰葱、曰蓼京師人謂青椒、曰葵烹葵法失傳，其它蓏豆屬，往往而有。雖然，有蓺有不蓺，所繇月異歲不同也。獨韭，即受林欺，而本豐自若。十二年，俞曲園先生挈孫應禮部試，園榮一顧，匄書曰『豐本園』。其跋有云：『亦見務力根本之學，不徒以枝葉之辭勝也。』則恧滋甚。

明年，雲龍既徵游歷試，將遵朝諭行日本、美利加、秘魯、巴西諸國及英屬地加納大、日斯巴尼亞屬地古巴，無慮十三萬里，離園有日矣，倚裝輒記十五年雲龍歸自海外，而四子范冕、七子范成、十二子范焜不起矣，園木猶是，人何以堪？明年宦游天津，無資，售園行。十六年冬補注。

附：一家言軒跋

籀室之東，柏宧之南。可以冬烘，可以夜讀。唱隨耕石，俞唯獵古。書攤一榻，促膝初嫌其隘；簷接半椽，打頭又苦其低。光緒十二年冬十月，破十日工，種歲餘學。安雲之柱，取之豐本之園，讀月之窗，豁之鋤經之序。葦栅鎖其虚白，銼爐聽其微紅。斠字之妻，偶通古誼，學語之子，亦雜書聲，下學也，庸言也，不足爲外人道也。因名一家言軒。

譜霓仙館會文記

譜霓仙館，會文社也。初侍先大夫於雲南恩安，授經不亟亟於文，然塾師試文輒可。雲龍時十歲，仲弟鼎初名雲萬小雲龍一歲，相勖勿僅文名。尋孤露，爲廉吏子甚困，雲龍投筆從戎，爲養母計，遑言時文。同治三年，問誠正學於牛雪樵樹梅先生，而以仲弟文就正費健庵嘉樹先生。偶作一藝，以爲最，問出雲龍，勸勿廢。雲龍之兼習時文又自此始。

明年文社起自四川。或曰時文者，毋亦如冬之葛、夏之裘，過時無所用之歟，何會爲？雲龍曰：『志甚高，然時文非他，國家士程也。經學、理學、經濟學，一以貫之者，未嘗不出其中。雖其人不囿於八股，乃克以六書爲通經注脚，以經史爲諸子百家指南，而必薄文不言，又恥無以濟天下者所不出此，况輔仁寓之會文耶！』當是時，同席相觀，問難得中，嚶乎如鳥求友，琢磨乎如山石攻玉，臧獲嗤迂，不顧也。

時季弟雲昭稚猶未與，與之者王筱石文肅、王問山光裕、朱次璧蘭、曹介谷兆蘭、屠梅君仁守、吴幼岑雲翯，改名鏡澄、楊策卿勳、吴粤生雲翹，改名鏡沅、鐘鳳喈桐山、王文泉宗渠、潘宅山俊、楊品山鏡蓉、沈鶴農芝田、韓鏡民文泰、周子劍思晉、吴耀庚獻廷、吴幼農樹年，改名祖椿、馬圖南鯤、董學周紹濂、秦薦湘代馨、繆筱山荃孫、吴芝雲棟、楊葆初壽昌、王燮丞秉恩、楊濟生作霖、吴幼卿晴琦、吴少伯濤、胡升于樹猷、胡固生□、王雲帆增焕、吴菊坪元善、何觀樓文瀾、雲龍及仲弟，凡三十四人。

明年丁卯，仲弟舉於鄉，同年舉者問山、幼琴、薦湘、筱珊也，副貢鳳喈也，優貢文泉也，甚盛。八年，雲龍爲郎兵部，仲弟亦官刑部主事，尋復文社。四川則有季弟文友未詳，而叔弟雲夔實左右之，在京則課有聚有散，散者如雲，難更僕數，聚者文如初例，余搢珊聯沅、余子博聯溥、董希文開元、董斅曾瀚會文最久，一如舊友。

舊友文如鶴農甚善，動合先正，而入時無閒言。筱石之倫亦甚能，而戰輒北，儻所謂數奇，是耶非耶？曾文正云：『射策者業同，而或中或罷，爲學著書之深淺同，而或傳或否，或名或不名，皆有命焉，非可强而幾也。』然則文有幸不幸，又奚足異？而况若而人者，或直聲滿天下，或樸學無標榜，或實踐見心性，或政治兼文學，其次亦居易俟命，蓋可多得哉！而雲龍不如，衹自慙也。嗟嗟，文社猶形心目，而問山、薦湘、學周、鶴農、鏡民諸友已矣，其文又不皆存，前茅如仲弟，後勁如季弟，又安在哉？既痛逝者，輒念契闊，叔弟遠在西蜀，文友惟梅君、搢珊、幼岑、粤生、鳳喈、幼農、葆初、濟生、少伯、希文、斅曾，蹤跡雖甚疏，猶往往而知，其它幾等隔世。每與子范初輩述文社姓名，易時輒忘一二，歷久又久，當復何如。光緒十三年，雲龍行將爲游歷使，輒記而闕所不知，距會文社初二十有三載矣。

淮南萬畢術輯本斠勘記 斠勘之學非雲龍志，年少所爲，過而存之

《隋志·五行家》：梁有《淮南萬畢經》一卷、《淮南變化術》一卷，儻亦班固所謂外書

歟？《唐志》稱《淮南王萬畢術》，散見經籍，名與《唐志》同。書雖盡信，不無依託。或曰好方技者，媒其欺也，然《隋唐志》與阮孝緒《七録》皆具，亦近古矣。瀋陽孫馮翼輯自《史記索隱》、《藝文類聚》、《初學記》、《御覽》諸書凡七十九事，曰《淮南萬畢術》，近道蓋寡，然其化銅柔鐵、强弩抵棊、成雲致水之屬，苟足徵實，毋亦化學濫觴、變化術所繇名歟？《御覽》鮑本削冰令圓，舉以向日，以艾承以影則火生，此即光學也。孫輯『冰』作『木』、『艾』作『枝』，見本異矣。雲龍於是檢斠輒異，不下四五十科，如『凡毘』之『凡』爲『瓦』譌，『柔不折甑』之『甑』屬下文，牛翁十四注之『二十』爲『二七』之譌，其彰彰者，記之爲續斠前馬，可乎？

馮翼字鳳卿，星衍從子，所輯蓋本章宗源舊稿而益之。

『孤桃枝之券』注一葉：《太平御覽》九百十八亦有注，『券』作『象』，『塗』譌『令』，『居』譌『告』，無『則鳴』二字《御覽》皆斠鮑本。

『桐木成雲』：《御覽》九百五十六：『凡毘』之『凡』作『瓦』，『三四』下有『日氣如』三字，『作』下無『也』『三四』下，孫云此下四字原本模糊。按鮑本止三字。

『被髮向咒殺巫鼠』注：《御覽》九百一十『夜有』下無『鼠』字，『向』下有『禹步』二字。

『燒黿致鼊』：《御覽》九百二十三亦有此語。

『拔劍倚户』二葉：《御覽》七百三十六：『户』作『門』。

『牛翁十四』注：《御覽》三百四十八『二十』之『十』作『七』，『用』之下有『拭』。

『馬柳生腐茅』注：《御覽》三百五十九『㒵』作『鬼』。

『鴻毛囊之』：《御覽》九百十六云『之囊』注『繩』作『緤』，『溺』下有『也』。

『磁石抵棊』：《御覽》七百三十六云『慈石提棊取鷄磨鍼鐵以相和』，慈石置棊頭，局上自相投也。

『鵲㛴令人相思』注曰三葉：《御覽》七百三十六：『㛴』作『腦』，脱『注曰』，九百二十一注無『也』。

『弊其止鹹』注曰：《御覽》七百三十六脱『注曰』。

『首澤浮鍼』注曰：《御覽》七百三十六脱『注曰』，又八百三十注云『取頭中垢塗鍼塞其孔水中則浮鍼』。

『注曰惡其臭也』：《御覽》七百三十六，又八百九十一『惡其臭也』四字未分爲注。

『取芩反置甖中自沸如雨也』：《御覽》七百三十六『反』作『皮』，按芩皮是也。九百四十七云『取芩皮漬水中』，又九百九十二云『芩皮致水』。

『注曰取沸湯置甕中堅塞之内於井水則作雷鳴聞數十里』：《御覽》七百三十六無『注曰』二字，『甕中』下云『沈之井裏則鳴數十里』，又七百五十八『沸湯』下云『注銅甕中塞堅密内之井中則雷鳴聞數十里』。

『取家祠黍以啖兒兒不思母』：《御覽》八百五十云『取家墓黍啖兒不思母』，注曰『取新冢前祠黍啖兒則不思母也』。又見七百三十六。

『取門冬』：《御覽》八百四十二『冬』作『東』。

『艾火令鷄子飛注曰取鷄子去汁然艾火内空中疾風高舉自飛去』：《御覽》七百三十六無『艾火令鷄子飛注曰』八字。『汁』譌『殻』。又九百二十八『汁』上有『其』字，『自』作『之』，無『去』字。

『門冬赤黍』：《御覽》八百四十二『冬』作『東』。

『馬毛犬尾朋友自絶注曰取馬毛犬尾置朋友』：《御覽》七百三十六，又九百五無『取』上十字，而八百九十六有『取』上十字，『朋』作『親』。

『削木令圓舉以向日以枝承其影則火生』：《御覽》七百三十六『木』作『冰』，『枝』作『艾』。

『取牛膽塗熱釜即鳴矣』：《御覽》七百五十七『牛膽鳴釜』注云『取牛膽以塗熱釜即自鳴矣』，又見七百三十六而略。

『狼皮在户羊不出牢注曰羊畏狼』四葉：《御覽》九百九無『注』字，又七百三十六『牢』下云『羊畏狼故也』。

『燒木賣木賣酒人民自聚注曰』：《御覽》七百三十六『燒木』無『賣木』二字，亦無『注曰』二字。

『人聚矣』：《御覽》七百三十六無『矣』字。

『蝟膏塗鐵柔不折甑』：《御覽》七百三十六『甑』字屬下文，又九百十二『不』作『可』，無『甑』字。

『甑瓦止梟鳴注曰瓦上梟鳴取破甑底向抵之則輒止』：《御覽》七百三十六『梟』作『鳥』，無『向輒』二字，又九百二十七無『瓦上梟鳴』、『底』五字，『則輒』云『輒自』，末有『物相勝其性耶』句，當據補。

『犀角駭狐注曰』：《御覽》七百三十六無『注曰』，又九百九無『注』字。

『僵蠶使馬不食注曰馬齧人取僵蠶塗上脣即止不復齧人』：《御覽》八百二十五無『注曰』二字，『不食』下云『欲愈之以桑拭口鼻即食矣馬喜齧人亦以僵蠶眉拭脣即不齧也』，又七百三十六無『僵蠶使馬不食注曰』八字，『不復』云『復不』。

『馬蹏破甖』：《御覽》七百五十八『甖』下注曰『取馬蹏燒如炭置甖中有頃破矣』。

『塗足跨棘不勾』：《御覽》八百八云『塗足下踐棘不能㓞』。

『鹽能累卵注曰取鹽塗卵取他卵置上即累也』：《御覽》八百六十五『鹽塗』上有『戎』字，又九百二十八『能』作『之』，『也』作『矣』。

『鳥自飛下』：《御覽》九百十四云『飛鳥自下』。

『寒皋斷舌使語注曰』：《御覽》九百二十三『注曰』下有『寒皋斷其舌即語矣』八字。

『平時爲鶉注曰取瓜去瓣置生蝦蟆其中殺鷄』：《御覽》九百二十四『曰』作『云』，『鷄』作『鷂』。

『以爲鶉』：《御覽》九百二十四『鶉』下有『矣』。

『一旦』五葉：《御覽》九百二十五『旦』作『日』。

『再膡蛇膽和天雄膽服即行千里』：《御覽》九百二十五『再』作『同』，『天雄』下云『大良去天雄乃獨膳即行千里』。

『鷂鵂致鳥注曰取鷂鵂折其大羽絆其兩足以爲媒張羅其旁鳥聚矣』：《御覽》九百二十五『鷂』作『鵄』，『聚』上有『四』字，按『鵄』近是。《博物志》『鵂鶹』一名『鵄鵂』。

『鳥喙蛇肝病不苦注曰蛇肝和丸令人不倦』：《御覽》九百三十三『病』下有『作』字，『注曰取鳥喙蛇肝各等治和丸如梧桐實病欲作吞一丸人不倦矣』孫輯本既異，而云九百三十三亦非。

『守宫注』：《御覽》七百三十六『取守宫蟲餌以丹砂陰乾塗婦人身男合即滅』。

『取苓皮漬水中』：《御覽》九百四十七『中』作『斗』。

『竹蟲三移竹黄十移』六葉：《御覽》九百四十八『移』均作『枚』，按『移』譌。

『雜黍中置鹽』：《御覽》九百四十八『雜』作『穫』，無『置鹽』二字。

『青蚨一名魚覍』：《御覽》九百五十脱『覍』字。

『置子用母置母用子皆自還也』：《御覽》九百五十注起『置子』云云，非也，當起『青蚨』，

『皆』上有『錢』字。

『沙虱』:《御覽》九百五十『虱』作『蝨』。

『土瓜』:《御覽》九百五十九『瓜』作『苽』。

『不出四五日悦矣』:《御覽》九百五十九『出』作『得』,『悦』上有『立』字。

『衣裹磁石懸井中』:《御覽》七百三十六『井』作『室』。

『百日出之』:七葉:《御覽》九百九十九『百日』云『有頃』。

桓子新論輯本斠勘記

《後漢書・桓譚傳》:『譚著書言當世行事二十九篇,號曰《新論》。』章懷注:『一《本造》,二《王霸》,三《求輔》,四《言體》,五《見徵》,六《譴非》,七《啟寤》,八《祛蔽》,九《正經》,十《識通》,十一《離事》,十二《道賦》,十三《辨惑》,十四《述策》,十五《閔友》,十六《琴道》,《閔友》、《琴道》各一篇,餘有上、下。』《東觀記》光武勅言卷大,今别爲上、下,凡二十九篇。《琴道》未畢,但有《發首》一章。又傳曰:『《琴道》,肅宗使班固續成。』《隋唐志》稱十七卷,依十六而並目録也。《宋志》及鼂、陳不載,佚可知已。孫氏馮翼輯本偶斠輒異,先記所見,備補正也。凡輯佚書據詳者、碻者,而注異存疑,例儻未善,非複即漏矣孫輯既複且漏,體例亦未畫一。

『琴七絃至亂也』二葉:按此見《初學記》十六、《太平御覽》五百七十九見四葉,當合斠。

『不可奈何』三葉：《御覽》九百十六『不』上有『終』字。

『其聲清以浮』：《御覽》九百十六『浮』作『淳』。

『昔神農至和焉』：《御覽》五百七十九『上』上有『亦』字，『地』下有『近取諸身遠取諸物』八字，『練』作『繩』，又八百十四『練』作『繩』，『和』作『敘』。

『惟絃』：《御覽》五百七十九『弦』作『絲』。

『文飾之欲爲四時五行之樂』四葉：《御覽》七百一『飾之』云『之世』，『欲』上有『其』字。

『王者純粹』：《御覽》四百二『者』作『道』。

『余前至非也』六葉：《御覽》九百二十七『云王翁時男子畢康殺其母詔焚燒其尸暴其罪於天下余上章言宣帝時公卿朝會丞相語次曰聞梟生子長且食其母甯然有賢者應曰但聞烏子反哺耳丞相大慚君子之於禽獸尚爲之諱况人乎』。

『余少時至神也』七葉：《御覽》三百九十九云『成帝時上應甘泉召使作賦爲之卒暴倦卧夢其五藏出在地以手收内及覺大少氣病一歲卒』。又三百九十三較三百九十九無『上』字，『召使』云『詔楊子雲』，無『爲之卒暴』四字。又《文選·甘泉賦》注宜參斠不宜重出。

『左氏云至成』：『複』見此下六條。

『劉子政至蔽也』：《御覽》六百十六『劉子政子駿伯玉三人尤珍重左氏』下至『婦女無不讀誦者』孫籍多復，此其一也見十五葉宜附注參異。

『舉綱至如此』：《御覽》六百九十四引『振裘』二句，『持』作『挈』，『萬』作『万』。

『以賢伐賢謂之煩，以不肖伐不肖謂之亂』：《御覽》四百二『伐』並作『代』，『煩』作『順』。

『世有圍棊至生也』五葉：按此又見後十葉，當合斠。

『昔堯至持平』九葉：《御覽》二百十二『試』下有『舜』字，『麓』重，『今』下有『之』字，『官矣』下連『宜得』二句。按孫輯無『舜』字則語意不明，末二句別爲一條，亦非。

『余前爲至命也』十葉：《御覽》七百四十孫輯本注：脱十字無『前王翁』三字，『記』上無『書』字，『奇之問曰何所服食而至此耶』云『問其何服食至此』，『教爲樂』下云『鼓琴不導引不知壽得何力余以爲竇公少盲專一内視故有此壽』，又三百八十三『何所云何能』，『年』上無『臣』字，『父母』下云『哀之教使鼓琴不能導引』。

『元帝至不汗』：《御覽》三十四『道士』云『道人』，『都』下有『者』字，『對曰』下云『但能忍寒暑耳因爲待詔云云夏而身不汗出』。又引『袒』下有『衣』字，『冰』作『水』，『寒戰』云『甚寒』，『色』下云『此耐寒也』。又七百五十七『日』作『中』，『曝』作『暴』，『坐』下有『又』字。又八百六十九云『漢元帝廣求方術之士漢中道人王仲都云但能忍寒暑耳以隆冬單衣於上林昆明池上無變色』至『夏天暑使暴坐環以十爐火不出汗』。

『左氏至知也』十二葉：《御覽》六百十首句云『左氏傳世後百餘年』，『魯』下無人字，『遺文』云『遺失』，『彌失』云『彌離』，『其左氏傳於經』云『左氏經之與傳』。

『居舍號曰椒風』：《御覽》百八十一云『居椒風舍』。

『楊雄至遂卒』：按此見前，宜合斠。

『余少時至爲之矣』十三葉注：《御覽》五百八十七引略同。《藝文類聚》無『自』字及『新進』二字，『逮』作『追』，無『嘗激一事』四字，而『作業』無『精』字，作『作卒内作之』，無『而亡』二字，『素』作『少爲』，『賦』下有『頌』字。

『李少君至望見之』：《御覽》六百九十九『望』作『觀』。

『關東至能否』十四葉：《御覽》四百九十六『向西而笑』云『而西向笑』。又八百二十八『出』上無『則』字，『笑』上無『而』字，『大嚼』作『哨』。又八百六十三『日』作『世』，『出』上無『則』字，『西』下無『而』字，『大嚼』作『屑』。又三百七十八引諺云『朱儒』二語『朱』不作『侏』，四百九十六『朱』作『侏』。

『劉子政至讀誦』十五葉：按此見前，宜合斠。

『高君至遍讀』：《御覽》六百十四『君』下有『孟』字，『著作郎』云『署郎』。

『楚之至衣弊』：《御覽》七百七十六『轂擊』云『挂轂』，『相排突』云『相交』。

『太原至故也』：《御覽》二十七無『郡』字、『觸』字。又八百四十九無『民以有疾』四字，『犯』下云『名者宜』，應改『易無爲介』句。

『王者至復始』十六葉：《御覽》五百三十四『環』作『圜』，『名』作『故』，『周』作『終』。

『鄙人謂至篌也』：按《藝文類聚》已見前『東方朔』云云。

『余歸至持也』注：《御覽》六百九十三云『余自長安歸道病蒙絮被罽襜褕宿下邑亭也』。又八百十六『道』作『適』，『於』作『下』，『發賊』云『發卒』，無『來攻』二字，『解』作『間』，『持』作『存』。

『劉子至不衰』十七葉：《御覽》九百五十六『謂』譌『爲』，無『有』字，『朽』作『枯』，『使』下有『之』。

『王者至化也』：《御覽》五百三十三無『行』字。

『揚子雲好天文問之於洛下黄閎以渾天之説閎曰』十八葉：《御覽》二『天文』下云『問之於黄門』作『渾天老工曰』。

『取或雷震至遇耳』十九葉：《御覽》十三無『震』字，『夫天下』云『不獨左彼而右此殺鳥適與雷遇耳』。

『世俗至饒羨』：《御覽》三十五：『皆』作『咸』，又八百三十七『皆曰』云『咸言』，無末句。

『張仲義』：《御覽》六十一『義』作『議』。

『漢太至蔽也』：《御覽》八十八『瞻』上有『救』字，『死』作『終』，『攝』作『撮』，『私議』云『俗議』。

『博士至日死』二十葉：《御覽》百八十六『韓』作『譚』，『東』下有『寺』字，『厠』作『清』，

『祝』作『説』，無『死』字。又四百同孫輯。

『余年七十』：《御覽》二百十五云『余年十七』。

『孟津之北』：《御覽》三百二十九『北』作『上』。

『老公』：《御覽》三百八十二『公』作『翁』。

『諺言三歲學不如一歲擇師』：《御覽》四百四『諺』譌『該』，『一』譌『三』，孫輯不譌。

『秦之百里』：《御覽》四百四『百里』下有『奚』字。

『楊子至經也』：《御覽》六百二『開通』譌『聞道』，『此』作『比』，『才通』云『通才』，『廣』上有『爲』字，『餘』上無『其』字。

『馬所以名行也』二十一葉：《御覽》四百六十四『行』作『形』，按『行』譌。

『脡原注音擅』：《御覽》四百九十二『擅』作『羶』。

『余前至坐免』注：《御覽》九百二十七『叢』作『府』，無『樂』字，『侯』下有『争』字，皆作『俱』。

『躬儛』注：《御覽》七百三十五『儛』作『舞』。

『大金銀錯鏤其上也』二十二葉：《御覽》五百三十一『大』作『帶』，無『也』字。

『然而慕怨』：《御覽》五百五十六無『而』字。

『新肇』：《御覽》五百六十五云『新弄』。

『易一至海也』：《御覽》六百八云『十八篇』上有『五』字，『秩』作『帙』，『四十六卷』云『五十六卷』，『章』上有『二』字，『嘉』上有『蓋』字。

『禁財』：《御覽》六百二十七『財』作『錢』。

『近哀平至君事』：《御覽》六百四十三『方』作『道』。又九百四十四『數日』下有『毀蟲出而復活』。

『牟曰大王治冠』二十三葉：《御覽》六百八十四『治』作『制』，案『治』譌。

『朱若』：《御覽》六百九十五『若』作『君』。

『龜鶴稱千歲』：《御覽》七百二十『千』上有『三』字，《意林》較詳，見前見八葉。

『雒陽至甚遠』：《御覽》八百五『謁衛』云『衛謁』，『傳』作『博』。

『淮南至弟也』：《御覽》八百十二『迎』上有『娉』字，『與』上『鈆』作『金』。

『陽城至發冢』二十四葉：《御覽》八百十五無『姓』字，『學』譌『樂』八百十五孫脱『百』字。

『伏羲至十倍』注：《御覽》七百六十二『代』作『賤』。

『卓然』：《御覽》八百六十『卓』作『晫』。

『九江至數頭』：《御覽》八百六十三『高』下有『曾』字，『壓』作『鼇』，『詔』下是『鼇不』二字孫云：原本二字模糊。

『舉火夜坐』：《御覽》八百七十一『坐』作『作』。

『吕伸至注殺之』:《御覽》八百八十五『育』作『有』,『傷』作『陽』。又九百五『其家』云『令人』,脱『爲妖』二字,『妖』下『殺』譌『劾』,『仲』上『陽』作『楊』。

『董仲舒至中菜』:《御覽》九百七十六注云『《論衡》亦云』。

『宣帝元康神爵之間丞相奏能鼓雅瑟者渤海趙定梁國龍德召見温室拜爲侍郎』:《御覽》二百四十八孫輯本漏。

『髮生於皮去髮而皮不知』:《御覽》三百七十五孫輯本漏。

『扶風漆縣之邠亭部言本大王所處其民會日相與與夜市而不爲則有羞』:《御覽》八百二十七,孫輯本漏。

典論輯本斠勘記

《魏志》説垂百篇,即《典論》也。《隋志》經部《一字石經典論》一卷,子部《典論》五卷,《唐志》同按《御覽》引戴延之《西征記》:『國子堂前有刻碑,漢建武中立,永嘉六年繕治,有《典論》六碑,今四存。』,《宋志》未録,佚矣。王忱《魏書》、胡沖《吴曆》所載見之裴注,他如《博物志》、《初學記》、《白帖》、《太平御覽》、《北堂書鈔》、《藝文類聚》、《史記索隱》、《意林》、《世説》、《文選注》,異同蜂出,詳略互形,而孫輯既複且漏,輒記偶斠,備補正云。

『文人至家言』一二葉:按《御覽》引《論文》不少於《文選》五百九十九,『善於自見』之

『善』作『闇』，『相輕所短』下有『矣』字，『驥騄』云『騄驥』，『蓋君子』云『蓋惟』，『時有齊氣』之『時』作『特』，『雖張蔡不過也』『過』上有『足』字，『雋』作『俊』，『及其』下有『時有』二字，『楊班』下有『之』字，『時之過已』之『已』作『矣』，『志士』下無『之』字，『一家』下有『之』字。又五百八十七『應瑒德璉』之『瑒』作『璩』，而五百九十九及六百十二作『瑒』，既曰『德璉』，則『瑒』是，六百十二『辭無所假』之『辭』作『文』，『橘賦』云『枕賦』，而五百九十九作『橘』。又五百九十四云『陳琳阮瑀之章表書記今之俊也』。又五百八十五『大痛』上有『所』字。

『帝自至良史』二三葉：《御覽》九十三云『殺』作『弒』，『主』作『帝』。又五百九十二『殺』作『弒』。又九十三『多故』云『多難』，『余嘗云余乘馬常長於旅戎』云『長於戎旅』，『雉兔三十餘』之『三』作『二』，『常徑』之『徑』作『經』，『邀狡獸』之『邀』作『要』，『學擊劍』之『學』作『好』。又七百四十六『百步』上有『出』字，『濊貊』上有『後』字，『獻』作『貢』。或言『云荀彧問余曰埒』上有『執事未睹凡』五字，『每發』之『每』作『矢』，『邀』作『逐』，『所中』二句云『矢不虛發此乃妙論』。又五百九十一『族兄子丹』之『族』作『宗』。又五百九十二『河内史阿言昔與越游具得其法』云『史阿得其法于越』。又七百十『共飲宿間』云『共食飲宿間』。又九百七十四『五兵』之『五』作『三』，『芋蔗』云『干蔗』按芋蔗非。又七百五十五『略盡其妙』之『妙』作『功』，『昔』上『賦』作『戲』。

『袁譚至之家』四葉：《御覽》三百六十五『酷妬』云『妬』，『忌僵』作『其』，『殯』下云『殺其妾五人恐死者有知皆髠髮黑面』孫輯複於六葉。

『劉表至而去』:《御覽》五百十六無『蔡張允』三字,『傷親之歡心』云『傷歎』。

『論却至少容』:《御覽》九百八十九引『潁川却儉』數句。

『詩刺至殯殮』六葉:按下文八葉複。

『上洛至妻妾』:《御覽》四百八十七『以功受封』云『獲高幹以封侯』,『泣』作『哭』,『恐』作『爲』,『娶妻妾』云『取妾故也』。

『荆州至醉醒』:按下文十葉複而較詳,宜合斠。

『余嘗至對之』七葉:按此自敘中文宜互斠,注異不宜重出。

『鑑諸』:《御覽》三百四十三云『礛礑』。

『昔周魯寶』:《御覽》三百三十九云『昔周有』。

『司隸至葬之』八葉:複見前六葉。

『上洛至故之』:複見前六葉。

『急賢』:《御覽》八十八云『文帝思賢』。

『孝元至四海』:《御覽》八十八無『孝』字,『率』作『帥』。

『中常至笑之』:《御覽》六百九十七『裂』作『摯』,又見下文十葉,宜合斠。

『魏太至鱗刀』九葉:《御覽》三百四十六『含章』下有『長四尺四寸三分重三斤十兩』十二

字，『鋒』作『鑑』，『鱗』下無『刀』字。

『昔者至龍文』：《御覽》三百四十六『昔』下無『者』，『魯』下有『之』，『好』作『善』，『善』作『能』，『繞爐』云『充鑪』。

『雒陽至進酒』十葉：《御覽》四百七十五無『令』字。又八百四十五云『家有巨億』。

『荆州至之飲』：《御覽》七百六十、又四百九十七、又七百六十、又八百三十，宜合斠。

『孝靈至爲樂』：《御覽》二百二十八、又二百二十九、又四百九十七、又六百九十七、又八百四十五，宜合斠。

『阮宣子嘗步行以百錢掛杖頭至酒店便獨酣暢雖當世貴不肯詣也』：《御覽》八百四十五

此下孫輯本漏。

『山季倫爲荆州時出酣暢人爲之歌曰山公時一醉逕造高陽池日暮醉載歸酩酊無所知時復乘駿馬倒著白接籬舉手語葛强何如并州兒』：《御覽》八百四十五。

『鴻臚孔群好飲酒王丞相語云卿恒飲酒不見酒家覆鉼布日月久則糜爛群曰公不見糟中肉乃更堪久群常與親舊事云今年田得七百斛秫米不了麴蘖事』：《御覽》八百四十五。

『周顗字伯仁夙德雅重深達危亂還江東積年恒大飲酒嘗經三日不醒人謂之三日僕射』：《御覽》八百四十五。

『諸阮能飲酒仲容至容[宗]人間若[共]集不復用柸嘗酌以瓮盛酒賓主相向大酌更飲酒時

有群豬從來飲酒去上便共飲之』：《御覽》八百四十五。

『恒公有主薄［簿］善別酒輒令先嘗好者謂青州從事惡者謂平原督郵青州有齊郡平原有鬲縣從事言至齊督郵言至鬲上住』：《御覽》八百四十五。

『王孝伯問王大阮籍何如司馬相如王大曰阮籍胸中壘塊故須澆之言同相如惟有酒異。大，忱小字王大歎曰三日不飲酒覺形神不復相親宋明帝《文章志》曰：『忱耆酒，一飲或連日不醒，自號上頓也。諺以大飲爲上頓，起於忱也。』王孝伯云名士不須奇才但使常得無事痛飲酒讀離騷便可稱名士也』：《御覽》八百四十五。

『余觀賈誼過秦論發周秦之得失通古今之滯義洽以三代之風潤以聖人之化斯可謂作者矣』：《御覽》五百九十五。

皇覽輯本斠勘記

《皇覽》，類書權輿也。《論語・三省章》，《釋文》稱『《皇覽》引《魯讀》六事』，是中有經義矣。考之往籍，厥異有三：一、譔人：《魏志》云劉劭、王象《文帝記》、《劉劭傳》，裴注《楊俊傳》引《魏略》云王象，《太平御覽》二百四十二引《魏略》云桓範與王象等，《唐六典》卷十注云王象，《史記・索隱》云魏人王象、繆襲等，《隋志》云繆卜等，《御覽》六百一引《三國典略》云韋證諸人譔，《玉海》藝文類云韋誕諸人。雲龍按：此黄初中勅譔書，譔人互詳，如《魏略》一則曰王象，再則曰桓範與象等，可證也。襲、卜是一是二固難臆斷，《玉海》韋誕之説，孫氏輯本敘云未知本何書，何歟？ 二、篇卷：《魏志》《文帝記》『凡千餘篇』，號曰《皇覽》，《御覽》五百九十一引《魏志・紀》云『凡百篇』，《裴注》引《魏略》云《皇覽》合四十餘部，部有數十篇，通合八百餘萬字，《隋志》：《皇覽》一百二十卷，梁六百八十卷，梁又有《皇覽》一百二十卷，何承天合《皇覽》五十卷，徐爰合《皇覽目》四卷，又有《皇覽鈔》二十卷，梁特進蕭琛鈔亡《玉海》引云何承天合一百二十三卷，徐爰合五十卷、目四卷，梁蕭琛鈔二十卷，與今《隋書》本異，唐《志》：何承天併合《皇覽》一百二十二卷，徐爰併合《皇覽》八十四卷。雲龍按：詳簡本異，即併合本亦不無詳簡也。問經堂刊孫氏輯本一卷，其考證有《楊俊傳》裴注、《魏略》，而奪《曹爽傳》注，及《御覽》所引又奪《御覽》引《三國典略》，合之異同，凡斠勘二十有九事，不獨取略舍詳如師曠冢之類，非例之善也。聊記所斠，以俟補正。

『敘注隋志云徐至抄亡』：《隋志》徐爰合《皇覽目》四卷，又有《皇覽鈔》二十卷。《玉海》引云『徐爰合五十卷目四卷梁蕭琛抄二十卷』，孫注兩異。

『考證魏志文帝紀』：《御覽》五百九十一引《文帝紀》『千』作『百』。

『楊俊傳至萬字』：《曹爽傳》裴注引《魏略》『桓範以有文學與王象等典集皇覽』，又《御覽・二百四十二・魏略》『桓範字元則爲羽林左監以才學與王象等典集皇覽』，按此當補『考證楊俊一事』下。

『三國典略尚書右僕射祖珽等上言昔魏文帝命韋誕諸人譔著皇覽包括群言區分義別』：按《御覽》六百一引即《玉海》所本，孫輯考證漏。

『論語三省章釋文云皇覽引魯讀六事』：按此亦考證。

『顓頊至項冢』三葉：《御覽》五百六『陽』下有『縣』字、無『門』字及『頓邱』三句，『項』下無『冢』字。

『蚩尤至葬之』：《御覽》二十七無『平』字，『鄉』下云『城中人常以十月説云雲龍按『説云』疑『祀之』之譌每有氣如匹絳自上屬下號曰蚩尤旗』。又五百六十『丈』作『尺』，『匹』上有『一』字，『肩』上有『又』字，無『重至』等八字，『黄帝與蚩尤』云『蚩尤與黄帝』，『於』作『與』，『殺』作『克』，『故』別云『皆』。

『湯冢』：《御覽》五百六十『湯冢在濟陽薄縣北郭冢四方方八十步高七丈上平』。

『文王至中』四葉：《御覽》五百六十『文』上有『周』字，無『皆』及『鎬東社中』五字。

『子朝注』：《御覽》五百六十無『原』字。

『秦穆公』：《御覽》五百六十『橐』作『甘』。

『亞夫冢』：《御覽》五百六十引至『廷中』。

『大伯冢注』五葉：《御覽》五百六十無『北』字。

『齊桓』：《御覽》五百六十『十七』云『二十』，無『所』字。

『虢公』：《御覽》五百六十無『郭』字。

『楚武注』：《御覽》五百六十注『約』作『紂』。

『孔子冢』：《御覽》五百六十前三句云『孔子冢在魯城北便門外南去城十里冢塋方百畝』，『步』上無『三』字，『爲』上無『前以甎甓』四字，『平』下無『本』字，『傳言』作『云』，『方』作『國』，無『其樹』至『之樹』十四字。

『靖郭』六葉：《御覽》五百六十無『南』字，『陬』作『聚』。

『孟嘗』：《御覽》五百六十無『君國』二字。

『呂不韋』：《御覽》五百六十『陽』下有『城』字，『道』上有『山』字，無『妻』字，『葬』作『墓』，無『也』字，『得』作『誤』，『久』作『元』。

『子產冢』：《御覽》五百六十『子』上有『鄭相』二字，『城』上有『縣』字。

『有蒼』七葉：《御覽》五百六十，無『有』字，『利』上有『馮翊衙縣』四字，『南』下有『道旁』二字，『丈』作『尺』。

『漆有』：《御覽》五百六十較詳，而入注何也。

『伯樂』：《御覽》五百六十『定』上有『濟陰』二字，『所』作『家』，無『四』字。

『葉縣注』：《御覽》五百六十，『近』上有『所』字。

『秦始皇』七八葉：《御覽》五百六十『世顓豐』云『豐所也』，『徒』上無『亡』字，『穿』下無

『入』字，『輒』作『飄』，『斡旋』作『輪』，『具』下有『晝』字，『恐』下有『工』字，『草』下無『木』字，『覓』作『炤』，『其』下有『銅』字，無『金銀奇器』四字。

『太上』：《御覽》五百六十『景』上有『孝』字，『元』下無『星』字，『王長』上有『厲』字，無『事八』至『好道』十八字。

『奚仲』：《御覽》五百六十『山』字不重。

『魯大夫』：《御覽》五百六十，『地』上有『墳』字。

許叔重書目考

《説文解字》十五篇：按是書十四篇、五百四十部、九千三百五十三文，合目録一篇爲十五篇，凡三十卷，故《後漢·儒林傳》云許慎《説文解字》十四篇，《魏書·江式傳》云十五篇也。《吴志》嚴畯好《説文》，《隋志》《説文》十五卷，《江式傳》一則曰《説文解字》、再則曰《説文》，偏舉名書繇來亦久。

《孝經孔氏説》：俞曲園先生《賓萌集》：慎又著《孝經孔氏説》及《五經異義》，是其貫通經學，著述非一。

《五經異義》十卷：《後漢·儒林傳》：許慎以五經傳説臧否不同，於是譔爲《五經異義》。《隋志》：《五經異義》十卷，後漢太尉祭酒許慎譔，《唐志》：許慎《五經異義》十卷，鄭玄駮，於

《大小夏侯歐陽説》、《古毛詩説》、《韓詩説》、《春秋古左氏説》、《公羊説》、《禮戴説》《御覽》引書目録云許慎《五經異説》。以見漢之經師非尚苟同。考《五經異義》有《古周禮説》、《古尚書説》、

《史記注》存疑：陶方琦《許叔重注史記説》：考《史記注》不下數十家，傳於今者惟《裴駰集解》及《索隱》、《正義》三書。《集解》中雜引諸家説最爲博奥，而隋唐諸志所載徐廣《音義》十二卷、鄒誕生《史記音》三卷，其書久佚，亦無可考，間有存者，更多敓略。余舊讀《漢書》注，見晉灼、臣瓚、師古諸人屢引許氏説，其中有出《説文》及《淮南注》者，然如《五行老［志］》『嫪毐』下師古引許君曰『嫪毐世之無行』，《帝紀》『亡賴』下晉灼引許君曰『賴，利也，忘利入于家也』，《周勃傳》『葦曲』下師古引許君曰『葦薄爲曲也』，《萬石君傳》『訢訢下』，臣瓚引許君曰『訢訢，古欣字也』，如是者不可毛舉，一似單注本書者。然許氏並無注《漢書》文，即或有注，何臣瓚晉灼諸人每列許説必出援引？以是推之，許君有《史記注》乃其實也。考《隋志》不著許君《史記注》，則其書早無，許君本傳所載簡略，《淮南間詁》尚致漏軼，何况馬史之注？即今《集解》中引許君説不一，並當爲《史記注》亦與《淮南注》多同。如《龜筴列傳》『教以象廊』，《集解》引許君曰『象牙廊』，《史記·韓長儒列傳》『强弩之極矢不能穿魯縞』，《集解》引許君曰『魯之縞至薄』，《范睢列傳》『成荆孟賁』，《集解》引許君『成荆，古勇士，孟賁，衛人』，《禮書》『兵殆于冡涉』，《集解》引許君曰『冡涉，地名』，恐亦多爲注《史記》之説。而余之援爲

定證者，則莫如《文選・潘岳賦》注引《史記》蘇秦説韓王曰『谿子、巨黍者皆射六百步之外』，即引許君曰『南方溪子、蠻夷、柘弩，皆善射也』。又《後漢書・地理志》劉昭注引《史記》『紂盈鉅橋之粟』，即引許君曰『鉅鹿之大橋』，是其證也，惜其書早亡，無可掇拾。今《説文》中有字出《史記》者，則其説當與注《史記》同。研核舊訓，採成一編，恐亦爲守許氏之學者所不能廢。

《漢書注》存疑：王鳴盛《十七史商榷》：許慎嘗注《漢書》，今不傳，引見顔注尚多。

《淮南子注》二十一卷：《隋志》、《唐志》著録。宋鼂公武《郡齋讀書志》：《淮南子》爲内書，慎注標其首，皆曰『間詁』，次曰《淮南鴻烈》，自名注曰『記上』第七十九闕，陳振孫《書録解題》『今本題許慎記上，而詳序文則是高誘』，《玉海》云『去其重複，共得高注十三篇、許注十八篇』。

《四庫提要》云慎注散佚，傳刻者誤以誘注題慎名。洪亮吉曰：『許注淮南書今不傳，道藏中《淮南鴻烈篇》三十八卷尚題漢南閣祭酒許慎注，或當有據，然世盛行本題漢涿郡高誘注。今考許注有淆入誘注者，或誘采許説，後人遂誤爲誘也。淮南王書「軵其肘」，高誘注「軵」讀近「茸」，急察言之。又「罧者扣舟」，高誘注「今沇州人積柴水中搏魚爲罧」，皆與《説文》説同。此類尚多。』雲龍按：《宋志》以其書佚故不著録。《北魏書・劉芳傳》述淮南注語，非專引高注語也。許注散見《後漢書注》、《文選注》、《史記索隱》、邢昺《爾雅正義》、陸德明《爾雅》、《莊子釋文》、殷敬順《列子釋文》、虞世南《北堂書鈔》、歐陽詢《藝文類聚》、徐堅《初學記》、白居易《白帖》、李昉等《太平御覽》、《太平廣記》、釋元應《一切經音義》、慧苑《華嚴經音義》，孫馮翼輯本凡一百有九事，未審者五事，孫星衍刊入《問經堂叢書》。

灅水考

灅水非濕水，亦非㶟水，文譌誼舛，厥水滋溷。《水經·灅水注》俗本『灅』譌『濕』，引者多沿厥譌。許用賓《石經山碑》云『山又稱濕經』，亦誤以爲濕水所經而名。《魏書》道武帝西幸馬邑觀㶟原，桂氏《説文解字義證》引此文以證灅水。《通鑑·晉愍紀》『建興元年，代公又作新平城於㶟水之陽』，胡注又從而爲之説曰『新平城不在此㶟水之陽，蓋出於馬邑而東北，流逕平城之南』，意道元所謂濕水即灅水也。《集韵》『漯』、『灅』、『㶟』注『水出雁門』，《水道提綱》『桑乾河古曰治水，亦曰濕水，亦曰㶟水』。類此皆不知『灅』與『㶟』、『濕』難可强通者也。《説文》『濕水出東郡東武陽入海，從水，㬎聲』，桑欽云『出平原高唐』，又『曰』部『㬎讀若唫』，桂氏云此出欽所作《地理志》，《漢·地理志》『濕』作『漯』，『高唐』下云『桑欽言漯水所經』。《續漢·郡國志》『武陽濕水出』、『高唐濕水出』，《水經·河水注》『故瀆又東北入東武陽縣，東入河，又有漯水出焉』。張參《五經文字·水部》：『濕，他帀反。』然則『濟漯』之『漯』本作『濕』。『濕』、『濕』古今字，隸書改『曰』省『系』作『漯』，于是『㬎』、『累』、『濕』、『隰』，古多通假。《左·哀二十三年傳》杜注『犁叩，隰也』，《釋文》作『濕也』，云本又作『隰』，《漢書·王子侯表》『濕成侯忠』，《史記》作『隰』，《後漢·襄楷傳》『平原隰陰人』，注云『隰陰在隰水之南』，北魏《鄭羲碑》作『隰』，《建成鄉侯劉靖碑》作『漯』，《武德干府君義橋碑》作『漯』，皆隸之變體。《荀子·不苟篇》『弃而儑』，楊注『儑』當爲《韓詩外傳》云『弃而累』也，此亦濕、漯變轉之證。或又以漯爲㶟省文，遂誤㶟水爲濕水。《説文》『㶟水』：『又西南流，㶟水注之，水出右北平俊靡縣』。然則以㶟水與㶟水爲同出雁門，是丁度之疏也。《説文》『㶟水出雁門陰館絫頭山，東入海，從水，纍聲，一曰治水也』，與《水經》『㶟水出雁門陰館縣』、酈《注》『出於累頭山，一曰治水』並合，殿本、戴本、趙本均據以正㶟之非濕是也。『濕』、『温』形近，《後漢書·王霸傳》所謂温水者當是誤『㶟』爲『濕』，又誤『濕』爲『温』，注引《水經注》『温餘水』即《水經注》『㶟餘水』。『治』、『台』通用，治水《漢·五子傳》云『台水』，《燕剌王傳》亦云『台水』，晉灼曰『《地理志》台水在雁門』，《漢·地理志》代郡且如下『于延水，東至廣甯入治，平舒下祁夷水，北至桑乾入治』，小顔『治』並譌『沽』。

水經㶟水注昌平縣考

《水經·㶟水注》一則曰『東逕昌平縣』，再則曰『東逕昌平縣故城北』，三則曰『祁夷水逕昌平郡，東魏太和中置』，然則㶟水與桑乾水互受通稱，昌平爲厥故道矣。趙氏注釋曰：『《一統志》：昌平故城在蔚州北，魏太和中置，漢昌平縣屬上谷郡，今順天府昌平界是也。今蔚州乃漢代郡地，漢時桑乾爲代郡治，不應上谷之縣反在其西。昌平縣是後魏所僑置，《水經注》以爲即牽招所屯，非是，《地形志》失太和置郡縣事也。』趙説甚辨，然考酈注，昌平郡縣不同治，在漢昌平縣西所謂故城者，即漢昌平縣治也。紬繹酈《注》，參之史志自知。《漢・地理志》上谷郡下云『縣』，昌平自注『莽曰長昌』。《續漢・郡國治[志]》廣陽郡下云『昌平故屬上谷』，其後魏屬燕國，黄初中屬燕郡，晉屬燕國，入石趙屬燕郡。《地理韵編今釋》曰『今順天府昌平州東南』，是後魏以前無徙置昌平縣事，酈云『故城』即此，故下云『王莽之長昌也』。昔牽招爲魏鮮卑校尉屯此，酈不述此於昌平縣下而述之於故城，至爲明確。據《韵編》『魏昌平郡，今順天府昌平州西十七里』，考昌平郡昌平縣置於太和，陷於孝昌，天平中復置爲昌平郡治，有《地形志》、《寰宇記》、《方輿紀要》可證。太和所置郡《地形志》雖未之載，然《魏書・京兆王傳》云羅侯家於燕州之昌平郡，就拜昌平太守，此後魏置昌平郡之确左。酈《注》由縣及郡，明同置也，先縣後郡，此異治也，曰縣曰郡，不必其治如謂上谷之縣必不在代郡屬縣之西，則《㶟水注》何又云『佟水逕且如縣，又東南逕馬城縣故城』耶？犬牙交錯，水逕曲折，不足疑矣。如謂橋[僑]置，則後魏僑治昌平竟有廣武、沃野二縣，《地形志》不云昌平爲僑，此無足深辨者也。其爲今州竟與否仍於酈注證之：『昌平縣』下云『東逕昌平縣故城』，據知太和中所置昌平縣在今昌平西，與天平中置縣相距不甚遠也。昌平州在蔚州東北，與《一統志》亦無大異。《宣化府志》謂漢魏以至後魏之昌平縣爲西甯縣地亦非。今西甯在漢爲桑乾、陽原、東安陽三縣地，後漢爲桑乾、東安陽二縣地，晉爲代、安陽二縣地，皆與昌平無涉。

高梁河無上源考

『高梁無上源』之説或者疑之。㶟水注『水出薊西北平地』，上文又云『㶟水歷梁山南，高梁水出焉』。鮑邱水注又引《劉靖碑遏表》云『高梁河者，出自并州，黄河之别源也』。酈《注》近歧，此可疑者也。

《長安客話》：『高梁河發源西山，匯流爲西湖，東爲小渠，由此入大興稱玉河，水急而清。』《一統志》：『高梁河在宛平縣西，舊志高梁河在西直門外半里，自昌平州沙澗東南流逕高梁店，又東南流入都城積水潭，遼時耶律沙與宋兵戰於高梁河，即此。金時謂之皁河，上有高梁橋，今爲玉河上流，即玉泉山水所經，别曰高粱者，存古名也。』諸説源歧，此又可疑者也。

㶟水注即云『水出薊西北』，又引《魏土記》曰『薊東一十里有高梁河之水者，其水又東南流入㶟水也』，《太平寰宇記》『高梁河在薊縣東四里』，《明・地理志》『大興縣有梁河在西北』，與《一統志》引舊志『在西直門半里』，或東西互異，或里數不同，此又可疑者也。

今按《㶟水注》云：『高梁微涓淺薄，裁足津通，憑藉涓流，方成川甽。』此指薊西北平地時言。歷梁山逕燕王陵之北、戾陵之東，是爲東注㶟水之始，里數參差，其變遷也。沙澗玉河，皆其憑藉，與酈《注》『泉流東注』正合。入㶟水後即爲㶟水支流，㶟水與桑乾水互受通稱，《五代志》『黄水河至應州西北注於桑乾水』，《元・河渠志》以盧溝爲小黄河，是即以所入水目之。然則《劉靖碑》别源云者，亦因高梁無源，姑以入桑乾之黄水河爲其源耳，與《長安客話》所云『發源西山』、《一統志》所云『玉泉山水以玉河源屬之高梁』意同。高梁憑流藉源，與它水自有源者異，故酈《注》云『高梁無上源』。

燕王陵非戾陵考

灅水注云：『灅水東逕燕王陵南，又東南高梁水注之，水逕燕王陵北。』鮑邱水注云：『高梁水首受灅水於戾陵，水北有梁山，山有燕剌王旦之陵，故以戾陵名堰。』據知逕燕王陵南者，灅水也，逕其北者，高梁水也。高梁水北有戾陵，則水逕戾陵南明甚。燕王陵酈云不知何陵，戾陵則鑿鑿言之。而《畿輔安瀾志》乃云燕王陵即戾陵，而不知何王陵者又一陵也，其説近謬。燕王二：一靈王，一康王，趙氏注釋已據《蔡珪傳》辨之，故不贅。

北沙河爲灅餘水考

昌平《宋志》以北沙河爲易荆，以南沙河爲灅餘，不得不以一畝泉爲灅餘潭。厥説似是實非。《水經注》：『易荆水又東左合虎眼泉，又東注灅餘水。』今之受虎眼泉合南沙河者，北沙河也，以北沙河爲易荆之説職此。然《水經注》明明言『灅餘出上谷居庸關東，東流過軍都縣南』，酈注曰：『南流出關，謂之下口，潛伏十許里，東逕軍都縣故城南，又東重源潛發，積而爲潭，謂之㶟餘潭。』故以北沙爲㶟餘舊無異議。伏流往往而有，《昌平志》乃以穿鑿詆之。道元，涿人也，注南或疏，注北則審。涿距昌平近甚，《昌平志》又以得之傳聞南北易置譏之，此無足辨。惟既謂水出居庸關者與㶟餘無涉，而又云居庸關外入北沙河，且指一畝泉爲㶟餘潭，而又云發源鰲魚溝，左合一畝泉，自相矛盾，何所徵信！如果㶟餘導源一畝泉，則一畝泉即榆河矣，何以元郭守敬開通惠河必言引榆河、一畝泉諸水？虎眼泉今昔異同姑弗深論，而昔之虎眼泉先合易荆，今之虎眼泉逕注北沙，變遷則然。執所受以疑所入，何與？而或據洪亮吉乾隆府、廳、州、縣志以易荆爲今南沙河，或援王履泰《畿輔安瀾志》以南沙澗水即古易荆水，則又未免貽《昌平志》譏矣。此可兩言決之：謂南沙河非易荆則可，謂北沙河非㶟餘則不可。

清河源流考

此與大清河同名，溯源則其説各異。然《明憲宗實録》云：『勘玉泉諸水，大半流出清河，從源頭將分水青龍閘閉住，引玉泉諸水從高粱河分半從金水河出。』據此已可知，清河之與玉泉水其流未始不合，而要不得謂清河即金水河。以今水參之，清河與玉泉河雖同出玉泉山，清河在玉泉之北，雙泉山之名以此。金水河出玉泉水，非出清河。昌平宋《志》謂『今清河在魏晉時爲首受㶟水之高梁河，在北齊後爲北合易京之高粱水』，其説亦非。高梁河已詳《高梁無上源考》：齊前高梁不逕昌平，而魏後清河不入桑乾，二而一之，何與？《固安陳志》云：『小清河在縣西二十餘里，發源昌平縣，一畝泉東流合榆水。』然則清水又有小清河目，逕固安，其故道也。

盛京地理考

俄羅斯境連黑龍江北，而黑龍江南曰吉林，又南曰盛京，是爲東三省。盛京去京城東北千百五里有奇，古冀州、青州域也。

舜分冀東北爲幽州，即今遼河以西地，青東北爲營州，即今遼河以東地，夏又合爲冀州，殷改營州，周初復名幽州，爲肅慎國地，箕子避地朝鮮，武王即其地封之，故肅慎國東南爲朝鮮界。

戰國屬燕，秦以幽州地爲遼西郡，營州地爲遼東郡。

漢屬幽州，武帝元封四年拓朝鮮地，置樂浪、玄菟、真番、臨屯四郡，後改真番、臨屯爲遼西、遼東。漢建武十三年，遼東改屬青州，二十四年還屬幽州。安帝時置遼東屬國都尉。漢末公孫度據之，自立爲平州牧，分遼東爲遼西中遼郡。魏克公孫氏，置東夷校尉，治昌平，分遼東、昌黎、玄菟、帶方、樂浪五郡，置平州，後復合爲幽州。晉爲高句麗所略，改曰遼東國，尋復隸平州。大興二年慕容廆據之，大和五年屬苻堅，太元十年屬後燕慕容垂。尋入高句麗，後魏、齊、周爲高句麗勿吉地。

隋爲高句麗靺鞨地，唐貞觀十九年征高麗，置蓋、遼、嚴三州，總章初平高麗，置督都［都督］府九，又置安東都護府，先天時封大氏爲渤海郡王，後置五十五府六十二州于黑水南及高麗舊地。

遼建東平郡于遼陽故城，天顯三年爲南京，十三年爲東京，即今遼陽地，于西北置上京、中京，中京者今開源西北邊外臨潢，上京者今廣甯西北邊外也。

金曰東京路，以混同江東爲上京，西爲咸平路，易遼中京爲北京。海陵都燕，而上京改爲會甯府。世宗時復上京。元初存東京，至元六年置總管府，二十四年改爲遼陽等處行中書省，統路七：遼河以西大甯路、廣甯路，遼河以東遼陽路、東甯路、瀋陽路、開原路，以東爲合蘭府水達達等路，統軍民萬户，府五。

明定遼都衛置自洪武四年，八年改遼東都指揮使司領衛，十年革所屬州縣，置衛二十有五。永樂七年置州二，曰安樂，曰自在，隸山東道。此外衛百八十四，所二十，以山海關隸燕京。

國朝太祖高皇帝天命七年遼陽建東京，十年遷瀋陽，天聰五年尊爲盛京，順治元年裁衛，設昂邦章京副都統，十年以遼陽爲府，領縣二：遼陽、海城。于甯古塔設昂邦章京副都統，十四年除遼陽府名，以瀋陽爲奉天府，置尹。康熙元年奉天昂邦章京改鎮守奉天等處將軍，甯古塔昂邦章京改甯古塔將軍。三年改錦州爲縣、廣甯爲府，置廣甯縣甯遠州。四年裁廣甯府置錦州府，治錦縣，增縣四：承德、蓋平、開原、鐵嶺，又改遼陽爲州。二十三年築愛渾［愛琿］城于黑龍江岸，置將軍副都統。自是奉天、甯古塔、黑龍江三將軍各有專轄。雍正五年於甯古塔竟内置永吉州長甯縣，于明復州衛地置復州，于明金州衛地置甯海縣，于錦［州］府置義州，凡府二州五縣九。此沿革大略也。

疆域東至海四千三百里有奇，西至山海關之山海衛界八百里有奇，南至海七百三十里有奇，北至黑龍江外興安嶺俄羅斯界五千一百里有奇，東南至希喀塔山朝鮮界二千里有奇，西南至海八百里有奇，東北至飛牙喀海界四千里有奇，西北至西結臺蒙古奈曼界六百九十里有奇。凡東西廣五千一百里有奇，南北袤六千八百三十里有奇，東南至西北二千六百九十里有奇，西南至東北四千八百里有奇。司民二府，統軍三鎮。奉天錦州旗民雜處，編户治之守令，八旗轄之城守，治轄之域彼此參差。

其奉天將軍所轄疆域東至興京吉臨烏喇界二百八十里有奇，西至山海關山海衛界八百里有奇，南至金州南境海界七百三十里有奇，北至開原邊二百六十里有奇，東南至鎮江城朝鮮界五百四十里有奇，西南至海八百里有奇，東北至威遠堡永吉州界二百三十里有奇，西北至九官臺門蒙古界四百五十里有奇。

興京關五：曰古關，有二，並在城南，一爲百里，一倍。曰頭道關，即牙兒哈山，城西四十里。曰二道關，亦呼大民關，城西四十一里。曰三道關即札哈山，城西六十有三里。《潛確類書》撫順云者，三關總名也。

奉天府東至撫順城守專轄界八十里有奇，西至甯遠州上衕衕山山海衛界七百八十餘里，南至甯海縣紅頭崖海界七百三十餘里，北至長甯縣松花江蒙古界八百七十里有奇，東南至遼陽州浪子山百八十里鳳凰城界，西南至甯遠州官墻山海衛界七百九十里有奇，東北至永吉州墨稜河甯古塔界二千四十里，西北至義州大甯堡邊界四百五十里有奇。

承德縣附郭。東至撫順城守界八十里，西至廣甯縣界百里，南至十里河遼陽州界六十里，北至懿路站鐵嶺縣界七十里，東南至大堡遼陽州界八十五里，西南至新臺子遼陽州界七十五里，東北至黑林子奉天將軍界八十里，西北至十方寺鐵嶺縣界九十里。

遼陽州東至官馬山鳳凰城界七十五里，西至煙狼寨接牛莊界五十里，南至黑峪海城縣界八十里，北至楊家灣東南至浪子山站鳳凰城界六十里，西南至鞍山驛接牛莊界六十里，東北至十里河承德縣界，西北至船城六十里。北至盛京城百二十里。州有西關，在南門外。

海城縣東至牛心山鳳凰城界九十里，西至三汊河廣甯縣六十里，南至耀州蓋平縣界六十里，北至鞍山驛遼陽州界六十里，東南至白土嶺蓋平縣界六十里，西南至大孤山蓋平縣界八十里，東北至龍降州遼陽州界八十里，西北至接官堡遼陽州界六十五里，北至盛京城二百四十五里。縣關曰三岔關。按《潛確類書》在海州，《盛京通志》：『明以三岔河北與三衛駐牧，故於三岔界立關，今廢。』曰梁房口關，《明一統志》：『蓋州衛西北九十里，今在海城界，關廢。』

蓋平縣東至㙟草峪城守界百一十里，西至連雲島海界十五里，南至李官墳河復州界九十里，北至淤泥河海城縣界五十里，東南至莊河東海城南復州界二百四十里，西南至灰州海界九十里，東北至白土嶺海城縣界八十里，西北至小孤山海城縣界六十里，北至盛京城三百六十里。縣關三：曰石門關，《明一統志》『蓋州東七十里』，曰連雲島關，《明一統志》『蓋州西十五里』，曰青石嶺關，城北十二里，鑿山通路，出入險隘也。

開原縣東至耿家莊邊界七十里，西至遼河城守專轄界六十里，南至山頭鋪河鐵嶺縣界五十里，北至新邊十里，東南至馬家塞［寨］鐵嶺縣界六十五里，西南至遼河城守專轄界六十五里，東北至新邊門永吉州界三十里，西北至遼河邊界六十里；北至盛京城二百里。縣關二：曰清河關，《明一統志》所謂三萬衛西南六十里者是；曰來賓關，城西四十里，慶雲堡有石坊題『來賓』二字。

鐵嶺縣東至老古洞開原城守界百二十里，西至刁蹕山廣甯縣界七十里，南至懿路站承德縣界六十里，北至山頭鋪開原縣界二十里，東南至瓢酪屯五十里，西南至小河口承德、廣甯二縣界六十里，東北至紅草石開原城守界三十里，南至盛京城百三十里。縣有關，曰山頭關，明置關三萬衛南六十里，在縣界。順治十五年于城北二十里山頭鋪設關門，康熙十年移置開原之北。

永吉州東至昂邦奪河大嶺泰甯故縣界二百里，西至盛遠堡門開原縣界五百七十里，南至吉林之納秦窩集七百三十里，北至法塔門長甯縣界二百一十里，東南至長白山千三百里，西南至富哈山五百里，東北至墨稜河二百四十里，西北至克勒素門四百六十七里上四皆吉林將軍界，西南至盛京城八百里有奇。

長甯縣東至蘭河接阿什河界百三十里，西至松花江東岸郭爾羅絲查渾界二里，南至之界與里同，北至松花江郭爾羅絲八兔界，東南至巴陽哦佛落邊門船廠界三百三十里，西南至松花江北岸郭爾羅絲查渾界，東北至蘭陵河口郭爾羅絲八兔界百五十里，西北至松花江東岸郭爾羅絲查渾界，南至盛京城千三百里。

復州東至岫巖、海城、蓋平二[三]縣界三百三十里，西至紅崖子海界三十里，南至捕拉店甯海縣界九十里，北至李官墳蓋平縣界九十里，東南至黃崖臺甯海縣界百四十里，西南至石門口海界九十里，東北至雕龍崖熊岳界二百五十里，西北至碑文石海界三十里，北至盛京城五百四十里。州有關曰欒古關，在城南六十五里甯海界。

甯海縣東至畢里河岫巖界百八十里，西至海岸三里，南至柳樹屯海界三十里，北至橫頭河復州界百里，東南至黃嘴岸海界八十里，西南至雙山島海界百四十里，東北至荒地百一十五里。西北至蕎麥山海界三十里，北至盛京城七百二十里。縣關二：曰旅順口關，即《明一統志》所謂『金州衛南百二十里』者是，海運舟至此登岸，有水師營駐防。曰蕭家島關，在金州衛東北百五十里，今廢。

錦州府東至廣甯縣蛤蜊河遼陽州界二百四十里，西至甯遠州土衚衕山山海衛界二百九十里，南至海三十里，北至義州清河門界百四十里，東南至廣甯縣三汊河海城縣界三百五十里，西南至甯遠州關墻山海衛界，東北至楊檉木河開原城守界三百八十里，西北至甯遠州筆架山界百六十里，東至盛京城四百九十里。

錦縣附郭，東至頭臺子廣甯縣界百五里，西至岡家屯邊界九十里，南至海三十里，北至齊家堡義州界四十五里，東南至白馬溝廣甯縣界八十里，西南至老和尚臺甯遠州界九十里，東北至迎仙鋪義州界八十里，西北至松嶺門蒙古界九十里，東北至盛京城四百九十里，西南至京城千里有奇。縣關曰老虎關，城西北八十里。

甯遠州東至邴家屯錦縣界十五里，西至土衚衕山山海關界百九十里，南至海防五城海界十里，北至寨兒山錦縣界三十五里，東南至釣魚臺海界十五里，西南至關墻山海衛界百九十里，東北至雙樹鋪錦縣界十八里，西北至筆架山邊界五十里，東北至錦州府治百一十里，東北至盛京城六百里。

廣甯縣東至蛤蜊河八十里遼陽州界，西至牽馬嶺義州界四十五里，南至杜家臺海界九十里，北至羅家臺邊界七十里，南至三汊河海城縣百九十里，西南至間楊驛錦縣界五十里，東北至楊檉木河開原城守界二百二十里，西北至魏家嶺義州界五十里，西至錦州府治百六十里，東至盛京城三百三十里。縣關三：曰魏家嶺關，城西北七十里，曰分水嶺關，城北八里，曰白土廠關，城北七十里。

義州東至牽馬嶺廣甯縣界百五十里，西至圖立根蒙古界三百六十里，南至齊家堡錦縣界四十五里，北至八十罕臺蒙古界百九十里，東南至乾柴嶺錦縣界七十里，西南至了八石錦縣界八十里，東北至招蘇營子蒙古界三百三十里，西北至土門兒蒙古界三百八十里，南至錦州府治九十里，東至盛京城四百二十里。

鳳凰城關二：曰連山關，《明一統志》『都司東南百八十里』，朝鮮貢道在鳳凰城界。曰大片嶺關，《明一統志》『復州衛東百一十里』，亦在鳳凰城界，廢。其興京城守東至汪清門興京界六十里，西至濂［鐮］刀灣奉天將軍界二百五里，南至四方臺鳳凰城界百七十里，北至撒克禪渾河北開原城守界百二十里，東南至陡嶺邊興京界三十五里，西南至平頂山遼陽城守界百九十里，東北至英額開原城守界百五十里，西北至年馬州開原城守界百七十里；西北至盛京城二百五十里。

遼陽城守東至一堵墻興京界三百五十里，西至網户屯廣甯城守界百二十里，南至生鐵嶺岫巖界百三十里，北至十里河將軍專轄界六十里，東南至分水嶺鳳凰城界百九十里，西南至新臺子牛莊界九十里，東北至張起寨撫順界百二十里，西北至四方臺廣甯城守界，北至盛京城百二十里。

蓋平城守東至魏家大嶺岫巖界百五里，西至連雲島海界十五里，南至鳴珂嶺熊岳界三十里，北至金長嶺牛莊界七十里，東南至哈什螞嶺岫巖界九十一里，西南至望海寨熊岳界三十里，東北至白土嶺牛莊界百里，西北至青堆子牛莊界七十里。

牛莊城守東至猪窩嶺九十里遼陽城守界，西至八王廟廣甯城守界九十里，南至金長嶺蓋平城守界六十里，北至高麗房身七十里。

廣甯城守界東南至康家嶺岫巖界百里，西南至海百里，東北至安山遼陽城守界，西北至三家子廣甯城守界七十里，東北至盛京城二百四十里。

開原城守東至耿家莊界七十里，西至彰武臺廣甯城守界二百二十里，南至懿路河北百三十里，北至新邊十里，東南至英額興京界二百十里，西南至遼濱塔承德縣界百九十里，東北至威遠堡門永吉州界三十里，西北至古城堡邊界四十里。

鐵嶺城守東至門吹哨興京界百三十里，西至燈寺堡廣甯縣界百五十里，南至懿路承德縣界六十里，北至山頭鋪開原縣界廿里，東南至渾頭河七十里，外爲將軍界，西南至馬子門承德廣甯二縣界九十里，東北至木牙正七十里，爲開原城守界，西北至蛇山溝開原縣界九十里。

熊岳城守東至畢里河百廿里岫巖界，西至兔兒島廿里海界，南至永甯建六十里復州城守界，北至鳴珂嶺三十里蓋平城守界，東南至歸化堡百餘里金州城守界，西南至五十塞五十餘里海界，東北至石道口四十餘里蓋平城守界，西北至深井子三十餘里海界，北至盛京城四百二十里。

錦州府城守東至劉三廠九十里廣甯城守界，西至栅子嶺百四十里山海關城守界，南至湯家臺五十里海界，北至齊家堡四十五里義州城守界，東南至蔡河溝百里廣甯城守界，西南至紅土墻三百里山海關城守界，東北至四方臺八十里廣甯城守界，西北至松嶺子九十里蒙古界。

甯遠城守東至杏仁八十里，西至七里坡十八里，南至海十二里，北至新臺邊門四十里。

中前所城守東至沙河驛六十七里，西至紅土墻二十七里，南至海六里，北至小盤嶺六十里。

中後所城守東至七里坡六十二里，西至沙河驛十八里，南至海四十里，北至端頭山老五里，已上三城守與小淩河、巨流河、白旗堡、小黑山、閭陽驛，是爲八駐防，然有城守責惟此甯遠、中後所、中前所，餘各有屬，無所謂四至也。

廣甯城守東至遼河百九十里，西至牽馬嶺四十五里義州城守界，南至海百里，北至白土廠五十里蒙古界，東南至鐵場堡百五十里牛莊界，西南至三臺子六十五里錦州城守界，東北至遼河二百三十里開原城守界，西北至魏家嶺五十里義州城守界。

義州城守東至依巫閭山五十里廣甯城守界，西至劉龍臺六十餘里邊界，南至齊家堡四十五里錦州城守界，北至邊廿里蒙古界，東南至迎仙鋪七十里錦州城守界，西南至松嶺子百四十里蒙古界，東北至魏家嶺九十里廣甯城守界，西北至九官臺三十里蒙古界。

其吉林將軍初曰甯古塔將軍所轄自吉林烏喇城計，東至海三千餘里，西至威遠堡門五百九十五里開原縣界，南至長白山千三百餘里朝鮮界，北至拉哈福阿色庫六百餘里蒙古界，東南至希喀塔山二千三百餘里海界，西南至英額門七百餘里，東北至合者飛牙喀三千餘里海界，西北至黑兒蘇門四百五十餘里蒙古界，西南至盛京城八百廿餘里，至京師二千三百里有奇。

吉林烏喇疆域與永吉州同。

甯古塔東至海三千餘里，西至俄莫賀索落站二百五十里烏喇界，南至土門江六百里朝鮮界，北至混同江六百里蒙古界，東南至希喀塔山千五百七十里海界，東南至勒福陳河五百里烏喇界，東北至飛牙喀三千餘里海界，西北至阿爾楚哈七百餘里蒙古界。

白都納疆域與長甯縣同。

阿爾楚哈東至馬彦河二百里三姓界，西至蘭陵河百二十里白都納界，南至莫楞山百二十里白都納界，北至松花江七十里蒙古界，東南至蘭陵河百九十里甯古塔界，西南至喀薩兒河九十里伯都納界，東北至馬彦河三百里三姓界，西北至蘭陵河二百五十里伯都納界。

渾春東至海二百八十里，西至土門江二十里朝鮮界，南至□□百一十里，北至佛界恒山百二十里土門江界，東南至海百三十里，西南至海百廿里，東北至喀爾代窩集百里海界，西北至喀哈里河百十里。

打牲烏喇東至團子山廿三里，西至恩丕口廿四里，南至三家邨四十里，北至康家屯六十八里，皆與船廠連界。

黑龍江將軍所轄自齊齊哈爾城計，東至野里白赫河二千二百餘里甯古塔界，西至喀爾喀九百餘里徹東罕界，南至松花江五百里甯古塔界，北至外興安嶺三千三百餘里俄羅斯界，西南至盛京城千八百里有奇，至京師三千三百七十七里。

齊齊哈爾城東至通墾河發源之内興安嶺八百五十里嶺以東黑龍江界，西至雅兒河發源之内興安嶺四百五十里嶺西呼倫布雨爾界，東至松花江五百里甯古塔界，北至諾敏河發源之内興安嶺五百六十里河東墨爾根界、嶺西呼倫布雨爾界，東南至野里白赫河之松花江二千三百七十里甯古塔界，西南至托新河發源之内興安嶺四百里，嶺西喀爾喀徹陳罕界河南札薩克圖王界。

綽爾河下流係札拉忒蒙古界，東北至訥墨爾河發源之内興安安興［興安］嶺八百八十里嶺東黑龍江界河北墨爾根界，西北至内興安嶺地厄赫魯爾山三百五十里嶺西呼倫布雨爾界。

墨爾根城東至内興安嶺百七十里嶺東黑龍江界，西至諾敏河發源之内興安嶺三百里嶺西呼倫布雨爾界河西齊齊哈爾界，南至納墨爾河百六十里河南齊齊哈爾界，北至内興安嶺之衣拉庫爾山千三百一十里嶺北黑龍江界，東南至訥墨爾河發源之内興安嶺四百里嶺東黑龍江界，西南至訥墨爾河入嫩江之口二百廿里江南齊齊哈爾界，東北至内興安嶺之厄勒克爾山二百九十五里嶺北黑龍江界，西北至衣可郭克托山千二百七十里山北黑龍江界、山西南呼倫布雨爾界。

黑龍江城東至外興安嶺興滚河二千六百里甯古塔界，西至内興安嶺百五十［里］至嶺西墨爾根界，南至喀末尼峰内興安嶺七百里齊齊哈爾界，北至外興安嶺二千五里俄羅斯界，東南至畢占河千二百餘里甯古塔界，西南至内興安嶺千一百里齊齊哈爾界，東北至外興安嶺千五百里俄羅斯界，西北至格爾必齊河千七百九十里俄羅斯界。

呼倫布雨爾東至内興安嶺之几爾起克山三百五十餘里嶺東齊齊哈爾界，西至哈馬里山四百七十里喀爾喀界，南至木克托立山四百四十餘里喀爾喀徹陳罕界，北至安河七百十餘里河北黑龍江界，東南至内興安嶺之尼赫魯爾山四百餘里齊齊哈爾界，西南至哈爾哈四百餘里徹陳罕界，東北至衣可郭克托山九百廿里山北黑龍江界、山東南墨爾根界，西北至厄爾古納河二百廿里俄羅斯界。

邊門統于盛京兵部六：曰鳳凰城門，城西南十里。曰靉河門即靉陽門，城北百廿里。曰汪靖［清］門，興京東南三十里。曰鹻廠門即加木禪門，興京東百有四十里。曰英額門，開原東二百里。曰威遠堡門，開原東北三十里。初，六門防守尉轄，後有管邊章京，揀自盛京五部司官。

又各城防守尉轄而統于將軍者十一：曰發庫門，開原東北廿里，康熙元年設。曰彰武臺門，廣甯東北百七十里，廿六年設。曰白土廠門，義州東北百三十里。曰清河門，義州東北五十五里。曰九官臺門，義州西北三十里，三門十五年設。曰松子嶺門，十四年設，曰長嶺山門，此二門錦州西北九十里。曰新臺門，錦州西百三十里，初設芹菜溝，十四年展邊二道河，三十六年移今地。曰梨樹溝小門，錦州西一百四十里，十八年設。曰白石嘴門，錦州西南二百一十里，順治八年初設水口，康熙十四年展邊高臺堡，二十五年展邊寬邦，三十六年展邊白石嘴，置邊門。曰明水塘小門，錦州西南二百九十里，十八年設自鳳凰城，西至山海關周一千八百餘里。門十有七，設守尉兵壯。

又甯古塔將軍所轄四。曰布兒德庫蘇把漢門即半拉山邊門，永吉州西北五百六十八里。曰黑兒蘇門即克勤素門，永吉州西北四百六十七里。曰一統門即易屯門，永吉州西北百九十里，曰發忒哈門，永吉州北二百十里。

『喀路』云者，設黑龍江竟六十五，防邊也。齊齊哈爾所轄十四：曰特木得赫，曰過托軍，曰多耐，曰他爾哈，曰古魯，曰烏喇諾爾二處，曰茂興，曰四家子，曰阿拉克秦，曰拜他拉，此十一爲喀路各領催一、兵五。曰拉哈鄂佛洛，曰温得渾，曰蘇克秦蘇蘇，此三爲豁倫喀路各官一、領催一、兵九，三月往，河凍回。黑爾根所轄十：曰努敏河巴顔火洛，曰甘河之善郭克達，曰伊拉喀，曰喀末尼喀，曰博爾多，曰拉哈，曰甯年，曰塔哈爾，此八爲喀路各領催一、兵五。曰綏楞額山，曰喀末尼峰，此二者爲豁倫喀路各官一、領催一、兵九。三月往，河凍回。

黑龍江所轄十一：曰黑龍江二口，曰烏魯蘇木丹，曰精其里江，曰科洛爾，曰喀爾喀爾奚，曰枯木爾，曰額雨爾，此八爲喀路各領催一、兵五。曰牛曼河，曰孫河口，曰納木勒河源，此三爲豁倫喀路各官一、領催一、兵九，三月往，河凍回。

呼倫布爾所轄二十一：曰庫爾杜力河，曰特力墨爾緊河，曰忒你克河沖古火洛，曰墨力格爾河哈几口，曰依力該兔火洛，曰西拉鄂素火洛，曰薩爾起兔山，曰開拉河翁混，曰開拉河恩都爾厄勒素，曰烏蘭剛噶，曰布拉克土泉，曰墨海土泉，曰托洛海土泉，曰温都爾布拉克泉，此自東而北。

防俄羅斯喀路十五各官一，兵廿：曰喀布起海兔，曰阿拉爾兔，曰几拉，曰布克爾，曰貨爾海兔，曰哈河兔，曰茵陳，曰阿魯布拉克，曰墨墩哈河兔，曰札米虎都克，曰布雨爾布壟得爾素，曰烏魯孫河烏藍剛噶，曰厄布都克，曰西林呼都克，曰諾門罕布都力，曰呼拉得烏木克布拉克，此自西而南臨喀爾喀路十六每二處官一，每一處兵十。

奉天西至山海關十三站：六十里老邊，四十里巨流河，七十里白旗堡，五十里二道井，五十里小黑山，七十里廣甯，八十里十三站，五十四里小淩河，五十四里高橋，六十二里甯遠，六十二里東關，六十三里凉水河，七十五里山海關。

又奉天東至興京四站：七十里噶布拉邨，七十里沙爾湖，八十里穆奇，四十里興京。

又奉天南至朝鮮八站：六十里十里河站，七十里迎水寺，七十里浪子河，五十里甜水站，四十里連山關，五十五里通遠堡，六十里雪裏站，四十里鳳凰城，過此朝鮮界。

又奉天東北至烏喇甯古塔三站：七十里懿路，七十里高麗屯，七十五里開原站，外接吉臨

［林］烏喇棉花街五十五里。

又奉天北至法庫門二站：自巨流河分道七十里嚴千户屯，六十里法庫，過此即蒙古界。

又吉林烏喇西南至奉天府八站：尼汁哈站在城外十里即烏喇站也，七十里搜登站即蘇通站，七十里依兒門，五十里刷煙即雙陽站，六十里一把單即驛馬站，六十里阿爾灘額墨爾站即大孤山站，六十里黑爾蘇站即克勒素站，八十里葉赫站，四十里棉花街。

又吉林烏喇東至甯古塔七站：八十里額黑木站，九十里額伊虎站即拉池站，六十五里退屯即昂拜多洪站，百一十里俄莫賀索落，百四十里畢兒漢河，七十里河蘭，八十里甯古站。

又吉林烏喇西北至白都納十站：五十里哲松即金周俄佛落站也，六十里舒蘭河，四十五里發忒哈邊，四十五里登爾者庫，四十五里蒙古站，五十里陶賴洲，四十五里孫查包即五家子站，三十五里蒿子，六十里舍利，七十里白都納。

又齊齊哈爾東北由墨爾根至黑龍江十三站：本城卜魁，六十里塔哈爾，七十里甯年，八十里拉哈，六十里博爾多，四十三里喀末尼喀，四十二里伊拉哈，七十里墨爾根，七十五里科洛爾，七十六里喀塔爾奚，八十五里枯木，三十五里額爾爾，七十八里黑龍江站，三十二里黑龍江城。

又齊齊哈爾西南至白都納七站：本城卜魁站，五十五里特木得赫，七十五里温托渾，七十五里多耐，七十五里他爾哈，六十七里古魯，五十五里烏喇諾爾，四十五里茂興。

又齊齊哈爾西至呼爾布雨台十站：本城百里希爾忒，八十五里噶七起，七十里蒙古烏爾杵克起，七十里赫厄昂阿，六十五里巴林，七十五里雅爾博克托，八十里和洛起，七十里烏諾里，六十五里扎敦昂阿，八十里几拉木臺。

其水曰鴨緑江，出吉林，西南流逕盛京入海。曰西遼河，出直隸邊外，東流逕吉林會東遼河，西南流逕盛京入海。曰混同江，其源二：一松花江，出吉林北，流折東北逕伯都納與嫩江合，一嫩江，出黑龍江屬墨爾根，南流逕齊齊哈爾與松花江合，二流爲一，逕拉林又逕呼蘭，又逕三姓入海。

曰黑龍江，出喀爾喀車臣汗部，東流逕尼布楚，又逕呼倫貝爾，又逕雅克薩，折東南逕烏魯蘇木丹，又逕黑龍江愛琿，又逕三姓，會混同江入海。

其海防在奉天、錦州二府，遼襟渤環，幾二千里。自山海關而東，甯遠州、錦縣、廣甯縣，皆錦州府境，古所謂遼西地也。自此折南，海城縣、蓋平縣、復州、金州廳、岫巖州，爲奉天府境，險要既多，兵輪難闕，水陸之脣齒，舟車之經緯，因地因時，當必有在，獨呼倫布爾喀路云爾哉？

經籍竹帛易紙考

古書簡用竹。《説文》：『冊象其札，一長一短，中有二編之形。』古文作『箣』，今通作『策』，亦作『筴』，而『策』之本誼爲馬箠，《左·文十三年傳》『繞朝贈之以策』，服虔訓簡書，杜預釋馬箠，字通，故解異也。《禮・曲禮》『書筴』，《釋文》本又作『策』。《左・定四年傳》『典筴』，《釋文》本又作『册』，亦作『策』，或作『笧』。《莊子》『挾筴』，《釋文》『筴，竹簡』，若此之類，又字通而義同也。編册用韋，孔子韋編三絶，編法上下分行，册其形也。《春秋》前經籍册以竹，六國後始用帛。古册有篇無卷。《漢・藝文志》《尚書古文經》四十六卷、《經》二十九卷之類當是用帛，可舒卷之，言卷也。然漢用帛猶兼用竹，戴氏宏云《公羊傳》至漢景帝時著于竹帛，又按成帝時劉向校書上《戰國策》、《晏子春秋》、《列子》目録，輒言殺青，殺青即汗青，竹册非歟？黄長睿《東觀餘論》：『關右發地得古瓮，中東漢竹簡，章草書往往不可考，獨永初二年討羌符文字尚完。』永初爲安帝紀元，此竹册證也。竹帛並用，而未用紙。或謂後漢和帝時常侍蔡倫始作紙，然《漢書・外戚傳》已有『赫蹏書』，孟康曰『蹏猶地也，染紙素，令赤而書之』，應劭曰『薄小紙也』，是後漢前已有紙，特未必經籍用耳。漢後用紙，荀勖《穆天子傳敘》云『謹以二尺黄紙寫上』，嗣用滋矣。《唐・經籍志》：『開元經史子集甲乙丙丁四庫皆以益州麻紙寫，自是裝收卷軸，加以書衺或云五卷爲一衺，皆寫本也。』自隋唐刊板而卷軸改爲葉子，然北宋粘葉，謂之蝴蝶裝，與今線訂本異。今猶稱册稱卷，沿古稱也。

簣喜廬文初集卷三

河漕經險考

漕自東南，歲凡數百萬石，河漕之險，難更僕數，録彰彰者：

湖南巴陵縣曰瀏公磯，曰沙嘴頭，曰白壩橋，曰七里山，曰磨盤洲，曰蓮花塘。

臨湘縣曰擂鼓臺，曰新開磯，曰象骨港，曰道人磯，曰白螺磯，曰沙窩，曰楊林磯。

湖北嘉魚縣曰清江口塘至土磯頭内有險十二里，曰石頭口塘至陸磯口内有險十里，曰江安塘至石磯頭内有險十里，曰石磯頭至江口内有險八里，曰江口塘至新淤洲内有險十里，曰新淤洲至冬乾滏内有險八里，曰冬乾滏至夏田寺内有險十里，曰東嶺至下簰洲内有險十二里，曰下簰洲至牛角尖内有險十里，曰黑坡塘至穀花洲内有險十里，曰蔑洲至烏沙洲内有險十二里，曰汪家洲至田家口内有險八里，曰小林夾内有險五里。

江夏縣曰陶家馬頭，曰烏沙湖，曰關門洲，曰鯉魚滲池磯，曰獅子腦，曰和尚磯，曰保化臺，曰金磯，曰龍藏磯，曰揚泗磯，曰黄老石，曰蔣家磯，曰東王磯。

已上湖南漕艘所經江險。

江夏縣曰白沙洲，曰洪廟磯，曰觀音磯，曰鐵板洲，曰青山港即小青山磯、大青山磯，曰白滸山邊。

武昌縣曰西港，曰白滸鎮塘，曰趙家磯塘，曰葉家洲黄岡縣竟，曰楊林塘，曰磧磯港塘，曰三江口塘此二處上半險，曰馬磚塘，曰樊口塘，曰五丈港塘此三處下半險，曰燕磯塘上半險，曰觀音港塘下半險。

大冶縣曰獅子磯，曰柏家林，曰灰窑堡，曰攔江磯，曰張家港，曰西塞磯。

興國州曰大石磯，曰大山磯，曰侯家磯，曰上山磯，曰下山磯，曰郝磯，曰牛攔磯即牛關磯，曰磨盤磯，曰半邊山磯一名弔桶山，曰迴龍磯，曰鯉魚山磯。

漢陽縣曰胡家灣、新溝、水洪口，曰饒子湖，曰通津，曰大軍山，曰張王磯，曰關門洲，曰龍王廟，曰柳家巷，曰四官殿，曰米廠，曰馬王廟，曰張美之巷，曰揚泗廟，曰麻陽口，曰漢關，曰黄花。

黄岡縣曰李林州、磧磯。

蘄水縣曰羅家璫，曰烏春鋪，曰烏江廟，曰五州套口，曰楊林港，曰令公磯，曰馬料灣，曰萬家山，曰郁家水口，曰紅石磯，曰迴風磯至蘄州唐家營塘。又蘄州曰散花洲，曰鵝公腦，曰龍灣，曰參輿磯，曰越石磯，曰小濫泥灘，曰葉家亭堂，曰攔頭磯，曰田家灣，曰南門，曰鳳山門，曰袁家湖塘至道士洑營塘十里大冶縣境，曰茅山塘，曰道士洑營至風波港塘十五里大冶縣境，曰羅家埠塘。

唐濟縣曰石牌磯，曰石壁磯，曰牛關磯，曰磨盤磯，曰大磯頭，曰小磯頭，曰魯肅港。

黃梅縣曰大灣塘至紅花洲五里，曰陸家嘴，一名新洲嘴。

已上湖南、湖北漕艘所經江險。

江西新建縣曰新洲嘴，曰沙井，曰文孝廟，曰洋子洲，曰隆興觀，曰大巷口，曰周公亭，曰塔下，曰太子廟，曰石頭口，曰汊頭河，曰鳳凰灘，曰鵝頭灘，曰雙港，曰灑網洲，曰鷄籠山，曰觀音璫，曰甯和潭，曰瓦窑，曰桃花埠，曰楊家河，曰汝南湖，曰蘆洲，曰樵舍，曰橫江，曰萬坊，曰鯉魚洲，曰蕭家莊，曰橫上，曰二灣，曰三灣，曰象湖，曰散子潭，曰老鴉洲，曰穆家洲，曰昌邑，曰龍王廟，曰邊潭，曰大烏池，曰新增圩，曰王家塘，曰西官圩，曰橫坽港，曰南洲，曰三洲頭，曰漢口，曰獨樹塘，曰擺排灣，曰長湖池，曰打纜洲，曰况家嘴，曰樊家壠，曰令公廟，曰趙公巷，曰鹿頸，曰前河口，曰後河口，曰焦面嘴，曰焦尾洲，曰火燒洲此與星子縣交界，然其地大半在新建縣境。

星子縣曰渚溪，曰洋瀾，曰謝師堂，曰長嶺，曰青山，曰蓼花池，曰左蠡將軍廟，曰南關外，曰火焰山，曰青溪料，曰沙溪，曰德安河口，曰灌子口，曰鯨魚溜口，曰兩河口，曰焦夾，曰焦板夾，曰鶯子河口，曰鼓子板，曰大洲腦，曰東洲，曰中洲，曰福星洲，曰蘿卜洲，曰龍王廟，曰神靈湖，曰塔下，曰蔡溪河，曰麻頭，曰鵎奚石，曰蝦蟆石，曰大姑塘。

都昌縣曰土目耀子石，曰弄口洲，曰馬鞍洲，曰樟樹灣口，［曰］佗鶴洲，曰轉角洲，曰大石潭，曰左蠡，一名東洲又名焦潭嘴，曰敵塘口，曰小石嘴，曰鼓子灣，曰田得阪，曰兩河口一名嬰子河口，曰桃花調，曰頭坽洲，曰石灰坽，曰小磯山，曰磯池口，曰旁皮坽，曰大磯山，曰壁石山，曰縣河口，曰界石，曰大坽池，曰老洲，曰黃金嘴，曰花山亦名標石，曰猪婆山，曰饒河口，曰石頭坽，曰旁角洲，曰柴棚。

已上江西漕艘所經鄱湖、大江之險。

德化縣曰南岸城子鎮，曰郭家灣內有小巷口、菖蒲洲、蕎麥池，曰徐家灣，江心有團洲，曰官湖港、曰梅家洲，江心有白沙洲、使人洲，曰浴港，曰官牌夾、曰琵琶亭、曰九江關、曰鎖江樓，內有砍頭磯、庾樓磯、史家磯、望江磯、化石磯，曰白水港，內有湯家磯、灌子磯、石碯磯，曰攔江磯，內有龍頭石、邊魚磯，曰白石磯，內有烏石磯、新洲，曰迴風磯，內有鯉魚磯，江心有楊家洲，曰南湖嘴，曰北岸界牌石，曰套口，曰北關，曰小池口，下有夾洲、曰二郎廟，江心有新洲即官洲也，曰楊家洲，內有桑百洲埽洲尾，水涸有夾洲，曰八里江，曰桂家林，水涸有夾洲，曰魯壩溝，內有羅家渡、青魚港、横壩頭，水涸有夾洲，曰金家壩。

已上湖南湖北漕艘所經江險。

又德化縣曰蝦蟆石港，曰沙灘灣，曰大姑塘，曰天后宮，曰彭家嘴，曰青山嘴，曰株橋湖，曰方蘭湖，曰没汊湖，曰濫泥灣，曰白石嘴，曰女兒港，曰鞋山，曰白沙嘴，曰牛頭山。

湖口縣曰老鴉磯，曰長石嶺，曰馬家灣，曰上鍾磯，曰虹橋港。

已上江西漕艘所經江險。

又湖口縣曰黄茅潭，曰下石嘴。

彭澤縣曰峰山磯蘆課册名元字號，曰時家渡汛下謝家洲，曰芒子磯，曰仁磯石，曰尖山埡汛下護國洲，曰蝦蟆磯，曰芙蓉墩亦名得勝洲，曰黄土港口，曰鐵爐山汛，初名陞官口汛又名鍾子磯，曰張家港，曰稉菽港，曰永茂洲，曰小孤洑汛，曰澎浪磯，曰小孤磯又名小孤山，曰柏山洲，曰舵牙山，曰龜山，曰烽火磯汛，曰紅山下周家湖，曰梅家港，曰馬當鎮汛，曰馬當磯，曰筲子石，曰仰天池，曰新峰洲頭，曰攔排洲又名接源洲，曰盈窜洲，曰續生糧洲，曰余家洲一名大灣汛，曰再生洲，曰沙灣，曰金剛料汛一名中石嘴，曰永定洲即夜字號，曰縱定洲即奈字號，曰傍江洲即地字號，曰沙包頭汛，汛北係江南宿松縣洲地，曰王家廠外六股洲又名中生洲，曰陳中滏口又名陳君滏汛，曰柳林洲即小孤磯，曰泥頭嘴汛，曰鍋精潭，曰茅湖洲汛，曰王家灣，曰黄鱔溝，曰西河口魏家洑汛又名喻家洑，曰沙灣汛，曰炭洲，曰八綱滏雁來洲蘆課册名調字號，曰華陽鎮口。

已上江西、湖廣糧艘所經大江之險。

鄱陽縣曰鄱陽東汊祝磯泠，曰蔗灣潭，曰燈窩，曰馬沿，曰青魚嘴，曰龜山，曰周溪都邑所轄。

已上江西饒州、撫州漕艘所經鄱湖之險。

江南懷甯縣曰寶定洲，曰楊家拐，曰外新灘，曰上新河，曰高家嘴，曰張家港，曰大新磚，曰小新磚，曰沙博嘴一名沙帽洲，曰光洲汛，曰楠木廟，曰鹽店巷，曰横壩頭，曰鮑家巷，曰忠臣廟牌樓，曰桐安橋，曰小巷口，曰四眼井，曰沙井頭，曰操江廠即宣化廳柴家巷，曰育嬰堂，曰潘家磯，曰新馬頭，曰白水廟，曰徐家磯，曰大南門，曰社公廟，曰韓公祠，曰小南門，曰相公廟，曰龍王廟，曰弔橋，曰元壇廟，曰金定橋，曰東嶽廟，曰朱家坡，曰永濟橋，曰四宜亭，曰大士閣，曰迎江寺，曰鎮皖樓，曰戴入樓，曰八蜡廟，曰劉將軍廟，曰地藏庵，曰磨旗礅，曰新河口花園汛，曰王宣夾口汛，曰五里廟，曰桑園汛一名黄盆夾口，曰斷碑，曰謝家崖，曰迴龍庵，曰楊家哨，曰祝家嘴，曰前江溝，曰大池溝，曰對江懷新洲，曰鴨兒溝，曰大王廟，曰柘間灣，曰下新河。

已上江西、湖廣漕艘所經大江之險。

桐城縣險有最有次，曰蔡家窑汛，曰下埠頭汛，曰六百丈汛，曰老洲頭汛，曰大套口，曰汊路口，曰蟹子溝，曰邱家埠汛，曰殷家溝汛，曰吳家廠，曰石嘴頭汛，曰新開溝汛，曰魯家站，曰龍窩，曰七家磯，曰三江口汛，曰高殿磯，曰鐵板洲汛，曰包江嘴，曰拓家灣汛，曰還鳥洲，曰淡水洲，其最險也；曰灰河，曰五里橋，曰白沙洲，曰楊家溝，曰王家墳，曰竹絲窑，曰姚家港，曰乞溝，曰蒿子勒，曰麥濛，曰蓮花圩，曰黄邨圩，曰江家園，曰埽帚溝，曰新河口，曰將軍廟，曰羅塘洲，曰鳥落洲，曰劉家店，曰夾江，其次險也，江南之安慶衛與夫江西、湖廣漕艘向由貴池縣，遇風不及回舵則經桐城之險。

望江縣曰土嘴蓮花洲，曰路灌溝，曰劉李江，曰司家閣，曰雷港，曰華陽鎮，曰卞家套，曰黄家塅。

已上江西、湖廣漕艘所經大江之險。

貴池縣曰黄溢汛，曰攔江磯，曰下伍保，曰寶賽汛，曰寶賽磯，曰路龍磯，曰李陽汛，曰大子磯，曰烏龜磯，曰江家磯，曰黄公磯，曰涼傘磯，曰鮎魚磯，曰獅子磯，曰婆婆磯，曰忽生磯，曰馬踏磯，曰黄狗磯，曰烏沙夾汛，曰對江中夾口汛，曰冰凍灣汛，曰池口汛，曰東一保，曰婆婆磯汛，曰仙姑廟汛，曰受一保，曰郭港汛，曰武梁洲汛，曰赤山磯，曰梅梗汛，曰五埠汛，曰南岸汛。

已上江南之安慶衛與夫江西、湖廣漕艘所經江險。

銅陵縣曰大通鎮，曰龍王磯，曰王家沖口，曰鄧家溝，曰洋山磯，曰牛頭嘴，曰横港，曰雙港河，曰芭芒嘴，曰銅陵洲頭，曰赤山磯，曰馬石磯俗評埽把溝，曰縣河口，曰猫山口，曰夾河口，曰信付洲尾一名長山磯，曰油榨港，曰七窑口，曰丁家洲，曰老觀嘴，曰落蓬灣，曰紫沙洲，曰錢家灣，曰溝船溝，曰清水溝，曰張溝潭，曰紅楊樹，曰胭脂夾，曰荻港。

已上江南之新安衛、安慶衛，與夫江西、湖廣漕艘所經江險。

東流縣曰新漲沙洲即傳薪洲也，曰紫荆洲，曰響水磯，曰錢家灣，曰牛磯，曰張公磯，曰土磯，曰白石磯，曰新生洲，曰磨盤洲，曰抱兒石，曰沙子硬，曰東皇洲，曰烏石磯，曰稠林磯，曰蝦蟆磯，曰鱘魚嘴，曰港口，曰潘家磯，曰鰲石磯，曰新河口，曰蓮花洲，曰王家磯，曰三磯，曰二磯，曰祝家磯，曰上夾口，曰下夾口，曰攔牌洲，曰密水洲，曰吉陽洲，曰馬家磯，曰羅家洲，曰姚家洲，曰黄石磯，曰袁家洲，曰車水溝，曰小團洲，曰白沙洲，曰高家嘴，曰雁汊洲，曰諸民廠，曰渡船口，曰官場汛，曰葉家洲。

已上江西、湖廣漕艘所經江險。

無爲州曰石灰河，曰得勝洲，曰響水灣，曰青魚嘴，曰鷄心洲，曰成得洲頭，曰土橋營汛，曰土橋河，曰柳林，曰弔鍋灣，曰白神廟，曰宗三廟，曰成得洲尾，曰胡家溝營汛，曰胡家溝，曰李家墳頭，曰古家碾，曰鮑家橋，曰夏家腦，曰重興洲，曰施家墩，曰楊林洲，曰撫甯洲，曰文興洲，曰胥家壩，曰鱔魚口營汛，曰鱔魚口，曰王家渡，曰徐家龍窩，曰蔡家瀡潭，曰何家腦，曰沙嘴，曰烏鳳桐，曰連安洲，曰下撫甯洲，曰萬興洲，曰大陽洲，曰雪花洲，曰大興洲，曰還北洲，曰柴沙洲尾營汛，曰上雁墩州，曰何家龍潭，曰界横埂，曰程家溝，曰它龍洞，曰小湖溝，曰周家溝，曰霸王城，曰常河隴，曰程家口亦名程河口，曰尖刀嘴，曰洪家灘，曰又一號，曰普課洲，曰官洲，曰大官洲，曰玉帶洲，曰永隆洲，曰鯉魚套營汛，曰鯉魚套，曰石版洲，曰白魚池營汛，曰白魚池，曰渡路口，曰葉家廠，曰泥汊營汛，曰泥汊口，曰龍池滏，曰舊壩頭，曰薛家灣營汛，曰袁家廠，曰錢家龍窩，曰興龍巷，曰夾江廠，曰福甯洲，曰新沙包，曰竹絲墩，曰㴚港營汛，曰㴚港口，曰沙泥州，曰余家壩，曰長壩，曰三官殿，曰煙墩，曰老梗頭，曰下雁墩洲，曰門坎洲，曰五洲，曰外八洲，曰汪家壩，曰鄭家壩，曰吴三橋，曰板橋營汛，曰板橋，曰夏家洲，曰夏家龍窩，曰三江口，曰七洲，曰六洲，曰二壩，曰三府廠，曰老洲頭，曰新挖埃，曰石板洲，曰新洲夾營汛，曰大府廠，曰四合汛，曰成福廠，曰牛門溝汛，曰牛門河，曰玉廠，曰金廠，曰團洲，曰江東廠，曰郭廠，曰奧龍洲，曰新洲，曰沙灘，曰麥地，曰小新溝，曰過江埠，曰韓廠，曰磢磯，曰沙凹，曰上青沙坊，曰磢磯營汛，曰渡口，曰青沙坊，曰滄口，曰中路營汛，曰武家墳頭，曰夏家溝蚊子港，曰田家溝營汛，曰田家溝，曰蝦蟆磯，曰江家溜，曰復甯洲頭尾，曰白馬洲，曰七洲新漲沙灘，曰黄絲灘，曰鄂江嘴。

已上江南之安慶、新安、建陽等衛與夫江西、湖廣所經江險。

當塗縣曰四合山，曰東梁山，曰大信鎮，曰聞甘沙，曰青草溝，曰老埂頭，曰采石磯，曰采石上口，曰芝麻河，曰花藍[籃]套，曰采石下口，曰思賢港，曰和尚港，曰慈母磯，曰下烈山，曰普育洲，曰官錦洲，曰南生洲，曰鯽魚洲，曰慈母洲，曰神龍洲，曰長新洲，曰吴廠洲，曰馬廠洲，曰金廠洲，曰接生洲，曰連生洲，曰曹府洲，曰尚寶洲，曰徐廠，曰普濟洲，曰敲嘴洲，曰天界河，曰鷄鳴洲，曰團子洲。

已上江南之廬州、宣州、安慶、新安、建陽等衛，與夫江西、湖廣漕艘所經大江之險。

蕪湖縣曰澛港鎮，曰大王廟，曰海子港，曰大雙港，曰羅鼓墩，曰小雙港，曰三官殿，曰火帝廟，曰關帝廟，曰大關口，曰五顯殿，曰水府殿，曰礮臺，曰關門洲，曰陶家溝，曰弋磯，曰烏沙港，曰廣福磯，曰曹邨港，曰朱家港，曰希泥港，曰合山，曰磢磯。

已上江南之安慶、新安、宣州、建陽等衛，與夫江西、湖廣漕艘所經江險。

繁昌縣南岸曰板子磯，曰永豐洲，曰舊縣汛，曰迴龍磯，曰高安橋汛，曰三山磯，曰教化渡，曰官渡，曰滷港汛。其北岸曰隆興洲，曰高家磯，曰黑沙洲汛，曰三洲汊汛，曰龍王磯，曰糞箕滾，曰趙家埠，曰洋夾沙汛，曰三江口，曰楊家滾，曰螃蟹磯。

已上江南之安慶、新安等衛，與夫江西、湖廣漕艘所經江面之險。

和州曰裕溪汛，曰姜家窑，曰陡口河，曰張家溝，曰張家灣，曰陳橋洲，曰西梁山，曰司後塲，曰王塲，曰牛屯河口，曰董塲，曰夾江，曰姥下河口，曰聚龍洲，曰太陽河口，曰外草洲，曰汪草洲，曰大中洲，曰牛路，曰卓面洲，曰祁通洲，曰分水洲，曰鍼魚嘴，曰方洲，曰碎户洲，曰郭家陡門，曰江家灘洲，曰曹府洲，曰石破河，曰小曹府洲，曰至馬河，曰白沙洲。

江浦縣曰洲嘴汛口，曰夾口，曰扁埂。

已上江南之盧洲[州]、新安、宣州、安慶等衛，與夫江西、湖廣漕艘所經江險。

上元縣大江曰七里洲，曰孟家洲，曰草鞋夾，曰桃園，曰新洲尾，曰白沙灘，曰二府洲，曰石頭門，曰十三潭，曰跳板洲，曰菱角洲，曰中路洲，曰月牙洲，曰大灘頭，曰仁濟洲，曰小八卦，曰大八卦，曰泥灘洲，曰工洲，曰上口，曰中口，曰下口，曰傅家溝，曰陰陽衛，曰破風岡，曰李家岡，曰烏龍廟，曰周家山，曰草堂寺，曰九里埂，曰西莊，曰東莊，曰黄天蕩，曰朱家嘴，曰太平洲，曰四百畝，曰薛家圩，曰帶子洲，曰文字號，曰包家圩，曰瓦廟，曰九分塘，曰草洲圩，曰余家洲，曰陸家洲，曰斷腰，曰八卦圩，曰北江邊，曰汲水夾，曰大三港，曰小三港，曰三江口，曰東港，曰柏家閘，曰楊家溝，曰螺蛳溝，曰劉家山，曰雙溝河口，曰石橋，曰宣家閘。其夾江曰浮橋，曰花園，曰大北漾，曰小北漾，曰渡口，曰復成橋，曰層橋，曰臨山橋，曰團洲，曰梭洲，曰張擺渡，曰小灘圩，曰路子石，曰干河，曰永濟寺，曰燕子磯，曰上公尾，曰下公尾，曰巴斗山，曰下口，曰瓦渣灘。

已上江南之江淮、興武、廬州、安慶、新安、宣洲、建陽等衛，與夫江西、湖廣漕艘所經江險。

江甯縣曰烈山，曰白廟，曰仙人磯，曰江甯鎮河口，曰犢兒磯，曰三山磯，曰大勝關，曰雙閘，曰燈盞溝，曰上新河，曰菩提閣，曰老鴉夾，曰新江口，曰高埂頭，曰排灣，曰直江口，曰草鞋夾，曰大壽帶洲，曰小壽帶洲，曰裙邊洲，曰果盒洲，曰連珠洲，曰五段洲，曰三山洲，曰永興洲，曰白廟，曰白沙洲。

已上江南之建陽、新安、宣洲、廬州、安慶等衛，與夫江西、湖廣漕艘所經江險。

江浦縣曰扁埂頭，曰響水套汛，曰黄瓜隴汛，曰公子洲汛，曰西江汛，曰新江口汛，曰楊四廟汛，曰八字溝，[曰]浦子口汛，曰平山，曰寶塔灣，曰靠南江心新漲沙州。

已上江南之安慶衛與夫江西、湖廣漕艘所經江面之險。

六合縣曰窑灣保，曰狗頭磯，曰梅官營保，曰石陡門，曰馬家陡門，曰蔣山圩，曰急水溝，曰小草洲，曰三排洲，曰白沙洲，曰琵琶洲，曰扁擔洲，曰皇廠洲，曰麗子號洲，曰豬頭腦洲，曰駱家破圩洲，曰王家溝，曰草洲保，曰寺監洲，曰攔江洲，曰柳州保，曰通江集保，曰四灘洲，曰二套口，曰永興圩，曰玉帶洲，曰外沙洲，曰裏沙洲，曰大洲，曰龍袍洲，曰福龍洲，曰段腰口，曰帆山保，曰趙溝，曰東溝保，曰黄天蕩，曰清福洲。

已上安徽、江西、湖廣漕艘所經江險。

儀徵縣曰東溝，曰吴家洲，曰涼山嘴，曰龍山灣，曰石子溝頭，曰龍山灣，[曰]石子溝尾，曰青山營，曰丁家灘，曰青山口，曰興隆庵，曰和尚洲，曰小溝口，曰吴家洲灘，曰王家溝，曰蕭家溝，曰花蘆港，曰丁盤港洲灘，曰獨樹港洲，曰史家橋口灘，曰宋家洲灘，曰眉子街灘，曰新河口灘，曰大王廟灘，曰甘露庵灘，曰擺河口灘，曰紅草灘，曰沙漫洲，曰龍王廟，曰三廣灘，曰回龍洲，曰鯽魚套洲，曰鷄心洲灘，曰草庵，曰地藏庵，曰擺江口，曰接引庵，曰三棵柳，曰新圩埂，曰江灘一塊鐵鷂子，曰羅家洲灘，曰拖板橋灘，曰仙奶奶廟灘，曰文公祠，曰信順廠灘，曰田家橋灘，曰水月庵灘，曰淌水溝灘，曰江口，曰操江口，曰新圩埂，曰廣濟庵北新洲尾灘，曰破花園，曰獨樹，曰破圩，曰福德洲灘，曰啞叭洲，曰鲍莊，曰老虎頸，曰補沙洲，曰慈迎庵，曰鐵定港，曰喇沓口，曰西馬橋，曰福德洲尾灘，曰黄連港，曰三條港，曰侯莊墩，曰魚家嘴，曰徵人洲，曰土橋，曰烏魚洲，曰紅茅灘，曰鱉殼洲，曰何家港，曰衛莊一名堂莊洲，曰樊家嘴，曰卞家窩，曰顧家新灘，曰沙港，曰何家港墩，曰軍橋界牌灘，曰義莊灘。

已上江南之興武、江淮、盧州、建陽、新安、宣州、安慶等衛與夫江西、湖廣漕艘所經江險。

江都縣曰花園港，曰陶家莊，曰殷家莊，曰江安壩，曰迴瀾壩改名鐵牛灣，曰查子港，曰新港汛，曰大觀樓，曰佛感洲，曰大礮臺汛，曰新港口。

已上江南之揚州、鎮江、泗州、長淮、鳳中、常州、鳳陽、江淮、興武，又蘇州、松江、鎮海、廬州、淮安、金山與夫浙江糧艘所經江險。

丹徒縣曰天甯洲，曰邊新洲，曰天補洲，曰徵人洲，曰還青州［洲］，曰連青洲，曰青沙洲，曰世業洲，曰高資港，曰炭渚港，曰永固洲，曰永固邊，曰補業洲，曰釣魚臺。

已上各險在南岸。江面甚廣，船不近南，儻南風發，下流則險爲所經。

上海及華亭、南匯等縣曰馬頭渡，曰董家渡，曰致思庵，曰老白渡，曰大東門馬頭，曰楊家渡，曰永濟渡，曰泉漳會館，曰陸家渡，曰小東門馬頭，曰海關前，曰天后宮，曰虹口渡，曰爛泥渡，曰玲瓏壩，曰教場灣，曰洋涇浜陸家嘴，曰吴淞江口，曰老閘，曰新閘，曰迎禧庵，曰小沙渡，曰曹家渡，曰張家行渡，曰東灣，曰大壩墓，曰野鷄墩，曰三林塘，曰周浦塘。若南行，則所歷曰華涇港，曰車溝，曰俞塘港，曰太平港，曰吴沖涇，曰塘子涇，曰姚家港，曰蔣家港，曰六道浜，曰新廟港，曰朱家浜，曰長浜，曰舟四港，曰姚港，曰嬰竇河，曰淡水河，曰徐筒港，曰廟涇，曰横涇，曰母子涇，曰六曲河，曰夾溝，曰閔行，曰鄒家寺，曰竹岡，曰新河沙岡，曰巨曹港，曰薛家浜，曰彭家港，曰河涇，曰顧王浜，曰斜涇，曰語兒涇，曰小閘港，曰長橋，曰張家塘，曰姚涇港，曰湯家浜，曰龍華嘴，曰百步橋，曰鄒家嘴，曰石灰港，曰薛家浜，曰王家渡，曰夏家嘴，曰蔓笠渡，曰高昌渡，曰范家浜，曰沈莊塘，曰王家浜，曰鹽鐵塘，曰閘港口，曰金匯塘，曰王交浜，曰白廟港，曰紫岡一名南横涇，曰夾溝，曰南竹岡，曰南沙岡，曰巨曹涇，曰千步涇。

山陽縣曰戴家灣，曰涇河閘，曰楊家廟，曰北角樓，曰湖嘴，曰板閘。

江南宿遷縣曰皂河大王廟，曰探處，曰支河口，此三處最險，曰利運閘座，曰閘上越河頭，此最險，曰閘下越河尾，曰丁家莊，曰廟灣頭，曰亨濟閘座，曰閘下越河尾，此最險，曰陸家墩，曰邳州，曰河清閘座，曰越河頭尾，曰河定閘座，此最險，曰越河頭尾，曰沙家口，曰徐塘口，曰河成閘座，此最險，曰越河頭尾，曰潘家河口，曰彭家河口，曰三岔河，曰竹簍壩。

沛縣曰王家口，曰王家水，曰涵洞，曰邢家堂水百子堂，曰珠梅閘俗呼宋家閘，曰閘上越河頭，曰閘下閘窩，曰閘下越河尾，曰新莊，曰蘇家水口，曰白家水口，曰沙礓口，曰鮎魚涎水口，曰常家口，曰陶陽寺，曰裴家口，曰大王廟，曰三河口，曰舊月口，曰高土地廟，曰楊莊閘，曰閘上越河頭，曰閘下閘窩，曰閘下越河尾，曰菜市口，曰炭市口，曰整堤橋，曰鬼王廟，曰南門馬頭，曰卧佛寺，曰三官閣，曰夏鎮上城河橋，曰夏鎮閘，曰閘上越河頭，曰閘下閘窩，曰閘下越河尾，曰夏鎮城下城河橋，曰華祖閣，曰泰山廟俗評鐵旗杆，曰吕壩俗評南壩，曰民便廢閘，曰柳園頭，曰寨子上涵洞，曰寨子邨，曰寨子下涵洞，曰雙碑，曰劉昌莊。

三洲縣之河道最險者凡七，餘平且緩，然水漲溜急，則險亦如之。

山東魚臺縣東岸曰傅家水口，曰徐家南水口，曰徐家北水口，曰滿家南水口，曰滿家中水口，曰滿家北水口，曰王家水口，曰張家水口，曰鳳凰嘴，曰馬家水口，曰孟家水口，曰廟王廟，曰尤家水口，曰石家水口，曰邱家水口，曰邢莊閘口，曰邢莊水口，曰姚家水口，曰利建水口，曰利建閘上越河頭，[曰]閘下閘窩，曰閘上[下]越河尾，曰趙家莊，曰趙家水口，曰五聖堂，曰馬家水口，曰南陽鎮，曰南陽閘上越河頭，曰閘下閘窩，曰閘下越河尾兩岸，曰皮家壩，曰辛莊橋滚水壩又名十空橋，曰徐家下單閘，曰徐家營房，曰徐家上單閘，曰滿家單閘，曰土地廟，曰滿家三空橋，曰王家單閘，曰邵家單閘，曰石家單閘，曰邱家大壩，曰邱家單閘，曰觀音堂，曰橋頭店單閘又名邱家閘，曰田家單閘，曰馬家三空橋，曰利建單閘，曰利建營房，曰趙家單閘又名七里單閘，曰五里單閘，曰文公祠，曰正覺寺。

濟甯州東岸曰新挑河，曰磨鐮溝亦名小鐮溝，曰棗林閘上越河頭，曰閘下閘窩，曰閘下越河尾，曰吴家溝，曰高堤頭，曰魯橋莊，曰泗河口，曰沙洲寺，曰魯橋涵洞，曰師莊閘上越河頭，曰閘下閘窩，曰閘下越河尾，曰黄家場，曰仲淺閘上越河頭，曰閘下閘窩，曰閘下越河尾，曰火神廟，曰新閘上越河頭，曰閘下閘窩，曰閘下越河尾，曰新店涵洞。下四里灣曰新店閘上越河頭，曰閘下閘窩，曰閘下越河尾，曰上四里灣，曰花家淺，曰長灣，曰杜家灣，曰韓家灣，曰賈家灣，曰石佛閘上越河頭，曰閘下閘窩，曰閘下越河尾，曰大龍灣，曰小龍灣，曰雙窑頭，曰大王廟，曰越郙閘上越河頭，曰閘下閘窩，曰閘下越河尾，曰府君廟，曰新挑口，曰太平街口，曰通心橋，曰在城閘又名小閘，曰二鋪頭，曰天井閘又名大閘，曰南門橋，曰南橋，曰會通橋。其西岸曰白土灣，曰小新莊，曰撥夫口，曰金家火巷，曰仁和巷，曰王棚灣，曰濟安橋。濟甯衛東岸曰五里營，曰二里半，曰十里斗門又名十里閘，曰安居斗門，曰安居莊，曰永通閘又名耐勞坡閘，曰汪家路口，曰曹井橋。

鉅野縣曰通濟閘，又名裏所頭灣，其東岸曰牛所鋪，曰民便閘，曰白嘴灣，曰翟家路口，曰利水閘，曰朱家河灘，曰石羊鋪，曰伊家路口，曰小長溝；其西岸曰通濟閘，曰止步山，曰小橋口，曰大壩，曰楊家河灘，曰宗家坑。

嘉祥縣東岸曰李家樓，曰吴家坑，曰舊金線閘，曰娘娘廟，曰寺前閘，曰利運閘，曰鐵心壩，曰觀音嘴。其西岸曰大長溝，曰大王廟，曰趙家埸十河，曰涵洞，曰單閘，曰關帝廟，曰太平莊，曰小元帝廟，曰大元帝廟，曰丁家灣。

汶上縣東岸曰南旺下閘又名柳林閘，曰金錢閘，曰沙山分水口，曰沙口，曰南旺上閘又名十里閘，曰五里鋪，曰新河頭，曰東西灣，曰開河閘，曰洪仁閘，曰劉老口，曰石頭口。其西岸曰焦鸞斗門，曰盛進斗門，曰張金斗門，曰劉賢斗門，曰孫强斗門，曰彭石斗門，曰邢通斗門，曰常鳴斗門，曰關家閘，曰五里閘，曰甘公碑，曰老鶴巷，曰南大寺，曰板市，曰開河閘，曰北大寺，曰朱家灣，曰豆腐營，曰茶棚，曰糞廠，曰袁口閘上越河頭，曰閘下閘窩，曰閘下越河尾，曰防河口，曰侯家口，曰王老口，曰竇家口，曰張老口，曰馬老人灣。

滕縣曰修永閘俗評松洛閘，内係泉河，有灰溝橋，曰乾溝，曰雙減閘，曰西灣邨，曰彭口十字河，曰營河，曰公館，曰种家渡口，曰斷堤口，曰舊十字河俗訶三空橋，曰彭口大王廟，曰漸家口，曰彭口大閘俗訶新閘，曰閘上越河頭，曰閘下閘窩，曰閘下越河尾，曰王家水口，曰蔣家集，曰黃埠莊俗訶三娘娘廟，曰潘家渡口即官堤頭，曰三里溝，曰郗山邨，曰三里減閘，曰張阿渡口，曰張阿上涵洞，曰張阿下涵洞，曰黃家汪，曰馬令工減閘，曰朱姬莊減閘，曰朱姬莊，曰華家渡，曰吴家橋。此六州縣之衛河道，非伏秋不險也，漲則坡水匯河，開越河以洩水，其頭以掣而吸，其尾以瀉而衝，閘門溜促，漕艘益危。

嶧縣曰葛墟店，曰官路口，曰劉家口，曰韓莊閘，曰閘上越河頭，曰閘下閘窩，曰閘下越河尾，曰滾水壩，曰望湖亭，曰觀音堂，曰乾溝口，曰八里溝，曰九里溝，曰十里溝一名龐家渡，曰十一里溝，曰辨心洲橋，曰頭調灣，曰鷄心溝，曰二調灣，曰鷄爪溝，曰三調灣，曰疊路口，曰德勝橋，曰牛山泉，曰德勝閘亦名新閘，曰閘上越河頭，曰閘下閘窩，曰閘下越河尾，曰三里溝，曰大塌發崖，曰小塌發崖，曰趙家溝，曰六里石閘，曰閘上越河頭，曰閘下閘窩，曰閘下越河尾，曰四里溝，曰埝工頭，曰一里溝，曰巨梁橋，曰張莊閘，曰閘下閘窩，曰閘下越河尾，曰王家溝，曰張家林亦名三里莊，曰小三灣，曰舊牛三泉，曰磨盤嘴，曰萬年閘，曰閘上越河頭，曰閘下閘窩，曰閘下越河尾，曰對溝，曰萬年倉，曰劉家溝，曰龍王泉，曰嵇家溝，曰花石廠，曰賈家溝，曰蔣家溝，曰丁廟閘，曰閘上越河頭，曰閘下閘窩，曰閘下越河尾，曰馮家莊，曰孫家莊，曰彭家莊，曰榆樹溝，曰黃家河，曰金溝，曰鍼溝，曰頓莊閘，曰閘上越河頭，曰閘下閘窩，曰閘下越河尾，曰孟家溝，曰張家溝，曰李家溝，曰龍家溝，曰大泛口，曰塌發崖，曰朱家橋，曰侯遷閘，曰閘上越河頭，曰閘下閘窩，曰閘下越河尾，曰石灰窑，曰高廟，曰馬家溝閻家淺，曰楊家橋，曰長灣頭，曰馬家灣，曰屠家莊，曰龍王廟，曰西可風橋，曰東可風橋，曰當典後，曰臺莊閘上越河頭，曰閘下閘窩，曰閘下越河尾，曰青龍橋，曰乾石橋，曰高堤頭，曰王家莊，曰黄林莊堡樓，已上閘勢建瓴湍急，故險。

聊城縣曰周家店閘上越河頭，曰閘下閘窩，曰閘下越河尾，曰李海務閘上越河頭，曰閘下閘窩，曰閘下越河尾，曰南龍灣東岸滚水壩，曰二空橋，曰通濟橋閘上越河頭，曰閘下閘窩，曰閘下越河尾，曰永通閘上越河頭，曰閘下閘窩，曰閘下越河尾。

堂邑、博平二縣分屬兩岸，曰梁家鄉閘上越河頭，曰閘下閘窩，曰閘下越河尾，曰土橋閘上越河頭，曰閘下閘窩，曰閘下越河尾，曰魏家灣滚水壩。

清平縣曰戴家灣閘上越河頭，曰閘下閘窩，曰閘下越河尾，此四縣越河閘門以洩險漲。

臨清州曰板閘外鉗口壩，汶、衛二水交流之區，衛水漲時倒漾而險倍之。

清河縣曰裏河清、江正越閘二，曰壩子口，曰西灘海神廟，曰鳳陽廠，曰二井汛，曰直隸廠，曰老二閘，曰茶庵，曰新莊鎮，曰高阪頭，曰新河尾草壩，曰福興正越閘二，曰通濟正越閘二俗名二閘，曰張大王廟壩，曰惠濟正越閘二即天妃閘也，曰北裏頭，曰馬頭鎮頭二三草壩，曰新二壩，曰鉗口草壩龍亭，曰張家莊，曰卞家汪，曰風神廟，曰惠濟廟，曰關帝廟，曰龐家灣，曰禦黄東西壩，曰老堤頭，曰彭家馬頭，曰王家莊，曰周家莊，曰孫家馬頭，曰小錢莊，曰蔣家場，曰李家莊，曰新工張家莊，曰楊家莊頭二三草壩，曰鹽河閘鉗口壩，曰中河徐家渡，曰中河王家莊，曰雙金閘，曰豆瓣集，曰吴城汛，曰二堡，曰五壩桃園山岔，曰老子山，曰洪澤灘，曰高家嘴，曰帥家莊，曰新御壩。

凡此江南、浙江、江西、湖廣糧舟所經之河，非無險矣，雖然，海運可恃而不可恃也，折色既難足食，瀛車又未通運，河漕之險，顧可忽哉！

順天漕運

《禹貢》言揚州貢賦沿海達淮，此即海運之濫觴。秦輓粟於負海之郡轉輸北河，謂爲轉漕北河之始則可，謂爲海運之始則不可。

先是郡縣自運，其設專官昉于唐開元轉運使，然《漢·朱博傳》護漕都尉雖殊領漕，亦其綿蕞。海運官始唐之幽州節度河北海運使，宋前漕運以民，元始軍運，明軍民遞運曰支運，軍民交兑曰兑運，後改長運。我朝官收軍兑，河海竝漕，變通有章，剔弊有法，而漕自東南者罔弗由通州石、土二壩進，可弗述與？志順天漕運。

漕糧由通州運京倉者曰正兑，運通州倉者曰改兑。凡正糧一石，正兑加耗二斗五升，改兑則一斗七升。

運漕之省九，通州其關鍵也，故取通漕誼以氏州鄭元慶《小谷口薈蕞》：潞縣，金爲通州，取漕運通濟義。

歲入漕額，山東、河南之粟、麥、豆，江蘇、安徽之粳、穤、秈、稜、粟，浙江之粳、穤、秈，江西、湖北、湖南之稜，奉天之粟、豆，凡四百五十餘萬石。同治四年以兵燹永減漕額：江蘇之蘇州、松江、太倉減三之一，常州、鎮江減十之一，浙江之杭州、嘉興、湖州減三十之八按《漕運會典》、《户部則例》、楊勤愨《漕運則例纂》互異，然光緒二年《欽定漕運全書》以道光九年額漕爲準，本色之改征有永折按《漕運全書》，永折漕糧價銀入地丁奏銷，有暫折《户部議單舊本》：漕糧例不改折，被災地准暫折解。折征濟兵餉自咸豐始《漕運全書》：咸豐初軍務，東南各省不能起運本色，議征折色，以折征銀濟外省餉，並分解部庫支放俸甲折銀，今添立變通折征目，其民完折色官爲辦運者，仍纂入征收漕運：一、咸豐三年漕糧河粳，據江西、湖南、湖北、安徽奏遵部議，但計正耗米一石四斗，不計貼運，由官折解其價，以例載京倉折給數爲準：稜米一石折銀一兩三錢，粳米一石折銀一兩四錢。一、據兩江總督奏請照江廣折解之議，户部奏准，與安徽省一律易米，解銀由官糶變，每石折銀一兩三錢，粳米一兩四錢，粟米一兩二錢，白糧：江南正米六萬九千二十五石，耗米二百七十七石五斗，浙江正米二萬九千九百七十五斗，耗米一萬三千四百八十八石七斗五升。白糧經費：江南二十三萬五千八百五十八兩有奇，内有解通州由閘銀五千五百五十五兩七錢六分，浙江七萬六千六百九十一兩有奇，内有由閘銀五千四十兩，石壩銀三百六十兩三錢六分，由閘車夫銀二千四百七兩四錢一分六釐，由閘路費銀五兩五分五釐據《漕運全書》。

又曰經齎銀，沿明制也詳《明・食貨志》：山東萬五千七百餘兩，河南九千三百一十餘兩，江南十七萬一百四十六兩，易米銀九百八十三兩有奇，浙江十萬八千兩有奇，易米銀三百兩，江西六萬三千二百十兩有奇，易米銀千五百十兩有奇，湖北萬六千九百二十兩有奇，湖南萬七千五百十九兩有奇按《議單舊本》：山東正米一石耗米四斗一升，除二斗五升，隨船一斗六升，每斗折銀五分，謂之一六經齎，河南亦謂一六經齎，江南謂二六經齎，浙江、江西、湖廣謂三六經齎，皆計折銀耗米斗升。

隨漕征木，備倉廒用也。凡正米二千石征楞木一、松板九，向解京糧廳。順治十五年，京糧廳裁改歸大通橋收納，大通橋倘存多恐朽，或照時變價，或新運改折，一二年再收本色《議單舊本》、《漕運全書》每船征毛竹八，後減四，給直，爲京運倉編造氣筒之用。此漕運至通州正雜常數也。

通州交漕，舊以米四升裝袋二，印封解倉場驗收。康熙五十四年題定水次兑糧，每船裝米一石，糧道驗封，到淮總督拆驗加封，抵通州倉場率坐糧廳驗符則受樣米作正據《漕運全書》。又云各省帶征糧入傳單粘籤，注明『抵通交兑』。豫省征糧較多，乾隆五十三年始將豫省搭運米石由糧道給照。山東、河南運通州粟米内年撥五萬七千石改運薊州備用，乾隆三十年奏停運薊，改征折色，諭毋庸改折，仍兑本色存貯水次爲常平之用《漕運全書》：山東改折薊糧一半，米二萬八千五百石仍征本色，其停運薊糧船例汰。密雲駐防官兵在豫、東二省征存薊糧，撥運米二萬三千石，每年三四月赴通州領運，閏不添撥，此乾隆四十五年定章也，四十六年令添百石備耗。六十年議良鄉、霸州、昌平、東安、順義、大興之采育等處駐防兵米，自嘉慶元年始於薊糧内動撥隨征供運天津、通州水次，令良鄉、昌平、順義、大興領自通州，霸州、東安、領自天津，其駐防官俸米每石折給銀一兩，嘉慶八年議於東、豫二省分運薊糧撥支，自九年始。固安、寶坻駐防兵米歲需各千一百五十石，先是領價採買，嘉慶三年奏依良鄉等處例於餘剩薊糧撥給，固安兑自天津，寶坻兑自北運河水次據《漕運全書》、《會典事例》百六十四，此即明空運意也詳《前代漕運考》。

河漕之道以通惠河爲會歸，以北運河爲總匯。山東、河南、淮北而外，以揚州之河爲襟喉，浙西由瓜州達揚，湖廣、江西上江由儀徵達揚，至淮安渡黄入閘河。咸豐五年黄河北徙，運道至張秋渡黄，過臨清入衛河，至天津入北運河，二百八十里有奇至順天府通州，又逕普濟、平津、慶豐閘達大通橋，曰通惠河。道光五年前漕于河，江蘇至五年試海漕，六年、二十八年、咸豐元年、二年，皆海漕，餘仍同。浙江等七省漕自河，三年後江蘇、浙江漕自海，湖南北、江西、安徽皆停，山東、河南仍漕於河。

漕官在順天府竟者，總督倉場户部侍郎滿漢各一據通州高《志》，初坿部理事，順治十五年治崇文門外，出巡駐通州，凡行省糧道，沿河文武有漕運責者屬之。春巡五閘河道石、土兩壩，經紀車户撥船布袋據《議單舊本》、《漕運全書》。雍正三年定章：石壩外河水勢深淺五日一以聞《户部册》，大通橋護城暨石、土兩壩裏河各閘凡應修建，咨户工二部會勘據《議單舊本》，坐糧廳滿漢各一駐通州《通州册》，初差户部漢司官一，康熙二年增滿司官一，二十六年題各部院官員均舉差遣，一年爲期。三十三年改以三年，雍正元年題定二年，永爲例。初通惠河分司征收木税，專司收五閘浚潞河，康熙三十九年併入坐糧廳，照潘桃口例作爲小差。大通橋監督初置漢員一，康熙二年增滿員一，四十一年裁，四十七年復設，一年更代。大運西倉及大運中倉監督滿漢各一，漕運通判一，初自天津至通州河路坐糧廳管修，雍正二年增通判一，駐張家灣專司疏濬，有把總二、外委四聽用。乾隆二年增主簿一，吏目一，司濬裏河，旋裁，責之坐糧廳據《漕運全書》。

土壩通州州同一通州高《志》。初通州郝家鋪以南温家莊以北河程二十里無文職管汛，乾隆九年令通州州同管理，會武弁協催漕船據《漕運全書》。石壩通州州判一據州判李炳《石壩須知序》，通流閘閘官一，慶豐閘閘官一。初通州巡視北漕御史一，順治初置，康熙七年裁，雍正七年復設二，乾隆二年以其一移駐天津據《漕運全書》。十七年諭：『巡視通州漕務向例止差科道一人專司催督漕運，而倉場事務則概不與聞。但通倉積弊甚多，現派大臣盤驗，著增差科道四人前往巡視漕務，凡收兑新漕、支發倉米，皆著就近稽察。至在京各倉，雖經委有專員，亦著一同留心稽察，務期諸弊肅清，以副委任。』二十三年通州巡漕御史四，以其一輪駐楊邨，尋奏通州巡漕四員，内分滿漢各一，駐楊邨料理撥船挑濬，其天津巡漕御史一裁汰，二十四年停楊邨巡漕御史據《會典事例》七百七十一。二十六年奏通州巡漕御史二員，一移天津，一留通州據《漕運全書》。嘉慶六年鑄給通州巡漕御史關防據《會典事例》七百七十一，道光三年裁高《志》。石壩書吏十九，小寫四，軍糧經紀百，白糧經紀二十五分隸土壩。初置外河船户二十，康熙三十九年裁入白糧經紀。五閘軍糧水脚向置百四，内石壩裏河二十六，雍正五年裁厥役，歸併運糧經紀，存普濟閘平下閘各二十六，平上閘、慶豐閘各十有三，凡七十有八。又四閘白糧水脚各二凡八據《漕運全書》，五閘船頭百二十五，代役如船頭數據高《志》。土壩書吏四，車户向置五十，康熙二十五年裁二十五，雍正十年裁五，凡車户二十。

初外河置土壩船户十五，康熙三十九年裁厥役歸併車户據《漕運單册》。通流閘閘夫四十有二，慶豐閘閘夫八十高《志》。大通橋初設軍糧車户二十有八，水脚十有三，雍正十年增車户四。舊有白糧車户十三，水脚二，雍正十年裁，應運白糧歸併軍糧車户水脚，又官車二百，牲口八百。嘉慶六七年間改雇長車百，十四年議長車百二十，令車户添雇或三四十或五六十，漕白船凡六千三百二十有六，此道光九年數也，内有通州備船二十二，十六年至咸豐二年裁十三船，截撥兵米之船，密雲以德州等十幫，固安、寶坻以通州、天津二幫，北運河糧船有短縴夫。乾隆三十年議楊邨至通州里給錢二。通州、香河、武清與天津等縣巡杜勒索，雨濬夫少，聽弁丁自增錢，以四文爲斷。它船有禁有讓。

康熙三十五年，通州大通橋河道奉旨准令民船貿易行走，若遇糧船緊急之時，貿易小船暫行禁止。乾隆十三年議『河西楊邨二驛河狹流逆，銅船木筏聽與漕船並進，二驛以南例讓』，十五年議『楊柳青一驛亦如之』據《漕運全書》。

外河撥船集楊邨者新舊二千五百按：撥船之『撥』一作『剥』，然考《説文》，『撥』訓『治』，《公羊傳·十四年》『撥亂及正』，是『撥』有『轉』誼，增韵轉之也。《漢·司馬遷傳》：秦『撥去古文』，是『撥』有『除』誼。『撥船』云者，轉軍船所除之糧也。當依《欽定漕運全書》作『撥』爲是。『剥』，説文訓『裂』，誼少隔。初設撥漕，至通州紅撥船三百各給地十頃免科據《漕運全書》，嗣於通州、武清等五州縣設船六百，船軍如船數，每米百石，旗丁給飯米五斗。船軍盜米，州縣憚於比追據《穆堂初稿》，按《穆堂初稿》『泓撥船』即《漕運全書》『紅撥船』。康熙三十九年改征，由各省道庫給如數，四十六年題定將紅撥銀按抵通州船數，就近於通濟庫支給，倉場奏銷，自是楊邨有撥船二千。乾隆四十八年議將百石以上至四百石以下民船年定千五百，豫、東二省漕船雇自民者三百有奇，至通州即留備南糧起撥。

五十年，二省漕米截留楊邨船僅七百餘，上年暫貯北倉之米當轉運至橋，撥船不敷周轉，將天津以南船趨至楊邨，其楊邨以北臨河州縣應備之船責通永道察催，惟自官封民船，商鹽艱於輓運。乾隆五十年，長蘆商人願捐銀三十萬以造撥船，先借庫款，按引十年歸數，報可，諭令湖廣、江西分造凡千二百，分交沿河十八州縣。其隸順天府者有通州、武清、香河、文安、大城、霸州，其船船户各一，舵工四五，暇則聽船户以船營生，四月以後禁船遠行。

其撥運漕糧，通州至楊邨給食米一石二斗，錢給舊制六千文之半。五十一年添造撥船三百，明年與原船於楊邨輪撥據《漕運全書》、《會典事例》七百六、《户部册》，尋以一百作天津銅鉛撥船。其楊邨漕糧船千四百，嘉慶五年改歸南北運河通州等十一州縣分管。六年，直隸總督陳大文奏：『通州武清縣各管撥船四百，餘六百交天津縣，起撥時仍責楊邨通判彈壓修艌，銀兩改由通州、武清與天津縣隨天津道發修。』據直隸總督陳大文等議十二年，直隸總督温承惠以三州縣照料難周，奏仍令沿河十八州縣經管。十五年楊邨官撥外，民撥僅百餘船，又雇船二百餘，一軍二撥，行抵通州姜家場流水溝，距壩不遠，以子歸母，惟南糧楊邨寄撥三十萬石，通壩起卸不速，在前之撥船未回，在後之軍船須撥，直隸總督奏借山東官撥船三百到楊邨後優給，以速回空。

十六年諭：『直隸楊邨額設官剥船一千五百隻，地方官漫不經心，僅交船户水手看守駛駕，往往無所顧惜，遇有損壞並不隨時修艌，久之竟屬有名無實，迨至船隻不敷撥運，臨期則封顧「雇」民船備用。封顧之弊非船少居奇，苦累旗丁，即豫封守候，擾累船户，種種掣肘，皆承辦各官經理不善之故。今既據該督奏請添造官剥船一千隻，著准其添造。所有籌議款項均著照原奏辦理。第此次剥船成造以後，必須嚴定章程以專責守，如有損壞，作何議處之處，即著該督嚴定處分據奏。如所議尚輕豫爲屬員地步，定當另行覈辦不能依議也。嗣後每年朕當派京堂前往密驗，若仍不實力經管，致有短缺損壞等事，必當從重懲辦！』《會典事例》七百六

十八年諭：『據温承惠奏「運河淤淺處所現已派委道員督率夫役挑挖。其軍船起撥米石

向來撥運南糧起六存四，官撥船外添雇民船一千餘隻，尚不敷用，今全數起撥。此時首幫甫抵楊邨，所備撥船儘敷撥用，若後幫船隻連檣而至，即恐撥船不敷。俟水勢充裕，軍船可以行駛抵壩，請照舊仍令軍船存留四成到壩起卸」等語。現在運河一帶節節淤淺，軍船即起七存三，仍虞阻滯，自不能不多籌撥船全數撥運，其後幫船隻既據該督奏稱「北運河淺阻之處，業已遴委道員等相機刮挖，並築壩蓄水，以資浮送」，此後糧艘銜尾而來，該督惟當盡力籌備撥船，期於輪轉不致匱乏。一俟水勢增長，河路通暢，糧艘自仍遵照舊例抵壩起卸，撥船即行遞減可也。』

先是十六年，直隸總督奏增撥船千，江西、湖北、湖南排造，十七、十八兩年驗收。霸州河路無多，免其分管，通州、武清、香河、文安、大城及天津府屬天津等凡十七州縣印領，起十年保固限，自是歲以三月修艌，齊集楊邨，停雇民船輪撥，專委楊邨通判，關務同知不與焉。凡米萬石，以舊六新四爲率，撥船自楊邨至通州較漕船爲速。回空不得逾五日，責成通永道嚴催。

乾隆五十年，漕船在後之松江白糧七幫，與在前入北河之甯波前三幫撥船迎卸，緣距通州水路十八里之江家廠有淺灣一，水勢漸落，回空南下纔容一舟，若撥船同時北上，兩避易稽。其陸路距通不過數里，轉運入倉與壩上露囤之米等，即將在前之興武三、江淮八兩幫撥船暫在江家廠水次起卸露囤，速於輪撥，而軍船得銜尾南下。此後各幫撥船以次上壩據《漕運全書》，此又權宜之可徵者。

催漕快船三十有二《漕運全書》：快船三十，二十年造一次。初通州外河撥船石壩四十、土壩三十船給價銀百四十兩，康熙三十九年裁。又石壩白糧經紀、土壩車户，自備外河弔載撥船各一，今廢其裏河撥船按：通惠河俗訶裏河。石壩經紀運米撥船一百，内分石壩二十有四，普濟閘二十，平津下閘十五，平津上閘二十有二，慶豐閘十有九，又白糧經紀運米撥船二十五，分撥五閘船各五。先是土壩車户運米撥船二十有五，雍正十二年裁五，又白糧經紀自備撥船五，例不支排造銀兩，今則土壩之撥船竝廢據《漕運全書》、高《志》。

大通橋至朝陽門護城河撥船二十有八，朝陽門至東直門護城河撥船十有四，康熙三十七年設，四十七年將東直門撥船十四改于會清河運本裕倉漕米，雍正三年改陸運，船裁。四年萬安倉建設，東門濬護城河，復給八船料價，改造十有四。八年萬安倉運道修石路，仍改車運，將船於朝陽門橋内濟運據《漕運議單》，竝限十年一造。乾隆十五年，五閘撥船改十五年排造一次，二十五年復十年限，或十運尚固，展限一年。五閘經紀各有代役一名，曰『船頭』，舊由自募，乾隆五年奏令通州、大興募良民充當五閘船頭百二十有五，歲於經紀脚價給工食銀三十五兩據《漕運全書》。

通州納漕以小口鐵斛。先是康熙四十四年諭鑄造鐵斛，鑄升底面一律平準。乾隆八年改鑄小口斛《漕運全書》：糧斛口大邊闊易滋浮溢，乾隆八年題准另鑄小口鐵斛頒發有漕各省併倉場一律遵用，大口斛繳銷鋪廒，打捲抱籌擡解。京倉名曰花户，通倉名曰甲斗。石壩米袋例於糧船未到發價，令經紀置十八萬，土壩車户置四萬。雍正四年因脚價無多，於石壩袋借一二萬，運竣還之石壩《漕運全書》：通壩口袋歲製十八萬，橋有積壓參橋監督、倉有積壓參倉監督，均無弊，每日起卸不及三萬石是口袋缺額，參坐糧廳。裏河存袋處曰石壩下袋廠，大通橋旁曰上袋廠，外河存袋處曰土壩下袋廠據通州高《志》。

漕至通州有定限：山東、河南三月一日，江北四月一日，河[江]南五月一日，浙江、江西、湖廣六月一日。船到通州完糧以九十日爲期，逾則干議。漕艘之自通州回空，康熙四年定限不出十日，限單給自倉場。乾隆二十六年運薊船凍阻甯河縣之新河，請將起運新糧募船北上運薊，空船敲冰南下，聽其修艌。嘉慶十五年糧船到通州過遲，倉場侍郎奏石壩暫囤米三十萬石，楊郵寄撥米三十萬石，俟軍船回空，九月霜降日至十月二十五日小雪前起運進京，通倉擬貯米四十萬石，速回空也據《漕運全書》。此其變例據《穆堂初稿·請截漕遞運劄子》。

旗丁餘米例聽沿途售賣資轉運費，惟通州爲卸米地，則售賣有禁。乾隆二十三年諭：『各省糧船抵通，除交倉全完外，所餘食米俱由坐糧廳衙門給與照票，俟回空時於天津一帶沿途售賣，而通州水次則例應嚴禁私糶，蓋因通倉爲兑米之地，恐夾雜影射，致滋弊端。若漕米均已不致掛欠，其餘剩食米自可聽其在通出糶，不必過爲苛禁。在各運丁等即可免領照驗票之煩，而通州米石充裕，於京師民食亦屬有益。』厥後吏胥假借爲奸，反以沿途售賣爲違禁藉詞，需索私鬻實如，故特多陋規，米價日昂。御史劉湄奏申明舊例，弊少革據《紀文達集·都察院左副都御史岸淮劉公墓誌銘》。嘉慶四年，江西、江蘇、安徽奏革通州納漕陋規。五年諭：『聞通州北壩等處奸役盤剥，旗丁交米勒索使費，現在剔除漕弊，轉瞬新漕抵通，届期朕必特派大臣侍衛稽察，並派人密訪，倘有前弊，惟達慶、鄒炳泰是問。』是年湖北、湖南奏革通州納漕陋規據《漕運全書》。此皆河運也。

海運始道光五年初。嘉慶八年，給事中蕭芝奏請海運，浙江巡撫阮元議『海運非久習不能見效』。道光四年高堰漫口，議籌海運。五年，試運者蘇松常鎮太四府一州按《漕運全書》：蘇松常鎮太道光五年起運漕白正耗米百四十五萬千三十一石零，節省歸倉，候撥耗米五萬九千六百七十五石零，給船耗米十二萬餘石，共百六十三萬三千餘石，用沙船及浙江蛋船、三不像船千五百六十二，六月二十五日竣。通州高《志》以道光六年爲海運始，非也，六年如之。二十八年蘇州、松江、太倉二府一州，咸豐元年二年江蘇，三年至十年江蘇、浙江，十一年、同治三年江蘇，五年以後江蘇、浙江皆海運矣據户部册、高《志》。順天官接撥海運，有通永道率務關同知、楊邨通判、漕運通判，逐程催撥照會，通永鎮撥兵梭巡，分駐河干驗收。通永壩撥船責之坐糧廳據《漕運全書》，督催轉運責之石壩州判。咸豐三年諭：『户部奏海運撥船通壩驗收遲滯一摺，定例漕糧抵通坐糧廳驗收起卸，每日應起米三萬石。兹據奏稱，本年海運撥船通壩驗收，每日僅一萬餘石或二萬餘石，以致撥船停泊待驗，積壓至二十餘里之遥。該坐糧廳並未遵照例限如數斛收，致令航海沙船不得及早回空，辦理殊未妥協，著交部議處，仍著倉場侍郎嚴飭該廳員等隨到隨驗，以速補遲。儻仍復遷延，或縱容經紀人等故意刁難，爲需索地步，即着據實嚴參。其大通橋各官亦飭一體遵照，迅速轉運，並將因何每日不足三萬石之處查明具奏。至石壩州判有督催轉運之責，著順天府府尹嚴飭該州判，於坐糧廳驗收後速催轉運，毋任再有稽延。』

先是坐糧廳擇經紀五十六，擕斛百、袋五萬豫至天津，俟船到米驗後斛收露囤，撥船轉運通州後，撥船足用，免露囤矣據户部議章參：道光五年，直隸總督那彦成奏章參《漕運全書》。雲龍[按]：海運護送驗收各官，考海運商船有護送汛弁：江蘇上海至吴淞口，内河也，護送以守備，吴淞至十滧，内洋也，護送以參將，十滧至佘山以北，外洋也，以狼右營游擊護送，大洋稍至黄家港對出之大洋，以游擊及掘港營把總護送。又至射陽湖對出之大洋以鹽城游擊護送，又至黄河口對出之大洋以廟灣營游擊護送，又至灌河口對出之大洋以佃湖營都司護送，又至鷹游門對出之大洋以東海營都司護送，山東日照縣界交替，均帶兵船。其佘山迤南如陳錢馬蹟等山，雖界連浙江，實爲江蘇門户，又内洋之練祈、深淘，及施翹河、六滧、十滧，皆要所也，令蘇松中營游擊都司守備梭巡。山東水師所管南汛洋界，大洋中千里餘無可泊處，至即墨之嶗山、文登縣之北槎山，始見島嶼。日照縣之夾倉口，膠州之古鎮口，均可寄椗。膠州之唐島，即墨縣之青島，海陽縣之棉花島乳山口皆可停泊。又至文登縣之馬頭嘴即入東汛洋界，逕文登縣之蘇山島、靖海衛，榮成縣之龍口崖養魚池，均可寄椗。至榮成縣之石島，甯海州之崆峒島，文登縣之威海衛，甯海州之養馬島，福山縣之芝罘島八角口，黄縣黄河營屺岇島，蓬萊縣之廟島，掖縣之小石島，皆可收泊。（即）[計]達直隸鹽山縣大沽河出境山東洋凡百五島，而漕運所經惟此二十有五爲其襟要。就水師言，膠州南汛管轄千六百八十里，成山東汛（營）[管]轄三百九十里，登州北汛管轄千七百七十里，内有赴關東洋面三百三十里，其運道凡三千五百一十里。山東巡撫奏：責水師于糧船入境先將島嶼險要巡察，護艘以進。咸豐三年議：山東石島爲全洋扼要，由登萊督率文武彈壓，文登縣之威海、福山縣之煙臺、蓬萊縣之廟島、榮成縣之俚島，亦委州縣佐貳巡防。運米沙船進口由大沽水師營參將呈報直隸總督，咨軍機處奏請欽派大臣赴天津驗米坐糧廳斛收。照楊邨起撥章程，在天津龍王廟立官船總局，局委丞倅二，佐雜無定數。

撥船凡千八百，修艌責之楊邨通判據《漕運全書》道光五年，協辦大學士英和奏：楊邨撥船二千餘分閘口代運。海漕應給石壩經紀個兒錢官爲經理據道光五年户部議。

自道光五年河海分漕，通壩起漕白正餘糧數有足稽者：

五年至三十年，歲二百八十萬石有奇，咸豐元年二年各二百二十萬石有奇，三年至十一年各百一十萬石有奇，同治元年二年，江、浙二省無正供米捐，采米海運十萬石有奇，三年，江蘇省漕白海運十萬石有奇，捐采米七萬石有奇，山東省河運。五年，江浙海運三十四萬石有奇；江安、山東漕米河運。六年至十年，江浙海運。六七年，江安海運米約六七十萬石。六年至九年，山東河運。十年山東省米折價。八、九、十年，江安省河運。十一年江浙海運米八十萬石有奇，山東河運，江安亦河運，米留振，天津，惟江蘇省金壇、丹陽二縣米抵征，采買米二萬石河運。十二年撥振順天秔米八萬石有奇，運京通倉漕白米麥豆百四十萬石有奇。十三年運京通倉正餘米百三十六萬石有奇。

光緒元年米豆百六十萬石有奇，二年撥振通州江北秈米二千石、運倉米豆百三十萬石有奇。三年江北秈米撥振山西通州而外，運京通倉米豆百四十一萬石。四年撥山西、河南、直隸六十九萬石，實倉漕白米六十八萬石有奇據高《志》。

五年，江蘇正供米四十九萬六千四百石九斗八升八合九勺二抄，又餘米九百四十八石，被災米千六百石。浙江正供米二十九萬一千七百八十四石，江廣采買米七萬二千石。輪船招商局餘米千一百九十四石；江北河運米四萬八十石四斗一升九合八勺四抄。奉天米豆三萬七百五十石八斗二升八合七勺九抄二撮。凡九十三萬四千七百五十八石二斗三升七合五勺五抄二撮。

六年，江蘇浙江正供米七十八萬九千一百三十二石九斗，災米千六百石。江西、湖北正供米七萬二千石，交倉運京千一百九十四石。江北河運正供米四萬八十石四斗。奉天米豆三萬七百五十石八斗。山東十五萬二千七百二十六石六斗。

七年，江蘇正供米四十六萬二千一百一十七石二斗，采買米七萬四百六十八石，又餘米四千二百三十八石，災米百六十三石二斗，中倉米八百石。浙江正供米三十萬有三百二十九石六斗。籌運京米六萬二千七百四十三石，又餘米三千八百九十石。山東米十五萬三千七百二十六石六斗。濟右中倉米千二百石。奉天米豆二萬八千四百一十二石六斗。

八年，江蘇正供米四十五萬四千六百十三石，籌運米六萬九千三百有六石，災米二千二百三十九石。浙江正供米二十九萬七千八百七十石有七斗，籌運米六萬六千八百三十七石。江北河運米九萬二千一百七十五石三斗一升八合。江廣運京米二萬三千九百二十五石。山東米十五萬七千四百九十九石二斗三升一合五勺。奉天米豆二萬八千二百十二石四斗有三合二勺。

九年，山東正供米豆十一萬五千二百二石五斗七合。浙江正供米十六萬七千八百一十九石。江蘇正供米五十四萬二千二百四十九石，災米千二百八十八石八斗。奉天米豆萬六千四百七十一石九斗六升五合四勺三抄。凡八十四萬三千三十一石二斗七升二合四勺三抄二撮。

十年，山東正供米豆六萬八千九百二十七石八斗三升六合七勺。浙江正供米二十四萬二千五十一石。江蘇正供米四十六萬八千九百四十九石，被災米六千一百二十二石，買補米百三十八石三斗四升五合六勺。江北河運米七萬九千五百二十一石四斗六升九合五勺二抄。奉天米豆二萬八千九百六十八石三斗三升三合八勺九抄六撮。凡八十九萬四千六百七十七石九斗八升五合七勺一抄六撮采訪册。

順天前代漕運考

秦使天下蜚芻輓粟，起於東腄琅邪負海之郡，轉輸北河，率三十鐘而致一石《史記·主父偃傳》，此以海運餉邊與運京異，然北河即今會潮河，爲北運河之白河也《漕河圖志》：秦轉輸北河，北河即白河，由海運以入北運河，此其權輿。

漢建安十一年，曹操鑿渠，自呼沲入泒水，名平虜渠，又從泃河口鑿入潞河，名泉州渠據《三國·魏志一》，以通海運《筆塵》、《行水金鑑》：平虜渠在都城南，疑即滹沱入運處。又隋煬帝穿永濟渠，引沁水北運涿郡，蓋自白河入丁字沽，由易水而達于涿《漕河圖志》。

唐轉東吴粳稻明邱濬《漕運議》，浮海以給幽燕，亦由白河陶宗儀《輟耕録》：國朝海運糧儲，自朱清、張瑄始，以爲古未嘗有。杜工部詩《出塞》云『漁陽豪俠地，擊鼓吹笙竽，雲帆轉遼海，粳稻來東吴』，又《昔游》云『幽燕盛用武，供給亦勞哉，吴門持粟帛，汎海凌蓬萊』，如此則唐詩已有海運矣。按陶説唐有海運是也，謂海運始唐則非。《漕河圖志》：唐明皇事邊功，運青萊之粟浮海以給幽平之兵，亦由白河。開元二十八年李適之爲幽州節度、河北海運使《唐會要》。神龍三年，姜師度於薊州北漲水爲溝，又約舊渠傍海穿漕，號爲平虜渠，以避海難運糧《舊唐書·食貨志》，運省功多《唐會要》。後唐長興三年，趙德均通薊州運路《通鑑輯覽》。

周世宗開御河爲薊燕漕運計《聞見近録》。

宋太平興國中，於清苑界開徐河、雞距河入白河，以通關南漕運《漕河圖志》，遼置轉運司據《遼·百官志》。

金都燕，東去潞水五十里，故爲牐以節高粱河、白蓮潭諸水，以通山東、河北之粟《金·河渠志》。州名通自金始，取漕通義《薈蕞》。由通州入牐十餘日至京師《金·河渠志》，霸州之巨馬河其灌輸路也《金·河渠志》，他若霸州之巨馬河、雄州之沙河、山東之北清河，皆其灌輸之路也，然自通州而上，地峻而水不流，其勢易淺，舟膠不行，故常從事陸輓，人頗艱之《金・河渠志・漕渠》。大定十年，議決盧溝以通京師漕運《金・河渠志・盧溝》，役衆數年，竟無功。其後牐河或通或塞，而車輓矣。其制春運以冰消行，暑雨畢，秋運以八月行，冰凝畢。其綱將發也，以所載粟苴封之，先付所卸地，視與封樣同則受綱。船以前期三日修治，日裝一綱，裝畢三日啟行，計道里，分泝流、沿流爲限，所受倉三日卸，又三日給收付。凡輓漕脚直水運米五十文一分二釐七毫，粟四十文一分三毫，陸運傭直米每石百里百一十二文一分五毫，粟五十七文六分八釐四毫。諸民户射賃官船漕運者，脚直以十分爲率，初年剋二分，二年剋一分八釐，三年剋一分七釐，四年剋一分五釐，五年以上剋一分。

初世宗大定四年八月，以山東大熟，詔移其粟實京師，十月出近郊，見運河湮塞，召户部侍郎曹望之責曰：『有河不加濬，使百姓陸運勞甚，罪在汝等，不即加罪，宜悉力使漕渠通也。』五年正月濬治《金・河渠志》，曹望之論漕運先計河倉見在幾何、通州容受幾何、京師歲費幾何、今近何州縣，歲税或六七萬石，小民有入資之費，富室收轉輸之利，宜計實數，以科歲入《金史・傳》。二十一年八月，以京城儲積不廣，詔沿河恩、獻等六州粟百萬餘石運至通州，輦入京師。承安五年，邊河滄州縣可令折納菽二十萬石，漕以入京，驗品級養馬，於俸内帶支，仍漕麥十萬石各支本色，令都水監丞田櫟相視運糧河道《金・河渠志》。泰和元年，韓玉建言開通州潞水漕渠，船運至都《大金國志・列傳》：韓玉，字温甫，北遷爲漁陽人，泰和中建言，開通州潞水漕渠，船運至都。

五年，章宗至霸州《金·河渠志》：泰定五年，上至霸州，以故漕河淺澀，勅尚書省發山東、河北、河東、中都北京軍夫六千改鑿之。六年，尚書省以漕河所經州縣官以爲無與於己，多致淺滯，綱户奸弊百出，定制凡漕河所經州府官銜内皆帶提空漕河事，縣官則帶管勾漕河事，俾催檢綱運，營護堤岸。爲府三，大興其一，州十有二，通亦其，縣三十有三，若潞，若香河、漷陰竝在其中。十二月通濟河刱設巡河官一，與天津河同爲一司，通管漕河牐岸上，名天津河巡河官，隸都水監。八年六月，通州刺史張行信言：船自通州入牐，凡十餘日方至京師，而官支五日轉脚之費，遂增給之據《金·河渠志》。大安初，温特赫達被詔運大名粟由御河抵通州據《金史·傳》，京置都轉運使據《金·百官志》，光熙門與漕壩接，其人夫綱運入糧，于壩内龍王堂前唱籌《析津志》。

元自世祖用丞相巴延言，江南糧分春、夏二運，由海道以給京師據《元·食貨志》，參《本紀》。按巴延原作伯顔。初巴延平江南時，嘗命張瑄、朱清等以宋庫藏圖籍，自崇明州後海道載入京師，至元十九年，巴延因海道載宋圖籍事請於廷命，上海總管羅璧、朱清、張瑄等造平底海船六十，運糧四萬六千餘石，明年十一月立京畿江淮都漕運司二，各置分司以督綱運，歲令江淮漕運司運糧至中灤京畿漕運司，自中灤運至大都。二十年用王積翁議，令阿巴齊等廣開新河《元·食貨志》。十月中書省臣言：新開河二處有倉，宜造小船分海運，從之《元·世祖紀》。新河候潮船損，民苦之，孟古岱言，海運之舟悉至《元·食貨志》。二十一年二月罷開河役，以其軍及水手各萬運海道糧《元·世祖紀》，立萬户府二，朱清爲中萬户，張瑄爲千户，孟古岱爲萬户府達嚕噶齊《元·食貨志》。中書省臣言朱清等海道運糧以四歲計，總百萬石，斗斛耗折願如數償，風浪覆舟免徵，昭勇大將軍沿海招討使張瑄、明威將軍管軍萬户兼管海道運糧船朱清，並爲海道運糧萬户，仍佩虎符《元·世祖紀》，未幾分新河軍士水手及船於揚州、平灤兩處運糧，命三省造船二千於濟州河運糧，猶未專於海道。二十四年立行泉府司專掌海運，增萬户府二，總爲四府，是年罷東平河運糧。二十五年内外分置漕運司二，其在外者河西務，置司領接運海道糧事。二十八年用朱清、張瑄請，並四府爲都漕運萬户府二，令清、瑄掌之，屬有千户百户，分爲各翼，督歲運《元·食貨志》。張瑄嘗督海運至通南十五里，張家灣名以此按鄭元慶《小谷口薈蕞》謂張家灣舊有張氏族大居此，故名，此臆説也。《方輿紀要》：張家灣在通州南十五里，元萬户張瑄督海運至此而名。

至大四年，遣官至江浙議海運事，時江東甯國、池、饒、建康運糧海船從揚子江逆流而上，水急多石磯，走沙漲淺，糧船壞，湖廣、江西糧至真州泊入海船，船大底小，非江中宜於事，嘉興、松江秋糧并江淮、江浙財賦府歲辦糧充運。凡運糧石有脚價鈔，至元二十一年給中統鈔八兩五錢，後遞減至六兩五錢。至大三年以福建、浙東船户至平江載糧者道遠，通增爲至元鈔一兩六錢，香糯一兩七錢，四年增爲二兩，香糯二兩八錢，稻穀一兩四錢。延祐元年復增其價：福建船運糙粳米石十三兩，温、台、慶元船運糙粳香糯石十兩五錢，紹興、浙西船石十一兩，白粳價同，稻穀石八兩，黑豆每石依糙白糧例給。初海運水程上海至楊邨馬頭萬三千三百五十里，殷明略開新道，舟自浙西至京不過旬日，然漂溺無歲無之，至元二十三年始責償於運官，人船俱溺者免《元・食貨志》。至元二十七年四月罷海道運糧萬户府，改利津海道運糧萬户府爲臨清御河運糧上萬户府。二十八年正月罷江淮漕運司，併於海船萬户府，由海道漕運。三十年二月勅海運米十萬石給遼陽戍兵。三十一年十月，朱清張瑄從海道歲運糧百萬石，京畿所儲充足，詔止運三十萬石《元・世祖紀》。貞元二年十一月增海運明年糧六十萬石《元・成宗紀》。大德元年九月海漕六十五萬石，二年十月海漕七十萬石。七年十一月併海道運糧萬户府爲海道都漕運萬户府，八年十月增海漕百七十萬石《元・成宗紀》。至大三年十月，江浙省臣言運三百萬石漕舟不足，遣人於浙東、福建和顧，百姓騷動，尚書省請以瑪哈穆特丹達爲遥授右丞、海外諸蕃宣尉［慰］使、都元帥，領海道運糧都漕運萬户府事，設千户所十，每所設達嚕噶齊一、千户三、副千户二、百户四，制可《元・武宗紀》。皇慶元年九月，增江浙海漕糧二十萬石，延祐五年十一月增四十萬石，六年閏八月增十萬石《元・仁宗紀》，至治元年正月增置瀃州都漕運司同知、運判各一《元・英宗紀》。文宗元年八月運海道萬户府來年運米三百一十萬石，天曆二年五月海運至京百四十萬九千一百三十石，至順二年十月中書省臣言，江浙等路水傷稼，明年海漕米二百六十萬石恐不足，若運百九十萬而命河南發三十萬、江西發十萬爲宜。又遣官賣鈔十萬錠、鹽引三萬五千道於通、瀃、陵、滄四州，優價和糴米三十萬石，以鈔二萬五千錠、鹽引萬五千道於通、漷二州和糴粟、豆十五萬石，三年十二月海糧六十九萬餘石《元・文宗紀》。元統二年五月，中書省臣言江浙大饑，存海運糧七十八萬三百七十石，至元四年正月，江浙海運糧數不足，撥江西、河南五十萬石補之《元・順帝紀》。自至元二十年至於天曆、至順，由四萬石增三百萬以上，歷久弊生，疲三省民力而官吏恣黷，風濤不測，盜賊出没，至元後漸不如舊，至正元年益河南粟。通計江南三省運止二百八十萬石，二年令江浙行省及中正院財賦總管府撥賜諸人寺觀之糧盡數起運，僅二百六十萬石。

方國珍、張士誠據浙東西《元・食貨志》，十二年五月海運萬户李世安言權停海漕夏運，從之《元・順帝紀》，海運不至京師者積年。十九年遣徵海運於江浙，士誠輸粟，國珍具舟，爲石十有一萬，二十年五月赴京，二十一年五月運糧赴京如上年數，二十二年五月視上年數加二萬，二十三年五月運糧十有三萬石赴京，東南粟給京者遂止於是歲《元・食貨志》。沈德符《野獲編》：元之海運始于至元之十九年，止于天曆之二年，凡受五十年之利。起時至燕者四萬二千石，及其盛也，遂至三百六十萬石。其始建議者爲伯顔，任之者爲張瑄、朱清，嗣後又設立都漕運萬户府，每糧石給價六兩五錢，以後香糯以漸加矣。其海道三易，最後開新道從□家港上船，過崇明放洋，自浙西至京師不過旬日耳。元順帝時漕河不通，招納張士誠之降，賴其海道貢米以活燕京垂絶之命，閩大將陳友定又從閩廣大洋綱運雜貨至都下，暫濟危亡，蓋海運之利如此。

先是中統三年八月，郭守敬請開玉泉水以通漕運《元・食貨志》，歲可省雇車錢六萬緡《元・

郭守敬傳》，至元元年三月立漕運司，十三年七月以楊邨至灣雞泊漕渠迴遠，改從孫家務，八月穿武清蒙邨漕渠，二十二年增濟州漕舟三千艘，役夫萬二千。初江淮歲漕米百萬石於京師，海十萬石、膠萊六十萬石，而濟所運三十萬石，水淺舟大，恒不能達，更以百石舟，舟用四人，故夫數增多《元・世祖紀》，疏鑿通州至都河成於三十年秋，賜名通惠。九月漕司言通州運糧河全仰白、榆、渾三河水合流，名曰潞河，舟行有年，今新開牐河分引渾、榆二河上源之水，自李二寺至通州三十餘里，河道淺澀，春夏天旱，有止深二尺處，糧船不通，改小料船，致虧糧數。先是都水監相視白河，自東岸吴家莊前，就大河西南斜開小河二里許，引榆河合流至深溝壩下以通漕舟，今丈量自深溝、榆河、上灣至吴家莊、龍王廟前、白河西南至壩河八百步，及巡視，知榆河上源築閉［閘］，其水盡趨通惠河，止有白佛靈溝一，子母三小河水入榆河泉派，微不能勝，舟擬自吴家莊就龍王廟前閉白河，於西南開小渠，引水自壩上灣入榆河，庶可漕運。又深溝樂歲五倉積貯新舊糧七十餘萬石，站車輓運艱緩，由是訪視通州城北通惠河積水至深，溝邨西水渠去樂歲、廣儲等倉甚近，擬自積水處由舊渠北開四百步，至樂歲倉西北，以小料船運載甚便，都省准焉《元・河渠志》。《元史・傳》：賈魯調都漕運使，復以漕事二十事言之，朝廷取其八事：一曰京幾［畿］和糴，二曰優恤漕司舊領漕户，三曰接運委官，四曰通州總治豫定委員，五曰船户困於壩夫，海運壞於壩户，六曰疏濬運河，七曰臨清運糧萬户府當隸漕司，八曰宣忠船户付本司節制。事未盡行。大德三年，羅璧除都水監，通州復多水患，鑿二渠以分水勢，又濬阜通河而廣之，歲增漕六十餘萬石《元史・傳》，是年，通州漕河置巡防捕盜司《元·成宗紀》：大德三年四月，自通州、兩淮漕河置巡防捕盜司，凡十九所。壩河亦名阜通七壩，六年三月，京畿漕運司言：歲漕米百萬，全藉船壩夫力，自冰開發運至河凍時止，計二百四十日，運糧四千六百餘石，船夫千三百餘，壩夫七百二十，占役俱盡，晝夜不息《元·河渠志》。至大元年正月，通惠河千户劉粲所領運糧軍百二十，屬萬户沁特穆爾兵籍（《元·兵志》），至順年京畿漕運使扎薩克令負米于壩，出納均平，從本司揭圖帳申報據《道園學古録》、虞集《都漕運使善政記》。天曆二年三月，中書省言：世祖時開通惠河通漕，今各枝及諸寺觀權勢私決堤堰，澆灌稻田、水碾、園圃，致河淺妨漕事，乞禁之。旨：自浮甕山抵大都，運糧河隄堰泉水毋偷決，大司農司都水監嚴禁之《元·河渠志》。至正時王思誠言：至元十六年開壩河夫户八千三百七十七，車户五千七十，出車三百九十兩，船户九百五十，出船百九十壩夫累歲逃亡十損四五，運糧數十增八九，船止六十八，户止七百六十一，車存二百六十七兩，户存二千七百五十五，晝夜奔馳不能給。壩夫户存千八百三十二，一夫日運四百餘石，肩背成瘡，顛頟如鬼據《元史·傳》。

明洪武時都金陵，漕於江，餉北平則因元舊漕海《明·食貨志》：太祖都金陵，四方貢賦由江以達京師。洪武元年北伐，命浙江、江西及蘇州等九府運糧三百萬石於汴梁，已而大將軍徐達令忻、崞、代、堅、臺五州運糧大同。中書省符下山東行省，募水工發萊州洋海倉餉永平衛，其後海運餉北平、遼東，爲定制，其西北則濬開封漕河餉陝西，自陝西轉餉甯夏、河州，其西南令川貴納米中鹽。明（副書）初都金陵，漕舟於江，其餉遼卒自海運，即元人故道。二十四年正月，北平布政使司左參政周偉言：通州糧船六十餘罷運已久，改浮梁於白河，議行《明太祖實録》。改建北京後轉漕東南，支運兑運長運，漕法三變《明・食貨志》：成祖遷燕，法凡三變，初支運，次兑運、支運相參，至悉變爲長運而制定。道三：曰海，曰陸，曰河，通州其會歸也《明・河渠志》：成祖肇建北京，轉漕東南，水陸兼輓，仍元人之舊，參用海運。皇甫録《明紀略》：江南糧船一由江入海，出直沽口白河運至通州。一由江入淮，歷黄河至陽武縣，陸運至衛輝府，由衛河運至通州。永樂元年，户部尚書郁新言：始用淮船受三百石以上者，道淮及沙河抵陳州潁岐口跌坡，别以巨舟入黄河抵八柳樹，車運赴衛河輸北平，與海運參。時數臨幸，百費仰給，不止餉邊也《明・食貨志》。

平江伯陳瑄督海運糧四十九萬餘石餉北京、遼東，二年，海運但抵直沽，别用小船轉運至京，於天津置露囤千四百所。四年定海陸兼運，瑄歲運百萬《明・河渠志・海運》，一仍由海，一則浮淮入河《明・河渠志・運河》，達陽武，發山西、河南丁夫陸輓百七十里，歷入遞運所《明・宋禮傳》，赴衛河入通州以爲常《明・河渠志・海運》，而臨清倉儲河南、山東粟，亦以輸北平，合計之爲三運，惟海運用官軍，餘皆民運《明・食貨志》。九年二月，用濟甯州同知潘叔正言，命尚書宋禮、侍郎金純、都督周長濬會通河《明・河渠志・運河》。十三年遣官軍輓運自淮至徐，以浙直軍自徐至德，以京衛軍自德至通，以山東、河南軍以次遞運，歲凡四次，可三百餘萬石，名曰支運《明・食貨志》。自是漕於裏河《議疇耳剽》：自永樂北都，曰河運者由江入淮，入黄河，由陽武陸運至衛輝府，入

（淮）［衛］河抵北京，及會通河開，則始漕於裹河。裹河者，即今南盡瓜、儀，北通幽、冀者也直達通州，而海陸運廢《明·河渠志·運河》，存遮洋船，歲於河南、山東小灘等水次兑糧三十萬石，十二輸天津，十八由直沽入海輸冀州。不數年官軍調遣，遂復民運，道遠愆期。宣德四年，瑄及尚書黄福建議復支運，令民運官軍接運入京、通二倉，惟山東、河南、北直隸徑赴京倉，不用支運。六年瑄言民運誤農，令民運至淮安、瓜洲，兑與衛所，官運載至北，給與路費耗米，是爲兑運。吏部蹇義等上《兑運則例》，不願兑者聽《明·食貨志》。《明鑑》：兑運不盡者，仍令自運赴倉。軍既加耗，又給經齊銀爲洪閘盤撥費，得坿他物，皆樂從事，而民以遠運爲難，支運者少。正糧斛面鋭，耗糧俱平概，運糧四百萬石，京倉貯十四、通倉貯十六，臨、徐、淮三倉遣御史監收。正統初，運數四百五十萬石，兑運二百八十萬，餘淮、徐、臨、德四倉支運十之三四。土木之變留軍操備，運仍屬民《明·食貨志》。景泰元年，右僉都御史王竑、同都督僉事徐恭督漕運，治通州至徐州運河《明·王竑傳》，六年復軍運。憲宗即位，漕運參將袁佑上言便宜，帝曰加耗不過五升，令軍自加毋溢，後從督倉中官言加至八升，久之復溢。初運糧京師未有額，成化八年定四百萬石，以爲常，其内兑運三百三十萬石，支運改兑者七十萬石，兑運中湖廣、山東、河南折色十七萬七千七百石，計兑運改運加耗入京、通兩倉五百十八萬九千七百石，天津、薊州、密雲、昌平共米六十四萬餘石，悉支兑運米，而臨、德二倉貯預備米十九萬餘石，災則撥足四百萬額。成化七年有改兑議，後數年，支運悉改水次交兑，由是變爲改兑，而官軍長運遂爲定制。司倉者苛取，運軍稱貸不支。弘治五年後，歲災輒權宜折銀，以水次倉支運糧充數，折價以六七錢爲率，改折議興而倉儲耗。嘉靖元年，户部言輕齎本資、轉搬費運，船至通州，巡倉御史覈議酌量支用實，著爲定規，有羨餘不輸太倉，用以修船，官旗漁蠹者重罪。

經齎銀者，憲宗以諸倉改兑給路費，始各有耗米，兑運米俱一平一鋭，故有鋭米，自隨船給運四斗外，餘折銀，謂之經齎，凡四十四萬五千餘兩，後頗入太倉矣《明・食貨志》。御史宋儀望請開桑乾河利漕，以役重罷《明・宋儀望傳》：請開桑乾河通宣大餉道，言河發源金龍池甕城驛古定橋，會衆水東流千餘里入盧溝橋，其間惟大同卜郙有叢石，宣府黑龍灣石崖稍險，然不踰五十里，水淺者猶二三尺，疏鑿甚易。曩大同巡撫侯鉞嘗乘小艇赴懷來，歷卜郙黑龍灣，官行無虞。又自懷來泝流載米三千石達之古定河，足利漕可徵。兵部尚書聶豹言河成便漕，兼制敵騎，工部尚書歐陽必進言役重，罷，折銀漸多。萬曆三十年，漕運抵京百三十八萬，而撫臣議截漕米濟河工，倉場侍郎趙世卿争之，言二年後，六軍萬姓將待新漕舉炊，自後歲供愈不支《明・食貨志》。崇禎年，山東副使兼右參議方岳貢督糧艘如期抵通州，帝大喜《明・方岳貢傳》。

運道三千餘里，自昌平神山山泉諸水匯貫都城：過大通橋東至通州入白河者，大通河也，南至直沽會衛河入海者，白河也，會白河入海者，衛水也，會衛、泗、沂、洸者，汶水也，與汶合流，循泇河入黄濟運者泗、洸、小沂河及山東泉水也，會大沂河入淮抵清口者，黄河水也，清口南至瓜、儀者淮揚諸湖水也。京口南謂之轉運河，瓜、儀達淮安謂之南河，黄河達豐、沛曰中河，山東達天津曰北河，由天津達張家灣曰通濟河，而總名漕河。漕河之別曰白漕、衛漕、閘漕、河漕、湖漕、江漕、浙漕，因地爲號。成化中，漕運總兵楊茂言：歲自張家灣舍舟車轉運至都下，雇值不貲，舊通惠河石閘尚存，深二尺，修閘瀦水，用小舟剥運便。嘉靖六年，御史吴仲言通惠運通流等八閘遺跡俱存，因而成之甚易，可省車費二十餘萬，歷代漕達京師未有貯國儲五十里外者。帝心以爲然，命王軏、何紹及仲偕相度。軏等言白河濱、舊小河廢壩西至堰水小壩宜修，使通普濟閘，省四閘兩關轉搬力，而尚書桂蕚言不便，請修三里河。帝下其疏於大學士楊一清、張璁，一清因舊閘行轉搬法省運軍勞費，宜行，璁言此一勞永逸計，蕚所論費廣功難，帝卻蕚議。明年六月中報河成，因疏五事，言大通橋至通州石壩地勢高四丈，流沙易淤，宜時濬治，管河主事宜專委任官吏，閘夫以罷運裁減，宜復舊額，慶豐上閘、平津中閘不用宜改，通州西水關外剥船造費及遞歲修艌宜酌，帝從所請。仲又請留督工郎中何棟爲經久計，從之。九年擢棟右通政管通惠河道。自此漕艘直達京師，迄於明末，人思仲德，建祠通州祀之《明・河渠志・運河》。按王在晉《通漕類編》：東南糧餉達京師，南北不啻數千里，總命曰漕河，其實有六：白漕、衛漕、牐漕、河漕、湖漕、浙漕。王説較《明史》少一。

通州白河爲潞，俗評外漕河詳《河渠》，設淺置鋪以時濬。其軍淺六：曰東關葦子廠淺、花板石廠淺、趙八廟淺、供給店淺、白阜圈下淺、白阜圈淺。通州左等四衛僉撥軍夫，每淺十名。其名淺十：曰蕭家林上淺、下淺、蘆家林淺、和合驛淺、里二寺淺、荆林淺、南營淺、王家淺、楊家淺、馬房淺。通州僉民夫每淺十名。又漷縣淺三，曰長陸營淺、老河岸淺、馬頭店淺。土壩則通倉糧米起載處也，撥船百五十，船户如船數，自張家灣起撥到土壩，糧一石脚價銀六釐五毫，又分自石壩撥船百有八十，船户數如之。

外河官糧撥船，嘉靖末年置。正德前運船至五月後到通州城東北角停泊，迤邐而南七八里，挨次於東關廂起車，無攔河委差之擾，無起撥脚價之費。後因三四月水淺，置撥船，亦權宜之利，五六月水漲運舟可行，照舊至通州城下通糧，就船起車。京糧令至城北就近石壩起撥，撥價可省，運車亦便，攔河官乃不論水淺深，概令自灣起撥，何哉？

車户百五十，每百石自土壩起運至中東倉，脚價銀一兩一錢，至西倉南門、北門，南倉東門，一兩二錢，至西倉西門、南倉北門，一兩三錢。裏漕河即通惠河，半屬大興，然運事隸通，户、工二部分司總理，而委用管閘營壩，俱通州各衛官經紀脚役，京通人互充，而通居多。嘉靖七年建普濟、平津上下、慶豐上下五閘，各撥船六十、經紀六十每經紀一領船、一管修，凡糧一石脚價銀二分一釐一絲八忽二微，閘夫各十七，石壩夫三十六，凡百二十一，轉糧一石脚價銀九釐一毫三絲九忽一微據顧炎武《郡國利病書三・通漕類編》：五閘各設編夫百八十、剥船三百。

弘治五年，内臣何友鼎奏濬大通河以東石閘河道，漕舟直至橋下，上是之。自是大通河爲百世利《野獲編》。踰京師而東若薊州，西北若昌平，有河轉漕餉軍。薊州河者，天順二年，大河衛百户閔恭言：南京並直隸歲用旗軍，運糧三萬石至薊州等衛倉，越大海七千餘里，風濤險惡。新開沽河北望薊州阻四之一，穿渠以運可無海患，遂開直沽河。環香河者濬自成化間，運粟十餘萬石餉薊州東路，後湮，嘉靖四十五年復之。昌平河，諸陵官軍餉道也，起鞏華城外安濟橋，抵通州渡口，袤百四十五里，隆慶六年運長陵等入衛官軍月糧四萬石《明·河渠志·運河》。總督薊遼保定務劉應節疏：密雲環控潮、白二水，天以便漕，向二水分流至牛欄山始合，通州運艘至陸運龍慶倉，今白水徙流，城西去潮水不二百武，疏渠直壩，合流漕便。舊昌平運十八萬石有奇，今止十四萬，密雲十萬，賴召商法，若漕五萬石於密雲，以本鎮折色三萬五千兩給京軍，則通無腐粟，京軍沾惠，密雲免僉商，一舉而三善備。報可據《明史·劉應節傳》。尋復密雲漕五萬石據《穆宗實録》。萬曆元年，總督劉斯潔、楊兆議通潮白二河、陵泉諸水，歲漕山東、河南粟米二十萬石贍密鎮，漕江北粳米二十萬石贍昌平據《明神宗實録》萬曆三十八年畢懋康言。七年八月，户部題密雲漕糧往時通州水運止牛欄山，自山陸運抵鎮，費多，潮、白二河可漕。同知衛重鑑議通州徑運密鎮，主事曹維新議添扁淺船二百一十、新舊兵船四百，令經紀運糧十五萬，自牛欄山至鎮，每石四分，内扣八釐抵船價還官，備十年一造之費，經紀脚價萬二千七百餘兩，年省什物行糧費銀二千二百餘兩，而十五萬漕糧以三月通完。依議《明神宗實録》。改撥他鎮率三十石致一石，謂之窋運《明·宋儀望傳》：時方行窋運，率三十石致一石。《食貨志》：改撥他鎮者水次應兑漕糧，令坐派鎮軍，令兑給價，州縣官督車户運至遠倉者，或給軍價就令官支者，通謂窋運。九邊大率以車，蘭、甘、松潘使民背負。

運船數永樂至景泰至多，天順後船萬一千七百七十，官軍十三萬許，坿載土宜免征税鈔，孝宗限十石，神宗時至六十石。憲宗立運船至京，限北直隸、河南、山東五月一日，南直隸七月一日，過江支兑者展一月，浙江、江西、湖廣九月一日。武宗立水程圖格，按日填行，違限之米頓德州諸倉，曰寄屯。世宗改至京，限五月者縮一月，七八九月遞縮，兩月後通縮一月。神宗初定十月開倉十月竣，大縣限船到十日，小縣五日，十二月開幫，二月過淮，三月過洪入閘，先以樣米呈户部，糧到驗同乃收，然漂流、違限二弊日滋《明・食貨志》。初命武臣督運，永樂初設漕運總兵官，有副，仿元萬户府制也，海運罷，專督漕運，後用御史，又用侍郎、御史催督，郎中員外分理，主事督兑。景泰二年，設漕運總督據《明・職官、食貨志》、《明會典》、《歷代職官表》。又有督糧道十三《明・百官志》儹運御史、押運參政《明會典》：儹運御史一、押運參政一。

漕糧外蘇、松、常、嘉、湖五府輸運内府白熟粳糯米十七萬四千餘石，内折色八千餘石，各府部糙粳米四萬四千餘石，内折色八千八百餘石。長運法行，糧皆軍運，而白糧民運如故。穆宗時陸樹德言民運京倉，嘉靖初尚有保全之家，十年後無不破矣。令軍帶運，使不從《明・食貨志》，海運罷詳上。

正統七年三月，南京造洋船三百五十，海運赴薊州諸倉《野獲編》。成化二十三年，侍郎邱濬言：海舟一載千石，當河舟三，河漕視陸運費省什三，海運視陸運省什七。嘉靖二年遮洋總漂糧二萬石，溺官軍五十餘。四十五年從給事中胡應嘉言，革遮洋總。隆慶五年，從邳河淤，從給事中宋良佐言復遮洋總，存海運遺意。山東巡撫梁夢龍言：海道南自淮安至膠州，北自天津至海倉，淮安至天津三千三百里，風便兩旬可達。舟由近洋《明・河渠志・海運》較元故道安便，邱濬所稱傍海通運即此，請以河爲正運、海爲備運。户部議令漕司量撥十二萬石《明・梁夢龍傳》，俾夢龍行之《明・食貨志》。王宗沐總督漕運，請行海運《明・王宗沐傳》。《明儒學案》：王宗沐漕政修舉，慮運道不足恃，講求海運，光［先］以遮洋三百艘試之，效。六年詔令運十二萬石，萬曆元年罷《明・食貨志》，四十六年山東巡撫李長庚奏行海運，明年爲户部侍郎督之據《明・李長庚傳》。崇禎十二年，沈廷揚輯《海運書》五卷進呈，命造舟試之，廷揚乘二舟載米數百石，十三年六月朔由海安出海，望日抵天津，守風五日，行僅一旬，命赴淮安經理海運，爲督漕侍郎朱大典所沮《明・食貨志》。

初遷都北京，饋餉銀，永樂五年八月，廷臣議海運，蘇州、太倉衛設海道都漕運使司左右運使二、秩從二品，同知二、秩從三品，副使四、秩從四品，經歷、照磨、各首領官及吏悉依布政使司，各沿海運所俱屬提調，如議行矣。又有言不便者，事中止，慮始難，況海運乎《野獲編》！

簣喜廬文初集卷四

京師兵制

劉熙《釋名》：『旗，期也，軍將所建與衆期其下也。』《史記·天官書正義》：『河鼓兩旗，天以爲旌表。』我朝象天立制，匪拘拘襲古矣。然稽古良法往往符合，驍騎營八都統即唐府兵之折衝、果毅也，其法實本《周官》『鄉遂出軍』而變通之。都統之名昉于晉，趙盛之爲少年都統據司馬光《通鑑》。領侍衛大臣，《周官》宮正、宮伯遺意，宮伯授八次八舍之職事，亦今護軍統領之權輿，師氏、司隸所掌皆其職也。秦有護軍都尉見馬端臨《通考》，别取調護諸將義，其以護衛之義名軍，自魏武置中領軍與護軍領禁兵始據《册府元龜》。《周官》掌舍設梐枑再重，正與今前鋒統領于御營安設卡倫之事合。前鋒之名始晉《晉書·應詹傳》：詹爲都督前鋒軍事、護軍將軍，步軍統領在漢曰司隸校尉，源出《周官·司隸》，而司門又今九門提督椎輪。李善《文選注》『周有七萃之士，萃，聚也，聚有智力者爲王爪牙』，此即《六韜·練士篇》所謂聚卒者是，今健鋭營視此矣。火器營以技名，漢之射聲都尉、弩將、樓煩將、長鋌都尉肇之。古無火器，史之言礮以機發石，元初得西域礮攻金蔡州城，用火器，《元·百官志》有回回礮手，軍匠上萬户府，明永樂時平交趾，得神機鎗礮法置營，我朝神機營爲練兵計，非僅爲鎗礮設矣。《穆天子傳》『射於中□七萃之士，高奔戎生捕虎獻之』，酈道元《水經注》、顔師古《漢書注》並引其説，今虎鎗營近之，唐之射生取義略同。《後漢書·趙謙傳》『行車騎將軍事，爲前置』，前置云者，猶今嚮導也。圓明園護軍營，南苑總尉防御，其即漢長樂、建章、甘泉之衛尉與見《漢·百官公卿表》、《宣紀》、《元紀》。按《蕭望之傳》署小苑東門候當是衛尉屬。志京師兵制：

侍衛　領侍衛内大臣六人，散秩大臣，無定員，掌統領侍衛親軍，以先後扈御左右翊衛焉。一等侍衛六十，二等侍衛百五十，三等四等侍衛二百七十，藍翎侍衛九十，親軍校四十五。宗室侍衛一等九人，二等十八，三等六十三。每十人設什長一《皇朝文獻通考》。按宿衛更番輪值，凡六班，班分兩翼，各設侍衛班領一、署班領一、侍衛三十，宿衛乾清門爲内班散秩大臣一、侍衛親軍十，宿衛中和殿侍衛什長三、侍衛親軍三十，宿衛太和門爲外班，以領侍衛内大臣一總統之，内大臣、散秩大臣二，隨班入直，行幸駐蹕，宿衛一如宫禁之制。侍衛初選均授三等侍衛、藍翎侍衛，歲以冬月推陞，至勳戚後裔，内有特旨，初選即授爲一、二等侍衛者即坐補本補員闕。宗室侍衛不論鎮國、輔國、奉國、奉恩將軍，先選三等、四等侍衛。漢侍衛無定員按漢一等侍衛以一甲一名武進士補授，二等以二甲二名、三名武進士補授，三等于二甲内簡選，藍翎侍衛于三甲内簡選。三旗每佐領親軍二名，鑲黄旗滿州人八十五佐領、蒙古二十八佐領，共親軍二百二十四名，内親軍校十五人，五旗移入六十佐領、親軍一百三十名，内親軍校十人。正黄旗滿州九十三佐領、蒙古二十四佐領，共親軍二百三十四名，内親軍校十有五人，五旗移入六十七佐領一半，佐領親軍一百三十五名，内親軍校十一人。正白旗滿州八十六佐領、蒙古二十九佐領，共親軍二百三十名，内親軍校十有五人，五旗移入五十八佐領一半，佐領親軍一百十有七名，内親軍校九人。三旗親軍每旗選六十人隨侍衛班行走，其餘親軍校親軍隨三旗護軍營護軍校護軍一同直宿據《大清會典事例》八百三十二。

驍騎營即旗營　驍騎營，滿州八旗旗各都統一、副都統二，掌宣布教養、整詰戎兵，以治旗人所屬。參領五、副參領五，掌頒都統副都統之政令，以達于佐領。佐領所治以三百人爲率，人户滋生則增佐領。蒙古、漢軍旗同，以見數計之：鑲黄旗八十五，正黄旗九十三，正白旗八十六，正紅旗七十四，鑲白旗八十四，鑲紅旗八十六，正藍旗八十四，鑲藍旗八十七。驍騎校每佐領一人，掌稽所治人户田宅兵籍，以時頒其職掌。蒙古八旗旗各都統一、副都統二，所屬參領二、副參領二。佐領鑲黄旗二十八，正黄旗二十四，正白旗二十九，正紅旗二十二，鑲白旗二十一，鑲紅旗三十二，正藍旗三十，鑲藍旗二十五。驍騎校每佐領一人。漢軍八旗旗各都統一、副都統二，所屬參領五、副參領五。佐領，鑲黄旗、正黄、正白三旗各四十，正紅旗二十八，鑲白旗三十，鑲紅旗二十九，正藍［旗］三十，鑲藍旗二十九。驍騎校每佐領一人。以上職掌與滿州八旗同《八旗册》。《日下舊聞考》：都統、副都統由兵部疏請補授，滿洲參領由本旗都統列副參領五人，並移宗人府、領侍衛府簡選，宗室侍衛、鎮國將軍以下，奉國將軍以（下）［上］咨送列名。蒙古、漢軍參領列副參領五人均引見補授，副參領于印房理事之佐領、世爵及應陞各官内引見補授。

太祖高皇帝辛丑年始編三百人爲一牛录，每牛录設額真一。先是我朝出兵校獵，不論人數多寡，各隨族黨屯塞而行，每人各取一屯，十人設一長領之，其長稱爲牛录額真，至是遂以名官。尋復定户籍，分爲四旗：曰黄旗，曰白旗，曰紅旗，曰藍旗，以純色爲辨。乙卯年以初設四旗爲正黄、正白、正紅、正藍，增設鑲黄、鑲白、鑲紅、鑲藍四旗，黄、白、藍均鑲以紅，紅鑲以白，合爲八旗。每三百人設一牛录額真，五牛录設一甲喇額真，五甲喇設一固山額真，每固山額真設左右梅勒額真二人以佐之。天命元年始編置滿洲牛录，八年增編蒙古牛录，天聰四年增編漢軍牛录據《會典事例》四百二十八，參《驍騎營册》、《歷代職官表》、《續東華録》、《八旗册》、《采訪册》。八年改梅[勒]額真以下爲章京，定管梅勒者即爲梅額章京、管甲喇者即爲甲喇章京、管牛录者即爲牛录章京，惟固山額真如故，其隨固山額真行營馬兵定爲阿禮哈超哈，是爲驍騎營之始。九年分設蒙古八旗，[旗]色官制與滿洲八旗同。崇德二年始立漢軍二旗，四年以漢軍二旗分爲四旗，七年設漢軍八旗，旗色官制與滿洲、蒙古八旗同。順治八年定甲喇章京，漢字稱爲參領，滿文如舊。十六年鑄給八旗都統二十四印。十七年定固山額真，漢字稱爲都統、梅勒章京，漢字稱爲副都統、牛録[录]章京，漢字稱爲佐領、分得撥什庫，漢字稱爲驍騎校，滿文如舊。國初各部落長率其屬來歸，授之佐領以統其衆，爰及苗裔者曰勳舊佐領，其率衆歸誠、功在旗常、得賜户口者曰優異世管佐領，其僅同弟兄族里來歸、因授之以職、奕葉相承者曰世管佐領，其户少丁稀合編佐領、兩姓三姓迭爲是官者曰互管佐領，皆以應襲者引見。又定都統滿洲、蒙古、漢軍八旗各一人，副都統八旗各二人，驍騎參領滿洲漢軍旗各五人、蒙古旗各三人，佐領按壯丁多寡隨時編設，無定員，驍騎校每佐領下一人，親軍校滿洲、蒙古上三旗四十五屬領侍衛内大臣管轄，下五旗無定員屬本王公府管轄。康熙十三年定各佐領，撥出餘丁增編佐領爲公中佐領，以本旗不兼部務之大臣世爵及五品以上文武官内簡選除授。三十四年定每甲喇增置委署參領各一人，於世爵佐領等員内選用。雍正元年改委署參領爲副驍騎參領，滿洲漢軍旗各五人，蒙古旗各二人，改八旗都統印滿文固山額真字爲固山昂邦，漢名如舊。五年八旗每佐領添設副佐領一，七年增置左右司掌關防參領，旗各二。八年議准漢軍上三旗每旗各四十佐領，下五旗每旗各三十佐領，除八旗原有二百六十五佐領及二半箇佐領外增設佐領三，並增足二半箇佐領爲二佐領，共定爲二百七十佐領。再下五旗漢軍佐領，除親王、郡王所屬照舊外，其貝勒、貝子、公等有府屬佐領，則所屬漢軍佐領歸各旗爲公中佐領。十三年裁左右司掌關參領。乾隆元年改印務參領章京員額。二十一年正紅旗漢軍裁佐領二、驍騎校二，鑲紅旗漢軍裁佐領二驍騎校二，鑲藍旗漢軍裁佐領一、驍騎校一。三十九年鑲黄旗漢軍增佐領一、驍騎校一，正藍旗漢軍裁佐領一、驍騎校一。四十年鑲黄旗滿洲增佐領一、驍騎校一。五十五年鑲黄旗漢軍增佐領一、驍騎校一。嘉慶九年鑲黄旗漢軍裁佐領驍騎校各一《會典事例》四百二十八。

八旗有序：鑲黄、正黄、正白爲上三旗，正紅、鑲白、鑲紅、正藍、鑲藍爲下五旗。行軍蒐狩以鑲黄、正白、鑲白、正藍四旗爲左翼，正黄、正紅、鑲紅、鑲藍四旗爲右翼。官職除授，公差踐更，以上下旗爲辨。朝祭班列旗籍界止以左右翼爲辨，八旗方位左翼自北而東、自東而南：鑲黄旗在安定門内，正白旗在東直門内，鑲白旗在朝陽門内，正藍旗在崇文門内。右翼自北而西，自西而南：正黄旗在德勝門内，正紅旗在西直門内，鑲紅旗在阜成門内，鑲藍旗在宣武門内。八旗值班各有定所，更番宿直内城九門。安定、德勝、東直、西直、朝陽、阜成、崇文、宣武八門各按軍士居止方位，八旗滿洲、蒙古、漢軍分直，惟城門領安定門以正藍旗、德勝門以鑲藍旗、東直門以鑲白旗、西直門以鑲紅旗、朝陽門以正白旗、阜成門以正紅旗，崇文門以鑲黄旗、宣武門以正黄旗，正陽門八旗輪值以滿洲、蒙古。九門外舊營房以滿洲、蒙古，新營房以滿洲蒙古漢軍。外城七門鑲黄旗直東便門、正黄旗直西便門、正白旗直廣渠門、正紅旗直廣甯門、鑲藍鑲白二旗直左安門、鑲紅旗直右安門、正藍旗直永定門，均以漢軍據《八旗册》，參《歷代職官表》，值年旗雍正六年始設名，當月期八旗輪當。乾隆十六年旨改今名，歲終兵部奏派王大臣司其事《八旗册》。八旗兵制：滿洲、蒙古旗每佐領下親軍二，上三旗隸領侍衛内大臣，下五旗隸宗室王公，前鋒二，隸前鋒統領，護軍十有七，隸護軍統領，步軍領催二、步軍十有七，隸步軍統領，鳥鎗護軍三、鳥鎗驍騎四、礮驍騎一，隸火器營，領催五、驍騎二十、弓匠一、鐵匠或鞍匠一，各隸本旗都統《會典事例》六十七。

凡大閲，皇帝躬擐甲胄，御櫜鞬，巡閲軍營，登臺視操，八旗將領簡精鋭，飭器械，集教場，結陣肅聽軍令。凡操兵，八旗歲以春分操於本旗教場二次、合操于鑲黄、正黄二旗教場一次，秋豫奏操期，會八旗營大操于仰善窪二次，漢軍旗藤牌軍春秋四旗合操二次，八旗合操一次，大閲大操護大礮入陣演習。凡演火器，漢軍歲以春二月十六日、秋八月十六日始演鳥鎗四十五日，本翼四旗合操二次、春秋演標準三次，歲由兵部奏演神威將軍等礮，鑲黄旗漢軍都統會八旗奏請簡命都統、副都統各二監視，先期運炮至盧溝橋，樹的百弓爲率，九月一日始，每礮日演十出，至一月止。鳥鎗營、礮營三歲一合操按《東華續録》：乾隆五年七月戊寅，命八旗三年一次盧溝橋演礮。凡校射，八旗驍騎營以每月上旬四八日、中下旬三八日爲期，都統以下官往視，遇奏事會議日留副都統一人往閲，春秋擐甲冑，步射二次。本期定期移文兵部，馬射由兵部定期行，八旗遣官稽察同上。

其京師營房，皇城内八旗滿洲官廳十六所、步軍堆撥房九十所，鑲黄鑲白二旗官廳各二、堆撥各十，正白正藍二旗官廳各二、堆撥各十一，正黄正紅鑲紅鑲藍四旗官廳各二、堆撥各十二。内城八旗堆撥房左翼三百二十七所，鑲黄滿洲五十三所、蒙古二十二所、漢軍十七所，正白旗滿洲五十一所、蒙古二十所、漢軍十四所，鑲白旗滿洲四十六所、蒙古十三所、漢軍十二所，正藍旗滿洲四十五所、蒙古十九所、漢軍十五所，右翼二百九十九所，正黄旗滿洲五十五所、蒙古漢軍各十八所，正紅旗滿洲三十八所、蒙古十四所、漢軍十所，鑲紅旗滿洲四十八所、蒙古十三所、漢軍十所，鑲藍旗滿洲五十所、蒙古十五所、漢軍十所，各旗官廳滿洲各五所、蒙古漢軍各二所。内城九門城上堆撥房一百三十五所，收貯旗鐙信砲火藥百六所。城外舊營房萬六千間，每旗滿洲千五百，蒙古五百，新營房三千六百八十，除正陽門外，每門滿洲、蒙古、漢軍四百六十，守門班房九十，更房十五。外城巡捕南營堆撥房二百九十六所，城上堆撥房四十三所，守門班房六十二間。城外巡捕北營堆撥房百二十一所，左營堆撥房百三十所，右營堆撥房百十一所。康熙三十四年，八旗教場造兵房每旗二千，共萬六千，無房兵丁人給房二。三十九年議京師城上堆撥房營房傾頹，步軍統領咨部隨時修理。雍正六年，奏京師九門旗兵看守，城外獨無，正陽門外有巡捕營官兵，毋庸再撥旗兵，崇文等八門城外各旗撥滿洲、蒙古、漢軍散秩四、驍騎校四、驍騎二百，令携家口駐防，官員各給房八，驍騎校各五，驍騎各二，於城門相近設堆撥房八間，駐防官兵輪守堆撥，每門四百六十間，共三千六百八十。乾隆十年奏，内九門城上房二百四十一所，每所三間，房七百二十三，除收貯燈旗、信礮、火藥，尚有堆撥房百三十五所，設步軍堆撥八十七，遇駐蹕圓明園，增驍騎堆撥四十八，恭遇巡幸，將步軍撤下，分防大街巷口，城上令驍騎看守。房屋坍塌，照例移咨工部修理外，七門城上巡捕三營官兵堆撥十八，皆遠年自造土房，周二十五里有餘，堆撥窵遠，應增二十八，給值班千把總三間，餘設堆撥二十五，支步軍統領衙門房租銀建造。二十三年奏修營房八千間，每旗管營章京房、官學房各五，增章京房各五。二十九年修三千六百十六間，增義學官廳堆撥房七十一，奏管理營房大臣收給。三十一年，奏八旗房如係奏明交工部料估領户部銀者，於鹽課餘平動用，工部奏銷。三十七年諭，營房交各旗都統隨時黏修，住房兵不得任意殘毁，查旗御史糾覈，各旗歲底將有無修理是否完整，咨報值年旗彙奏。四十六年，覆八旗工程照乾隆四年奏案：二百兩以上奏明交部會修，若零星黏補，工竣報部核銷。五十九年，議八旗滿洲、蒙古改建官房。嘉慶八年，諭鑲白旗蒙古舊營房該管章京不遵例均分，竟有以一分錢糧越分居住四間者，又將未住營房人捏名註册，著管理營房大臣照例均給。十四年，奏各旗營房門樓甎瓦成，砌鑼鍋頂需費較多，改隨墻灰頂。十六年，奏沿城八旗馬道十九，每處分道二，各設栅欄一，共三十八，每座建堆撥房三間，共房百一十四《會典事例》六百六十九。

附十五善射等　十五善射，王公大臣官員四十五闕，拜唐阿兵丁百二十闕，善騎射二十闕，善射鵠帶翎者六闕，餘無定額。善撲善强弓處左右兩翼領六、筆帖式六、善撲二百、善强弓五十、騸馬人五十、教習十六《八旗册》。

前鋒營　前鋒營前鋒統領二，協理事務前鋒參領二，前鋒侍衛二，前鋒校四，前鋒參領十六，前鋒侍衛十六，委署前鋒侍衛八，前鋒校八十八。天聰八年，定巴牙喇營哨兵爲噶布什賢超哈。順治十七年，定噶布什賢噶喇衣昂邦漢字爲前鋒統領，噶布什賢章京爲前鋒參領並前鋒侍衛、前鋒校，又前鋒統領左、右翼各一，八旗前鋒參領旗、前鋒衛旗各二，前鋒校旗各十二，滿洲蒙古兼用。雍正三年，設隨印協理事務前鋒參領侍衛左、右翼各一，隨印前鋒校左、右翼各二。乾隆十七年，增委署前鋒侍衛旗各一五品頂戴，食前鋒校餉。五十四年，避暑山莊添戴翎前鋒校十，八旗滿洲每旗補一，八旗蒙古每翼補一《會典事例》四百二十八，參《日下舊聞考》。營制：鑲黄、正白、鑲白、正藍爲左翼，正黄、正紅、鑲紅、鑲藍爲右翼，前鋒校左、右翼各四十八，每旗十有二爲一隊。鳥鎗什長左、右翼各二十四，隊長如之。前鋒八旗，滿洲、蒙古每佐領二。

本旗教場操演，步射月六次，騎射歲二次或四次，三年考驗一次。左、右翼分前鋒之半兼習鳥鎗，凡演十次，統領督參衛校長訓練黜陟册。凡卡倫距御營一二里外，設前鋒旗二爲門户，左右以次列帳，日暸夜衛，以前鋒參領前鋒侍衛八人、前鋒校前鋒百二十人董役，犯卡倫者坐以軍法《會典事例》四百廿八。

護軍營　護軍營護軍統領八、協理事務護軍參領八、副護軍參領八、護軍校十六，護軍參領副護軍參領各滿洲八十、蒙古三十二，護軍校滿洲六百七十八、蒙古二百四。初置巴牙喇營，設巴牙喇纛章京、巴牙喇甲喇章京。順治十七年，定巴牙喇纛章京漢字爲護軍統領，巴牙喇甲喇章京爲護軍參領，設署護軍參領。又八旗護軍統領旗各一，護軍參領滿洲旗各十、蒙古四，護軍校每佐領下一人。雍正元年，改署護軍參領爲副護軍參領，旗各十四。三年，設隨印護軍參領、副護軍參領、護軍校。乾隆十七年，設護軍校委署護軍參領，旗各七五品頂戴，食護軍校餉。三十三年，八旗增副護軍參領十六、委署護軍參領三十二、護軍校二百十四。四十一年，奏由護軍内遴選優等七十七爲委署護軍校虚銜金頂，食護軍月餉。按《會事事例》四百二十八云：護軍由統領會本旗都統，于本佐領下驍騎兵步軍閑散丁選補。凡訓練，月以初二、初六、十一、十六、二十

一、二十六等日步射六次，歲以春秋擐甲冑騎射一二次，三年考驗一次，統領督率參校軍士如法訓練册。

步軍巡捕營　提督九門巡捕五營步軍統領一除統轄步軍營外專轄巡捕營，中營統轄南、左、北、右四營十六門，門千總，提督中軍兼管中營副將一駐海甸新莊兼管中營，圓明園、暢春園、樹邨、静宜園、樂善園五汛，中營游擊一香山四王府邨。副將中軍兼管圓明園汛都司一掛甲屯，千總二，把總四，外委六，額外外委三，兵五百。暢春園汛守備一海甸新莊，千總二，把總四，外委六，額外外委三，兵六百。静宜園汛守備一五百名。樹邨汛守備一樹邨，千總二，把總四，外委六，額外外委三，兵五百八十。樂善園汛守備一西關，千總二，把總四，香山，千總二，把總四，外委六，額外外委三，兵五百八十。

內九門：正陽門千總二、門甲三十、門軍四十，崇文門千總二、門甲三十、門軍四十，宣武門千總二、門甲三十、門軍四十，德勝門千總二、門甲三十、門軍四十，安定門千總二、門甲三十、門軍四十，朝陽門千總二、門甲三十、門軍四十，阜成門千總二、門甲三十、門軍四十，東直門千總二、門甲三十、門軍四十，西直門千總二、門甲三十、門軍四十。外七門：永定門千總二、門甲十、門軍四十，左安門千總二、門甲十、門軍四十，右安門千總二、門甲十、門軍四十，廣渠門千總二、門甲十、門軍四十，廣甯門千總二、門甲十、門軍四十，東便門千總二、門甲十、門軍四十，西便門千總二、門甲十、門軍四十。

左翼總兵一與步軍統領同堂辦事，除統轄步軍營外，專管巡捕營南左二營，南營參將一駐崇文門外抽分廠，兼轄南營、西珠市口、東珠市口、東河沿、西河沿、花兒市、菜市口六汛，游擊一宣武門外菜市口，西珠市口汛都司一棉花頭條衚衕，千總二，把總四，外委六，額外外委三，兵四百三十三。參將中軍兼管東珠市口汛守備一東珠市口，千總二，把總四，外委六，額外外委三，兵四百三十三。東河沿汛守備一東河沿，千總二，把總四，外委六，額外外委三，兵四百二十三。西河沿汛守備一鐵廠，千總二，把總四，外委六，額外外委三，兵四百二十三。花兒市汛守備一崇文門外上三條衚衕，千總二，把總四，外委六，額外外委三，兵四百二十四。菜市口汛守備一牛街口千總二，把總四，外委六，額外外委三，兵四百二十四。左營參將一駐朝陽門外芳草地，兼轄左營左安、河陽、東便、廣渠四汛，左營游擊一東便門外三忠祠。左安汛都司一左安門外關廂，千總二，把總四，外委六，額外外委三，兵四百四十四。參將中軍兼管河陽汛守備一朝陽門外南中街，千總二，把總四，外委六，額外外委三，兵三百四十。東便汛守備一東便門外三忠祠，千總二，把總四，外委六，額外外委三，兵三百九十。廣渠汛守備一廣渠門外關廂，千總二，把總四，外委六，額外外委三，兵三百七十六。

右翼總兵一與步軍統領同堂辦事，除統轄步軍營外，專管巡捕營北右二營。北營參將一駐德勝門外大關，兼轄北營、德勝、安定、東直、朝陽四汛，游擊一安定門外大關。德勝汛都司一德勝門外大關，千總二，把總四，外委六，額外外委三，兵四百。參將中軍兼管安定汛守備一安定門外大關，千總二，把總四，外委六，額外外委三，兵四百。東直汛守備一東直門外大關，千總二，把總四，外委六，額外外委三，兵四百。朝陽汛守備一朝陽門外鷄市口千總二，把總四，外委六，額外外委三，兵四百。右營參將一阜成門外關廂，轄右營永定、阜成、西便、廣甯四汛，右營游擊一廣甯門外關廂，永定汛都司一永定門外窵橋，千總二，把總四，外委六，額外外委三，兵三百七十。參將中軍兼管阜成汛守備一阜成門外驢市、西便汛守備一西便門外角樓、廣甯汛守備一廣甯門外車市，此三汛千總、把總、外委、額外外委、兵數皆同永定汛。初步軍統領一，總尉左、右翼各一，步軍校八旗滿洲、蒙古每參領下各四，護軍每參領下各二，京城内九門外七門沿明制設指揮千百户，屬兵部職方司漢主事專管，又建巡捕南北二營參將二、游擊二、把總十，亦以兵部主事督之。順治四年，改城門指揮千百户爲千總。五年，增步軍副尉，八旗滿洲、蒙古漢軍各一。十四年，建巡捕中營參將一、游擊一、把總五。康熙十三年，命步軍統領提督九門事務，定内九門城門尉、城門校、千總每門二，外七門城門尉、城門校每門一，千總每門二，以統轄十六門門軍。二十四年，八旗滿洲、蒙古每參領下添委署步軍校一。三十年，命步軍統領兼管巡捕三營，增守備十五、千總六、把總三，又南營暢春園守備一、把總一。三十三年，設中營海子墻守備一，千總一，把總二。三十四年，步軍營設委協尉二十四，委署步軍校八旗滿洲各五、蒙古漢軍各二，捕盜步軍校四十。雍正元年，設圓明園守備二，千總一，把總一。四年，設步軍參領尉八旗滿洲、蒙古、漢軍每旗一。十二年，巡捕營增千總七、把總六據《會典事例》六百六十九，又四百廿四，又四百廿八。乾隆十九年，改步軍總尉爲步軍翼尉、副尉爲協尉、參尉爲副尉、城門尉爲城門領、城門校爲城門吏、步軍校爲步軍尉。三十六年改步軍尉爲步軍校《會典事例》四百廿八。乾隆四十六年，諭步軍統領中、南、北三營地，西北昆明湖離城較遠，官兵不敷派撥，議奏舊設巡捕三營，參將三、守備十九、千總十五、把總三十、經制外委四十、額外外委二十、馬兵千四百七十、步兵三千六百三十、添馬步兵四千九百，定額萬，分步、戰、守三項，按京城南、北、左、右分設四營，圓明園駐蹕處列巡捕營首，原爲南營，改中營，凡中、南、北、左、右五營，前南營參將一給副將銜，今改中營副將，其四營各參將一原二添二，五營各游擊一原三添二，定爲二十三汛：中營五，南六，餘三營各轄四汛，原設營汛守備十九，內裁海子墻守備一，每營添都司一，與守備一體分汛管轄。中營都司即爲副將中軍都司，南營東珠市口汛守備即爲南營參將中軍守備，北營安定汛守備即爲北營參將中軍守備，河陽汛守備即左營參將中軍守備。每汛千總二，把總四，經制外委六，額外外委三。除原設千、把、外委外，添千總三十一、把總六十二、經制外委九十八、額外外委四十九，按汛分駐據《會典事例》六百六十九、八百七十五。嘉慶四年，添左右翼總兵，諭『嗣後本衙門官員引見，令步軍統領與總兵同帶，無須步軍翼尉交部』，載入條例。其巡捕五營，將中營提督副將作提標中軍，管圓明園五汛，餘參將四員分管南、北、左、右四營共十八汛，南、北兩營參將官並所轄十汛歸左翼總兵管，北「左」、右二營參將等官並所轄八汛歸右翼總兵管。九年添副翼尉二，由八旗協尉內補放三品虛銜，食協尉俸《會典事例》四百廿八。十七年議步軍營額，設步甲二萬三千一百二十二，內除漢軍步甲三千七百十八。嘉慶十一年，奏撥步甲九百五十七歸滿洲、蒙古閒散正身挑補，其餘八旗户下步甲有萬八千四百四十七，再撥二千巡捕營額，設戰守兵六千、馬兵四千，除有馬馬兵差委紛雜外，無馬馬兵二千改旗缺，共添旗缺四千，滿洲八成，蒙古二成。巡捕五營均在城外，即在本旗附近當差。裁補之缺自嘉慶十八年二月始，中營五汛無馬馬兵五百四十，内圓明園、暢春園、樹邨汛兵各百。圓明園八旗人數較多，且近三汛，兵三百即咨取圓明園八旗之閒散挑補滿洲二百四十、蒙古六十，樂善園汛兵百二十即咨取附近火器營閒散滿洲九十六、蒙古二十四，静宜園汛兵百二十，即咨取附近健鋭營閑散滿洲九十六、蒙古二十四。其南、北、左、右四營即以京城八旗派撥，南營六汛無馬馬兵五百二十，内迤東之東珠市口、東河沿、花兒市三汛兵二百六十，就近咨挑正藍旗滿洲閑散二百有八、蒙古閒散五十二，迤西之西珠市口、西河沿、菜市口三汛，兵二百六十，就近咨挑鑲藍旗滿洲閒散二百有八、蒙古閒散五十二。北營四汛無馬馬兵三百二十。内迤東之朝陽東直二汛兵百六十，就近咨挑鑲黄旗滿漢閒散百二十八、蒙古閒散三十二，迤西之安定德勝二汛兵百六十，就近咨挑正黄旗滿洲閒散百二十八、蒙古閒散三十二、左營四汛無馬馬兵三百二十。内迤南之左岸廣渠二汛兵百六十，就近咨挑鑲白旗滿洲閒散百二十八、蒙古閒散三十二。右營四汛無馬馬兵三百，内迤南之永定、廣甯二汛兵百五十，就近咨挑鑲紅旗滿洲閒散百二十、蒙古閒散三十，迤北之西便、阜成二汛兵百五十，就近咨挑正紅旗滿洲閒散百二十、蒙古閒散三十，以足二千數。又巡捕三營額設馬兵千四百四十、守兵三千五百六十，内除步軍統領坐糧九、翼尉坐糧各四、參將、游擊、千把親丁名糧三百八十五，實在充差馬步兵四千五百九十八《會典事例》八百八十。營房詳驍騎營步軍統領册。

信礮總管一，五品官，八旗各一，掌監守白塔信礮軍册。初順治十年奏設守白塔山信礮漢軍左、右翼各二《會典事例》八百七十五，雍正二年改今制按雍正二年改總管一、司信砲官漢軍每旗一。

守衛皇城内汛守分旗劃界。鑲黄旗滿洲地在紫禁城北，東自地安門箭亭城墻起，西至地安門甬路分中接正黄旗界，北自火藥局城墻起，南至三眼井接正白旗界，中設步軍校二，分汛十，每汛步軍十有二，栅欄十八，每座步軍三後各旗同。景山後管理街道灑水兼管河道步軍校一後各旗步軍校職掌同，步軍百二十後各旗步軍人數同。正白旗滿洲地在紫禁城東北，東自内府庫東口東墻起，西至景山東墻止，北自三眼井起，南至銀閘風神廟接鑲白旗界，分汛十一，栅欄十。景山東門鑲白旗滿洲地在紫禁城東，東自騎河樓東墻起，西至北池子止，北自宣仁廟起，南至北池子南口並望恩橋，北接正藍旗界，分汛十，栅欄十三。北池子街正藍旗滿洲地在紫禁城東南，東自東安門東墻起，西至南池子街止，北自北池子望恩橋接鑲白旗界起，南至蒼蒲橋城墻止，分汛十一，栅欄九。南池子口正黄旗滿洲地在紫禁城北，東自地安門甬路分中起，西至西什庫止，北自侍衛教場城墻起，南至宏仁寺分中接正紅旗界，分汛十二，栅欄十六，内十座各步軍三名，餘附近汛兼管。地安門内正紅旗滿洲地在紫禁城西北，東自景山西門起，西至西安門城墻止，北至宏仁寺分中起，南至西安門甬路分中接鑲紅旗界，分汛十二，栅欄十七，内十一座各設步軍三名，餘附汛兼管。　景山西門鑲紅旗滿洲地在紫禁城西，東自大高殿門分中接正紅旗界起，西至西安門城墻止，北自西安門甬路起，南至大石槽城墻，分汛十二，栅欄二十四，内一附近汛兼管光明殿後。　鑲藍旗滿洲地在紫禁城西南，東自西華門起，西至西苑門止，北自慎刑司接鑲黄旗界起，南至南府城墻止，分汛十二，栅欄九，内三附近汛兼管西華門外步軍校步軍均如前。　以上八旗界守擊柝、立更籌。

皇城外大城内各汛分旗畫界：鑲黄旗滿洲地在大城北蒙古同，東自新橋起，西至舊鼓樓大街接正黄旗界，北自安定門城根起，南至紅廟後接正白旗界中，設步軍校五後滿洲同，分汛五十三，每汛步軍十二各旗同，栅欄九十四，每座步軍三各旗同，激箭十三後滿洲同。　蒙古旗地東自東直門北小街口，接本旗漢軍界起，西至新橋西接本旗滿洲界，北自北城根接本旗滿洲界起，南至汪家衚衕西口接正白旗界，步軍校二後蒙漢同，分汛二十二，栅欄二十九，激箭四後蒙漢同。漢軍旗地在大城東北，東自東直門城根起至西新橋，東接本旗蒙古界，北自角樓迤西接本旗滿洲界起，南至南部街北口接本旗滿洲界南至城根止，分汛十五，栅欄十五。　正黄旗滿洲地在大城北，北自德勝門城根起，南至城墻西北角止，東自地安門分中接鑲黄旗界起，西至水關橋止，分汛五十五内一汛步軍五，栅欄九十一，内三附近汛兵兼管，激箭十五。　蒙古旗地在大城西北漢軍同，北自北城根起，南至園口止，東自横橋起，西至西直門止，分汛十八，栅欄三十，内二附近汛兵兼管。　漢軍旗地北自北城根起，南至臭皮衚衕接正紅旗界，東自水關接本旗滿洲界起，西至横橋接本旗蒙古界，分汛十八，栅欄四十一，内一附近汛兵兼管。正紅旗滿洲地在大城西蒙漢同，北自臭皮衚衕起，南至丁字街止，東自大市街分中，西至馬石橋接本旗蒙古界，分汛三十八，栅欄七十九，内六附近汛兵兼管，激箭十四。蒙古旗地北自朝天宫前起，南至武衣庫衚衕止，東至馬石橋起，西至阜成門止，分汛十四，栅欄三十六，内六附近汛兵兼管。漢軍旗地北自倉夾道北栅欄起，南至西安門分中止，東自城墻起，西至大市街分中接本旗滿洲界，汛十，栅欄十四。鑲紅旗滿洲地在大城西南，北自按院衚衕起，南至南城根止，東自瞻雲坊分中起，西至西城根止，分汛四十八，栅欄九十六，内十一附近汛兵兼管，激箭十四。蒙古旗地在大城南漢軍同，北自絨線衚衕接本旗滿洲界起，南至宣武門止，東自六部口起，西至自大濠止，分汛十三，栅欄二十三，内二附近水關接正白旗界，分汛十七，栅欄二十七。正白旗滿洲地在大城東蒙漢同，東自朝陽門北城根起，西至地安門大街分中接鑲黄正旗界，北自汪家衚衕西口起，南至大市街接本旗蒙古界，分汛五十一，栅欄九十。蒙古旗地東自拐棒衚衕東口接鑲白旗界起，西至城墻止，北至兵馬司衚衕接本旗滿洲界起，南至報房衚衕接鑲白旗界，分汛二十，栅欄三十五。漢軍旗地東自朝陽門城根起，西至雞鵝市接本旗滿洲界，南自南小街口接鑲白旗界起，北至何家口接本旗滿洲界，分汛十四，栅欄三十一。鑲白旗滿洲地在大城東蒙古同，東自東城根起，西至城墻止，北自炒麵衚衕西口接正白旗界起，南至金魚衚衕東口接本旗漢軍界，分汛四十六，栅欄八十。蒙古旗地東自東城根中心臺起，西至東安門止，北自小石槽衚衕接本旗滿洲界起，南至小街口接本旗漢軍界[止]，分汛十三，栅欄三十五。漢軍旗地在大城東南，東自東城根起，西至王府大街院府衚衕口止，北自金魚衚衕東口起，南至就日坊三條衚衕接正藍旗界，分汛十二，栅欄十八。正藍旗界滿洲地在大城南蒙漢同，東自城根起，西至城墻轉西長安左門止，北自三條衚衕起，南至小報房衚衕西口接本旗蒙古界，分汛四十五，栅欄八十七。蒙古旗地東自城根起，西至敷文坊東口接本旗漢軍界，北自小報房衚衕起，南至城根止，分汛十有九，栅欄四十五。漢軍旗地方東自敷文坊東口起，西至棋盤街分中接鑲紅旗界，北自兵汛兵兼管，漢軍旗地北自刑部門分中起，南至南城根止，東自棋盤街分中起，西至六部口接本旗蒙古界[止]，分汛十，栅欄三十九，内七附近汛兵兼管。鑲藍旗滿洲地在大城西蒙古同，北自丁字街接正紅旗界起，南至瞻雲坊接鑲紅旗界止，東自城墻起，西至河槽沿止，分汛五十，栅欄九十七，内六附近汛兵兼管。蒙古旗地北自武衣庫衚衕接正紅旗界起，南至按院衚衕止，東自河槽沿起，西至西城根止，分汛十五，栅欄二十四，内四座係附近汛兵兼管。漢軍旗地在大城南，北自灰廠接本旗滿洲界起，南至刑部門分中接鑲紅旗界止，東自長安右門起，西至瞻雲坊接本旗滿洲界[止]，分汛十，栅欄三十四，内三附近汛兵兼管。二十四旗按地遠近夜擊柝立更籌，自初更起上下汛往來傳送，黎明止。

大城外三營分管地界，東三汛北營外西一守備，汛内轄至大王莊觀音堂止。中營外正東守備汛内轄至雙橋止。外東南守備汛内轄至北鹿司郵止，均接通州界。南二汛中營外南守備汛内轄至南苑北墻止，南營外南二守備汛内轄至西紅門三官廟止，均接舊州營界。西二汛南營外南三守備汛内轄至大井邨止。外南一守備汛内轄至田邨府君廟止，均接拱極營界。北二汛北營外正北守備汛内轄至清河利水橋河沿止，接鞏華營界。又外東北守備汛内轄至羊坊邨止，接沙河汛界。以上汛統以南、中、北三營參將各一，中營屬馬兵汛五十四，步兵汛五十五，栅欄百九十三，烏鎗百，激箭五。南營屬馬兵汛六十二，步兵汛八十二，栅欄百四十五，烏鎗百，激箭十一。北營屬馬兵汛四十九，步兵汛四十，栅欄百二，烏鎗百，激箭八。

圓明園三汛界址，東自劉邨五道廟起，西至京山口接宛平界，南自黄莊馬兵汛路北起，北至樹邨中營後街接昌平界。又捕盜步軍校每旗五人。滿洲旗地分三，令滿洲捕盜步軍校三人分管，其蒙古、漢軍地令蒙古、漢軍捕盜步軍校轄。康熙三十一年，凡聖駕巡幸，皇城内外要地增堆撥，每旗增步軍協尉一人值宿。嘉慶六年，定驍騎營與步軍營官兵輪班，十日一换據《會典事例》八百七十五。門禁，康熙三十八年議：正陽門城門領驍騎由八旗充補，其崇文等八門城門領、城門吏、千總，將鑲黄、正藍二門對調，其正白、鑲白、正黄、鑲藍、正紅、鑲紅門照此，其兵按旗留門。雍正四年旨：步軍統領衙門正陽、西直二門各給陰文合符一扇，步軍統領遇夜奉旨差遣緊要軍務，正陽、西直二門俟大内持出陽文合符，城門領將陰文合符照驗啟門報知統領，其餘各門遇陽文合符至門，城門領報統領親齎陰文合符至門，與陽文合符照驗啟行，次日具奏。嘉慶六年諭『吉綸奏接任步軍統領，據禄康交到合符無匣貯印封存，正陽、西直門者城門領掌管，亦未查驗』等語，交軍機大臣查議。遵議：『雍正四年奉旨發出陰文合符八扇：景運門、隆宗門、東華門、西華門、神武門、步軍統領衙門、正陽西直二門存貯各一，夜間啟門，大内持出陽文合符至門，其景運、隆宗、東華、西華、神武各門司鑰長、護軍參領，將陰文合符照驗啟門，報值班統領，正陽、西直二門由城門領將照驗詳上，未須陰文符各門遇陽文符至，護軍參領、城門領報紫禁城内值班統領，京城由步軍統領，親齎陰文合符至門與陽文合符驗啟，次日具奏。嗣後各門陰文合符黄紙包封，木匣存貯，在紫禁城各門者，内加左右翼前鋒統領印花，匣外加鑲黄旗護軍統領印花，每月值班統領親加啟驗，司鑰長、護軍參領、城門領換班時驗明匣外印花無損，不許擅拆，若損立報值班統領、步軍統領親驗。如祇印花擦損即換印花，如内封印花啟動，根究明確，再加封面交領收貯，步軍統領衙門所貯陰文合符令自加木匣敬謹存貯』。又奏九門城上守衛官兵令八旗驍騎營照原定數輪派晝夜巡邏，將柵欄鎖鑰啟交本地步軍校司掌，換班日官兵同掌鑰官啟柵，點驗出入。沿城八旗馬道十九，每處分道二，各設柵欄一，每馬道一添步軍校一、步甲十，每柵欄建堆撥房三間，共房百一十四《會典事例》八百七十六。

健鋭營　健鋭營掌印總統大臣一，總統大臣無定員，翼長二，委署翼長前鋒參領二，前鋒參領八，副前鋒參領十六，委前鋒參領三十二，學習行走世職官七，前鋒校百，副前鋒校四十，藍翎長百番子佐領一，防禦一，驍騎校二，水師教習委署千總四，委署把總四。乾隆十四年設雲梯兵一營于香山，以王公大臣兼理營務《會典事例》四百廿八，將雲梯千名分爲兩翼，每翼設翼領一。前鋒校五十：鑲黄旗九、正黄正白二旗各八、正紅等五旗各五。又設副前鋒校四十、什長五十，隨印「營」筆帖式四《會典事例》八百八十四，又四百二十八。十四年八旗設前鋒校各五，十五年增十。《日下舊聞考·苑囿》：昆明湖設戰船，仿福建廣東巡洋制，命閩省千把放演，自後逢伏日，香山（建）［健］鋭營弁兵湖内按期水操。

十五年御製《賜健鋭雲梯營軍士食即席得句有序》：『朕於實勝寺仿造室廬，以居雲梯軍士，命之曰「健鋭雲梯營」，室成居定。兹臨香山之便，因賜以食。是營皆去歲金川成功之旅，適金川降虜及臨陣俘番習工築者數人令附居營側，是日並列衆末，俾預惠焉。猶憶前冬月，雲梯始習諸。工成事師古，戈止衆甯居。實勝招提側，華筵快霽初。餕餘何必惜？可以逮豚魚。』

十八年設委前鋒參領十六、副前鋒校四十。二十八年設前鋒參領二、副前鋒參領八、委前鋒參領八、前鋒校二十四。又奏由護軍營移駐健鋭營護軍千，增護軍參領二、副護軍參領八、委署護軍參領八、護軍校二十四《會典事例》四百廿八。

三十二年御製《閲武詩》：『健鋭練精旅，香山聚隊居。知方素嘉爾，閲武便臨予。所尚赴桓實，甯誇聲勢虛。展伸佈行雁，編伍列麗魚。撫壯誠欣矣，問勞尚憫如。藉兹成偉績前此平定回部時，健鋭營士卒所至奮勇先登，屢奏攻堅陷陣之捷，遂成大功，者定可志諸？』

三十三年增前鋒校二十六。三十五年由前鋒參領增放委翼長二册。

三十七年御製《閱武詩》：『八旗子弟兵，健鋭此居營。聚處無他誘初建健鋭營於此，掄八旗勇壯之士居之，以其地離京城遠，無習俗外誘，而列營聚處技易精勤，平定西陲時用之，頗著成効，勤操自致精。一時看斫陣，異日待干城。亦以收明効，西師頗著明。』謹按：御製閱武詩依《日下舊聞考》例，恭録關事實者。

三十九年，健鋭營照火器營例，將幹練有爲護軍校簡選十人在委署章京上行走，增藍翎長五十。四十一年增番子佐領一、番子驍騎校一。五十年，健鋭營每旗設委署前鋒參領一，五十三年增番子防禦一，番子驍騎校一。健鋭營官兵營房在静宜園左右。乾隆十四年議左右翼領各房十三，每旗參領一、房十三，副參領一、房十，前鋒校鑲黄、正黄二旗各七，餘六旗各六、各房六，八旗前鋒每名房三，左翼建四層碉樓十四座、三層碉樓十八座，右翼建五層碉樓二座、四層碉樓十座、三層碉樓二十四座。十八年旨：健鋭營增驍騎千，造房二千一百五十二，紅石山水師營委署前鋒參領二，各房八，副前鋒校八，各房三，驍騎百二十，各房二，鑲黄、正黄、正白、鑲白、鑲紅、鑲藍六旗，每旗委署前鋒參領二，正紅、正藍二旗委署前鋒參領各一，各房八，八旗驍騎各百有十，每名房二據《會典事例》四百廿八。

火器營東單牌樓西　火器營掌印總統大臣一，總統大臣無定員，協理事務翼長一、署翼長營總一、營總三、鳥鎗護軍參領四，内火器營翼長一、署翼長營總一、營總三、鳥鎗護軍參領四、副鳥鎗護軍參領八、署鳥鎗護軍參領十六、鳥鎗護軍校百十二，外火器營翼長一、署翼長營總一、營總三、鳥鎗護軍參領四、副鳥鎗護軍參領八、署鳥鎗護軍參領十六、空花翎十、鳥鎗護軍校百十二。康熙二十七年，漢軍火器兼管練大刀營衙門每翼總管一，以現任副都統兼管，每旗協領參領各一、操練尉驍騎校各五。

三十年始置火器營，設鳥鎗護軍，人給鳥鎗一，八旗各給子母礮五，專練火器，以王公大臣兼領，無定員。設鳥鎗護軍參領十六，以旗員兼任。設鳥鎗驍騎參領二十四，鳥鎗驍騎校百十二。三十二年裁練大刀營衙門各官。雍正年間置總統六，三年裁察哈爾八旗護軍參領，改火器營專設缺。乾隆二十七年裁護軍參領八，二十八年火器營裁鳥鎗驍騎參領二十四、管礮散秩官五十六、鳥鎗護軍校百十二，每旗設營總鳥鎗護軍參領各一、副護軍參領二、委署護軍參領四、護軍校二十八、藍翎長二十八。三十五年鳥鎗驍騎參領裁汰，以驍騎校額并護軍校，內以副護軍參領並管礮位。火器營每翼添正副翼長各一據《會典事例》四百廿八。奏礮手馬甲歸火器營，操演礮房隸火器營《舊聞考》。三十八年，奏火器營善能管轄之護軍校簡選十人帶領引見，賞戴虛職花翎，在委署參領上行走《會典事例》四百廿八。凡訓練，歲於七月十七日始遇閏七月，於閏七月十七日始，次年四月十八日止封印暫停，月以初四、初九、十四、十九、二十四、二十九等六日演礮，初二、初七、十二、十七、二十二、二十七等六日演鳥鎗，初六、十六、二十六等三日校射。春秋會操於安定門外教場，大操日隨大隊列陣，合操於仰善窪，秋後奏盧溝橋演子母礮，得旨：『官軍往盧溝橋演放十日。』

乾隆三十五年旨：『德勝門外臨城附近建營房。』遵於藍靛廠造房七千一百九十六，每旗參領一、房十三，副參領一、房十，委領二、各房八，八旗護軍校百十二、各房六，八旗筆帖式各房五，藍翎長百十二、房四，隊長百十二、各房三，護軍二千三百三、各房二，八旗弓房百十二處、各房四，八旗辦事檔房各房十，八旗操演公所各房十五，八旗滿漢學房各房六，四門直[值]班房十二，八旗水夫房十六，營房外公所三處、房四十一，翼長房十七。圍墻大門樓四座，看墻八道，周圍門樓三千一百七十六座，虎皮石院墻長二萬七丈有奇，曲尺墻三千一百四十座，外圍大墻長千一百六十六丈有奇，隨門平橋四，墻脚下洩水溝二十五，護墻河長千一百八十丈有奇，鑿井十六，建水房十六外火器營房七千一百九十六。《東華續録》七十一：乾隆三十五年閏五月，德勝門外建滿洲火器營，增馬額。

外火器營西門西設大教場，八旗合操演武廳前月臺三出陛，備駕臨也。乾隆三十九年火器營南門外藍靛廠後設小教場，兵士早晚較射册。守衛封印後，每旗滿洲、蒙古、漢軍驍騎營合内火器營官兵於城内街道添堆撥十，正陽門内堆撥一，其餘門内每旗堆撥一、值官二、兵二十，開印撤《會典事例》八百八十二。

神機營　神機營咸豐十一年置。初道光十九年御前大臣奕紀請立神機營，鑄印未用，至是設營，得旨：『禮部頒行議調。』八旗兩翼護軍擡鎗兵五百、馬隊五百、專操大臣二、幫操侍衛章京四、帶隊章京二十。圓明園擡鎗兵九百、專操大臣二、幫操侍衛章京二、帶隊章京二十。

健鋭營外火器營共馬隊兵千、專操大臣二、幫操侍衛章京二、帶隊章京二十。八旗滿蒙驍騎營擡鎗兵二千四百、專操大臣二、幫操侍衛章京四十，八旗漢軍鎗營排鎗兵八百、專操大臣一、幫操侍衛章京一、帶隊章京十八，八旗漢軍牌營藤牌兵四百、專操大臣一、幫操侍衛章京一、帶隊章京十，八旗漢軍礮營兵千二百、專操大臣二、幫操侍衛章京三、帶隊章京二十四，各旗營挑選雜技兵千四百、專操大臣二、幫操侍衛章京三、帶隊章京二十八，内務府精捷營刀矛技藝兵二百、專操大臣一、帶隊章京四；内務府三旗鳥鎗兵七百、專操大臣一、幫操侍衛章京二、帶隊章京十二。凡專操大臣十六、幫操侍衛章京二十二、帶隊章京百九十六、兵萬設神機營奏：『十一月十一日奉上諭：前據御史曹登庸、洪昌燕、鄭塑條奏訓練精兵、簡派王大臣操練旗兵各摺片等因，謹擬章程十條繕單，先立局，所有臣奕訢、臣奕譞率同瑞麟、崇綸、福興、遮克敦布遵議緣由，恭摺具奏。一、帥府胡同、冰盞胡同、北城交道口舊鐵錢局各廠停鑄，就改操演公所，西城再擇。一、每隊派專操大臣、幫操侍衛二三。一、請行知八旗滿洲蒙古漢軍内務府，共選兵萬。一、調文案營務委員於各衙門。一、由户部海税籌公費獎賞。一、造器械。一、火藥鉛丸均於工部咨取。一、查八旗漢軍火器營砲位行各營定期同看操可用者。一、造旗鼓咨武備院。一、頒印信。前道光十九年，御前大臣奕紀請立神機營，鑄印信未經鈐用，現在禮部，請飭頒發，以神機爲營名。八旗兩翼護軍營調擡鎗兵五百、馬隊兵五百、專操大臣二、幫操侍衛章京四、帶隊章京二十，圓明園調擡鎗兵九百、專操大臣二、幫操侍衛章京二、帶隊章京二十，健鋭營外火器營兩營調馬隊兵千、專操大臣二、幫操侍衛章京二、帶隊章京二十，八旗滿蒙驍騎營調擡鎗兵二千四百、專操大臣二、幫操侍衛章京四十，八旗漢軍鎗營調排鎗兵八百、專操大臣一、幫操侍衛章京一、帶隊章京十八，八旗漢軍排營調藤牌兵四百、專操大臣一、幫操侍衛章京一、帶隊章京十，八旗漢軍砲營調兵千二百，專操大臣二、幫操侍衛章京三、帶隊章京二十四，請在各旗營挑選雜技兵千四百，專操大臣二、幫操侍衛章京三、帶隊章京二十八，内務府精捷營刀矛技藝兵二百、專操大臣一、帶隊章京四，又内務府三旗調鳥鎗兵七百、專操大臣一、幫操侍衛章京二、帶隊章京十二。以上專操大臣十六、幫操侍衛章京二十二、帶隊章京百九十六、兵萬。專操大臣除都統瑞麟、侍郎崇綸、署都統福興、副都統遮克敦布分操外，臣等簡派都統穆騰阿、前鋒統領西拉布、副都統德懋、達成、增慶、福鈴、托雲，委散秩大臣德鑒，其幫操侍衛，請簡乾清門頭等侍衛伊昌阿、何永安，二等侍衛岳林，大門頭等侍衛常山，二等侍衛沙克多爾札布、常春、載鶴、溥盛，三等侍衛阿林達興，至幫操章京由臣等於旗營揀派。』旨：『依議。』此初制也營在崇文門内煤渣衚衕，後特派親王佩帶印鑰總理事務。全營翼長三，總司文案營務、糧餉印務、稾案覈對，六處文案處翼長三、委員官兵七十六，營務處翼長六、差委章京侍衛官兵百五十一，糧餉處官兵二十一，全營翼長兼管總理印務處官兵十六，文案翼長輪流監印，稾案處官兵八、覈對處官兵二十五，並文案翼長兼管，每年兩季操演，赴南苑隊廿七，各專操一、幫操二，惟左右幼丁二隊、中營步隊幫操一。

馬隊曰圓明園、曰健鋭營、曰外火器營三廠本營、曰内火器營安定門内方家衚衕、曰左驍騎國子監衙、曰右驍騎德勝門内劉海衚衕、曰左前護軍國子監衙、曰右前護軍新街口公用庫、曰駿字西直門内四根柏衚衕、曰驤字西直門内紅橋、曰震字東單牌樓金魚衚衕，官兵四百二十。其威遠營步隊曰捷字東單牌樓帥府園、曰勝字西單牌樓皮庫衚衕、曰精字東直門内北新橋、曰鋭字德勝門内三不老衚衕，與擡鎗隊之屬圓明園者官兵八百三十。又步隊曰外火器營利字、曰健鋭營健字二廠本營，官兵千三百。又擡鎗隊左右驍騎二隊左廠鼓樓東寶鈔胡同、右廠新街口公用庫，各官兵四百二十。又排鎗隊左、右八旗漢軍二隊左廠東直門内老君堂、右廠西四牌樓磚塔衚衕，官兵千。又礮隊左、右八旗漢軍二隊左廠東直門内老君堂、右廠西直門城根，官兵四百。又幼丁隊左、右二隊左廠銀閘、右廠酒醋局，官兵五百，中營步隊西四牌樓帝王廟，官兵二百五十。又軍火局阜（城）〔成〕門内官兵百十六，軍器庫金魚衚衕官兵十三。又鎗礮廠石牌衚衕官兵尚無定額册。

虎鎗營　虎鎗營總統無定員，總領上三旗，各二虎鎗長，委虎鎗副長旗各七。康熙二十三年，黑龍江將軍送精騎射、善殺虎新滿洲四十至京，隸上三旗，始置虎鎗營，内大臣或侍衛一爲總統，每旗以大臣侍衛參領官一爲總領，設虎鎗長一，以親軍校、親軍前鋒校、前鋒護軍校、護軍驍騎校、馬甲領催閑散内選用。雍正元年，每旗增總領一、虎鎗長六、副長七。乾隆三年鑄給虎鎗營關防。恭遇巡狩，總統總領日十人佩虎鎗，于前導侍衛，前行安營，後偵虎豹，備弩箭犁刀。行田遇大獸則列鎗從之尋山，以首刺虎一二人名聞。如差畿輔近地，或口外殺虎，量地遠近奏簡總統或總領。帶虎鎗人選善騎射者旗各參領二、前鋒護軍校二、前鋒護軍十八，共百六十，行田時于蒙古圍後列隊隨行，獸逸出圍，馳騁射獵《會典事例》四百廿八。

嚮導處　嚮導處掌印總統大臣一、總統大臣無定員，協理事務章京二、嚮導處章京三十二八旗各四、藍翎長四，嚮導總統無定員，由兵部開列前鋒統領、護軍統領、八旗副都統職名奏請欽簡，以一人掌印，每旗於前鋒護軍營選參領侍衛四、前鋒校、護軍校、前鋒護軍六。乾隆四十二年，嚮導處行走前鋒護軍藍翎長四，擇勤照鷹狗處拜唐阿例，金頂藍翎，食前鋒護軍錢糧三年，坐補本旗營護軍校驍騎校缺《會典事例》四百廿八。

内務府三旗 内務府三旗驍騎營，每旗驍騎參領五、副參領五、滿洲佐領五、旗鼓佐領六，正黄旗世襲朝鮮佐領二、正白旗回子佐領一。三旗驍騎校三十六正黄旗朝鮮佐領下朝鮮驍騎校二，正白旗回子佐領下回子驍騎校一、校尉長驍騎校二，每旗内管領、副内管領各十。三旗護軍營每旗漢軍統領一、護軍參領五、副護軍參領五、委署參領五本旗護軍校署、護軍校三十三正黄旗朝鮮佐領下護軍校五、護軍藍翎長五。三旗護軍前鋒營每旗前鋒參領二、前鋒校二、委署前鋒校二、前鋒藍翎長四。

初内務府内管領四，順治初年内務府三旗各滿洲佐領三、旗鼓佐領四，正黄旗設朝鮮佐領一，三年增内管領四，六年增内管領四，十一年增内管領八，共内管領二十，分爲三旗：鑲黄旗七，正黄旗六，正白旗七。十八年，三旗滿洲佐領下各護軍校二，旗鼓佐領内管領下各護軍校一。康熙十六年，三旗各編五參領，每參領設護軍參領一、驍騎參領一，每佐領下驍騎校一。二十年，三旗每旗於護軍校内委署護軍參領五、護軍内委署護軍校五。二十三年，三旗各裁護軍校十二，每内管領下副管領一，二十四年增内管領副内管領各四，三十年增各三。三十四年，三旗增滿洲佐領六、旗鼓佐領六，正黄旗增朝鮮佐領一，每佐領下驍騎校一，增内管領副内管領各三。三十六年，每旗侍衛委署護軍參領三。四十三年，三旗驍騎營每參領增副參領一。

雍正元年三旗增護軍統領各一，照八旗參領爲三品。三年委署護軍校改副護軍校、戴藍翎。四年奏每佐領下領催内令委署副驍騎校各一，八品頂戴。七年奏參領爲五品、副參領爲六品。九年增護軍二百，編爲鳥鎗護軍，各增護軍參領二，於驍騎參領内選補，各設侍衛委署參領二，護軍校委署參領五，護軍校十五，護軍内每旗增副護軍校五，其統轄員於内務府總管大臣内奏請欽定，並於三旗護軍統領奏簡一人協理。十年旨：正黄旗朝鮮二佐領著爲世管佐領。十三年，三旗停補副參領及委署驍騎校，裁副護軍校，又鳥鎗護軍撥回舊營所設護軍參領，原係驍騎參領仍在驍騎參領行走，侍衛委署參領編入舊營，原設鳥鎗副護軍校三十均爲護軍校。乾隆十三年，三旗學習解馬花馬箭之護軍别編一營，名内務府前鋒營，於每旗護軍校委署參領内各簡二人戴孔雀翎，爲參領，食護軍校俸，於每旗護軍校内各簡二人爲護軍校委署參領，於副護軍校内各簡二人給戴空銜藍翎，爲前鋒校，食護軍月餉。十五年每旗護軍各簡二人爲前鋒校，戴藍翎。十六年三旗每旗於府屬司官簡五人掌驍騎參領關防，參領改副參領。十七年，三旗護軍校委署前鋒參領五品虚銜，戴孔雀翎，食護軍校餉。二十五年内務府正白旗設回子佐領一，驍騎校一。三十年，三旗前鋒營再委署護軍參領一。三十二年，三旗護軍參領定四品虚銜，食五品俸，護軍内每旗增金頂藍翎長五，食護軍錢糧。三十六年，奏三旗驍騎參領三品虚銜、副驍騎參領四品虚銜、護軍參領三品虚銜，副護軍參領四品虚銜，均食原俸。四十一年内務府正白旗佐領一，暫由内務府官内選一爲番子佐領，於番子内簡驍騎校，俟番子諳事新設佐領，再由番衆選補。旨：香山安插兩金川番人，令健鋭營約束。新設番子佐領一缺，前鋒章京補授番子，用内務府甲十一副及餉米，歸佐領辦理。四十七年旨：鑾儀衛請轎校尉長，内有内務府驍騎校二，本非額缺，加恩賞給内務府驍騎校二缺。五十三年增番子驍騎校一。嘉慶七年，内務府三旗前鋒營增金頂藍翎長，旨：每旗添賞藍領[翎]長四爲額缺《會典事例》四百廿八。

雍正二年，議内務府三旗護軍營房每旗參領一、房十二，副參領一、房十，署副參領一、房八，護軍校三、各房六，護軍四十、各房三册。

圓明園内務府三旗　圓明園八旗、内務府三旗，護軍營總統大臣無定員，護軍營營總一，旗各護軍參領一、副護軍參領一、委署護軍參領一、護軍校三、副護軍校一。雍正二年，置三旗護軍營旗各護軍參領一、侍衛委署護軍參領一今副護軍參領、護軍校委署參領一今署護軍參領、護軍校三、委署護軍校一今副護軍校，俱屬三旗護軍營總統大臣統轄。十年增四品營總一。乾隆二十八年，奏三旗委署護軍參領五品虚銜，戴花翎，食護軍校俸。三十七年護軍營營總三品虚銜，食四品俸，護軍參領三品虚銜，副護軍參領四品虚銜，均食五品俸《會典事例》四百廿八。内務府包衣三旗營房在陳府邨，東楹軍參領等廨舍九十六，護軍校護軍等官房四百八，總管八旗及三旗。護軍印房在紅橋河側册。在圓明園前。

圓明園八旗護軍營　圓明園八旗護軍營掌印總統大臣一，總統大臣無定員，營總八、護軍參領八、副護軍參領十六、委署護軍參領三十二、護軍校副護軍校各百二十八。雍正二年置圓明園八旗護軍營，選八旗官兵，以王公大臣統轄，設營總八、副護軍參領十六、署副參領三十二、護軍校八十，以王公大臣二三人轄之，副護軍參領爲五品，署副護軍參領爲六品。七年設副護軍校七十。二十年設護軍參領八，增護軍校三十二、副護軍校四十，陞副護軍參領爲正四品、署副護軍參領爲正五品。乾隆十二年，增護軍校、副護軍校各十六，十六年鑄給圓明園總統印于總統，王公大臣列名請簡一人掌印，以營總參領各二、護軍校四、筆帖式八隨印協理。

雍正二年，議禁苑週圍建營房八所，每旗參領一、房十三，副參領二、各房十，署副參領四、各房八，護軍校十、各房六，護軍三百七十五、各房三。乾隆十二年每旗增護軍百，每名給房三。據《會典事例》四百二十八，又八百八十四。

營房八處：鑲黄旗在樹邨西，護軍參領廨舍六十五，護軍等官房千四百八十五。正黄旗在蕭家河北，護軍參領等廨舍六十五，護軍校護軍等官房千四百八十五。正白旗在樹邨東，護軍參領等廨舍六十五，護軍校護軍官房千四百六十四。鑲白旗大營房在長春園東北，副護軍參領廨舍三十九，護軍校護軍房千一百六十七，小營房在長春園東，護軍參領廨舍廿六，護軍校護軍官房三百一十五。正藍旗營房在海淀東，護軍參領廨舍六十五，護軍官房千四百五十五。鑲藍旗在廣仁宫西，護軍參領廨舍六十五，護軍校護軍官房千四百八十五。正紅旗在安河橋西北，護軍參領廨舍六十五，護軍校護軍官房千四百六十七。鑲紅旗在静明園東北，護軍參領廨舍六十五，護軍校護軍官房千四百八十五册。

守衛：雍正二年定圓明園門汛警蹕百處，日以營總四、副護軍參領八、署護軍參領十六、護軍校護軍千入值，夜籌十六。乾隆四年改門汛七十六，日以營總護軍參領各二、副護軍參領署護軍參領十五、護軍校護軍七百六十。暢春園門汛十九，日以營總一、副參領署參領四、護軍校護軍百九十守衛，夜籌八。八年定遇駐蹕靜明園，設門訊［汛］五十一，日以營總二、護軍參領一、副參領署參領十三、護軍校護軍五百十，夜籌十。十年增暢春園門汛爲二十，日以護軍參領一、副參領署參領四、護軍校護軍二百，夜籌八。十八年增清漪園門汛六，副參領或署參領一，護軍校護軍六十《會典事例》八百八十三南苑營汛：南苑總尉一，正四品，防禦八，正五品。

凡設圍場于南苑，以奉宸苑領之統圍大臣，督八旗統領率屬官兵先莅圍場，布列鑲黃、正白、鑲白、正藍四旗以次列左，正黃、正紅、鑲紅、鑲藍四旗以次列右，兩翼旗：兩哨前隊白，兩協黃，中軍鑲黃册。

捕盜營　捕盜中營同治十年置。初，二年以近畿馬賊恣擾，增兵分哨，每哨兵二十、隊長二、弁一，東南北三路各八哨，西路五哨，撥三哨弁兵于府尹署。至是奏發回三哨於署，增中營，分左、右、中三哨，馬步兵六十六、把總一、經制外委二、額外外委一、馬二十五，又增營千總一，加守備銜爲五營管領，歸治中考覈據府奏。

簣喜廬文初集卷五

京師前代兵制考

遼　南京提轄司十有一：宏義宫、長甯宫、永興宫、積慶宫、延昌宫、彰愍宫、崇德宫、興聖宫、延慶宫、敦睦宫、文忠王府各一據《遼·兵衛志》。

金　禁軍之制本于哈濟穆昆。哈濟者，言親軍也。貞元遷都，更以太祖、遼王宗幹、秦王宗翰軍爲哈濟明安，謂之侍衛親軍，立侍衛親軍司以統之。舊常選諸軍之材武者爲護駕軍《金·兵志》。按《金史》，金部長曰貝勒，行兵則曰明安、穆昆。明安者千夫長，穆昆者百夫長。正隆二年後，于侍衛親軍四明安《金史》注：舊止曰太祖、遼王、秦王明安凡三，今曰四明安，未詳，豈太祖兩明安耶內選三十以下千六百人，騎兵曰龍翔，步兵曰虎步，以備宿衛。五年罷親軍司，以所掌付大興府，置左右驍騎，所謂從駕軍也。制都統指揮使隸點檢司步軍，都副指揮使隸宣徽院。大定初，親軍置四千，二十二年省爲三千五百，章宗承安四年增爲五千，又增至六千。又有咸捷軍，承安增簽弩手千人，選親軍取身長五尺五寸善騎射者，明安穆昆以名上兵部，移點檢司宣徽院試補之。又設護衛二百人近侍之執兵者，又設控鶴二百人以備出入同上。京師防城軍，大定十七年三月改武衛軍掌京師巡捕，其曰牢城軍，則嘗爲竊盜者充防築役，曰土兵，則以司警捕，凡漢軍有事簽取於民，事已，或亦放免《金·兵志》。

元制　宿衛者，禁兵也，四集賽原作怯薛太祖功臣博囉罕、保爾濟、穆呼哩、齊拉衮，時號都爾本庫魯克，猶言四傑也，命世領集賽之長。集賽者，猶言直宿衛也，三日一更，申、酉、戌日博囉罕領之第一集賽，即伊克集賽原作也可怯薛，伊克者，言天子自領之故也，亥、子、丑日保爾濟領之第二，寅、卯、辰日穆呼哩領之第三，巳、午、未日齊拉衮領之第四《元·兵志》又云：博囉罕早絶，太祖命以博索部代之，而非四傑功臣之類，故以自名領之。齊拉衮後，集賽常以右丞相領之，集賽長之子孫，或天子親信，或丞相薦舉，或以次襲職，以掌環衛，雖官卑勿論也。軍勞既久，擢一品官，而四集賽之長，天子或又命大臣統之，然不長設。其它預集賽之職居禁近者，分冠服、弓矢、食服、文史、車馬、廬帳、府庫、醫藥、卜祝之事，悉世守之，雖以才能受任使，服官政，然一日歸至内廷，則執其事如故，至於子孫無改，非甚親信不預也。集賽執事之名，則主弓矢鷹隼之事者曰和爾齊實保齊齊哩克齊，書寫聖旨曰札爾拉克齊，爲天子主文史者曰筆且齊，親烹飪以奉上飲食者曰博囉齊，侍上帶刀及弓矢者曰伊勒都齊庫特齊，司閽者曰巴喇噶齊，掌酒者曰達喇齊，典馬車者曰烏拉齊摩哩齊，掌内府尚供衣服者曰舒庫爾齊，牧駱駝者曰特默齊，牧羊者曰和尼齊，捕盜者曰呼拉干齊，奏樂者曰浩爾齊，又名忠勇士曰巴圖魯，勇敢無敵士曰巴圖，皆天子左右服勞侍從執事之人，分番更直，亦如四集賽之制，而領于集賽之長。宿衛之士謂之集賽台原作怯薛歹，亦以三日分番入衛，初甚簡，後增爲萬四千人，比之樞密各衛士爲尤親信同上。

五衛《元·兵志》，世祖設以象五方同上。中統三年以侍衛親軍都指揮使領武衛軍事。至元元年改武衛爲侍衛親軍，分左、右翼，置都指揮使領，［八］年改立左、右、中三衛，掌宿衛扈從兼屯田，國有大事則調度之。十六年創置前、後二衛，置都指揮使同上。二十五年尚書省奏諸海納都木以漢軍一萬人立虎賁司。二十六年樞密院官兵巴奏以六衛六千人、塔喇海布古所掌大都屯田三千人、及近路迤南萬户府一千人，總一萬人，立武衛親軍都指揮使司，掌修治城隍及京師内外工役《元·兵志·武衛》。至元十六年，世祖以新取到侍衛親軍一萬户屬之東宫，立侍衛親軍都指揮使司。三十一年，以屬皇太后改隆福宫左都威衛使司《元·兵志·左都威衛》又云：至大三年，選其軍善造作者八百人立千户所一及百户所，入以掌分局造作。皇慶元年，以王平章舊所領軍一千立屯田，至治三年罷匠軍千户所。初穆呼哩奉太祖命，收扎拉爾、烏嚕、莽果、諾海四投下，以安札爾、博囉實納、岱伯爾克、巴圖爾庫、庫布哈五人領特默齊軍，中統三年，以五投下特默齊立蒙古特默齊總管府，至元十六年罷，十九年仍令充軍。二十一年樞密院奏屬之東宫。二十二年改蒙古侍衛親軍指揮使司，三十一年改隆福宫左都威衛使司《元·兵志·右都威衛》。唐古衛親軍都指揮使司《元·兵志·唐古衛》至元十八年立同上，桂齊衛二十四年立《元·兵志·桂齊衛》，元貞元年立西域親軍都指揮使司《元·兵志·西域親軍》。大德十一年，升衛侯司爲衛侯直都指揮使司《元·兵志》：至元元年，裕宗招集控鶴一百三十五人，三十一年徽政院增控鶴六十五人，立衛侯司以領之，且掌儀從金銀器物。元貞元年皇太后復以晉王校尉一百人隸焉。大德十一年益以懷孟從行控鶴二百人，升衛侯直都指揮使司。至大元年復增控鶴百人，總六百人，設百户所六爲其屬。至治三年罷之。泰定元年以控鶴六百三十人歸于皇后位下，後復置立。左、右衛阿蘇親軍都指揮使司，至大二年改立《元·兵志》：至元九年初，立阿蘇巴圖達嚕噶齊，後招集阿蘇正軍三千餘名，復選阿蘇柴齊齊拉衮集賽台軍七百人扈從車駕，掌宿衛禁軍，兼管潮河、蘇沽兩川屯田，并供給軍儲。二十三年爲阿蘇軍南攻鎮巢，殘傷者衆，遂以鎮巢七百户屬之，并前軍總爲一萬户，隸前、後二衛。至大二年，始改立右衛阿蘇親軍都指揮使司，左阿蘇衛亦至大二年改立，隆慶衛親軍都指揮使司，皇慶元年改立，以哈喇婁軍千户所隸焉《元·兵志》：睿宗在潛邸，嘗于居庸關立南、北口屯軍徼巡盜賊，各設千户所。至元二十五年，以南、北口上千户所總領之。至大四年改千户所爲萬户府，分欽察、唐古、桂齊、西域左右阿蘇諸衛軍三千人，並南、北口太和嶺舊隘漢軍六百九十三人，屯駐東西四十三處，立十千户所，置隆鎮上萬户府以統之。皇慶元年始改爲隆鎮衛親軍都指揮使司，延祐二年又以哈喇婁軍千户所駐焉。至治元年置蒙古、漢軍籍。衛率府至大元年立《元·兵志》：至大元年，命以中衛兵萬人立衛率府，屬之東宫。時仁宗爲皇太子，曰：世祖立五衛，象五方也，其制猶中書之六部，殆不可易。命江南行省萬户府選漢軍精鋭萬人爲東宫衛兵，立衛率府。延祐元年改爲忠翊府，未幾復改爲御臨親軍都指揮使司，又以御臨非古典，改爲羽林。六年，英宗立爲皇太子，復以隸東宫，仍爲左衛率府。延祐五年立右衛率府，又有喀喇衛。至大三年立中都威衛使司，至治元年改爲忠翊侍衛親軍都指揮使司。宗仁衛二年立。至元二十三年依河西等衛例立欽察衛，至治二年分爲左、右兩衛，天曆二年屬大都督府據《元·兵志》又云始至元年，立衛時設行軍千户十有九所、屯田三所，大德中置濟爾噶朗、特古納兩千户所，至大元年復設四千户所，至是分左、右二衛龍翊衛親軍都指揮使司同上，增置《元·兵志·敘》虎賁親軍都指揮使司、左翊蒙古侍衛親軍都指揮使司、右翊蒙古侍衛親軍都指揮使司、宣忠俄羅斯扈衛親軍指揮使司、威武阿蘇衛親軍都指揮使司、東路蒙古侍衛親軍都指揮使司、女直侍衛親軍萬户府、高麗女直漢軍萬户府、管女直侍衛親軍萬户府《元・兵志》。又鎮守海口侍衛親屯儲都指揮使司、宣鎮侍衛，見《元史》。中統元年四月諭：隨路管軍萬户有舊從萬户僧格西征軍人，悉遣至京充防城軍同上。又云孟古岱軍三百一十九、嚴萬户軍千三百四十五、濟南路軍百四十、塔齊爾軍百四十九、奇札爾軍百四十五、馬總管軍百四十四，禁兵用之，大朝會則謂圍宿軍《元・兵志敘》。《元史・兵志》：至元二十六年七月，命大都侍衛軍内復起萬人赴上都備圍宿。元貞二年十月，樞密院臣議，各城門以蒙古、漢軍列衛，及于周橋南置戍樓，警昏旦，從之。至大四年正月，省臣等傳皇太子命，以大朝會調蒙古、漢軍三萬備圍宿，發山東、河北、河南、淮北諸路軍至京，命都府左右翼、右都威衛整器仗車騎。皇慶元年六月，命衛率府軍士圍宿守隆福宫禁門。十一月樞密院臣議增百户一，及于欽察、桂齊、西域、唐古、阿蘇等衛，調軍士九十增守諸掖門，復命千户一員巡邏。延祐三年十月，以諸侯王來朝，命圍宿軍六千增至一萬，命伊爾根圖嚕分左、右部領其事。十一月詔圍宿軍士增色目軍萬，十二月樞密院臣言圍宿軍士不及數，遷刈草及青塔寺工役軍備守衛，其各衛還家軍士發二萬五千。六年閏八月，命知樞密院事忠嘉領圍宿，發五衛軍代羽林軍士以千户二、百户十，擇士二百屬之。至治元年正月，帝詣石佛寺，以墻壞命副樞準台僉院阿薩爾領圍宿士卒。八月，東内皇城建宿衛屋二十五楹，命五衛内摘軍二百五十備禁衛。天曆二年二月，樞密院臣言去歲翼軍出征有潰散者，止於右翼侍衛及右都威衛内發軍千一百二十六，今歲車駕行幸，議河南、山東兩都府内起遣來差軍士千，三名扈從。制可。五月樞密院臣言，軍人常制三月一日放散，六月一日赴限，今放散遲，令八月一日赴限，從之。用之大祭祀則謂之儀仗軍又曰驛衛清路軍，見《元史・兵志》，車駕巡幸用之則曰扈從軍《元·兵志》：至元十七年三月，發孟古岱綽爾齊所欽河西軍士及額勒赫麾下二百扈從。至大二年太后幸五臺，省臣議：昔大太后幸五臺，於住夏特默齊及漢軍内各起扈從軍三百，今遵故事。十一月樞密院臣言：去歲六衛漢軍内以興工役，故用六千軍士於上都，議來歲行幸，令騎卒六千，備車馬器仗與步卒二千扈從，守護天子之帑藏曰看守軍《元·兵志》：至元二十五年十一月，以軍守都城外倉。初，城外豐寶廣貯通濟四倉無守者，收糧頗多，依都城内倉例，每倉發軍五人守之。十二月中書省臣言：樞密院公廨後有倉貯糧，調軍五人守。大德四年二月，調軍五百于新浚河内看閘。至大四年六月，帝御大安，閱樞密院官奏議特默齊軍士去戍地遠，擬發阿蘇、唐古等軍參漢軍用之，各門五十。制可。延祐元年閏三月，隆禧院官言：初世祖影殿有軍士守之，今武宗御容于大崇恩福元寺安置，宜依例調軍士守，從之。三年二月，領北行省乞軍守衛倉庫，命于綽哈所屬萬户三千特默齊軍内摘軍三百。至治元年，增守大廟墻垣軍，初用蒙古軍四百，至是增至八百。四月勅吹戩幹齊爾巴克實寺内常令軍士五人守衛，或夜警非常，則爲巡邏軍《元·兵志》：延祐七年五月，詔留守司及虎賁司官夜巡，或歲漕至京用以彈壓則爲鎮遏軍《元·兵制》：延祐元年閏三月，樞密院官中書省言：江浙春運糧八十三萬六千二百六十石，開洋來直沽，詔依例調軍，命右衛副指揮指揮使巴延往鎮遏之。三年四月海運至直沽，樞密院官奏調軍五百。七年四月調鎮軍千如制。

明　京營《明·兵志》有五軍，五軍變爲三大營，三大營變爲團營，團營敝而戎政府立《蒼霞草》。初太祖建統軍元帥府，尋改大都督府《明·兵志》，籍留守等四十八衛之衆訓練之《蒼霞草》。已又分前、後、中、左、右五軍都督府，洪武四年，士卒數二十萬七千八百有奇《明·兵志》。鄒德溥《京營戎政題名記》：業以錦衣諸衛衛宫禁矣。京營設獨立巡徼，仿佛漢南、北軍相制，所謂班换兵，取諸山東、河南、中都，又仿漢調三輔規。　永樂時北伐歸，始設三大營，曰五軍，曰三千，曰神機《京營戎政題名記》，增京衛爲七十二，分步騎軍爲五軍《明・兵志》。　五軍者，中軍、左掖、右掖、左哨、右哨也《菽園雜記》，立于德勝關外之西《春明夢餘録》，歲調中都、山東、河南、太甯兵番上京師隸之。設提督內臣一，武臣二，掌號頭官二，大營坐營官一，把總二，中軍坐營官一，馬步隊把總各一，左右掖哨官如之。　又十二營掌隨駕馬隊官軍，設把總二。　又圍子手營掌操練上直。　又刀手及京衛步隊官軍設坐營官一，統四司，以一、二、三、四爲號，把總各二。　又幼官舍人營，掌操練京衛幼官及應襲舍人，坐營官一，四司把總各一《明・兵志》，皆五軍營之支分《菽園雜記》。　已得邊外降丁《明・兵志》，以龍旗寶纛下三千小達子立三千營《菽園雜記》，分五司分掌官軍以及昭甲官軍《明・兵志》：五司掌執大駕龍旗、寶纛、勇字旗：負御寶及兵仗局什物上直官軍一，掌執左、右二十隊勇字旗，大駕旗纛金鼓上直官軍一，掌傳令營旗牌，御用監盔甲尚冠尚衣尚履什物上直官軍一，掌執大駕勇旗五軍盔貼，直軍上直官軍一，掌殺虎手馬轎及前哨馬營上直昭甲官軍。　又隨侍營《菽園雜記》。《明・兵志》：隨侍東宮官舍遼東備禦回還官軍：提督內臣二，武臣二，掌號頭官二，坐司官五，見操把總三十四，上直把總十六，明甲把總四，此三千營部分也《明・兵志》。　征交阯得神鎗火箭法，立神機營《蒼霞草》，提督內臣武臣掌號頭官視三千營，亦分五軍：中軍坐營內臣一，武臣一，其下四司各監鎗內臣一，把司官一，把總官二，左、右掖哨皆如之《明・兵志》。　按《菽園雜記》把牌官，《明史》未及。又有五千下者，得都督譚廣馬五千匹，所謂譚家馬即此《菽園雜記》。　置營掌操演火器及隨駕護衛馬隊官軍坐營，内臣、武臣各一，其四司各把司官二，此神機營分部也。居常五軍肄營陣、三千肄巡哨、神機肄火器，大駕征行則大營居中，五軍分駐，步内騎外，騎外爲神機，神機外爲長圍，周二十里，樵採其中。三大營之制如此《明·兵志》。時有勝兵四十萬，稱最勁鄒德溥《京營戎政府題名記》。洪熙時始命武臣一人總理營政。宣德五年以成國公朱勇言選京衛卒，隷五軍訓練，明年令科道及錦衣官覈諸衛軍數《明·兵志》又云帝征高煦、破兀良哈，以京營勝。至於正統，京兵至不能受甲《蒼霞草》，二年復因勇言令錦等衛守陵，衛卒存其半，其上直旗校隷錦衣督操，餘悉歸三大營。土木之難，京軍没幾盡，景帝用于謙爲兵部尚書，謙以三大營各爲教令，臨期調撥，兵將不相習，請於諸營選勝兵十萬《明·兵志》。按鄒德溥《京營戎政府題名記》于肅愍更簡驍鋭十五萬，《蒼霞草》亦云分爲十營，營萬人，分十營訓練之，命曰團營鄒德溥《京營戎政府題名記》。每營都督一、號頭官一、都指揮二、把總十、領隊一百、管隊二百，于三營提督中推一人充總兵官，監以内臣，兵部尚書或都御史一人爲提督，餘軍歸本營曰老家《明·兵志》。《蒼霞草》：隊長統五十，隊官統百，把總統千，都指揮統五千。訓練之方有八陣，八陣分六十四陣《蒼霞草》，京軍制一變。英宗復辟，謙死，團營罷《明·兵志》。天順八年三月，會昌侯孫繼宗、兵部尚書馬昂議將五軍、三千、神機三大營原選馬步官軍十一萬九百餘，選足十二萬，分十二營，立奮武、耀武、練武、顯武、敢勇、果勇、鼓勇、効勇、立威、伸威、揚威、振威十二營名，以内臣十二監鎗《明英宗實録》。按《明·兵志》云憲宗立復之、增爲十二在天順八年，今依《實録》。成化初革，二年復《蒼霞草》，分一等、次等訓練，尋選得一等軍十四萬有奇，仍分十二營《明・兵志》。三年四月設十二營坐營官《明憲宗實録》，命侯十二掌之，各佐以都指揮，監以内臣，提督以勳臣，名軍曰選鋒，不任者仍爲老家供役，團營法又變《明・兵志》。《蒼霞草》：其任者名選餘，不任者歸本營，名老家。老家孱弱而選餘供役于私門，掊克于主帥。《菽園雜記》：三大營所存無幾，名老家兒，專備營造差報。按餘乃鋒之譌。十年舊教場還五軍營《明憲宗實録》：成化十年八月，英國公張懋言五軍營舊教場，在德勝門外，初以狹不容衆，而三千營兵少、教場廣，因易之，復立十三營，以大教場移與團營，而五軍營就錦衣衛教場不能容，今觀三千營兵終少，宜就錦衣衛教場，以舊教場還五軍營，允之。二十年立殫忠、効義二營，練京衛舍人餘丁。二營永樂間設，後廢，至是復設，未幾以無益罷。帝在位久，京營特注意，然缺伍至七萬五千有奇，權貴隱占，汪直總督團營，禁旅專掌于内臣自帝始。孝宗即位，命都御史馬文升爲提督。時軍苦工役，成化末余子俊嘗言之，文升復陳不可。請每營選馬步鋭卒二千，遇警徵調，且遵洪、永故事，五日一操，以二日走陣，下營以三日演武，從之《明・兵志》又云尚書劉大夏陳弊端十事，後奏減修乾清官[宮]卒，内臣謂其不卹大工，大學士劉健曰：『愛惜軍士，司馬職也。』帝納之。户部主事劉夢陽論役軍之苦及内臣主兵者，語侵壽甯侯，詔下獄，格不行。武宗即位，十二營鋭卒僅六萬五百餘，稍弱者二萬五千《明・兵志》又云給事中葛嵩請選五軍、三千營精鋭歸團練，存八萬餘於供役，惠安伯謬引舊制以争，遂已隱占如故。寘鐇反，太監張永將京軍往討，中官權重，用中貴人，號曰監鎗鄒德溥《京營戎政府題名記》。流寇起，邊將江彬等請調邊將入衛，于是集九邊突騎家丁數萬于京師，名曰外四家，立兩官廳，選團營及勇士四衛軍于西官廳操練，正德九年，所選官軍于東官廳，自是兩官廳爲選鋒十二團營，且爲老家矣。武宗崩，大臣用遺命罷之。給事中王良佐奉勅選軍，按籍三十八萬有奇，存十四萬，中選者二萬餘，久之，設文臣知兵者一領京營。時額兵十萬七千餘，存者半，專理京營兵部尚書李承勛請足十二萬數，部議遵弘治中例，老者補以壯丁，逃故者清，軍官依期借補，從之。十五年，都御史王廷相提督團營，條上三弊：一、軍多工作。二、替代需索。三、賄置老家《明・兵志》又云王廷相條上三弊：一、軍士多派工作，終歲不操，雖名團練，與田夫無異。二、軍代替吏胥索賄，貧軍不能辦，老羸應役，精壯不收練。三、富軍憚營操征調，率賄將弁置老家數中，貧者雖老疲亦常操練。一語頗切中，而兩郊、九廟、諸宮殿工起，役軍益多。兵部請分番爲二，半團操、半放歸，而收其月廩雇役。詔行一年，邊警急，團營僅選騎卒三萬，仍號東西官廳，餘悉私役《明・兵志》。庚戌之役，詔能加一矢者《蒼霞草》。《明・兵志》：二十九年，俺答入寇，兵部尚書丁汝夔覈營伍不及五六萬，驅出城，流涕不前，汝夔坐誅，大學士嚴嵩請圖善後，吏部侍郎王邦瑞攝兵部，因言京營弊不在逃亡在占役、不在軍士在將領《明・兵志》：吏部侍郎王邦瑞攝兵部，言勁旅不減七八十萬，元戎宿將不乏人，三大營變十二團營，又變兩官廳，額軍三十八萬有奇。今武備弛，見籍止十四萬餘，操練不過五六萬，支糧則有，調遣則無。比敵騎深入，戰守俱稱無軍，即見在兵，率老弱疲憊、市井游販之徒，衣甲器械取給臨時，其弊不在逃亡而在占役、不在軍士而在將領。蓋提督、坐營、號頭、把總諸官多世胄紈綺，占役營軍，空名支餉，臨操集市人呼舞博笑。先年尚書王瓊、毛伯温、劉天和有意飭振，將領阻擾，軍士習驕惰，競倡流言，事中止，乞遣官精核。帝是其言，罷團營兩官廳，復三大營，更三千曰神樞，罷提督、監鎗等内臣，設武臣一曰總督京營戎政，以咸甯侯仇鸞爲之，文臣一曰協理京營戎政，以邦瑞充《明·兵志》，所謂戎政府也鄒德溥《京營戎政府題名記》，在東燈市大街《春明夢餘録》又云團營，景泰初立于安定、德勝兩關外之中，嘉靖二十九年罷團營始更于此，南面建閱武門。閱武門起至北土城止，長千七百四十二步，設將臺一座，前設旗臺二、石榜牌一、鼓棚二、石旗架二、演武廳一。其下設副參等官二十六，以四武營歸五軍營中軍，四勇營歸左、右哨，四威營歸左、右掖，各設坐營官一爲正兵備城守，參將二，備征討。又遣四御史募兵畿輔、山東、山西、河南，得四萬，分隸神樞、神機，各設副將一而增能戰將六，分領操練。大將所統三營兵居常，名曰練勇，有事更定職名：五軍營大將一，統軍一萬，總主三營副將、游擊、佐擊及坐營等官，副將二，各統軍七千左右，前後參將四，各六千，游擊四，各三千，外備兵六萬六千六百六十。神樞營副將二，各統兵六千，佐擊六，各三千，外備兵四萬。神機營亦如之。

三大營官數：五軍營百九十六，神樞營二百八，神機營百八十二，共五百八十六。在京各衛軍分隸三營《明·兵志》。《春明夢餘録》中曰：五軍東曰神樞，西曰神機。五軍析營十六，神樞析營十，神機析營九，凡三十五營，聯之則三大營，又聯之總曰戎政府《春明夢餘録》。按《明·兵志》云分三十三營。終帝世其制屢更，後中軍哨掖之名亦罷，但稱戰守兵，兼立車營。故事五軍府皆開府給印，主兵籍，不與營操，營操官不給印，戎政之有府與印自仇鸞始。鸞言于帝，選各邊兵六萬八千分番入衛，與京軍雜練，復令京營將領分練邊兵，于是邊軍盡隸京師，邊事益壞。鸞死，罷戎政廳首領官之屬，而入衛軍惟罷甘肅者。隆慶四年，大學士趙貞吉請收將權、更營制，極言戎政設府鑄印、以數十萬統于一人，非太祖、成祖分府營本意，請以官軍九萬分五營，營擇一將訓練。尚書霍冀言：營制世宗熟慮而後定，不宜更，惟大將不當專設、戎政不宜有印如貞吉言。制可《明・兵志》。鄒德溥《京營戎政府題名記》：趙文貞言兵權獨主，强者挾之，弱者引嫌，請倣祖宗分府意措置五營，各擇一將董之，大臣以時校閱。行之三日謂號令不一，復議專統。三大營各設總兵一，副將二，參伍等官互有增損，各爲十人，而五軍營兵均配二營，營十二枝，屬二副將分統，以侯伯充總兵，尋改曰提督，用三文臣亦稱提督。自設六提督，各持意見，遇事旬月不決，給事中温純言其弊，乃罷，仍設總督協理二臣。萬曆二年，從給事中歐陽柏請復給戎政印，汰坐營官一。五年，巡視京營科臣林景暘請廣招募立選鋒，時張居正當國，群臣多條上兵事，大旨在足兵選將，營務頗飭，久遂弛《明・兵志》。三大營先在五軍營操練，二十年郭士吉等題分三營《春明夢餘録》又云：合操歸五軍營，凡車兵輪演日期亦赴五軍營，以軍就車。三大營官軍選鋒除弓矢隨帶，其軍火器具置安定、德勝二京營局，操日領用。三十六年尚書李化龍理戎政，條上京營積弊，兵事起，總督京營趙世新請改設教場城内便演習，太常少卿胡來朝請調京軍戍邊。天啟三年，協理侍郎朱光祚奏革老家軍，補少壯，老家瓦礫投光祚，不果革。時魏忠賢用事，立内操，增内臣爲監視及把牌諸小内監，益募健丁，諸營軍多附之。莊烈帝即位，撤内臣，已而復用。戎政侍郎李邦華憤京營弊壞，請汰老弱虚冒，擇材力者爲天子親軍營，勳戚中官惡害己，蜚語日聞罷。邦華代以陸完學，更其法：京營自監督外總理捕務者二，提督禁門巡視點軍者三，以御馬監司禮文書房內臣爲之，營務盡領於中官矣。十年兵，亟命京軍出防，監以中官。周延儒再入閣，勸罷內操，撤諸監軍，京兵班師還《明・兵志》又云時營將率內臣私人，不知兵，兵惟注名支糧，買替紛紛，朝甲暮乙，雖有尺籍，莫得而識。帝屢旨訓練，然日不過二三百人，營兵十萬，抽驗不及，玩愒佚罰無算。帝問戎政，侍郎王家彦曰：惟嚴買替，禁改操練法，庶可萬一。然勢已晚。十六年，襄城伯李國楨總戎政，內臣王承恩監督內營，明年流賊至沙河，京軍出禦，聞礮聲潰而歸。賊犯闕，守陴僅內操三千，京師遂陷。大率京軍積習由于占役買閒，其弊實起紈絝之營帥、監視之中官云《明・兵志》。

侍衛上直軍之制：永樂中置五軍三千營，增紅盔、明甲二將軍及叉刀圍子手之屬備宿衛。校尉力士僉民間丁壯無惡疾過犯者。力士先隸旗手衛，後改隸錦衣及騰驤四衛，專領隨駕金鼓旗幟及守衛。四門校尉原隸儀鑾司，司改錦衣衛，仍隸焉，曰鑾輿，曰擎蓋，曰扇手，曰旌節，曰幡幢，曰班劍，曰斧鉞，曰戈戟，曰弓矢，曰馴馬，凡十司，及駕前宣召差遣，三日一更直，設總旗、小旗，而領以勳戚官。官凡六，管大漢將軍及散騎舍人、府軍前衛。帶刀官者一，管五軍營叉刀圍子手者一，管神樞營紅盔將軍者四《明・兵志》又云聖節、正旦、冬至大祀、誓戒、册封、遣祭、傳制用全直，直三千人，餘則更番，器仗衣服位列亦稍殊。凡郊祀、經筵、巡幸，侍從有定制。居常當置將軍，朝夕分候午門外，夜則司更，共百人，而五軍叉刀官軍于皇城直宿，掌侍衛官輪值，日一員，惟掌錦衣衛將軍及叉刀手者每日侍，尤嚴收捕之令及諸更離直者，共計錦衣衛大漢將軍千五百七人，府軍前衛帶刀官四十，神樞營紅盔將軍二千五百，把總指揮十六，明甲將軍五百二，把總指揮二，大漢將軍八，五軍營叉刀圍子手三千，把總指揮八，勳衛騎舍人無定員，旗手等衛帶刀官百八十，此侍衛親軍大較也。

正統後，妃主公侯中貴子弟多寄禄錦衣中，正德時奏帶傳銜冒銜者數百。武宗好養勇士，以千把總四十七人注錦衣衛帶俸舍，餘千一百充御馬監家將勇士，食糧騎操，又令大漢將軍試百户，五年實授著爲令。萬曆間衛士多占役買閒，弊與三大營等。雖定離直奪月糈例，然不能革太祖之設錦衣也。司鹵簿有罪者往往下衛鞫，文皇倚錦衣爲心腹，所屬南、北兩鎮撫司，南理本衛刑名及軍匠，北治詔獄《明・兵志》。按錦衣緝民情僞，以印官奏，勅領官校、東（敞）〔廠〕太監緝事別校亦從本衛撥給，恒與中官相表裏。皇城守衛用二十二衛卒，不獨錦衣軍，而門禁亦上直中事。京城巡捕有專官，然每令錦衣官協同，地親要權，遂終明世。初永樂中定制諸衛分地，自午門達承天門左右，建長安左右門，至皇城東西屬旗手、濟陽、濟川、府軍及虎賁右、金吾前、燕山前、羽林前八衛，東華門左右至東安門左右屬金吾、羽林、府軍、燕山四左衛，西華門左右至西安門左右屬四右衛，玄武門左右至北安門左右屬金吾、府軍後及通州、大興四衛。衛有銅符，頒自太祖，曰承、曰東、曰西、曰北，各以門名也，巡者左半，守者右半，守官遇巡官至合契而從事。各門守衛官夜領銅令申字牌巡警，自一至十六，内皇城衛舍四十，外皇城衛舍七十二，俱設銅鐸，次第循環。内皇城左右坐更將軍百，每更二十人，四門支更官八，交互往來，鈐印于籍以爲驗。都督及帶刀千百户，日各一人領申字牌直宿及點各門軍士，後更定都督府，改命侯伯僉書焉。洪熙初，更造衛士懸牌，時親軍缺伍，選他衛軍守端直諸門《明・兵志》：親軍缺伍，衛士不獲代，帝命選他衛軍守端直諸門，尚書李慶不可。帝曰：人主在，布德以屬人心，苟心相屬，雖非親幸何患。宣德三年命御史點閱衛卒。天順中增給事中一《明・兵志》又云成化十年，尚書馬文升言：太祖置親軍指揮使，不隸五府，文皇設親軍十二衛，增勇士數十員，屬御馬監上直，以腹心臣領之，比者廢弛，皇城內兵衛無幾，諸監門卒疲羸不任受甲，宜勑御馬監官即見軍選練，仍勑守衛官常嚴步伍，譏察出入。帝然其言，未能整飭。正德初，嚴皇城紅鋪巡徼，日令留守衛指揮五員督內外夜巡軍，而兵部郎中、主事各一，同御史、錦衣衛稽閱。嘉靖七年增直宿官軍衣糧，五年一給。萬曆十一年皇城內外設把總二員，分東、西管理，時門禁益弛，衛軍役于中官，每至空伍，賃市兒行丐應點閱，叉刀紅盔日出始一入直，直廬無人坐更，將軍皆納月鏹于所轄，凡提號巡城、印簿走更，諸事悉廢。十五年再申門禁按明給事中吴中煒乞復舊制，不報，末年失金牌久，始覺。梃擊之事，張差一妄男子闌入殿廷，屢飭莫挽。

京城巡捕之職：永樂中置五城兵馬司。宣德初京師多盜，增官軍百，協五城逐捕。已復增夜巡候卒五百。成化中始命錦衣官同御史督之，末年撥給團營軍二百。弘治元年，令三千營選指揮以下四員領精騎巡京城外，又令錦衣官五旗手等衛官各一分地巡警，巡軍給牌。五年設把總都指揮，專職巡捕。正德中添把總分晝京城外地，南抵海子，北抵居庸關，西抵盧溝橋，東抵通州。增城內二員，益以團營軍官卒賞罰例，末年邏卒增至四千，特置參將。嘉靖元年復增城外把總一，並舊爲五，分轄城內東西二路、城外西南、東南、東北三路，增營兵爲五千，又十選一立尖哨五百騎，厚其月糈，命參將督操，而監以兵部郎。時京軍弊積，捕營亦然。三十四年軍士僅三百餘按：以給事中邱岳等言削指揮樊經職，而禁以軍馬私役騎乘。萬曆十二年從兵部議，京城内外盜發，卯至申責兵馬司，酉至寅責巡捕，賊衆協捕。後軍額倍，駕出及朝審録囚皆結隊駐巷口，而士馬不足用。捕營提督一、參將二、把總十八，巡軍萬一千、馬五千匹。盜縱横至竊内中器物《明・兵志》，添内臣一名，内提督及王之俊爲之，練爲戰兵，改名練捕營《明遺録》。莊烈帝時以兵部侍郎專督《明・兵志》。十六年，襄城伯李國楨《明遺録》總督京營《明史・李濬傳》，請選京衛幼宦應襲舍人六十充護衛，名選練營《明遺録》。四衛營者，永樂時迤北逃回軍卒供養馬役，給糧授室，號曰勇士，後多以進馬者充，而聽御馬監官提調，名隸羽林，身不隸也，軍卒冒糧不可稽。宣德六年，專設羽林三千户所統之，凡三千一百餘，尋改武騰驤左右衛，稱四衛軍，選本衛官四員爲坐營指揮《明・兵志》，以御馬監掌印太監爲提督《明遺録》，别營開操《明・兵志》，爲天子禁旅《明遺録》。中官占匿，弘治末，勇士萬一千七百八十，旗軍三萬一百七十，歲支廩粟五十萬。孝宗覈之，令内臣所進勇士由兵部驗送，乃給廩五年，籍其數著爲令，省金錢歲數十萬。武宗即位，中官甯瑾所［乞］留乞［所］汰人數，言官及尚書劉大夏持不可，不聽。後兩官廳設，遂選四衛勇士隸西官廳，掌以邊將江彬、太監張永等。世宗立，詔自弘治十八年存額外悉裁之，替補必兵部查駁，而御馬監馬令巡視科道覈數，既而中旨免覈。

馬多虚，後數年，御馬太監閔洪矯旨選四衛官，給事中鄭自璧劾欺蔽，不報。久之，兵部尚書李承勛請以選覈隸部，中官謂非便，帝從承勛言。十六年命收復登極詔書所裁者四千《明·兵志》。按後五年内臣言勇士僅存五千餘，請令子侄充選以備邊警。部臣言故額五千三百三十人，八年清稽已浮其數，本非爲備邊設。帝從部議，然隱射占役冒糧率如故。萬曆二年減坐營官二，已復定營官缺，由兵部擇用，後爲中官所撓，仍屬御馬監。四十二年，給事中姚宗文點閲本營，言官勇三千六百四十七僅及其半，馬千四十三無至者，官旗七千二百四十，止四千六百餘，馬亦如之，乞下法司究治，帝不能問。天啟末，巡視御史高弘圖請視三大營例，分弓弩、短兵、火器加以訓練。莊烈帝時，提督内臣曹化淳奏改爲勇衛營《明·兵志》，黄得功、周遇吉爲將，練戰兵《明遺録》，出擊輒有功，軍士畫虎頭於皂布以衣甲，賊望見黑虎頭軍多走避《明·兵志》，京營兵不下數十萬，可用者獨勇衛營而已《明遺録》。

簣喜廬文初集卷六

順天府兵志

順天府屬營汛有府尹兼轄者：拱極營、良鄉營、舊州營、通州協以及三河、武清、寶坻、昌平、順義、密雲、涿州、房山、霸州、大城、薊州諸營，其大較也，而拱極、良鄉、涿州三營又直隸總督所轄。直隸提督駐密雲之古北口，轄本標中左右前等營、古北口城守營、密雲城守營，及昌平、鞏華、順義、懷柔四營，皆順天竟也。它如曹家路、墻子路、薊州城守營、黄花山等營則馬蘭鎮總兵轄，沿河口房山營則泰甯鎮總兵轄，采育營、通州協、張灣營、三河營、武清營務關路、寶坻營、霸州營、大城營則天津鎮總兵轄，其在河工則河道轄焉。駐防官兵初惟協領官轄之，雍正十年改轄于相近大臣，無相近者泒察無虚年，城嚴分汛，職紀專司，方志例也。志《兵志》。

四路捕盗營：各把總四、經制外委十二、額外外委十二、兵六百，同治二年定制也據府奏。初康熙二十七年置四路千總、把總各一，雍正十一年增外委各一據《會典事例》四百三十一、額外外委各三《會典事例》四百七十，厥後增省不一冊。同治二年增經制外委、額外外委各四府奏。其兵五人爲伍，二伍爲隊，一馬隊、一步隊爲一哨，外委領之。先是東、南各八哨，西五北六，北路後亦爲八。東路營駐通州，其兵駐通州之馬頭、武清之河西務標垡、香河之渠口、三河之夏店、薊州之邦均、寶坻之白龍港。南路營駐黄邨，其兵駐大興之青雲店、宛平之榆垡、固安之曲溝、霸州之苑家口、大城之邢家林、永清之雙營、東安之褚河港。西路營駐盧溝橋，其兵駐良鄉之十三里、涿州之澤畔邨大三家店。北路營沙河，其兵駐昌平之龍虎臺、順義之牛欄山楊各莊、懷柔之羅山、密雲之九松山。其次要處撥兵巡緝，賞罰有章據《捕盜營章程》。初調三哨駐府尹署，同治十年府尹奏添中營，令三哨弁兵回本營據同治十年府奏，兵數視昔異矣同治十年奏：同治二年添兵四百，連原設馬步共六百。按《會典事例》四百七十：東路兵九十有七，南九十六，西九十一，北九。《畿輔唐《志》：四路各馬兵六十，步戰兵二十，守兵二十，歲俸餉馬乾米折銀三千四百十一兩四錢。《中樞政考》：東路馬兵五十四，步兵廿，守兵廿二；西路馬兵五十四，步兵廿，守兵廿；南路馬兵五十四，步兵十五，守兵廿；北路馬兵五十四，步兵十五，守兵廿，兵數視昔互異。

大興采育營縣東南廿里：都司一，千總一，把總二，外委、額外外委一《會典事例》四百七十。初康熙二十三年置守備以下官，乾隆二十六年移外委一駐白塔邨，撥外委一駐王平口據《會典事例》四百三十一，兵百有八《會典事例》四百七十。《中樞政考》：采育營馬兵七、守兵四十七。青雲店汛把總一大興東南十里，鳳河營汛把總一大興東南八十里，白塔邨汛外委一按汛在大興南廿里，外委于乾隆廿六年移自采育里。據《畿輔圖説》、采訪册。

宛平拱極營：游擊一縣西卅里，兼轄良鄉營、千總一、把總一、外委二、額外外委二《會典事例》

四百七十。初順治元年置參將一、防守一，二年考都司以下官，三年增守備一，十年裁守備，康熙十七年移都司駐天津，改設游擊等官據《會典事例》四百三十一，兵三百一十六《會典事例》四百七十。按《中樞政考》：拱極營馬兵五十、步兵八十、守兵百五十五。

沿河口都司一、把總二、外委一、額外外委二冊。按沿河口在宛平西二百里。畿輔唐《志》云轄平羅營。初順治元年置守備一，雍正十年改設都司等官據《會典事例》四百三十一，兵百八十有一《會典事例》四百七十。按畿輔唐《志》云：馬戰兵五、守兵百五十一。

平羅汛把總一宛平西。初置守備一，順治十年裁據《會典事例》四百三十一，兵五十八畿輔唐《志》：馬戰兵五，守備五十三。

天津關外委一宛平西二百一十里。《畿輔圖説》。王平口外委一，移自采育營宛平西，磨石口汛千總一，五里沱汛把總一二汛縣西北，龐各莊汛、榆垈汛把總各一，趙郈店汛把總一縣西南。據《畿輔圖説》。

良鄉營守備一冊、把總一《會典事例》四百三十一、外委一、額外外委一，兵百十有七《會典事例》四百七十，今存六十九良鄉陳《志》：緑營駐城內，原設馬兵三十，步兵五，守兵六十三，官馬六，營馬三十，撥外委一、兵八，駐黄新莊護行宫，嗣撥永定河防汛守兵一，裁營馬五。同治六年，調保陽練軍營馬兵七、守兵廿、賸兵六十九、馬三十一。按《中樞政考》三十七云：良鄉營馬兵十六、步兵五、守兵四十。竇店汛把總一、兵二十九，嗣撥蘆臺鎮兵二良鄉陳《志》：竇店汛駐舊店，係涿州營分防。把總一、馬守兵廿九，撥蘆臺鎮兵二，騰馬兵九守兵十八。琉璃河汛把總一、兵二十九良鄉陳《志》：琉璃河汛駐燕谷店，係涿州營分防，把總一、馬兵七、守兵廿二、馬六。十三里邨捕營外委一、兵二十，同治二年置良鄉陳《志》：捕營駐十三里邨，同治二年設外委一、馬兵六、無馬馬兵五、步兵九。

黄新莊千總一、外委一、兵七，縣内務府撥護行宫良鄉陳《志》。固安麟窩信安二汛把總各一，康熙六年徙自霸州、文安二營，春夏則麟窩汛把總駐縣治，秋冬則易以信安汛把總，兵凡五十固安陳《志》。永清汛把總一永清周《志》，初置守備、把總各一，康熙二十六年裁守備，移把總入霸州營，移霸州營千總入永清營據《會典事例》四百三十一，乾隆六年改把總，兵五十一，四十二年調撥文安汛兵三據永清周《志》又云馬兵八、守兵四十三。乾隆四十三年撥文安汛守兵三，實存四十，餉銀霸州營給。

東安營：都司一、千總一東安李《志》。初順治元年置游擊，十年裁據《會典事例》四百三十一。按東安李《志》稱游擊自六年始，非。後增守備一，康熙二十三年裁據同上，兵二百三十一東安李《志》：都司領馬兵四十七、守兵百八十五。

舊州營：守備一册。初順治元年置守備，六年改都司據《會典事例》四百三十一，尋復守備册。香河把總一，順治年置，康熙十四年增守備一、把總一香河劉《志》，四十年裁守備，改把總一爲務關營官據《會典事例》四百三十一。

通州協：副將一，順治七年改自總兵官通州高《志》：初設十三營，總兵官統，順治七年改副將，領都司以下官，轄通州、三河、玉田、豐潤等營。嘉慶五年，豐潤、玉田改撥提標三屯協，而通協轄通州左右標、張灣、采育、三河五營。又見《會典事例》四百三十一。左營兼中營都司一、千總一、把總二、外委二、額外外委二、兵二百二十八，右營守備一、把總一、外委二、額外外委一、兵二百二十五。初置游擊一，順治十一年裁。又通州道標守備一，順治六年裁據《會典事例》四百三十一。張家灣都司一駐州東南張家灣，把總二，外委一，額外外委一《會典事例》四百七十。初順治元年置守備一，雍正十年裁守備，改天津河標右營游擊，仍駐張家灣。乾隆七年改河標右營游擊爲張家灣營都司，置參將以下官，屬通州副將據《會典事例》四百三十一，兵百五十一《會典事例》四百七十。

馬頭汛把總一通州東南，馬駒汛千總一通州高《志》。初置守備一，康熙二十三年裁《會典事例》四百三十一，兵四十二《中樞政考》馬兵五、守兵三十七。三河營都司一、把總二，外委二、額外外委一《會典事例》四百七十，初順治元年置守備一，雍正十年改置都司以下官《會典事例》四百三十一，兵百三十五《會典事例》四百七十。《中樞政考》：馬兵三十五、守兵八十六。馬坊鎮把總一三河縣北。

武清營：都司一、千總一。初順治元年置游擊一、守備一，後改游擊爲都司，康熙二十三年守備改千總册。左司把總一，分汛蒲溝，雍正十年收歸河標。右司把總一，康熙三十二年改汛鳳河武清吴《志》，外委二、額外外委一、兵百四十五《會典事例》四百七十。按畿輔唐《志》：馬戰兵三十七、守兵百四十四，康熙四十年由通協改天津鎮轄。鳳河汛，順治元年置游擊一，後改副將，六年改游擊守備各一，十二年裁游擊，康熙十六年裁守備改千總，二十三年改把總據《會典事例》四百三十一。永樂店汛把總一，本隸務關路，雍正十年改屬武清營武清吴《志》。務關營武清東南三十里參將一、中軍守備一、千總二、把總六《漢名臣傳》天津總兵潘育龍疏。初游擊一，康熙四十年改參將，增千總一，改漷縣營守備一、把總二，楊邨營把總二、香河營把總一爲務關營官。又改寶坻營守備、崔黄口守備把總歸務關營據《會典事例》四百三十一，雍正十年改參將爲河標中軍，兼管左營副將，改守備爲左營中軍守備武清吴《志》，兵五百四十一《會典事例》四百七十。楊邨汛千總一册，初置守備一，康熙四十年改千總畿輔唐《志》。崔黄口汛把總一，初守備、把總各一，涿州營轄，康熙四十年改隸務關營，雍正十年守備改右營守備，移天津崔黄留把總一，十二年天津鎮轄，乾隆七年河標右營守備改崔黄營守備據《會典事例》四百三十一，後裁其把總歸寶坻營轄楊邨崔、黄二汛在縣東南。王慶坨把總一，初順治元年置副將一，游擊二，九年改參將以下官，十年裁參將一、守備二，改設都司一，雍正十一年置都司以下官。乾隆十六年移都司一駐静海汛，止留千總一據《會典事例》四百三十一，後改把總。蔡邨汛把總一武清東南。安平汛把總一武清北。黄花店汛外委一武清西南。桐柏鎮汛外委一武清西。武清吴《志》：墩撥營房水路三：王家堡、蔡邨、老米店。陸路七：瓦屋、沙河、張家莊、王家莊、韓家營、頓邱、黄莊。營汛十一：東沽港又光泗、邨店、大營、黄花店、修家莊、空城、郭家莊、掘河店、東義邨、東柏。寶坻營都司一、把總一、外委一寶坻洪《志》。初順治元年置游擊一，十一年裁游擊，止設守備、千總，通州協兼轄，康熙四十年隸務關營，雍正十年改都司以下官，隸天津鎮據《會典事例》四百三十一，兵百五十五《會典事例》四百七十。畿輔唐《志》：雍正十二年增馬兵六，步戰兵廿四。

甯河營：把總一，雍正十二年置駐縣，兵二十一甯河關《志》：馬兵四、步兵十七。初爲梁城所，三年增千總一《滿洲名臣傳》，海口千總一北塘。甯河關《志》：北塘濱大海，南通山左，東達遼陽，風帆出没。明季築雙壘于海口駐兵，今千總一，南海灘外委一新河，兵二十有七甯河關《志》：馬兵三、守兵廿四，内撥南海灘守兵十，道光二十二年增通永鎮總兵一，駐蘆臺甯河丁《志》。《東溟文後集》：道光二十二年設通永鎮，駐蘆臺，每歲五月至八月，通永鎮總兵移北塘，與奉天會哨天橋廠，中軍兼左營游擊一、左營中軍守備一、千總二、把總二、外委四、額外外委四，右營都司一、千總二，分汛蘆臺千總一、把總二，分汛營城汛把總一、外委四、額外外委四，北塘營游擊一、中軍守備一、把總二，分汛新河汛把總一甯河丁《志》。按北塘營在甯河縣東，營城汛在縣南六十里，新河汛在縣南九十里。

昌平營：參將一，《會典事例》四百七十：昌平參將駐州城，兼轄居庸路、鞏華、懷柔路、湯泉四營。按：居庸路不盡順天竟，懷柔路在懷柔縣治，中軍守備一、千總一、把總二、外委三、額外外委二册。初順治元年置昌平協副將一及游擊、參將、守備等官，五年裁中營游擊一、前營參將一、右營參將一、守備三，六年裁左、後二營游擊，止留守備二，分爲左、右二營，八年裁副將並守備一，改設參將以下官，康熙五十四年裁千總、把總各一，雍正二年復設千總、把總各一據《會典事例》四百卌一、畿輔唐《志》、兵三百一十六《會典事例》四百七十。昌平道標守備一，順治十八年裁《會典事例》四百卅一。

鞏華城營鞏華城一名沙河店，昌平縣東南廿里：都司一、千總一、把總二、外委二册。初順治元年置守備一，六年裁守備改設操守，十年復設守備一、把總一，康熙三十六年移黄花路都司帶千總、把總各一駐鞏華城，移鞏華城守備駐黄花路，嘉慶十七年鞏華城額外外委撥駐白洋城據《會典事例》四百卅一，兵百七十一《會典事例》四百七十。

湯泉營（昌平東）：守備一、把總一、外委三、兵百三十七《會典事例》四百七十。高麗營汛外委一，牛房汛把總一，前屯汛把總一三汛州東，前營汛把總一，藺溝汛外委一二汛州東南，貫市汛把總一州西，今移沙屯北，旺汛把總一，今移皂角屯，黄花汛把總一州東北。初汛爲路，順治元年置參將一，六年改都司，康熙三十六年都司帶本標千總、把總各一，駐鞏華城。居庸路都司一，標下千總一、把總二，八達嶺千總一，鎮邊城汛把總一。初汛爲路，順治元年置參將一，六年裁參將並守備一，改都司、千總，嘉慶十七年裁千總，以白洋城把總駐據《會典事例》四百卅一、畿輔唐《志》。奋𫍯屯汛、横嶺城汛外委各一三汛昌平西。

順義營：都司一、把總三、外委一、額外外委一《會典事例》四百七十。初守備一，順治六年裁，又置游擊一，雍正七年移自石匣營，增把總一據畿輔唐《志》，尋移把總駐楊各莊，十一年裁游擊。乾隆四年移提標前營之左軍都司一、把總二，駐順義爲城守營，增把總一，移順義守備爲提標前營守備據《會典事例》四百卅一，兵百八十《會典事例》四百七十。畿輔唐《志》：雍正十二年裁馬兵卅六、守兵百四十四，時守備領馬兵廿四、守兵九十六。漕河汛把總一《一統志》：漕河營在縣東北牛欄山東南，初置守備一，順治六年裁《會典事例》四百卅一，設操守畿輔唐《志》，康熙元年改置把總《會典事例》四百三十一，兵七十五畿輔唐《志》。楊各莊汛把總一順義東卅里，雍正七年移自順義，十三年順義營轄《會典事例》四百卅一密雲、古北口，直隸提督駐劄［紮］處也，在密雲東《會典事例》四百七十：提督一，節制五鎮，駐古北口，統轄本標中、左、右、前四營，兼轄河屯、三屯、山永三協，八溝、昌平、古北口城守三營。中營中軍參將一、中軍守備一、千總二、把總四、外委六、額外外委八、兵八百二十九，左營游擊一、中軍守備一、千總二、把總四、外委六、額外外委七、兵八百一十，右營游擊一、中軍守備一、千總二、把總四、外委六、額外外委七、兵亦如之左、右營駐古北口潮河關城，在密雲東北二百里。前營游擊一駐石匣城，在密雲東北六十里，兼轄密雲城守、順義、石塘路三營，中軍守備一、千總一、把總三、外委三、額外外委四、兵四百六十。初古北口置參將、守備各一，順治六年改都司，康熙二十九年置總兵官並左右二營游擊二、守備二、千總四、把總八宣化鎮統轄之石匣協標二營、協標兼轄之石匣城守等五營並湯泉等六營，隸古北口鎮，雍正元年裁總兵改設提督，改中軍游擊爲中軍參將，裁左營游擊，改置參將以下等官，置右營游擊以下等官，九年改左營參將以下官爲中營，增設提督、左營游擊以下等官，改中軍守備爲都司，十二年裁城守營都司、千總各一，改署提督標前營、右軍都司以下官。乾隆四年移右軍都司一、千總一、把總二爲城守營，十三年左軍都司兼管中軍。裁撥協標千總、把總二人爲左哨石匣營，千總、把總二人爲右哨石匣城，順治元年置副將並參將以下官，六年裁參將一、游擊一、都司二，仍置守備二，康熙八年裁副將一、守備一，改置游擊，二十九年復置副將並左、右營守備以下官宣化鎮，五十三年撥左營千總一、右營把總一爲河屯營官。雍正二年裁左營把總二、右營把總一，七年移城守營游擊一、守備一駐順義營，十二年裁副將守備千總各一、把總三，改置提督標前營游擊及左軍都司以下官，移守備一駐天津。又古北口外安匠屯紅旗營、十八里、臺坡、賴郡四站把總各一，乾隆七年裁據《會典事例》四百卅一。

密雲城守營：都司、千總、把總、外委、額外外委各一《會典事例》四百七十。初順治元年置參將一，十六年改守備一、把總一，雍正十年改都司以下官據《會典事例》四百卅一，兵二百四十《會典事例》四百七十。按《中樞政考》：馬兵三十三、守兵百九十三。密雲道標守備一，順治十八年裁《會典事例》四百卅一。曹家路營都司一、千總把總四、外委一、額外外委六卌，初順治元年置游擊一，六年改守備，雍正十年守備改都司，乾隆四年移黃花路營千總一入焉，嘉慶十三年增額外外委一據《會典事例》四百卅一、兵二百二十五。墻子路都司一、千總一、把總二、外委額外外委九《會典事例》四百七十。初順治元年置參將等官，六年裁參將、守備、提調各一，改都司以下官雍正二年由古北屬改隸馬蘭鎮，嘉慶十二年移把總一駐楊家堡，十三年增額外外委一據《會典事例》四百卅一、兵二百五十七。司馬臺城把總一密雲東北百二十里，吉家營城把總一密雲東北百廿五里。《會典事例》四百七十。初吉家莊置提調一，順治六年改操守一，康熙元年操守改把總《會典事例》四百卅一。楊家堡千總一密雲東北。《會典事例》四百七十，額外外委移自墻子路《會典事例》四百卅一。石塘嶺堡、鎮羅堡、黑峪堡把總各一，黃崖口汛外委一《會典事例》四百七十，初守備一，順治六年改操守一，康熙元年改把總，嘉慶八年移把總駐大窪汛《會典事例》四百卅一。大水峪口汛外委一《會典事例》四百七十，初守備一，順治六年裁《會典事例》四百卅一。懷柔路都司一、把總三、外委二、額外外委一《會典事例》四百七十，初守備一懷柔吴《志》，順治六年裁，康熙六年復，移八達嶺守備把總駐此畿輔唐《志》，雍正十年守備改都司《會典事例》四百卅一，兵百七十二。

涿州營：參將一、中軍守備一、千總二、把總四、外委三、額外外委二，兵四百十八據《會典事例》四百七十，今存三百有九涿州吴《志》：原馬兵七十四、步兵十、守兵二百七十三，道光元年裁馬兵二、守兵十，十一年裁馬兵一、守兵六，廿一年裁馬兵四、守兵廿五，剩兵三百九；原額馬七十一，除外委騎馬五，裁十三，咸豐三年調河南軍營馬卅四，存馬廿。三家店千總一，兵二十九涿州南卅里墩臺三：鎮安寺、南皋店、泥窪鋪。松林店把總一，兵三十七州西南十八里。柳河營外委一，兵七十州東南卅里。涿州王《志》。馬頭汛外委一州北卅里。長溝汛外委一州西北十八里，兵十涿州王《志》。

房山營：乾隆元年置守備一、把總一《會典事例》四百卅一、外委一房山王《志》，乾隆四十二年增額外外委一《會典事例》四百卅一、兵八十七《會典事例》四百七十。半壁店外委一、兵十房山王《志》。

霸州營：守備一、千總一、把總四、外委一、額外外委二冊，初順治元年游擊一《會典事例》四百卌，道光二十五年改守備兵部册：道光廿年十二月，直督奏霸州營游擊推缺改葛沽營游擊，宣化鎮屬右營，永甯營守備推缺改霸州營推缺。信安汛把總一霸州北。霸州道標守備一，順治十八年裁《會典事例》四百卌。文安汛千總一册，初順治元年置守備一，六年增游擊一《會典事例》四百卌，康熙二十三年裁守備文安楊《志》，乾隆十八年裁游擊改守備都司外委，二十二年裁，改營爲汛，以周四溝外委駐《會典事例》四百卌，把總三，一固安平駝鎮，一保定縣，一大城營，兵五百，今三百七十五文安楊《志》。

大城營：千總一册，初順治元年置游擊一、千總一、把總一，十一年裁游擊千總，留把總一《會典事例》四百卌一：把總涿州營轄，康熙四十年改歸文安營，兼轄天津鎮，後改千總册，兵百有八十大城張《志》：馬戰兵卅八、守兵百四十二。

保定營：千總一、把總一、兵五十保定成《志》：順治十二年移文安營兵五十，防官一，分汛保定，把總一、千總一。

薊州城守營：都司一、千總一、把總二薊州沈《志》、外委五、額外外委一《會典事例》四百七十，初置總兵以下官，順治四年裁總兵官及中軍游擊一、旗鼓守備一，六年裁中軍營參將，止置左右二營天津鎮轄，裁城守營參將一，置守備一，又裁協標左營游擊一、右營都司一，將左營守備改中軍守備兼左營事，十一年改城守營守備爲都司，十二年裁協標守備，嘉慶十七年移右營外委駐松棚路《會典事例》四百卌一，兵二百四十六《會典事例》四百七十。薊州沈《志》：兵四百十二，減百七十五，康熙四十年後添兵廿九，嘉慶十六年裁馬守兵，存馬兵百十八、守兵百八十八，馬六十五，向屬三屯協轄，嘉慶五年改馬蘭鎮轄。盤山汛守行宫者四：盤山汛千總一、外委二，兵四十州西北。桃花寺汛外委一，兵十州東北。隆福寺汛外委一，兵二十州東北。白澗汛外委一，兵七州西，邦均協巡外委一五汛薊營統轄。黄花山汛州東北順治十五年置守備一，又千總二，調汛馬蘭鎮外委二，兵百，裁四百十九薊州沈《志》：薊營統轄，後歸馬蘭鎮，十年千總調馬蘭鎮，未復。朱華山汛乾隆八年置守護端慧皇太子園寢千總一、外委一，兵五十有四薊州沈《志》：馬兵七、守兵四十七。黄崖關薊州北千總一，初置把總，嘉慶十二年移把總駐大窪汛，移黄花山千總駐此據《會典事例》四百卅一，外委三，兵百十七，裁三十二。將軍關把總一、外委一，兵九十九，裁四十四薊州沈《志》：黄崖關、將軍關二汛向屬馬蘭路鎮，順治十七年改隸薊營，雍正二年仍歸馬蘭鎮。青山嶺汛千總一薊州東北。平谷營把總一，雍正十三年屬張家口協據《會典事例》四百卅一。

永定河營：都司一，駐劉盧溝橋東路南，嘉慶十六年置聽河道節制，轄守備、千總、把總、經制外委、額外外委。南岸守備一，乾隆四年置固安縣城總河顧琮乾隆四年奏：南北岸兵千二百、石景山河兵三十，請於永定河添守備一，駐適中之固安。先是一守備兼管北岸，五十六年增協辦守備一，駐北岸三工堤上，管理北岸，自是守備專司南岸據《會典事例》四百七十、《永定河志》，南北岸千總各一，把總初四，改二《永定河志》：康熙三十七年設把總四員，四十四年以二員加千總銜，雍正四年撤加銜千總，留把總二員，八年加千總銜一，南岸加銜千總管兵一，北岸加銜千總管北岸上七工汛，乾隆三年撤回七工加銜千總，與南岸加銜千總分管南北岸河兵把總二員：一北岸把總管石景山工程，一南岸把總管南岸下七工汛，乾隆三年調北岸把總北岸上七工汛，十六年移下口南北兩岸把總撤回，分巡南北岸堤柳，分隸南北岸同知。按《會典》，把總三是合鳳河東堤把總言。　鳳河東堤把總一《永定河志》：乾隆十九年調石景山水關外委管理鳳河東堤，隸三角淀通判，五十六年濬船把總改歸東堤外委，仍歸石景山關。　總督方觀(受)[承]乾隆十九年奏：鳳河東堤長二十六里，設堡房十三，每堡兵二，以外委把總一員管修護，有永定河水關外委把總，係於上游用皮餛飩流報水，應移鳳河石景山水關外委《永定河志》：雍正十一年設水關外委，乾隆三年添千總，十九年調水關外委，管鳳河東，五十六年裁千總，仍設水關外委，淀河南北兩岸外委各一《畿輔安瀾志》：外委一駐淀河南岸，一駐淀河北岸。《永定河志》：乾隆三十八年增淀河外委管濬船，四十七年裁濬船，仍司疏濬，經制外委九《永定河志》：雍正八年設外委一、外委把總三，乾隆三年添外委一、千總一、外委把總三，七年添外委千總一，共九員。按《會典》外委十二，合石景淀汛言，額外外委十五《永定河志》：乾隆廿七年額外外委留本河四，嘉慶十六年添十一，共十五，協防南北岸十五汛，其兵千五百八十九《會典事例》四百七十。　初康熙三十七年設兵二千，四十年巡撫李光地裁千二百李光地奏：永定河桃麥、伏秋各汛十日半月不等，請於前設二千名中擇八百，分工釘樁下埽守堤，餘兵千二百裁，所餘餉銀萬六千四百餘兩存送庫。　四十九年工部奏派章京一，於八百名內撥三十名巡防衙門口郵、莫武廟、紀家莊隄工，永定河缺額另募《畿輔安瀾志》。　雍正三年總督李維鈞裁二百李維鈞奏：河工兵再減二百，年省銀二千八百餘兩。　乾隆四年，總督朱藻同理河務，顧琮奏復兵六百總督朱藻同理河務，顧琮奏永定河汛惟沿河州縣民夫上堤看守，請添六百，連存共一千二百，除係坐糧等項去兵三十，兩岸河兵千七百七十，酌堤長短分十八汛。　河兵既添，將分防石景山把總一撤歸北岸，管上七工汛，其北岸千總照南岸千總例管兵，石景山汛於把總員内拔補千總一。嘉慶七年，署總督陳大文奏益兵四百陳大文奏：永定河南隄百五十四里，北堤百五十五里，又有下口南大隄八十餘里、北大隄四十餘里、鳳河東隄斜埝五十九里，兩岸戰兵百十六、守兵千四十七，共兵千一百六十三，請添戰兵六十、守兵三百四十，分派南岸守備、北岸協備經管督標，額設馬步守兵五千六百八十六、提標額馬步守兵八千八百一十，宣化鎮額設馬步守兵七千九百二十七；天津鎮馬步守兵六千七百六十九，應撥戰兵十五、守兵八十五，共兵四百交永定河道分汛，派差而外額兵五百八十九《畿輔安瀾志》：戰糧百七十九，守糧千四百十，此永定河道轄也。

北運河務關廳屬千總一、把總一、外委二、額外外委二，楊邨廳屬千總二、把總二、外委二、額外外委二，兵五百八十二。通惠河漕運廳屬外委二、兵四百據《會典事例》四百七十。裏河外委把總一、外河千總一、外委六。又有平家疃外委一，管河兵十六，是同治十三年增此，通永道轄也册。薊運河，雍正七年添薊糧千總二《漢名臣傳》：雍正七年二月漕運總督張大有奏，駐防則大興采育里防守尉一、防禦二，順治二年置，嘉慶三年裁防禦一據《會典事例》四百廿九，兵自順治二年設鑲白、正藍二旗滿洲蒙古各五十，十二年移鑲白滿洲蒙古兵五十於寶坻，乾隆二年於五十名馬甲内設領催五據《會典事例》八百四十九。良鄉防守尉一、防禦二，順治八年置驍騎校一，乾隆元年增、嘉慶三年裁防禦一據《會典事例》四百廿九，兵自順治八年設正紅旗滿洲五十，乾隆二年於五十名馬甲内設領催五據《會典事例》八百四十九。按良鄉楊《志》舊兵百七十八，蓋合滿洲言。固安防守尉一、防禦二，順治二年置驍騎校一，乾隆元年置、嘉慶三年裁防禦一據《會典事例》四百廿九，兵自順治元年設鑲紅旗滿洲兵五十，乾隆二年於五十名馬甲内設領催五據《會典事例》八百四十九。東安防守尉一、防禦二，順治六年置驍騎校一，乾隆元年增《會典事例》四百廿九，十五年於領催五名内作爲副驍騎校二據《會典事例》八百四十九，嘉慶三年裁防禦一《會典事例》四百廿九，兵自順治六年設鑲藍旗滿洲五十册，乾隆二年於五十名馬甲内設領催五《會典事例》八百四十九。三河防守尉一、防禦二、驍騎校一，順治六年置，康熙三十四年增驍騎校一，增兵爲百，領催一，馬甲九十，乾隆四十八年密雲副都統兼管據《會典事例》八百四十九。寶坻防守尉一、防禦二，順治十二年置驍騎校一，乾隆元年增、嘉慶三年裁防禦一據《會典事例》四百二十九，兵設鑲白旗滿洲蒙古五十，順治十二年移自采育里册。《會典事例》八百四十九：順治十二年鑄給寶坻防守尉關防，增筆帖式一，雍正十年裁筆帖式。昌平防守尉一、防禦二，順治二年置驍騎校一，乾隆元年增據《會典事例》四百廿九，兵自順治八年設正黄旗滿洲三十七、蒙古十三，乾隆二年於五十馬甲内設領催五據《會典事例》八百四十九，三十二年張家口之察哈爾都統兼轄，四十八年改密雲副都統，轄順義防守尉一、防禦二，順治六年置驍騎校一，乾隆元年增據《會典事例》四百廿九，兵自順治五年設鑲黄旗滿洲馬甲五十，乾隆二年於五十名馬甲内設領催五，五十八年順義官兵由密雲副都統兼轄。密雲副都統一、協領四、佐領防禦驍騎校各十六，乾隆四十五年置，五十四年裁佐領四，其佐領事務令協領兼管，兵自乾隆四十五年設八旗滿洲蒙古兵二千，四十八年裁馬甲五十，增養育兵百，五十三年裁甲增兵，數亦如之，其駐防官馬二百八十四、兵馬五百，乾隆四十五年官畜，四十八年兵養，嘉慶六年撥古北口馬十六、三河馬十、昌平順義馬各七，出場時留密雲牧放。古北口防禦二，順治二年置，康熙二十三年增防禦二，雍正六年裁防禦二，增防守尉一，乾隆元年置驍騎校二，五年增驍騎校二，兵自順治二年設四，九年增八，乾隆二年增二，十四年增爲二百據《會典事例》四百二十九，又五百三十一，又八百二十九，又八百四十九，五年歸獨石口副都統兼轄，三十二年改熱河副都統兼轄，三十五年旨：從前古北口官兵係四品協領管轄，特命熱河副都統兼管，今密雲有駐防副都統，古北口官兵即著密雲副都統兼轄兵部册。三十六年奏古北口駐防兵二百，内以十名馬甲錢糧分作二十名養育兵錢糧，爲養贍孤寡之用，仍不開馬兵額缺據《會典事例》八百四十九。霸州防守尉一、防禦二，康熙十二年置據《會典事例》四百二十九，嘉慶三年裁防禦一，兵自順治九年設正黄、正紅二旗滿洲蒙古兵五十，乾隆二年於五十名馬甲内設領催五據《會典事例》八百四十九。

已上駐防派員年一稽察《會典事例》八百四十九：獨石口、千家店、張家口、古北口、昌平州、鄭家莊六處爲一路，良鄉縣、寶坻縣、固安縣、東安縣、霸州、采育里、保定府、雄縣八處爲一路，由京派護軍統領或副都統每路各一，每年秋季前稽察。嘉慶七年旨：前巡寶坻九處駐防惟派一人，嗣後著將寶坻縣、保定府、滄州、霸州、良鄉縣、雄縣、固安縣、東安縣、采育里等九處分爲左、右兩翼，臨期派二員分巡《會典事例》四百廿九，議寶坻、東安、采育里等處在左翼，固安、良鄉、霸州等處在右翼按《會典事例》：左翼有滄，右翼有保定府、雄縣，非順天境，補官有章據《會典事例》八百五十二。

馬場在府境有鑲黄、正紅、鑲白、鑲紅、正藍、鑲藍等旗，乾隆二十一年給民爲業《會典事例》八百四十二。國初，畿輔設牧場，鑲黄旗坐落武清縣、寶坻縣，東自唐畦，西至陳林莊，南自張家莊，北至上馬臺，正紅旗坐落甕山、盧溝橋、西陵，鑲白旗坐落通州，鑲紅旗坐落順義縣、天主、馬坊郵、盧溝橋，正藍旗坐落豐臺、王蘭等莊，鑲藍旗坐落草橋、廊房[坊]。順治六年題順義、清河、漷縣、沙河、盧溝橋五處，荒地千四百十八頃四十四畝、潞河、沙河、清河、桑乾河兩岸各長五里，闊三里，皆丈作馬場。乾隆二十一年議清丈直隸馬場地給民爲永業，改名恩賞，而馬場廢。

衛則初以涿州三衛併良鄉興州衛、香河營州衛合爲一衛，名涿鹿衛，設守備一，康熙二十八年裁《日下舊聞考》、涿州吴《志》。又密雲中衛亦廢《昌平山水記》：密雲中衛與縣同城。《日下舊聞考》：今廢。按又有延慶衛。《一統志》：延慶衛西至昌平州界廿里，北至宣化府延慶州界三十里府境，諸衛皆裁，惟此仍設。《日下舊聞考》：昌平州延慶衛，乾隆廿四年改歸州屬，其居庸關外撥入延慶。

順天府前代兵制考

漢建光元年十月甲子初置漁陽營兵《後漢·安帝紀》千人伏候《古今注》。唐幽州范陽郡大都督府有府十四，曰吕平、涿城、德聞、潞城、樂上、清化、洪源、良鄉、開福、政和、停驂、柘河、艮杜、咸甯。城内有經略軍，又有納降軍本納降，守捉城故丁零川也，西南有安塞軍，有赫連城，有宗王、乾澗、殄寇三鎮，城石堆、車坊、蒿城、河旁四戍。檀州有威武軍，萬歲通天元年置本漁陽。開元十九年更名。又有鎮遠軍，故黑城川也。又三叉城、横山城、米城，有大王、北來、保要、鹿固、赤城、邀虜、石子䀨七鎮，有臨河、黄崖二戍。薊州有府二，曰漁陽、臨渠，南二百里有静塞軍，本障塞軍，開元十九年更名。又雄武軍，故廣漢川也，東北九十里有洪水守捉，又東北三十里有鹽城守捉，又東北渡灤河有古盧龍鎮，又有斗陘鎮《新唐書・地志志》。按《唐・兵志》云：唐初兵戍邊大曰軍，小曰守捉，曰城曰鎮，而總之曰道。其城鎮守捉皆有使，而道有大將一人，曰大總管，已而更曰大都督。開元八年八月，選驍勇萬充幽州經略軍《玉海》百三十八。天寶元年，范陽節度使臨制奚、契丹，治幽州，兵九萬一千四百《玉海・地理通釋二》。按《通鑑補》云兵九萬三千五百。

宋霸州防禦本唐幽州永清縣地，後置益清關，周置霸州，政和三年賜名曰永清信安軍，同下州。太平興國六年，霸州淤口砦建破虜軍，景德二年改信安，元豐四年霸州鹿角砦始隸軍保定軍，同下州。太平興國六年涿州新鎮建平戎軍，景德元年改爲保定軍，宣和七年廢軍爲縣，知縣事仍兼軍使《宋・地理志》。禁軍曰雲翼，舊指揮保定二霸，一曰振武舊指揮霸，一曰招收霸，信安各三，曰歸明羽林。太平興國四年征幽州，獲其兵，立其步軍，曰招收霸、信安各三，熙甯五年，霸、信安各二併爲一。其廂兵之騎軍則霸，保定有廳直，信安保定有保節。其鄉兵選自户籍，曰忠順，霸州保定軍置，曰强壯，五代時霸州置。咸平二年，詔家二丁三丁籍一，四丁五丁籍二，六丁七丁籍三，八丁以上籍四。其義勇，熙甯初，詔歲閲分番霸二番據《宋・兵志》。

遼南京兵制：析津府則析津縣丁四萬，宛平縣丁四萬四千，昌平縣丁萬四千，良鄉縣丁萬四千，潞縣丁萬一千，安次縣丁二萬四千，武清縣丁二萬，永清縣丁萬，香河縣丁萬四千，玉河縣丁二千，漷陰縣丁萬；順州則懷柔縣丁萬。檀州則密雲縣丁萬，行唐縣丁六千。涿州則范陽縣丁二萬，固安縣丁二萬。薊州則漁陽縣丁八千，三河縣丁六千據《遼·兵衛志》。太平八年冬十月，詔燕城將士若敵至，總管備城之東南，統軍守其西北，馬步軍備其野戰，統軍副使繕壁壘，課士卒，各練其事《遼·聖宗紀》。金大定二十七年，集諸軍講武于宛平《大金國志》。

元至元九年十二月癸丑，升拱衛司爲拱衛直都指揮司，千户所爲大都路兵馬司，掌京城捕盜事《元史類編》二。十八年增大都巡兵千人，給鈔《元·世祖紀》。昌平黄花鎮置千户所，今州治北八十里有故城，即此。又於白羊口置千户所，亦有城，在今州治西北四十里，距居庸南口二十里《方輿紀要》十一。通惠河運糧千户所至元三十一年置中千户一、中副千户二《元·百官志》又云千户所秩正五品，掌漕運。

明洪武二十六年定衛所，其隸北平都司之在今順天境者，有大興左衛、永清左右衛、通州衛、薊州衛、密雲衛。永樂元年罷北平都司，設留守後軍都督府，明年更定衛所，其後措置不一，有可稽者，燕山衛凡三：曰左，曰右，曰前據《明·職官志》。如大興左衛，永樂四年陞親軍據《明·兵志》。宛平西有沿河口守禦千户所《明·地理志》，良鄉有興州中屯衛，在縣治東，永樂四年移自舊開平衛境據《方輿紀要》十一，軍士二千餘，城操六百良鄉陳《志》。永清左衛右衛改常山護衛，宣德初復爲本衛《明·兵志》。香河有營州前屯衛在縣治東，永樂元年移自舊大甯衛境據

《方輿紀要》十一。按《明・兵志》：永樂元年調營州五屯衛於順義、平谷、香河、三河，開屯正軍八百餘，貼軍餘丁六百五十。成化八年屯軍調發石塘、古北二路，嘉靖三十二年新軍官下舍餘抽垛新軍五十三調發石塘路防守，本衛存老幼餘丁三百餘據同上。又云萬曆□年縣庫貯虎蹲礮四、大鐵礮十、佛郎機三、三眼銃五十四、單眼銃四百五十四、鐵斧二十七、挽鈎十四、鈎鎗十一、鉛彈二千九百、火藥四百八十斤，俱舊存。長鎗五十、鉛彈四千八百七十、火藥二百斤、灰瓶萬，萬曆四十七年置。

通州，永樂中命勳貴鎮守，或提督或都指揮，成化中裁鎮守通州高《志》，設分守參將《明・職官志》，以本州五衛指揮陞任通州高《志》。又設守備據王瓊疏，其衛曰通州衛，在治南，建文四年燕王置據《方輿紀要》十一，舊爲安吉衛，永樂四年陞爲親軍，後改右衛左衛《明・兵志》，又神武中衛在州治南，建文二年燕王置據《方輿紀要》十一，神武右營衛永樂初置《明・兵志》，定邊衛在州治西南，建文四年置據《方輿紀要》十一。三河興州後屯衛在縣治西，營州後屯衛在縣治東南，並永樂二年改建。武清衛在縣治東，四年置據《方輿紀要》十一。按《明・兵志》有武清衛。寶坻梁城守禦千户所《明・地理志》在縣治東南百四十里，即今甯河縣治，建文二年燕王置據《明・兵志》、甯河關《志》。

昌平鎮守總兵一，舊設副總兵提督武臣，嘉靖三十八年裁副總兵，以提督改鎮守總兵，駐昌平城《明・職官志》。昌平宋《志》：昌平城提督一，嘉靖二十九年改鎮守總兵一，崇禎七年以天壽山内守備改察飭軍門一，十年改總監昌、宣二鎮軍門，新標營參將一、兩翼營參將一、健左右營參將各一、火攻營參將一、左騎營參將一、右騎營參將一、中營參將一、左車營參將一、右車營參將一、守備六、千總十、把總二十，參將十、守備六、千總十、把總二十注詳上，兵三千。初三十七年設統游兵游擊一、兵三千，四十二年又設標兵游擊一、兵三千，四十三年又設坐營中軍官一《郡國利病書》：嘉靖卅七年募軍三千，立游兵一營，統兵游擊一。四十二年兵部議添昌平鎮總兵標兵三千員，名立一營總兵，游擊一。四十三年總兵標下坐營中軍官一，以都指揮體統行事，分守黃花鎮參將一、據《明・職官志》注，標下守備一、千總一、把總二，募田峪守備一、千總一、把總二，黃花鎮守備一、千總一、把總二，居庸路參將一，標下守備一、千總一、把總二，八達嶺守備一、千總一、把總二，石峽峪守備一、千總一、把總二，龍嶺口守備一、千總一、把總二昌平宋《志》。又鎮邊路昌平西北參將一，標下守備一、千總一、把總二，橫嶺城守備一、千總一、把總二，常峪城守備一、千總一、把總二，白洋城守備一、千總一、把總二昌平宋《志》。鎮邊路兵四千，白洋兵三千。又鞏華營游擊一，初置守備，改副總兵，又改分守，以指揮推補，又改游擊據《郡國利病書》，把總一昌平宋《志》、兵三千《郡國利病書》。置守禦千户所四：一在鎮邊城，正德十年置，一在常峪城，置自十年，一在白洋口，亦正德年置，一在渤海所，弘治年置據《明・兵、地理志》、《方輿紀要》十一。嘉靖中，渤海所設兵守與京軍相夾制《明・兵志》，萬曆初移於募田峪關，四年復舊《方輿紀要》十一。

順義有營州左屯，在縣治東《明一統志》、《方輿紀要》十一，本屬大甯，永樂元年移此，領左、右、中、前、後五千户所《昌平山水記》，密雲衛改中衛，在縣治東，洪武四年置《明一統志》、《方輿紀要》十一。按《昌平山水記》：與縣同城，鎮左右中前四千户所《昌平山水記》密雲後衛東，縣治東北百二十里即古北口也，洪武十二年置守禦千户所，三十年改建後衛據《明・地理志》、《方輿紀要》十一。石匣營副總兵一，隆慶三年設，即薊鎮西路協守。分守墻子嶺、古北口參將各一據《明・職官志》。密雲設總兵官，崇禎十六年五月汰《明・曹變蛟傳》。海口明季築雙壘，駐兵鎮之甯河關《志》。懷柔於隆慶前置把總一，二年置守備一《昌平山水記》、懷柔吴《志》。涿州有涿鹿衛，在州治西北，永樂七年建據《方輿紀要》十一，其舊爲甯國衛《明・兵志》。又涿鹿左衛在州治西，永樂八年建涿鹿中衛，在左衛西，十一年建據《方輿紀要》十一。指揮等官而外，又有參將、游擊、守備涿州吴《志》。

霸州守備一《神宗實録》：萬曆三年，巡撫順天都御史王一鶚條上弭盜六策：一議定守備汛地漕河一帶，崔黄口與霸州二守備分河東西岸守之，彼此互諉，不若盡屬崔黄口，而霸州專以近京要路責之。

薊州總兵官一，隆慶二年改爲總理練兵事務兼鎮守《明・職官志》。又西路協守副總兵即石匣營副總兵也詳上。按《明・職官志》：鎮協守副總兵三，其東路駐建昌營，中路駐三屯營，非今境，設團練營城，操兵八百薊州沈《志》。薊州衛在州治東北，洪武八年置。又鎮翔衛在薊州衛西，永樂中置。又營州右屯衛在州治北，永樂二年移自大甯衛境據《方輿紀要》十一。黄崖關置守備隸馬蘭路。又將軍石關亦置守備，近關民謂之軍餘，以武職行文職事薊州沈《志》。

平谷有營州中屯衛，在縣治東，永樂元年移自故龍山縣據《明・地理志》、《備邊録》：平谷縣西北十里有故城，今營州中屯衛戍此，與黄松峪等關、熊兒等營官軍互爲屯營，常近數千人。按《方輿紀要》：二年移。各衛置掌印指揮使及同知、鎮撫、經歷、正千户、副千户、五所百户等官有驛者，或置管驛百户良鄉陳《志》、香河劉《志》、寶坻洪《志》、通州高《志》、涿州吴《志》。劉《志》又云大甯都司、營州前屯衛爲所五，爲屯五十，爲驛三：原設指揮九，後存四，五所掌印千户五員、副千户五員，後存五；五十屯掌百户五十員，後存四，興中驛、青鑾驛、資廣驛，管驛百户三員俱缺、總旗四員俱缺；經歷司經歷一，鎮撫司鎮撫一。通州、良鄉等處設軍衛委官，巡捕三年一差，御史錦衣衛管分巡《御選明臣奏議》十五、《王濬傳》奏疏。先是兵五千人爲指揮，千人爲千户，百人爲百户，五十人爲總旗，十人爲小旗，天下既定，係一郡者設所，連郡者設衛，大率五千六百人爲衛，千一百二十人爲千户所，百十二人爲百户所，所設總旗二、小旗十，此大略也據《明・兵志》。

洪武二年，薊州、密雲迤西關隘百二十有九，皆置戍守據《明・兵志》。三年，故元八翼軍士千六百入燕山諸衛補伍操練《明・華雲龍傳》：洪武三年，雲龍言故元八翼軍士千六百人屯田，人月支糧五斗，得不償費，入燕山諸衛補伍操練，從之。弘治十七年，納京東兵密雲、薊州爲東衛《明・劉大夏傳》：弘治十七年，兵部尚書劉大夏請遣還操軍萬人爲西衛，納京東兵密雲、薊州爲東衛，報可。正德十一年議：順天府州縣衛所管軍民官員，非奉明文，一夫不許擅起，一錢不許擅科《御選明[臣]奏議》十五、《王瓊傳》奏疏。薊之稱鎮自嘉靖二十七年始據《明・兵志》。

薊南營兵，戚繼光所募也《明・董一元傳》。隆慶中繼光守薊門，奏練兵車七營，以東西路副總兵、撫督標兵四營分駐遵化、石匣、密雲、薊州，遼總兵二營駐三屯、昌平，一營駐昌平，每營重車百五十有六、輕車加百、步兵四千、騎兵三千，十二路二千里間車騎相兼，可禦敵數萬，上韙之，命給造費《明・兵志》。天啟元年十二月，御史李日宣議於都門抵良鄉界五十里，如長店、大井、柳巷、五里店、太平堝等處，每五里築墩堡，宿兵十名，遇有竊發，協力出救。盧溝橋至趙郕十里，趙郕至良鄉二十里，僅有盧溝橋巡檢兵廿，宜設備，得旨即行《明實録》。崇禎元年，户部尚書畢自嚴請停薊、密、昌等鎮新增鹽菜銀，報可據《明・畢自嚴傳》。

盛京額兵舊制考

奉天馬兵初設四千七百五十二，雍正十年增千七百二、步兵八百。其駐防興京兵，滿洲四百九十四、蒙古六十七、漢軍三十四。東京兵滿洲六百二十三、蒙古五十九、巴爾虎蒙古五十五。蓋平兵滿洲五十、蒙古十三、漢軍九十七。牛莊兵滿洲八十四、蒙古十、漢軍六十六。開原屬鐵嶺，滿洲四十、漢軍百。興京屬撫順城守，如鐵嶺熊岳兵滿洲九百五十七、蒙古九十一、巴爾虎蒙古五十六。鳳凰城兵滿洲六百二十九、蒙古九十四、巴爾虎蒙古五十八、漢軍三十四，先是天聰八年置兵通遠堡，崇德三年移此。復州兵滿洲六百五十三、蒙古四十八、巴爾虎蒙古五十五、漢軍十五。岫巖兵滿洲五百二十七、蒙古七十六、巴爾虎蒙古五十五。金州兵滿洲五百四十五、蒙古七十九、巴爾虎蒙古五十五、漢軍三百四十三。錦州府兵舊管馬兵四百，康熙二十九年分駐小淩河、甯遠、中前所、中後所，先是康熙十八年增滿洲兵二百四十二，二十九年增四百四十，三十八年增五十二，雍正十年增二百六十六，合之雍正八年九年西邊出征兵二百，並福建運設兵十二，凡管兵千二百一十二。甯遠兵初設馬兵百，雍正十年每佐領下增一十，今兵滿洲二十、漢軍百二十。小淩河兵，康熙二十九年自錦州移設兵百，雍正十年增四十，今兵滿洲二十、漢軍百二十。中前所、中後所兵並如小淩河數。廣甯兵滿洲三百六十五、蒙古七、漢軍百一十七。巨流河兵滿洲二十九、漢軍百十一。白旗堡兵滿洲三十一、漢軍百九。小黑山兵滿洲三十、漢軍百有十。閭陽驛兵滿洲二十八、漢軍百十二。義州兵滿洲七百九十五、蒙古三十二、漢軍六百六十四。吉臨烏喇兵四千百三十，漢軍千一百七十。甯古塔兵滿洲千。白都訥兵滿洲九百、蒙古百。三姓兵滿洲一千八百。阿爾楚哈兵滿洲五百十二。琿春兵滿洲百有四十一。綂河兵滿洲二百。鳳凰城邊門兵滿洲六、漢軍二十五，靉河門、興京邊門、鹻廠門即加木禪門、英額門、威遠堡門兵，並與鳳凰城同。法庫門兵滿洲一、漢軍三十。彰武臺門兵滿洲六、漢軍二十有五。清河門兵滿洲一、漢軍三十，白土廠小門、新臺門、九官臺兵如之。松嶺門屬錦州兵滿洲三、漢軍二十有八。梨樹溝小門馬兵二十，初順治十一年黑山口置兵十，康熙十八年移此，雍正十年增兵十。白石嘴門兵三十五。鳴水塘小門屬白石嘴防禦兵二十。齊齊哈爾滿洲兵打虎里兵各九百六十，巴爾虎兵二百四十，漢軍兵二百，凡二千三百六十，博爾多兵千。墨爾根索倫兵六百。打虎里兵三百，漢軍兵百。吉臨烏喇水手三百有八。黑龍江滿洲兵九百六十。索倫兵六十。打虎里兵四百二十、漢軍兵百，凡千五百四十。

戰船則旅順口戰船十康熙五十三年撥自山東，隸奉天將軍，又船廠船六十四順治十五年造四十四，康熙七年造廿、大船七十康熙廿二年造，隸甯古塔將軍。又齊齊哈爾大戰船十二、號船十五初卅一，康熙四十年撥黑龍江十，雍正五年撥墨爾根六、江船五初九，雍正五年撥墨爾根四、劃子船十，此四十號泊城西南十五里。船滾水手二十七十五。吉臨烏喇水手三百有八。又墨爾根二號戰船六、江船四雍正五年並移自齊齊哈爾，此十船泊城北池，水手四十四。黑龍江大戰船十二、號船四十初三十，康熙四十年增自齊齊哈爾、江船十、划子船十，此七十船泊城南七十里。托里爾峰河滾水手四百二十七，凡百二十船，隸水師營。至於今或仍或否，不盡初制矣。旅順兵輪其最著者。

順天府驛傳

騎曰驛，車曰傳，然考《説文》『驛，置騎也，從馬，傳遽也』。驛遽曰傳，昭二年《左傳》『鄭子産乘遽而至』，《釋文》以馬曰遽，此用騎之證。《史記》田横與客乘傳詣洛陽，則以車也。鄭當時、王温舒私具驛馬，厥後多用馬。漢之驛傳率三十里一置，本《周官・遺人》三十里有宿之意，唐制亦然。或一日而馳十驛，是三百里。或曰站即傳之聲轉，非也，站有立誼，爲車騎駐足處，亦驛傳别名，曰鋪則步遞之謂也。元許謙云馬遞曰置，步遞曰郵，是以郵爲鋪遞權輿，然《孟子》置郵傳命，古注『置郵也，郵，馹也』，《説文》『馹，驛傳也』，郵非步遞，明楊慎曾辨之。

《漢書·黄霸傳》師古注『郵亭書舍謂傳送文書所止處』，曰傳送文書則猶今鋪遞也。《金史》泰和六年初置急遞鋪，腰鈴傳遞，日行三百里按《金史·圖克坦鎰傳》：泰和中，圖克坦鎰言初置急遞鋪，本爲轉送文牒，一切乘驛非便。上深然之，始置提控急遞鋪官，自中都至真定、平陽，置者達於京兆。《元史》：設急遞鋪，每十里或十五里、二十五里設一鋪，置鋪丁五，鋪兵一晝夜行四百里，大都路置總急遞鋪提領三，此設鋪源流也。今驛或亦有車，不第以騎，鋪則坿箸。志驛傳。

順天府竟，驛凡二十七、站一按兵部會同館乃皇華驛：良鄉曰固節驛《會典事例》五百廿八，在治南《一統志》五：縣南門内，馬五百二十一，今存百六十二册，車二十《會典事例》五百廿八。舊有遞運所丞一，置自明，萬曆年廢良鄉楊《志》：遞運所在固節驛西，萬曆年改察院，今義學，又曰長新店驛《中樞政考》三十八，馬二十兵部册。

固安曰固安驛，馬十二。永清曰永清驛，馬八。東安曰東安驛，馬十。香河曰香河驛，馬八據《會典》、《中樞政考》同上。按明香河驛馬廿六，《天下郡國利病書》云香河縣走遞馬十六，每年每匹領庫銀二十四兩外，甲内按地私貼至五六十兩。萬曆三十一年增十，别招養馬匹，遞名曰馬，商民便之，遂爲例。

之四驛在縣治：通州曰和合驛，在州東南三十五里，舊名合河驛，以白、榆、渾河三河合流而名，明永樂中置，萬曆間徙張家灣，更今名，有丞。先是有潞河驛在通州，故城東關外潞河西亦置。自永樂中有遞運所丞一據《一統志》五、兵部册，國朝因之，康熙三十四年併之和合驛通州高《志》，馬百三十七據《會典事例》五百廿八。《滿洲名臣傳》：康熙二十九年直隸巡撫于成龍疏增通州昌平順義及榆林等驛馬，從之。通州高《志》：順治初，兩驛馬各廿五，十七年增三十，康熙十四十五年裁廿三、馬二，十九年增四十，三十四年又增四十，凡馬百三十七，其夫有置之水驛者。考《元史》至元四年七月丙戌朔，勑自中興路至西京立水驛十，其綿蕞與據《元史·本紀》。《會典事例》五百廿八：通州水驛夫三十五？

三河曰三河驛，在縣署西，舊有驛二，東曰公樂，西曰夏店，去縣各二十里。明正德七年廢，移併於南店遞運所，在驛西，有丞一，即《一統志》所謂縣南門外者是，國朝康熙年徙今所，遞運所廢據《會典》五百廿八、《一統志》五、三河陳《志》、明李貢《併三河驛記》，馬八十七，車馬十六，車二十六。

武清曰河西驛，在縣東北三十里，河西務武清吴《志》馬三十三，《元史》所謂至元二十四年月置河西務馬站，即此地也據《元·本紀》。又曰楊邨驛，在縣東南五十里，楊邨務據《方輿紀要》、武清吴《志》馬三十四據《會典》同上，二驛並置水驛夫按《會典事例》五百廿八：河西水驛夫九十九，楊邨水驛夫九十九，舊又有楊青驛，在縣東百五十里，並置遞運所。明嘉靖十九年改置天津衛據《方輿紀要》。

寶坻曰寶坻驛，僻遞也寶坻洪《志》：驛有極衝、稍衝、僻遞之分，寶坻乃僻遞，馬八。

昌平曰本城軍站，馬三十，又曰榆河驛，在州治東。初州南三十五里榆河店，明嘉靖三十六年徙此，丞一，國朝順治十六年裁丞，驛務掌之知州。馬九十六，又由宣化、鷄鳴、懷安、萬全、榆林、土木六驛協濟馬十五。曰迴龍觀軍站，馬三十據《會典》同上、《一統志》五、《昌平山水記》、昌平宋《志》。

順義曰順義驛，馬三十五《會典事例》五百廿八，康熙二十七年知縣吴元臣請增驛馬按順義黄《志》，云前驛馬十五，吴元臣請增七十匹，懷柔吴《志》云康熙廿七年部議順義添驛馬，其説符，惟云前馬十五，與《會典》異），向無站，亦增於康熙年（順義黄《志》：治西從東直門出京往古北口驛路，境内四十八里，自大興界枯柳樹起，十二里至治西三家店，有行宫駐驛，廿里至牛欄山鎮，有邸，四十六里至懷柔界耿家新莊，有旅店，又治西北發暢春苑往熱河驛路，境内廿五里。自昌平界官莊十二里至治西北男石槽有行宫駐驛，十里至昌平界橋子里交站。又驛路從德勝門出京，由昌平界湯山經白浪河聶山營十一里，至南石槽行宫西角門，其驛館非元至元十八年創建舊址矣梁宜《順州公廨記》：至元十八年創驛館。

密雲曰密雲驛，在縣治西南有鳳凰驛之目，明洪武十二年置，國初省，尋復據《會典》同上。元中統二年八月所立檀州驛據《元·本紀》亦非今所。又曰石匣驛在石匣城，明洪武十一年置石匣城東，宣德四年徙此，國初省，尋復，以石匣縣丞職之，後掌於知縣。又曰古北口站，在古北口城北，康熙三十九年置。《元史》：中統三年九月丁亥立古北口驛，四年正月罷據《元·本紀》，當即今所。此三驛馬各三十五據《會典》同上、《一統志》五、密雲周《志》。按《中樞政考》稱石匣站。

懷柔曰懷柔驛，在縣治《一統志》五，馬七册，乾隆三十八年五月辛巳諭：本月二十日京發本報，應於二十一日巳午間遞至熱河行在，今二十三日辰刻始到，因懷柔、密雲水阻。霸昌道駐紮昌平，距懷柔不遠，嗣後夏間駐蹕熱河，總派霸昌道分駐懷柔一帶辦理。

涿州曰涿州驛，在州署西，舊驛在州西南館驛街，《州志》謂置自明據涿州吴《志》而實始遼。《遼史》：統和六年七月癸丑，巴雅爾請置涿州驛傳據《遼・本紀》，國朝康熙年郭子治重修。初置丞一，雍正五年裁丞，驛徙今所涿州吴《志》、《續志》。按《御覽》、《郡國志》：嬀州涿鹿城或即黄帝擒蚩尤處。嬀州今保安州，距涿州遠。涿州吴《志》：邑名涿鹿，由洪武初詔令天下驛名不典者，以古地名易之，或以涿鹿山在涿州境，失之矣，馬百九十一《會典事例》五百廿八。

房山曰吉陽驛《會典事例》五百廿八，馬五十三，車二十據《會典事例》五百廿八。按房山佟《志》：房山驛馬累民，原廿匹，順治四年，知縣婁慶奎申文裁十餘，據知原額尚無五十三。

霸州曰霸州驛，即所謂益津驛者是，在州署東，原馬十二，撥大興、宛平、固安、甯河四，今馬八。舊有大良在州東八十里，明置，又河泊所在州東二十五里，並廢據《一統志》五、《會典事例》五百廿八、霸州周《志》。

文安曰文安驛，大成曰大成驛，馬各十二。保定曰保定驛，馬二。薊州曰漁陽驛據《會典事例》五百廿八，馬八十五、驢三、車二十六册。平谷曰平谷驛，馬八《會典》同上。

其費則馬以驛異，一馬日銀有差。如良鄉固節驛，通州潞河驛、三河驛，武清河西驛、楊邨驛，昌平本城迴龍二軍站、榆河驛、順義驛、石匣驛、古北口站，涿州涿鹿驛，房山吉陽驛，薊州漁陽驛，銀七分九釐四毫七絲，良鄉長新店驛銀六分一釐二毫，固安、永清、懷柔、房山、霸州、文安、平谷，諸驛銀七分二釐，東安驛銀五分八釐五毫，香河寶坻驛銀五分，密雲石匣驛、大成驛銀七分五釐，保定驛銀六分五釐。

夫亦以驛異，有馬夫據《中樞政考》三十二：馬夫内有馬夫、軍夫、馬牌、回馬、背包、探餧、鍘草、傳報、看差、煮料、飛遞（遞）等目。又廿八云：良鄉固節驛百十五名半，固安驛六，永清驛四，東安驛五，香河驛四，通州潞河驛六十八名半，三河驛四十三名半，武清河西驛十六名半，楊郵驛十七，寶坻驛四，昌平本城軍站十五，迴龍觀軍站十五，榆河驛五十五名半，協濟本州七名半，順義驛三十，密雲驛廿七，石匣站三十一，懷柔驛四，涿州涿鹿驛八十八名半，房山驛一，吉陽驛三十四，霸州驛六，文安驛六，保定驛一，大城驛六，平谷驛六，薊州漁陽驛四十二名半。按《會典事例》五百廿八云：固節驛馬夫百九名半，西河驛十五名半，楊郵驛十六，順義驛廿六，密雲驛廿一，石匣驛廿一，懷柔驛三名半，餘同《中樞政考》。霸州周《志》馬夫五，較前減一，每名日給有差：良鄉銀六分，密雲銀五分五釐九毫七絲二忽，通州、三河、昌平、順義、涿州、營州、密雲、石匣、房山、吉陽等驛，古北口站，銀五分四釐，武清縣楊郵驛銀五分二釐九毫九絲九忽，固安、霸州、大城，銀五分二釐，文安銀四分五釐，平谷銀四分三釐，懷柔銀三分八釐七毫，香河東安銀三分六釐，永清銀二分九釐九毫九忽，房山銀一分五釐三毫，寶坻保定銀一分五釐據《中樞政考》三十二又云密雲增馬夫，每名日銀五分四釐，馬牌夫四分，昌平協濟馬夫三分七釐二毫，順義探餧夫三分八釐七毫，馬牌夫銀七分二釐，内有一名三分六釐，吉陽驛馬牌夫六分三釐，石匣站馬牌夫三分六釐，武清内有一名四分五釐，馬夫頭九分，楊郵驛馬夫頭給九分。有車夫按《中樞政考》廿八有車夫、車牌名目，長新店十，吉陽驛十三，河驛三十二，漁陽驛廿九，三河縣良鄉之長新店、房山之吉陽等驛銀五分四釐同上。有驢夫《中樞政考》二十八：固(安)節驛一名，采訪册同，良鄉銀二分六釐六毫六絲二忽。有長夫包軍募夫《中樞政考》廿八：固節驛百二十六，潞河驛七十六，三河驛四十一，河西驛廿七，楊邨驛廿七，順義驛五，密雲驛七，石匣驛七，涿鹿驛百十二，吉陽驛廿，漁陽驛三十二。按募夫即損(橋)[轎]夫，《會典事例》五百廿八：固節驛損轎等夫百三十八，通州驛八十七，三河驛四十四，河西驛廿八，楊邨驛廿八，順義驛八，密雲驛十三，石匣驛廿七，涿鹿驛百十一，吉陽驛廿四，漁陽驛三十五，通州、房山之吉陽驛銀五分四釐，良鄉三河銀五分，涿州、武清、薊州、武清之楊邨等驛銀四分五釐，順義銀三分六釐，密雲縣石匣站銀三分三釐三毫三絲三忽，古北口站銀三分六忽同上。又云通州夫頭銀九分，小夫頭銀七分二釐，良鄉內有十六名，每名銀六分，三河縣內有八名每名銀六分，夫頭每名銀七分二釐，武清驛並楊邨驛夫銀五分九釐九毫九絲，有皂《中樞政考》廿八：有遞夫、接遞、皂隸、驛皂。《會典事例》五百廿八：固節驛三十五，通州驛十六，三河驛五，河西驛八，楊邨驛八，榆河驛四，順義驛四，密雲驛三，石匣驛三，涿鹿驛廿八，漁陽驛十二，密雲石匣站銀四分五釐，驛皂銀四分，密雲三河薊州銀一分六釐六毫六絲，涿州銀一分五釐八毫七絲三忽，良鄉銀二分五釐八毫二絲三忽，驛皂銀六分二釐五毫，古北口銀一分五釐三忽，順義銀一分五釐，武清、昌平及武清之楊邨驛銀一分四釐九毫九絲九忽。有縴夫《中樞政考》廿八：和合驛四十六，河西驛九十九，楊邨驛九十九，通州銀五分二釐六毫七絲五忽正、十一、十二等月不給，夫頭日銀七分二釐，武清縣楊邨驛日給銀三分六釐夫頭五分九釐九毫四絲。有驛書《會典事例》五百廿八：固安驛書一，固安驛一，潞河驛二，三河驛二，河西驛一，楊郵驛一，榆河驛一，順義驛一，石匣驛一，涿鹿驛一，吉陽驛一，漁陽驛二。《中樞政考》三十二：驛書有字，識抄牌，抄號造册，通州、房山之吉陽銀五分四釐，固安、三河、薊州銀四分五釐，涿州銀三分六釐内一名一分八釐，又一名二分五釐，武清楊郵驛銀二分九釐九毫九忽，昌平銀二分二釐五毫，良鄉銀二分，順義銀一分七釐五絲，密雲之石匣站銀一分六釐六毫六絲六忽内一名銀一分。據《中樞政考》卅二。有獸醫《會典事例》五百廿八：固節驛獸醫二，固安驛一，永清驛一，東安驛一，潞河驛二，三河驛二，河西驛一，楊郵驛一，榆河驛一，順義驛一，密雲驛一，石匣驛一，涿鹿驛三，吉陽驛一，霸州驛一，大城驛一，漁陽驛二，通州房山之吉陽銀五分四釐，良鄉銀五分，三河、武清、昌平、涿州、薊州、武清之楊郵等驛、古北口站，銀四分五釐，霸州銀三分七釐五毫，固安銀三分，永清銀二分九釐九絲九忽，密雲、大城、密雲之石匣站，銀二分五釐，東安銀一分，皆計日也，惟順義月給銀二錢五分據《中樞政考》三十二。有雜夫《中樞政考》三十二：雜夫有聽事、執事、答應、吏旗、運柴、挑水、燒火、廚子、買辦、庫子、門夫、看聽、看茶、看差、看倉、看囚、館夫、防夫、鞍屜、匠役。又廿八：固節驛三，涿鹿驛二，吉陽驛三，良鄉銀六分，房山之吉陽銀五分四釐，涿州銀四分五釐。

設鋪百九十窩鋪不計。大興曰在城、曰朝陽、曰西流、曰正陽、曰紅門、曰黄郵、曰下馬、曰白郵、曰青雲、曰安定，凡十據《會典事例》五百三十二。按大興張《志》：在城鋪曰縣前鋪，在署西，正陽鋪在正陽門，朝陽、西流並在朝陽門，安定鋪在安定門，紅門、黄郵並在海子西，下馬在海子東，稱白郵曰曹郵，青雲曰青潤，司鋪兵凡三十册，舊有蓊莊鋪，廢大興張《志》，在城鋪東十里朝陽鋪，八里西流鋪，十八里通州大黄鋪。在城鋪南十里正陽鋪。又西南三十里紅門鋪。又北二十里宛平石橋鋪，南十里黄郙鋪，十五里宛平天宫鋪。又正陽鋪東南十五里下馬鋪，二十八里白郙鋪，二十二里青雲鋪，十里東安李家鋪。在城鋪北三里安定鋪，八里宛平縣胡渠鋪。

宛平曰在城、施仁、石橋、彰儀、大井、盧溝、長新、天宫、龐各、黄垈、石牌、雙泉、湖［胡］渠，凡十三鋪，司鋪兵凡五十一。在城鋪南八里施仁鋪，五里石橋鋪，二十里大興縣紅門鋪。又施仁鋪西三里彰儀鋪，十五里大井鋪，十二里盧溝鋪，五里長新鋪，十八里良鄉縣長陽鋪。又施仁鋪西南六十里天宫鋪，天宫鋪南十二里龐各鋪，十二里黄岱鋪，十八里固安縣十里鋪。在城鋪北三里石牌鋪，十二里雙泉鋪，五里昌平州清河鋪，在城鋪東北十里胡渠鋪，十五里順義縣葦溝鋪。

良鄉曰在城、重義、竇店、燕谷、長陽，凡五册。按良鄉楊《志》稱在城鋪曰坊市鋪鋪，司鋪兵凡二十五。在城鋪南十三里重義鋪，十二里竇店鋪，十五里燕谷鋪，五里房山縣界溝鋪。在城鋪北十里長陽鋪，十八里宛平縣長新鋪。

固安曰在城、西内、柳泉、沙垈、牛駝、馬郙、宫郙、十里，凡八鋪，司鋪兵凡二十。在城鋪東二十里西内鋪，十五里永清縣于林屯鋪。在城鋪十八里柳泉鋪，十二里沙垈鋪，十里牛駝鋪，二十里霸州南孟鋪。在城鋪西十五里馬郙鋪，十里宫郙鋪，十五里涿州刁窩鋪，在城鋪北十里十里鋪，十八里宛平縣黄垡鋪據《會典事例》五百三十二。

永清曰在城、于今、大站、八里莊、李家口、于林屯，凡六鋪，司兵九永清周《志》。東路縣前于今、大站，南路縣前南八里莊、李家口，西路縣前于林屯。文移至北路者由西路遞，是以西路縣前鋪司二人，餘皆一。按《會典》在城鋪兵八。在城鋪東二十八里于今鋪，十二里大站鋪，十里東安縣西儲鋪，在城鋪南十二里八里莊鋪，十里李家口鋪，十里霸州辛莊鋪。在城鋪西北十里于林屯鋪，十五里固安縣西内鋪。

東安曰在城、西儲、各莊、李家，凡四鋪，司兵十六。在城鋪東三十五里武清在城鋪；在城鋪西八里西儲鋪，十里永清大站鋪。在城鋪北四十里各莊鋪，二十里李家鋪，十里大興青雲鋪。

香河曰在城鋪，司兵十。東六十里寶坻在城鋪，西南二十五里武清河西務鋪，東北五十里通州德仁鋪，北四十里三河杏仁鋪據《會典事例》五百三十二，今增鋪二：一爲宣教寺鋪，縣東十五里，一爲王家鋪，縣西十五里。又廢二：一爲戴家閣鋪，縣東三十里，一爲高家鋪，縣西三十里香河劉《志》。

通州曰在城、召裏、煙郊、東流、大黄、王各、草寺、高力、郭家、漷邑、黄埸、德仁、三岱、兩家，凡十四鋪，司兵五十四。在城鋪東十二里召裏鋪，十二里煙郊鋪，八里三河縣馬起乏鋪。在城鋪西十二里東流鋪，八里大黄鋪，十八里大興西流鋪。在城鋪北十里黄各鋪，十里草寺鋪，十五里順義李家橋。在城鋪南十八里高力鋪，十五里郭家鋪，八里漷邑鋪，十里黄埸鋪，十里德仁鋪，十里三岱鋪，十里兩家鋪，三十里南武清河西務鋪。又兩家鋪東三十里香河在城鋪，西三十里采育營通州高《志》：設八鋪，司兵三十。漷邑歸併六鋪，鋪司兵廿四。按《會典事例》五百三十二云十三鋪，無煙郊一鋪。『裏』，《通州志》作『里』，今依《會典》。『寺』，《會典》作『次』。里數微異。

三河曰在城、石碑、段家嶺、百福圖、新店、夏店、馬起乏、煙郊、杏仁、北套，凡十鋪，司兵四十六。在城鋪東十二里石碑鋪，八里段家嶺鋪，十里薊州白澗鋪。在城鋪西十二里百福圖鋪，六里新店鋪，十二里夏店鋪，十二里馬起乏鋪，八里煙郊鋪，十二里通州召裏鋪。在城鋪南二十里杏仁鋪，四十里香河縣在城鋪。在城鋪北三里北套鋪，三十里平谷縣辛莊鋪。

武清曰在城、河西務、蔡邨、楊邨，凡四鋪，司兵十九。在城鋪東北二十里河西務鋪，二十五里香河在城鋪。在城鋪西三十五里東安在城鋪，南五里蔡邨鋪，二十里楊邨鋪，三十五里天津桃花口鋪。又河西務鋪北五十里通州兩家鋪。

寶坻曰在城鋪，司兵十。西六十里香河在城鋪，東百二十里甯河在城鋪據《會典事例》五百三十二。又縣西十里曰朱家莊鋪，縣西二十里崔家莊鋪寶坻洪《志》。

甯河曰在城鋪，司兵十。東百十里豐潤治，南百四十里天津治，西百二十里寶坻治，北百一十里玉田治甯河丁《志》：縣東至豐潤治百十里，鋪司一，南至天津治百四十里鋪司二，西至寶坻治百二十里，鋪司六，北至玉田治百一十里，鋪司一。

昌平州曰在城、道前、沙屯、沙河、迴龍觀、清河、新莊、新峰、牛房、粉莊、何家營、芹城麻峪、鮑魚泉、平義、分喬子、舊縣、龍虎臺，凡十七鋪，司兵三十四。在城鋪南十里道前鋪，十一里沙屯鋪，八里沙河鋪，十八里迴龍觀鋪，十二里清河鋪，五里宛平雙泉鋪。在城鋪東八里新莊鋪，十二里新峰鋪，十二里牛房鋪，八里粉莊鋪，十里順義高麗營鋪。在城鋪東北八里何家營鋪，二十二里芹城麻峪鋪，十二里鮑魚泉鋪，十四里平義分鋪，十四里喬子鋪，五里懷柔松棚鋪。在城鋪西八里舊縣鋪，七里龍虎臺鋪，十五里延慶州臭泥坑鋪昌平宋《志》。

順義曰在城、吴家營、塔河、葦溝、向陽、牛欄山、後角、李家橋、衙門邨、南狼冢、高麗營，凡十一鋪，司兵二十四。在城鋪西南十二里吴家營鋪，十里塔河鋪，二十里葦溝鋪，十五里宛平縣胡渠鋪。在城鋪北八里向陽鋪，十二里牛欄山鋪，十二里懷柔年豐鋪。在城鋪西十五里後角鋪，八里李家橋鋪，十里通州草寺鋪。在城鋪西五里衙門邨鋪，十五里南狼冢鋪，十里高麗營鋪，十里昌平州粉莊鋪。

密雲曰在城、東白崖、金扇莊、小河漕、穆家峪、不老、石匣、新開嶺、古北口，凡九鋪，司兵二十九。在城鋪東南八里東白崖鋪，十二里金扇莊鋪。在城鋪西南十里小河漕鋪，十二里懷柔王家鋪。在城鋪東北二十里穆家峪鋪，二十里不老鋪，二十里石匣鋪，二十五里新開嶺鋪，十五里古北口鋪，八里灤平縣巴克什營鋪據《會典事例》五百三十二。其腐鋪有西梨園莊、大沙坨、三里坨、西大橋、大河漕、五里，并演武廳、沙峪溝、石嶺莊、雙嶺莊、九松山、南省莊、北省莊、小營莊、潮都莊、茨榆溝、崔家濠、小安口、興隆寺、芹菜嶺、白河澗、小新開嶺、大新開嶺、上店子、稻黄店、南天門、潮河橋、古北口南關密雲丁《志》。

懷柔曰在城、年豐、松棚、小務、王家，凡五鋪，司兵十五。在城鋪南十五里年豐鋪，十二里順義牛欄山鋪。在城鋪東南百一十里松棚鋪，四十里平谷夏前務鋪，又年豐鋪北十二里小務鋪，十二里王家鋪，十二里密雲小河槽鋪據《會典事例》五百三十二。

涿州曰在城、刁窩、管頭、樓彙[桑]、三家莊、忠義、松林、澤畔、醬家、魯家、胡良，凡十一鋪，司兵六十一涿州吴《志》：州治前鋪兵十三，刁窩四，管頭四，樓桑四，三家店四，忠義店六，松林店六、澤畔六，醬家鋪三，魯家鋪三，湖梁鋪八。按《會典》稱州治前鋪曰在城，三家店曰三家莊，胡梁云胡良。在城鋪東二十里刁窩鋪，十五里固安官邨鋪。在城鋪南十里管頭鋪，十里樓桑鋪，十里三家莊鋪，十里新城方官鋪。在城鋪西南十里忠義鋪，十里松林鋪，十里澤畔鋪，十五里新城駐蹕鋪。在城鋪西十三里醬家鋪，十二里魯家鋪，十里淶水十里鋪；在城鋪北十里胡良鋪，十里至房山縣界溝鋪。

房山曰在城、石樓、界溝，凡三鋪，司兵十。在城鋪南十里石樓鋪，十里界溝鋪，十里涿州胡良鋪據《會典事例》五百三十二。又鋪曰挾河，在挾河邨房山佟《志》。

霸州曰在城、南孟、莫金、辛莊，凡四鋪，司兵十二。在城鋪北十八里南孟鋪，二十里固安牛駝鋪。在城鋪南十二里莫金鋪，八里保定在城鋪。在城鋪東十二里辛莊鋪，十里永清李家口鋪據《會典事例》五百三十二，至京窩鋪十四，曰王邨、北落邨、西粉營、東粉營、南孟鎮、金各鋪、楊家莊、魏家營、西王莊、于崖莊、南亳、家務、桲桲圈、苑家口、北岸。又至直隸省窩鋪十，曰文明郵、劉家莊、夾河郵、岔河集、于家廟、擺渡口、高家莊、臨津郵、蘇家、辛莊、圈子郵霸州周《志》。

文安曰在城、太平州、孫尹，凡三鋪，司兵九。在城鋪十七里太平州鋪，十六里大城縣鄧家務鋪。在城鋪西北十五里孫尹鋪，十五里保定縣柏橋鋪。

大城曰在城、鄧家務、蓋益莊，凡三鋪，司兵十。在城鋪西北十七里鄧家務鋪，十六里文安太平州鋪。在城鋪東南二十里蓋益莊鋪，二十七里青縣在城鋪。

保定曰在城、柏橋，凡二鋪，司兵六。在城鋪北八里霸州莫金鋪，南十六里柏橋鋪，十五里文安縣孫尹鋪。又柏橋鋪西十二里雄縣郭家莊鋪。

薊州曰在城、黄土坡、壕門、馬伸橋、淋河、賈各莊、孫各莊、邦均、白澗、山北頭、現橋、別山、楊各莊、黄崖關，凡十四鋪，司兵六十二。在城鋪東十二里黄土坡鋪，十三里壕門鋪，十二里馬伸橋鋪，十三里淋河鋪，十五里遵化州石門鋪。在城鋪西十里賈各莊鋪，十里孫各莊鋪，十里邦均鋪，十里白澗鋪，十里三河縣段家嶺鋪。在城鋪南八里山北頭鋪，十里現橋鋪，十二里別山鋪，十二里玉田縣石河鋪，在城鋪北三十里楊各莊鋪，二十里黄崖關鋪。

平谷曰在城、辛莊、胡家務、夏前務，凡四鋪，司兵十一。在城鋪東南十里辛莊鋪，三十里三河北套鋪。在城鋪西北十里胡家務鋪，十里夏前務鋪，四十里懷柔松棚鋪據《會典事例》五百三十一。縣治南高郵鋪廢平谷朱《志》。按張棣《金虜圖經·地里驛程》：故城店三十里，黄郵鋪三十里，澤畔鋪三十里，涿州三十里，劉李店三十里，良鄉縣三十里，盧溝河三十里，燕京三十里，交亭三十里，潞州三十里，三河四十里，夏店三十五里，邦均店三十里，薊州三十里，羅山鋪四十里。玉田縣見徐夢莘《北盟會編》二百四十四。

順天府前代驛傳考

宋有范陽驛按范成大有范陽驛詩。元有析津驛《元史·世祖紀》：中統元年乙丑，禁使臣勿入民家令，止頓析津驛，中統元年勅燕京至濟南置海青驛凡八同上。三年燕京都税使郭汝梅創建驛舍百餘楹，不令擾及民家《郭公塋記》。至元三十七年十一月罷大都東、西二驛《元·世祖紀》。文宗元年給大都驛馬百，十月遣官振良鄉涿州等驛户被兵者《元·文宗紀》。

明嘉靖二十九年，原額站糧九千七百二十五石，協濟各驛遞每石征銀九錢二分七釐。三十五年審驛傳協濟各驛遞征銀六錢。固節驛上馬二、中馬二、下馬二、騾七、驢七，後三十五。良鄉遞運所車十三。涿鹿驛下馬一、騾一。大興遞運所車四。潞河驛中馬二、下馬二。四十三年審驛傳協濟各驛遞每石征銀五錢。固節驛上馬二、中馬二、下馬五、騾七、驢三十五。良鄉遞運所車十八。大興遞運所車四，潞河驛站船一、騾二，每石前征銀二錢九分七釐，後征五六錢固安陳《志》。崇禎三年，良鄉知縣石鳳臺請驛馬官自牧養，永不僉派百姓良鄉楊《志》。香河有興中驛、青鑾驛、資廣驛香河劉《志》。今驛所因別述。